LA GOURGANDINE

Paru dans Le Livre de Poche :

LA JOUISSANCE ET L'EXTASE

FRANÇOISE REY

La Gourgandine

ALBIN MICHEL

A Juliette

A tous mes enfants

Prologue

Un jour, il n'y a pas bien longtemps, un homme que je venais de blesser m'a dit, avec une tendresse nouvelle et désolée, un petit sourire triste des yeux, un tremblement imperceptible de sa voix si peu faite aux aveux : « Tu n'es qu'une gourgandine... » Le terme de gourgandine me plaît, ses syllabes amusent la bouche qui les prononce, étourdissent un peu, comme une pirouette rapide, gracieuse, légère...

J'imagine la gourgandine juponnée de falbalas mouvants, et juchée sur de hauts talons agiles, précis, nerveux... La gourgandine est gaie, pressée, frivole et malicieuse. Elle danse avec ses escarpins pointus sur le cœur des hommes, et court, court où le plaisir l'appelle.

Bref, la gourgandine est une coureuse. Ah ! Ce vocable-ci, plus noble qu'il n'y paraît, a des résonances sportives. Entraînement, endurance, souffle...

N'est pas gourgandine qui veut... Cette athlète de la séduction, cette championne de la « mauvaise vie » (là, je cite un vieux bégueule et ronchon que son flamboyant et aguichant patronyme destinait pourtant à plus de complicité, j'ai nommé Larousse), cette recordwoman (qu'on me pardonne ce néologisme ne tendant à souligner que le caractère essentiellement féminin de la gourgandine : il n'existe pas de gourgandin !), cette recordwoman de la conquête amoureuse et de ses perversions se prépare en général dès la plus tendre enfance à la rude discipline qu'elle pratiquera plus tard. Son entourage, d'ailleurs, ne demeure pas étranger à sa longue préparation : tous, parents, famille, société, unissent leurs efforts pour faire de la petite fille ordinaire une véritable gourgandine.

Le sexe m'a toujours intéressée. Les hommes aussi. J'allais dire : « Par conséquent, les hommes aussi. » Grossière erreur qui eût consisté à limiter le sexe à la seule masculinité, et peut-être l'homme à son seul sexe. D'autant plus grossière de la part d'une femme qui s'est d'abord découverte et comblée d'une main incrédule, puis fervente, qui s'en est ensuite entièrement remise, quant à son plaisir et à son corps, à la main, à la bouche d'une autre femme, dispensatrice de tendresse et de volupté pour un règne qui n'aurait jamais dû finir...

Ainsi, si homme et sexe me passionnent également, il me faut préciser que je ne les tiens absolument pas pour synonymes. D'ailleurs, parmi les hommes qui ont le plus pesé sur mon personnage et mon destin de femme, trois au moins, mon père, mon frère et mon fils, ne jouèrent à proprement parler aucun rôle sexuel dans ma vie.

A moins proprement parler, cela se discute. Car, quelque part, ne furent-ils pas, ne restent-ils pas un peu, à leur manière chaste et terrible, mes amants ?

Je suis venue au monde avec l'intime conviction et l'exacte conscience d'avoir été appelée à la vie à travers des voies royales, pour tout dire des voies génitales.

Je me souviens d'un temps où je ne savais pas parler. Je pensais, je désirais, je cogitais, j'aimais, je détestais, mais je ne parlais pas. Les mots ne m'avaient pas encore été donnés, et de tout mon être, petit mais tenace, mais vivant, mais vibrant, je les appelais, je les attendais. Je me rappelle certain pyjama rose qui accompagna mes premiers pas, et les bras de mon père qui me soulevaient jusqu'à la vitre d'un buffet que désignait mon minuscule doigt tendu. « Dis ce que tu veux... Dis-moi... Ça ? La vitre ? Le reflet dans la glace ? Le bouton de la porte ? Dis-moi ?... » Ah ! ils en avaient de bonnes ! Faire semblant de croire que, tout à coup, j'allais me lancer dans une période à la Marcel Proust... « Ce que je veux, mes chers parents, mon cher père, attentif à mes besoins et même un peu à mes désirs, c'est trouver le nom de ce meuble, sa fonction, son mystère, c'est l'ouvrir et y pénétrer entière, c'est en sortir toute la vaisselle, tous les verres, un par un, les prendre dans ma main, les caresser, les lécher, les sucer, enduire de salive leur ventre rebondi et leur pied froid, les manger peut-être et savoir enfin comment ils se nomment, et les baptiser victorieusement, dominer leur patronyme, en jouer, m'en gargariser... »

Qui a dit : « Ce qui se conçoit bien s'énonce clairement » ? Sûrement quelqu'un qui ne se souvenait pas d'avoir été un jour bébé, ou du moins enfant, au sens latin du terme, *infans*, celui qui ne parle pas...

Mes parents faisaient parfois semblant de croire que je comprenais tout, que je pouvais tout exprimer. Ils faisaient aussi semblant, quand ça les arrangeait, de me croire complètement sourde et idiote. Ainsi, lorsque ma mère criait dans l'ombre, et appelait mon père par son prénom, sur une note brève, urgente, démente... Tempête sur un matelas à ressorts...

Et moi, microscopique, dans mon berceau à leurs côtés, de réfléchir gravement. Assurément cela avait commencé ainsi, pour moi. Mais je n'étais pas « à côté », j'étais dedans, en plein...

Bourrasques, secousses, le plaisir de mon père m'arrache du néant où j'évolue béatement : avant de venir au monde, je viens à l'existence, à ses tourbillons, à ses voyages, à ses rythmes, à ses explosions... Déjà, rien qu'à moitié moi-même, j'étais sédentaire : l'aventure m'a déplu, et j'ai cherché de toutes mes forces un port d'attache où m'agripper et m'assoupir à nouveau. Lutte brève, chaleur, fusion, illusion parfaite de l'éternité recréée. L'autre partie de moi-même, à qui je venais à la fois de faire l'amour et la guerre, s'est finalement rendue à mes raisons : « Rendormons-nous ensemble, et disons zut au monde ! » Nous croyions pouvoir tout oublier en nous faisant oublier nous-mêmes ; mais nous étions désormais « moi », et je découvris que les complications naissent parfois de l'unicité... Ma mère aurait juré le contraire, accablée soudain du tourment d'être deux. Mais pour elle, au moins, cet état de choses n'était que temporaire. Je la fis vomir le matin et hâter son mariage, elle ne me le pardonna jamais, non plus qu'elle n'admit avoir en quelque sorte à se diviser, comme la primaire paramécie, pour me permettre à moi de multiplier mes turbulentes cellules. Je n'étais pas née, à peine conçue, qu'une vulgaire opération nous séparait déjà : j'étais un produit, elle, un dividende, et la preuve par neuf mois nous confirma ce que nous savions l'une et l'autre depuis la première seconde : nous étions mathématiquement, inéluctablement ennemies...

Dans mon cocon de chair, de sang et d'eau, je me laisse bercer par les pulsions visqueuses de l'organisme maternel. On a l'habitude de dire que le petit enfant, lors de sa vie intra-utérine, est blotti contre le cœur de sa maman, dont il perçoit les battements avec un bonheur confiant, une béatitude rythmée. Je ne sais pas si j'ai été vraiment spéciale, mais j'ai entendu davantage de bruits de chasse d'eau, de gargouillis cloaqueux que de rassurantes berceuses émanant du myocarde maternel. Peut-être, après tout, que l'anomalie ne venait pas de moi. A moins trois mois avant ma naissance, j'aurais pu affirmer que ma mère avait un estomac, un intestin, une vessie, des artères, mais un cœur ?... Quant à elle, se basant sur ma présence non désirée en un sein qu'elle se fût sans doute accommodée à garder stérile, elle décida une fois pour toutes qu'elle n'avait pas de veine... Il est cruel, si jeune encore, de devenir le vivant symbole de la malchance.

Mon père, de temps en temps, venait me voir. Enfin, je m'imaginais naïvement que tel était le but de sa visite, et je ressentis toujours un certain plaisir à ses coups de boutoir, du moins tant que je fus assise confortablement en tailleur sur le moelleux tapis utérin... Hein, si mon père avait su qu'il honorait deux femmes en même temps, et que la plus carambolée des deux, c'était tout de même moi ?... Je frissonne à l'idée que j'eusse pu, beaucoup plus tard, m'ouvrir à lui (il n'y a pas de hasard dans le choix des mots, si innocents paraissent-ils) de mes souvenirs... Son puritanisme aigu, sa lancinante et symptomatique pudeur ne se fussent point remis sans doute de telles révélations...

Bref, je tendis complaisamment les fesses au titillement paternel pendant quelques mois. A cette époque-là, oui, j'aurais eu des excuses pour confondre sexe et homme. Car je ne connaissais du second que le premier, pour y avoir habité jadis, puis voyagé (oh ! très brutalement !), et pour encore, depuis mon œuf élastique, percevoir les ondes de choc de ce grand serpent cyclope qu'on dépêchait vers moi...

Mais je prenais de l'importance ; j'envahissais la place, poussais les murs d'une détente brusque de dormeur surmené, ou d'un effort réfléchi, d'une pesée organisée de prisonnier vigoureux qui teste la solidité de sa cage... Les visites paternelles se firent plus rares. Heureusement, car j'avais à présent la tête en bas, et eusse vécu peut-être tout différemment les contacts qui m'avaient longtemps charmée. Le sexe de mon père disparut donc de mon horizon, et le temps arriva pour moi de m'engager dans celui de ma mère. J'avais déjà fait une fois le chemin, mais le retour fut combien plus terrible ! « Dame Belette un beau matin... » J'éprouvai mon tout premier regret, un sentiment de culpabilité neuf mais d'excellente qualité, puisque, après trente-cinq ans d'usage, il demeure intact et sans la moindre trace de flétrissure. Mon remords de ce jour-là :

« J'ai sûrement trop mangé, je n'aurais pas dû... » hante encore et gâche toutes mes soirées de bringue, mes fêtes, mes agapes, et même mes petits quarts d'heure de péché mignon, à lutiner une tablette de chocolat... Devenir grosse après le plaisir, à cause du plaisir... Mon destin de femelle qui ne savait pas encore que le régime et la pilule existent me collait à la peau...

Comme je collais à celle de ma mère, l'étroite, la monstrueuse, la rigide, qui résista de longues heures à mon élan et ne s'ouvrit que peu à peu, si lentement que je naquis absolument épuisée, désespérée, et persuadée d'avoir laissé dans l'aventure mes rares cheveux, mes oreilles, la peau de mes joues, et l'esquisse de mon nez qui, en ce temps-là, ne me navrait pas encore. Hélas, j'avais tout conservé ; je dis « hélas », bien sûr, en pensant à lui, mais mon père, qui m'attendait dehors, ne s'attarda pas à me dévisager longtemps, attentif à vérifier, avec la sage-femme, que j'étais une vraie petite fille, correctement fendue et trouée. Le regard dont il me fouilla me brûla terriblement : je venais de réaliser pour la première fois que le plus important de ma personne n'était ni ma frimousse, ni mes menottes graciles, ni mon petit corps encore recroquevillé et tremblant, mais cette crevasse entre mes cuisses maigrichonnes, qui signait mon sexe, ma personnalité, décidait de mon prénom et de toute mon éducation... On ne m'ouvrit pas les bras pour m'accueillir, on me força seulement à ouvrir les jambes, et la petite grenouille déjà déçue de la vie que j'étais pissa longuement sur le triste monde qu'elle découvrait : trois femmes, dont deux, précédemment gigognes, les cuisses largement ouvertes, et l'Homme au milieu de ce trio sanglant, ayant engrossé l'une, contrôlant l'autre, et rêvant peut-être vaguement de séduire la troisième, car il paraît que la matrone était jolie...

Là commence mon enfance, son long dégoût et son étrange fascination pour les choses du sexe...

PREMIÈRE PARTIE

1.

Je portais bel et bien mon identité entre les cuisses... Mon père, désappointé de n'y avoir point trouvé la robinetterie qu'il espérait sûrement (il avait déjà une fille d'un précédent mariage, dorlotait le souvenir d'une première épouse morte trop tôt, s'évertuait à ne pas exciter la jalousie d'une seconde rencontrée trop tard, ce qui fait, si l'on compte bien, beaucoup de femmes et beaucoup de soucis), fut pourtant un excellent père, consciencieux et tendre. Pour sans doute se faire payer cher les premières secondes de notre rencontre où il avait eu la tentation de me renier, il remua moult fois le couteau dans la plaie, dans MA plaie, s'obligeant à me changer et à me torcher beaucoup plus souvent qu'il n'était coutume, dans les années cinquante, de le voir faire à un homme. Il développa ainsi une fixation terrible sur mes trous, surtout sur deux d'entre eux, diamétralement opposés, et qu'il imaginait volontiers comme les deux bouches d'un unique et simpliste tuyau où devait siffler en permanence un courant d'air pur, révélateur de fraîcheur et de bonne santé...

Ma mère était, bien sûr, à fond pour la sucette, qu'elle me proposa à mes premières manifestations de mauvaise humeur. J'acceptai sans trop tergiverser, pleine du tragique pressentiment que ce serait cela ou rien. Mon père, lui, se mit à fantasmer sur des scènes d'étouffement, tourna et retourna autour de mon berceau, surveillant la force de ma succion et les signes avant-coureurs d'une possible faiblesse de l'instrument, exerça à son tour des tractions diaboliques sur l'anneau de caoutchouc pour en tester la résistance, me rendit la chose à contrecœur parce que je pleurais, la reprit, me la rendit encore et se résigna à une éternelle inquiétude, qui le faisait se lever dix fois par nuit pour voir si je n'avais pas, en une heure, avalé le caoutchouc suspect et viré au violet.

En fait, son angoisse de ma mort n'était qu'un alibi. Il était dévoré, je l'ai compris depuis, par une autre angoisse, bien plus curieuse mais peut-être tout aussi classique : celle de me voir comblée, obstruée, celle de me voir échapper à mon destin de tube, sur le vide duquel il veilla jusqu'à fort avant dans mon enfance.

Et la sucette ne fut pas le seul bouchon qu'il incrimina...

Car il s'était mis à traquer assidûment mes cacas. Mes premières couches furent examinées, flairées, pesées, commentées, estimées, dénigrées. Il n'y en avait jamais assez... Je crois que le mot « constipation » fait partie de mon glossaire le plus primitif, le plus élémentaire...

En rentrant du travail, le soir, mon père ne demandait pas à ma mère si j'avais esquissé mon premier sourire, mon premier pas, prononcé un nouveau mot, construit une nouvelle phrase. Non. Il s'enquérait inéluctablement de la même fonction, avec une anxiété si évidente qu'elle lui nouait la gorge et me contractait les sphincters. « Elle a été au cabinet ? » J'avais déjà, dans la journée, passé quelques gentils moments sur le pot, car ma mère avait pris l'habitude de m'y installer, dès que j'avais pu tenir assise, et de m'attacher, pour consolider l'attelage, au pied de la table, pendant qu'elle faisait son ménage. Ces longues stations se révélaient, la plupart du temps, infructueuses, ou désastreuses, puisqu'il n'était pas rare qu'on me retrouvât d'un côté, le pot de l'autre, nageant, l'une comme l'autre, dans la débandade de mes produits, quand produits il y avait.

A la question de mon père, ma mère répondait par une moue peu enthousiaste, à laquelle mon père répliquait lui-même par un râle douloureux. Il posait sa veste, me disait : « Viens là ! », et la cérémonie de nos retrouvailles commençait. Il me palpait le ventre, le trouvait dur, me déculottait, m'asseyait sur le pot, et m'enjoignait : « Force ! » Je n'ai jamais éprouvé, depuis, une si pénible sensation d'impuissance et de culpabilité. La motivation me manquait cruellement. Je faisais quelques grimaces, quelques parodies d'effort, qu'il commentait désobligeamment. Je me sentais minable et improductive, vaguement sale, très contrariée. Quand la même scène s'était reproduite trois soirs de suite, on raffinait.

J'avais droit au suppositoire, au thermomètre savonné et facétieux dont les va-et-vient étaient censés déclencher le réflexe. Ces pratiques m'humiliaient beaucoup et me terrorisaient davantage, car c'était chaque fois une nouvelle douleur, un nouveau viol cuisant, angoissant, de mon intimité chaude et secrète.

Un soir, alors que j'avais peut-être dix-huit mois, ce fut plus terrible encore. Nous avions passé la journée à la montagne, où mon père possédait une petite baraque, et mes parents avaient oublié dans cette « résidence secondaire » le compagnon de tant de mes heures solitaires, le trône où mon père, en même temps qu'il m'asseyait, tâchait d'exercer son pouvoir, j'ai nommé mon pot. J'étais déjà capable d'espoir. Je nourris un instant celui d'échapper au cérémonial vespéral... Ô désillusion ! Ô cruauté du sort ! On me posa sur une vieille casserole d'émail dont on ne se servait plus guère et, comme ce siège percé improvisé n'était pas d'une stabilité à toute épreuve, on m'installa au milieu de la table de la cuisine où l'on me maintint, tout en m'exhortant, ainsi qu'à l'ordinaire, avec des « Allez ! Pousse ! Dépêche-toi ! » qui me bloquèrent irrémédiablement. Je fis connaissance, ce jour-là, avec un nouveau sentiment, fort désagréable et que j'ignorais jusqu'ici : le ridicule. Je me revois encore, mes petites fesses nues débordant de ce récipient stupide (un émail bordeaux à frise de triangles blancs !), dévisagée, épiée par le regard de mon père, abattu, et celui de ma mère, fatiguée et impatiente de retrouver son lit, mais amusée tout de même par la circonstance. Finalement, elle rit... Mon père capitula, et dut me reculotter avec un trouble dégoût, et le regret pesant de n'avoir pu me vider. J'avais l'impression de porter moi aussi un poids énorme. Mais ce poids-là n'était pas dans mon ventre... Il était sur mon cœur, sur mon âme d'enfant, et m'étouffait. Sans avoir les moyens de la préciser, de l'analyser vraiment, je ressentais l'impression confuse qu'on m'avait chargée, devant mon incapacité à rien produire, de toute la méchanceté, de toute la bêtise, en un mot, de toute la merde du monde...

Il va de soi que j'étais de plus en plus constipée. Mon père en arriva à des extrémités que je n'aurais pas soupçonnées : il se mit à manipuler la poire à lavement avec une dextérité démoniaque. Je subissais le calvaire à peu près deux fois par semaine. Je connaissais le jour à l'avance, j'en tremblais tout l'après-midi. Le soir prévu, mon père arrivait, posait sa veste, me regardait. Puis il procédait aux préparatifs, selon un long, minutieux et précis rituel. La poire aussi était rouge bordeaux, comme la casserole. C'est, pour moi, la couleur de l'humiliation. Quand je vois rouge, rouge bordeaux, je fais mentir l'expression, je ne suis pas en colère : je meurs de honte.

L'eau gargouillait sous la succion gourmande du caoutchouc... Mon père m'attrapait, me couchait en travers de ses genoux, baissait ma culotte, humectait d'un peu de salive son doigt dont il lubrifiait ensuite la canule et parfois mon derrière, et il me pénétrait. Je serrais les fesses de toutes mes forces, je criais, me débattais, mais il était bien plus fort que moi... Il me tançait vertement. Ma mère intervenait alors pour lancer quelques remarques qui disaient à quel point elle trouvait ces pratiques superflues et dérisoires ; elle avait de petits bruits de bouche, de petites implosions pour souffler son mépris et son désintérêt à la fois, et je lui en voulais beaucoup de ne m'avoir jamais arrachée aux griffes de mon violeur... Elle laissait chaque fois s'accomplir un forfait qu'elle considérait comme une pure fantaisie de la part de mon père, et ne songea à s'y opposer mollement parfois que pour le contrarier lui, jamais pour me sauver, moi...

L'intrusion de la canule, déjà douloureuse, n'était rien au regard de la pression de l'eau qui m'envahissait, me dilatait les boyaux, me brûlait parfois (car mon père en jugeait la température d'un petit doigt approximatif), commençait à me tourmenter d'un besoin pressant, urgent... Mon père, qui m'avait dit tant de fois « Pousse ! », me criait alors : « Retiens-toi ! », alléguant que le clystère serait d'autant plus fructueux que j'en différerais le résultat plus longtemps. C'était une véritable torture. Physique, bien sûr. Et morale plus encore. Quémander la permission de se soulager quand on vous reproche tous les jours votre rétention, en voilà une subtile punition, n'est-ce pas ?

Enfin le moment de la délivrance arrivait, mon père, ayant compté les minutes, me donnait le signal tant attendu. J'avais grandi, mais je n'avais pas droit au cabinet des grands, car le pot seul permettait un examen sérieux de la quantité et de la qualité des produits...

Je me vidais alors dans un monstrueux gargouillis qui remplissait le pot en m'inondant les fesses par projection, je sentais des choses ignobles franchir mes vannes avec une impétuosité aquatique, et je revenais lentement à la vie. Hélas, il n'était pas rare que mon père, peu satisfait du fruit de l'opération, la réitérât immédiatement... Je crois bien qu'alors, j'étais tout près de découvrir la haine...

En attendant, dans ma petite tête d'enfant de deux ans était né le tout premier fantasme d'une longue série, j'entends par fantasme le Fantasme sexuel, celui que l'on berce avant de s'endormir, qui vous entretient dans un état d'excitation et de bonheur à la fois, celui qui vous crée des besoins et s'offre à les satisfaire à demi...

J'avais une vision plus précise qu'à ma naissance du sexe masculin, pour avoir quelquefois vu mon père nu, puisqu'il ne me fit l'honneur de me croire attentive à son anatomie, et donc de me la cacher, qu'un an ou deux après, à la suite d'un incident que forcément je raconterai.

Donc, le soir, dans mon petit lit, je recréais inlassablement la même scène, barbare et cependant sans violence : un homme inconnu partait de chez moi pour se rendre chez des gens qui l'attendaient. Ces gens lui coupaient le sexe en rondelles, aussi naturellement que j'avais vu ma mère trancher des bananes pour une salade de fruits. L'homme revenait chez moi ; je lui greffais, comme par enchantement, un nouveau sexe, à savoir que j'appliquais au bas de son ventre un tuyau de chair mou, tel celui que portait mon père ; ce tuyau se soudait miraculeusement à lui... L'homme repartait pour revenir encore, une fois de plus mutilé. Je le réparais, il s'éloignait. Peu à peu, au long de ces allées et venues dignes de Sisyphe, l'homme prenait le visage de mon père. J'étais celle qui le sauvait, mais aussi qui le regardait partir paisiblement vers un nouveau et inévitable massacre.

Je jure que je n'avais pas plus de deux ans, peut-être même que j'avais moins. Mais déjà j'étais désireuse de castrer le mâle arrogant qui me forçait trop souvent, et encore plus désireuse sans doute de le réconforter, de ne pas le décevoir... Ce fantasme pouvait durer très longtemps chaque soir et il hanta ma cervelle pendant, je crois, des années. J'y trouvais toujours le même plaisir, égal et profond, sans summum, mais sans défaillance...

Je ne savais pas encore que je me préparais à aimer l'homme passionnément, mais d'abord, à le haïr de même... A cette époque-là, on peut considérer que mon père fut mon premier amant, celui qui s'est arrogé une fois pour toutes un droit de regard sur ma chair, y compris et surtout la plus secrète, celui qui voulait à la fois me pénétrer, me combler, me vider, celui qui me fit rêver de son corps, celui qui me fit imaginer la vengeance et la réconciliation ensemble.

Et j'étais loin encore d'avoir épuisé toutes les affres, toutes les surprises de ma liaison avec lui...

2.

J'atteignais quatre ans. Nous avions déménagé, nous habitions à présent à Grenoble, dans un appartement assez moderne pour l'époque, puisqu'il avait une salle de bains. Mais ma mère continuait à me laver tous les matins sur la table de la cuisine, avec une cuvette et un gant, tandis que mon père s'occupait de la toilette dominicale, plus sérieuse, sous la douche. Alors que, poursuivant sur moi ses régulières pratiques purificatrices, il ne m'avait pas permis d'omettre une seule journée que j'avais un trou entre les fesses d'une extrême importance, il n'avait par ailleurs pas renouvelé son insistant regard du premier jour sur ma féminité, et j'avais fini par oublier que j'avais un sexe. Ma mère m'avait appris la propreté la plus élémentaire, faire pipi dans le pot puis au cabinet, s'essuyer avec un bout de papier, et se chargeait de mon hygiène, une savonnée quotidienne indifférente, presque un peu dégoûtée. Elle me disait sèchement : « Ecarte les jambes ! », passait vite et rudement la plupart du temps, en commentant, ses jours de belle humeur : « On va se laver la lune ! », et je cherchais toujours vaguement en quoi mon anatomie pouvait rappeler la lune... Ou alors, la lune était peut-être fendue ? Et je me souviens d'avoir longtemps scruté, dans la nuit claire, l'astre tout rond dans l'espoir d'y déceler un sillon semblable au mien...

Un jour que j'étais ainsi, debout sur la table, les jambes ouvertes, à me faire laver, mon père vint se poster devant moi, détailla d'un regard scrutateur ce avec quoi il était nez à nez, puis déclara d'un ton qui me blessa au plus haut point : « Tiens ! je n'avais jamais remarqué qu'elle avait une lèvre plus haute que l'autre ! » La drôle de nouvelle ! J'avais des lèvres à cet endroit aussi, et ma « lune » était donc une espèce de bouche... Je gagnais du vocabulaire, en même temps qu'un solide agacement à être observée et critiquée dans mes secrets.

A peu de temps de là, je croisai mon père nu dans le couloir. Ce n'était pas la première fois, mais, encouragée par l'attitude voyeuse et indiscrète qu'il m'avait enseignée, je me crus autorisée, moi aussi, à quelque commentaire. Je m'élançai vers ma mère en criant : « Maman ! Papa a une banane entre les jambes ! » Le mot amusa ma mère au-delà de mes espérances. Elle le répéta en hoquetant de rire à mon père, drapé dans sa dignité et dans une serviette de bain désormais indispensable à la pudeur et au respect des convenances. Lui ne riait pas du tout, au contraire, et sa contrariété augmentait encore l'hilarité maternelle...

Ce jour-là, j'appris des tas de choses. D'abord, que mon père et moi ne nous situions pas, il s'en fallait de beaucoup, sur un pied d'égalité. Ensuite, que les choses du sexe n'étaient pas toutes simples, qui engendraient la gêne ou la dérision. Enfin, que les mots avaient plus d'importance que les regards...

Je serais donc plus prudente à l'avenir dans mes remarques, attentive à ne pas inspirer la méfiance, et à débusquer ainsi plus facilement les vérités que je soupçonnais, mais que l'on cacherait sans doute à ma trop évidente curiosité...

En dépit du savon quotidien, du papier au cabinet, du lavement trop fréquent, il me paraissait soudain que l'être humain portait sur lui des régions bien sales et bien honteuses... Mon éducation commençait vraiment...

Ma mère persista à m'emmener avec elle aux toilettes, pour être sûre que je ne faisais pas de bêtise pendant ses courtes absences. J'assistais à ses efforts parfois violents, car elle était elle-même volontiers constipée, à ses échecs, à ses victoires. Le réduit s'emplissait d'une odeur chaude et vivante qui ne me dégoûtait pas et que, peut-être, je reconnaissais, pour avoir voisiné si longtemps avec les entrailles maternelles. Elle persista aussi à se déshabiller et à se laver devant moi. J'avais l'impression d'ailleurs, sans savoir le dire, qu'elle était asexuée, car les poils qui couvraient le bas de son ventre me cachaient tout de son intimité, et je n'aurais pas imaginé une seule seconde qu'elle était faite comme moi.

Mais, dûment chapitrée par mon père, elle se fit puritaine à sa façon, c'est-à-dire qu'elle bannit systématiquement de son langage tout propos ou toute explication qui lui semblaient « délicats ». Un jour, par exemple, elle dit à mon père : « La voisine est enceinte », mais elle baissa tellement la voix sur ce dernier vocable qu'il attira mon attention, et je réussis à le saisir in extremis. « Qu'est-ce que ça veut dire, “enceinte” ? – Ça veut dire “malade” », me répondit-elle... Ô précaution ! Ô souvenirs !

De temps en temps, dans une grande cuvette posée dans le bac à douche, trempait un curieux amalgame de linges rouges, dont le bain empourprait l’eau elle-même. Il s’en dégageait une bizarre odeur, repoussante et fascinante. Je demandais chaque fois à ma mère de quoi il s’agissait. Elle répondait invariablement : « Rien ! », sur un ton qui n’admettait pas de réplique.

Au bout de combien de temps ai-je compris qu’il s’agissait de sang ? Et comment ai-je fait pour échapper à l’angoisse de la violence, de la lutte, de l’arrachement ? Peut-être n’y ai-je pas vraiment échappé, car il arriva un jour où je ne demandai plus rien, convaincue tout à fait qu’il y avait là un mystère sordide, poisseux, intime, et mon silence eût dû être plus alarmant que mes questions... Peu importait : il fallait faire de moi une petite fille bien élevée, c’est-à-dire muette.

Mon père aussi avait un vocabulaire extrêmement châtié – châtré, diraient mes élèves, involontairement dans le vrai – qui n’admettait non seulement aucun gros mot, mais aussi, et c’est là le plus terrible, aucune allusion au sexe. L’ennuyeux, c’est que ces allusions-là, c’est lui qui les voyait, bien sûr, et pas moi. Un jour il m’expliqua un dessin humoristique où il était question de harem. Le principe du harem, un homme pour cinquante épouses, me parut fort incommode. « Comment un seul homme peut coucher avec cinquante femmes ? » demandai-je étourdiment, oubliant tout à coup mes principes de prudence. En fait, il n'y avait aucune arrière-pensée à ma remarque, je ne connaissais au verbe « coucher » qu'un seul sens, et pour moi le lit conjugal était, en toute pureté, le symbole du mariage (mes parents, depuis que j'étais devenue grande fille, s'étaient faits beaucoup plus discrets la nuit, et j'avais perdu ma fantastique lucidité de tout petit enfant). Ma question suscita une avalanche de reproches : « Ces préoccupations ne sont pas de ton âge ! Tu n'as pas honte d'aller chercher des choses pareilles ! De quoi tu te mêles ? Attends d'être majeure pour penser à tout ça !... »

J'eus peut-être deux ou trois naïvetés similaires, et mon père se mit en devoir de me contrôler beaucoup plus assidûment. Il contrôlait déjà mes selles, leur fréquence, leur volume ; il contrôlait mon corps, le dimanche, sous la douche ; il contrôlait mes mots, les honnissait, les blâmait. Il se prit à contrôler mes pensées et mes gestes, improvisant de brusques irruptions au cabinet quand je faisais pipi, pour voir si je ne m'occupais pas à quelque activité coupable, ou dans mon lit, dont il soulevait promptement les couvertures, allant jusqu'à renifler mes doigts pour détecter l'odeur suspecte qui signerait leur passage en des lieux inavouables... C'était, à son avis, une question de santé. Il me mettait en garde, parfois, en des termes incompréhensibles et effrayants : « Fais bien attention ! Il y a des enfants qui se détruisent la santé ! Ils tombent malades, deviennent tuberculeux ou fous... » Quelquefois, il précisa : « Je ne veux pas que tu te tripotes ! »... Devant ces admonestations, je baissais les yeux, coupable sans raison, inquiète à pleurer, triste de ne pas tout saisir, et de ne pas savoir faire éclater mon innocence. Le soupçon seul me salissait, je m'en voulais de l'avoir inspiré, et souffrais en silence de ma pureté perdue, convaincue déjà que la culpabilité naît avec l'incrimination. Ma mère, derrière sa planche à repasser, haussait une épaule, mais n'intervenait pas.

Mon père était de l'ancienne école. Non seulement il adhérait totalement à d'absurdes préjugés soufflés par des siècles de puritanisme crétin à force de rigidité, mais encore il croyait de son devoir de surveiller mes idées et mes préoccupations comme il surveillait ma croissance. A son regard maladivement anxieux, rien n'allait jamais bien : je ne mangeais pas assez, j'étais trop maigre... Il m'appelait « la sardine », et profitait de chaque visite du médecin pour me faire prescrire des fortifiants ou de l'huile de foie de morue, que je vomissais consciencieusement sur le tablier de ma mère, ce qui me valait une inévitable claque... Ah ! ce n'était pas facile d'être bien portante !

Quand, malgré ses bons soins et toutes les ampoules orange, roses, jaunes qu'il avait vidées dans mon verre avant, pendant et après les repas, mon père constatait avec amertume que j'avais encore les yeux cernés, et de gros genoux que la maigreur faisait paraître cagneux, il suspectait alors le vice caché, l'obsession qui me rongeait et me faisait dépérir. L'interrogatoire recommençait : « Tu es sûre ? Tu ne te touches pas ?... »

Lorsque j'ai lu, beaucoup plus tard, dans de gros livres, le portrait de certains curés austères du XIXe siècle, qui questionnaient au confessionnal : « Pas de gestes contre la pureté ? », j'ai immédiatement opéré le rapprochement, et compris que mon père s'était trompé d'époque et de vocation. D'ailleurs lui-même avouait très volontiers qu'il aurait aimé se faire moine, pour vivre dans la méditation, l'abnégation et le silence (faisons tout de même la part des choses : je crois qu'il s'était surtout découvert le regret du silence depuis qu'il vivait avec ma turbulente mère, dont les italianismes criards lui écorchèrent trop souvent les tympans)... Bref, je m'imaginais très bien mon père en homme d'Eglise : il en avait déjà la tonsure naturelle, l'amour des choses simples et frugales, un ardent désir d'économie, de paix et de vertu, mais aussi les inflexions terribles et accusatrices, persécutrices du péché et prometteuses d'enfer...

Malgré le récit de ses souvenirs, certains jours de confidences, je me demandais vraiment s'il avait été lui-même enfant, et si ses parents l'avaient épié comme il m'épiait. Je n'avais jamais connu mon grand-père, mort bien avant ma naissance, mais ma grand-mère survivait, occupant visiblement une place prépondérante dans le cœur de mon père, et dans les imprécations de ma mère, qui la détestait spasmodiquement. C'était ce qu'il est convenu d'appeler une maîtresse femme, imposante et assez élégante sur ses frêles jambes malades et sous son chignon blanc. Son gros corps aux petits membres, dont les rondeurs me fascinaient, se mouvait avec un embarras dû plutôt à l'arthrose qu'à l'embonpoint.

Un jour qu'elle était venue passer le week-end chez nous, et qu'elle s'apprêtait à partager mon lit, je la regardai se déshabiller avec, pour la première fois, une vive curiosité. Il faut dire qu'elle avait sur le dos le quadruple d'un lot ordinaire de vêtements, et que ses dessous présentaient à mes yeux de gamine ignorante un réel intérêt historique. Sous la capeline dont elle couvrait ses épaules à la veillée, il y avait une veste de laine qui, elle-même ôtée, laissait apparaître un petit gilet tricoté sans manches. Après le gilet venaient le corsage blanc, la jupe noire, la combinaison de flanelle saumon. Sous cette combinaison, ma grand-mère portait un corset aux multiples agrafes qu'elle lâchait avec une série de petits claquements secs qui me ravissaient. Libérée de son corset, elle devait encore quitter ses bas à jarretières, sa large culotte qui tenait plutôt du short anglais, et sa chemise de jour, qu'elle portait à même la peau et sous laquelle la masse de ses seins venait de s'écrouler depuis que les baleines du corset ne les endiguaient plus. Ce strip-tease était un spectacle positivement hallucinant, et j'en attendais le final avec impatience lorsque ma grand-mère s'avisa soudain de mon attention, et me rabroua d'importance : « Dis donc ! En voilà des manières ! Tu pourrais regarder le mur ! »... Surprise que ma vedette pût s'offusquer de son succès, soupçonnée de voyeurisme quand je ne faisais que m'instruire, je m'endormis le cœur gros, avec la certitude que la suspicion était un caractère héréditaire...

Le lendemain, ma grand-mère avertit mon père devant moi : « Tu sais, elle est vicieuse, hier soir, elle ne me perdait pas de l'œil pendant que je me déshabillais ! » Mon père eut le rictus douloureux qui convenait pour répondre qu'hélas, il était au courant de mes déviations, et, une fois de plus, je me sentis emplie de la triste vergogne qui accable l'innocent traîné au rang des accusés.

Ma grand-mère n'a effectué que de rapides passages dans ma vie d'enfant, mais elle a eu à cœur, elle aussi, de participer à mon éducation chaque fois que cela lui a été possible. C'est tout de même bon d'avoir des racines !...

Ainsi, c'est d'abord à elle que j'ai dû ma longue frousse des bohémiens et des Arabes. Près de chez elle stationnaient quelques caravanes de gitans, toujours les mêmes. Lorsque nous allions la voir, je descendais trottiner autour de la maison, dans la petite cité où elle habitait. Alors, elle me prévenait : « Fais bien attention ! Ne va pas tourner là-bas autour ! Ils te prendraient ! », et elle laissait entendre en des termes bien obscurs mais suffisamment terrifiants, qu'un péril précis et sale me menaçait...

Chez nous, à Grenoble, elle commentait certaines nouvelles du journal pour lesquelles elle affichait une réelle prédilection. « Un bic a encore violé une gosse, hier », et elle se tournait vers moi : « Hein ? Si tu en vois un dans la rue, cours, cours vite ! Ils ont des rasoirs, tu sais... » Bien sûr, le rapprochement était aisé à faire, je m'imaginais que le rasoir était l'arme du viol.

Alors, quand j'apercevais, en rentrant de l'école, une silhouette ou une physionomie qui, de près ou de loin, pouvaient passer pour exotiques, je prenais mes jambes à mon cou, confortée dans ma terreur par les commentaires pleins de conviction de certain petit voisin, instruit sans doute chez lui des mêmes doctrines que moi, à peu de chose près, et à qui j'ai textuellement entendu dire : « Un Arabe, ça tue ! »

Mais j'anticipe un peu, emportée par les souvenirs éducatifs et culturels que m'a laissés ma grand-mère : je passe du malaise que savait m'inspirer le seul homme de ma vie que fut longtemps mon père, à cette inquiétude brûlante et presque voluptueuse que suscitèrent chez moi, plus tard, les hommes en général, représentés dans mon imagination de gamine « avertie » par un peuple de gitans et d'Arabes pervers et sadiques qui me cherchaient partout, un rasoir au poing...

Entre-temps, j'eus d'autres rapports avec la gent masculine, qui, force m'est de le reconnaître, eussent dû m'y réconcilier, s'ils ne s'étaient soldés, eux aussi, par le glas tragique de ma culpabilité dévoilée au grand jour, à la faveur, cette fois, d'un navrant flagrant délit...

3.

J'avais vécu jusque-là des années solitaires entre deux adultes, sans grands rapports avec d'autres enfants de mon âge. Je n'allais pas encore à l'école. Mes parents, mon père surtout, n'étaient guère hospitaliers, et guère enclins par conséquent, de crainte de la politesse à rendre, à se laisser inviter ailleurs. Je passais mes journées avec ma mère, à la regarder faire son ménage, sa lessive, son repassage, puis feuilleter *Confidences*. Le soir arrivait, qui ramenait mon père et ses préoccupations ; il en avait une de plus depuis peu : mon instruction. Un temps pour chaque chose : d'abord le pot et la poire à lavement, ensuite les cahiers et les crayons. Vider le corps, remplir la tête. Mon père multipliait ses ambitions. Heureusement, j'avais plus d'aptitude pour le second programme que pour le premier ; du moins, ainsi, ne le déçus-je pas trop...

Un jour, il y eut une sorte de révolution à la maison : la sœur de ma mère vint vivre quelque temps chez nous avec son fils en attendant, je crois, de trouver un appartement à Grenoble. J'avais assez peu côtoyé mon cousin auparavant. Il m'avait seulement laissé, avec l'empreinte violette de ses dents sur ma joue boursouflée, le souvenir d'un petit garçon turbulent, muet et cependant bruyant, et d'une sauvagerie redoutable.

Je le regardai s'installer sous notre toit avec une vague terreur, et beaucoup de curiosité : il apportait tout de même, dans ses jouets, ses livres, ses vêtements, ses habitudes, un souffle de fraîcheur et de nouveauté bien agréable. Il avait grandi, depuis ce traître baiser auquel j'avais naïvement tendu ma joue et qu'il avait terminé de façon carnassière... Nous avions à deux mois près le même âge, tout le reste nous opposait : il possédait beaucoup d'objets personnels, beaucoup de vocabulaire, beaucoup de vitalité, beaucoup d'appétit. Il savait se taire quand on le grondait, oublier la semonce, partager ses affaires, et me bourrer de coups de poing sans en avoir l'air, dans un coin discret de la pièce. Enfin et surtout, il avait une maman très tendre, et un petit sexe rigolo qu'il appelait sa « bébête », qui lui permettait de faire pipi debout, et que sa mère embrassait chaque fois qu'elle s'occupait de sa toilette...

Au début, la cohabitation avec ce porteur de bébête n'alla pas sans problèmes. Il y eut des cris, des chamailleries, des délations, des représailles, des rivalités, des jalousies... Mais il y eut encore des rires et des jeux partagés, et une complicité enivrante avec un petit diable de cinq ans qui m'apprit bien des grimaces et bien des facéties. Depuis son arrivée, la maison avait gagné quelque chose de plus vivant, de plus confortable et de plus gourmand aussi. Sa mère savait toujours la petite attention qui ferait plaisir, elle arrivait de son travail avec une bouteille de soda ou des brioches, et la mienne, ayant à cœur de fournir une hospitalité à la hauteur de ces largesses, nous dorlotait de même, nous préparait des flans et des gâteaux...

Le matin, ma tante partait travailler. Lorsque nous nous levions, elle n'était plus là, et ma mère nous installait l'un après l'autre sur la table de la cuisine pour nous laver.

C'étaient des tortillements et des protestations interminables, car la pudeur qu'on nous avait enseignée s'offusquait du regard de l'autre, qui attendait son tour, et de ses commentaires narquois : « Nanana, heu ! Je te vois tout, heu ! » Ma mère criait, s'énervait, menaçait, et, pour finir, ME claquait, car elle avait des principes, et se refusait à toucher un enfant qui n'était pas le sien. C'est alors, je crois, que j'ai commencé à considérer les liens du sang sans l'émotion qui leur est rituellement due.

Malgré la tournure que prenaient invariablement les choses, malgré mon soufflet quotidien, nous n'avons jamais abandonné ce jeu d'espionnage et de moqueries. Je pense qu'il nous était non seulement plaisant, mais nécessaire. Lorsque j'étais nue sur la table, exposée au jugement de mon cousin et cherchant à m'y soustraire, je souffrais cruellement dans ma dignité, et pourtant il me semble que j'aurais souffert plus encore de son indifférence. Il me reconnaissait une forme propre, il me définissait, me mettait en quelque sorte au monde en même temps qu'il m'observait et me raillait. Son coup d'œil était tout différent de celui de mon père. Ce n'était pas le contrôle, l'examen de l'auteur, du responsable, qui critique, compare et s'enorgueillit d'une expérience et donc d'une supériorité insoutenables. C'était le regard d'un être aussi neuf que moi, dissemblable mais égal, et qui me montrait du doigt en attendant que je lui rende la pareille.

Lorsque ma mère attrapait mon cousin, le hissait sur la table et lui enlevait son pyjama, je me mettais, poliment, respectueusement, à rire et à le taquiner à mon tour. C'était mon hommage à sa virilité, à sa différence. Il réagissait alors comme moi précédemment, tâchait de se tourner, de se cacher, et j'insistais dûment, quitte à risquer une nouvelle claque, car il n'eût pas été convenable de me laisser dissuader trop vite...

Dès le premier soir, on nous avait mis dans le même lit, un grand lit à deux places où nous nous étions d'abord chamaillés, poussés, pincés copieusement. « Pousse-toi ! Tu prends toute la place !... Maman, elle a tiré toutes les couvertures !... » On venait nous sermonner, nous reborder. Souvent, ma tante nous lisait une histoire, nous embrassait, éteignait, et c'était à nouveau le matin, et l'heure turbulente de la toilette.

Mais un soir, sans préméditation, sans concertation aucune, et animés d'une diabolique, d'une surnaturelle complicité, nous fermâmes les yeux après le baiser avunculaire, soupirâmes deux ou trois fois, respirâmes bien régulièrement ainsi qu'il convient à des enfants endormis, et laissâmes ma tante s'éloigner sur la pointe des pieds, convaincue de notre angélique sommeil.

Nous entendîmes les adultes bavarder longtemps, remuer dans la maison, puis se coucher. C'est alors que mon cousin me chuchota : « Tu dors ? » Courtoise entrée en matière, je suis persuadée qu'il m'écoutait penser dans le noir, comme je le sentais moi-même éveillé. « Non ! » soufflai-je sobrement, attendant la suite et certaine encore (je n'avais pas cinq ans et toutes les excuses du monde) que c'était à lui de prendre la direction des opérations. Ainsi comprit-il, et il me proposa avec un à-propos dont je lui suis toujours aujourd'hui reconnaissante : « On joue au docteur ? » « Oui ! » acceptai-je très vite. On va peut-être penser que je maniais ce soir-là le monosyllabe avec une déconcertante passivité, une décevante platitude. Que l'on se détrompe ! Il y avait dans mon « oui » toute la ferveur, toute l'émotion, toute la pudeur vaincue, toute la joie qu'on trouve au consentement d'une épousée, et c'est bel et bien une nuit de noces qui commença alors pour moi...

Mon cousin me dicta très vite les règles du jeu : « On a mal à la bébête, on va chez le docteur chacun son tour, d'accord ? » Au risque de me répéter, je dois admettre que je réitérai mon oui, et j'ajouterai que je n'eus pas à le regretter.

Il était loin, le méchant mioche qui serrait les dents et les poings, et m'estampillait parfois d'un gnon énergique, d'une bourrade vengeresse... Je découvris dans la chaleur des draps, dans la merveilleuse intelligence des ténèbres, le plus doux petit garçon dont j'eusse pu rêver, doux, doux partout, dans les mots qu'il murmurait à mon oreille, dans le geste précautionneux dont il releva ma chemise de nuit, doux jusqu'au bout des doigts qu'il posa sur moi, sans hésitation, sans hypocrisie. Pour la première fois on me touchait là, là, mon Dieu, où c'est défendu, là où c'est si bon, si tu savais, papa... Pour la première fois je me suis donnée, j'ai écarté les jambes, et j'ai écouté de tout mon corps la mélodie des caresses qu'on improvise avec génie, pourvu que ce soit avec amour...

Mon petit amant de cette nuit-là m'a fait l'amour sans me déflorer, sans me pénétrer ne fût-ce que d'un millimètre. Il n'a pas séparé les lèvres de cette bouche qui frémissait sous ses doigts, il n'a rien forcé, rien abîmé, rien soupçonné, rien exigé, ni le sac impérieux, ni la fouille curieuse ; il est resté à l'orée, à la lisière de moi, étonné seulement de me sentir différente, ébloui de me trouver suave, et recueillie, et frissonnante... Il m'a effleurée longtemps, a suivi et resuivi cette fente, ce chemin qui le faisait rire tous les matins et trembler ce soir-là, il a soigné, avec sa patience et sa tendresse de délicieux petit docteur, cette drôle de blessure, cette cicatrice veloutée qu'à peine lâchée il reprenait encore, et j'ai dû le pousser un peu pour, à mon tour, m'emparer sur lui de cette chair secrète qui me faisait rêver à mon insu, et que tout à coup je désirais follement.

Sa chose était douce, douce aussi à crier. Je ne m'étonnais pas de la trouver sous mes doigts moins recroquevillée qu'elle ne m'apparaissait quotidiennement. Aujourd'hui, je pense qu'il bandait très fort, mon petit mari, mon petit amoureux, mais, ce soir-là, j'ai accepté et saisi l'hommage de son émoi sans appeler au miracle, sans m'ébahir, sans rien dire, sans rien penser. Sa gentille petite bite glissait sous mes doigts, dans ma main, avec une facilité, une souplesse, une intelligence telles que j'ai su tout à coup qu'elle était faite pour moi, pour mon plaisir, pour mon amour, et j'ai compris ce baiser fougueux de ma tante sur la virilité de son petit garçon, cette démonstration que j'avais toujours trouvée incongrue et qui m'apparaissait soudain si naturelle...

Ah ! première fois ! Irremplaçable, inénarrable première fois !... Comme tout aurait été facile si j'étais restée sur mes impressions de cette première fois-là ! Comme j'aurais aimé l'homme tout de suite, et pour toujours, et sa queue, et ses caresses, et son besoin de moi, et mon besoin de lui !...

Oui, ce petit médecin savait les onctions, les gestes qui calment la fièvre, les attouchements qui soignent, et vous font à la fois aimer votre mal... Il eût pansé à tout jamais, si j'avais pu rester contre lui toute la nuit et d'autres nuits encore, ma douleur d'être née petite fille dans la maison d'un homme tourmenté, d'une femme sans tendresse, il aurait guéri, de ses mains innocentes et expertes, cette blessure entre mes jambes, dont il ignora la profondeur, cette entaille qu'il nia tout en la caressant, qu'il s'essaya plutôt à refermer qu'à élargir, en invité discret qui se cantonne au seuil de la demeure où pourtant on l'espère... Si le sort m'avait été propice, si j'avais pu tenir dans ma main, captive, émouvante, palpitante, cette bête soyeuse qu'il me confiait jusqu'à imaginer pour elle un berceau plus étroit, une niche plus secrète, une cachette plus sûre et plus sensible, j'eusse pu deviner le mystère de la vie, le bonheur d'être femme pour un homme, et la révélation m'eût aveuglée... Mais nous étions bien petits encore, bien jeunes et bien naïfs... Mon amant de cette nuit n'eut pas le temps de comprendre que j'étais son double creux, son empreinte, son négatif, et que ce sillon où ses doigts s'étonnaient était prévu pour le recevoir... Il se montra trop tendre et trop bavard à mon oreille, et le bruit de sa voix réveilla la méfiance de mon gardien...

Depuis combien de temps était-il là, à nous épier dans l'ombre, le cou tendu dans l'entrebâillement de la porte ? Espion ! Sale espion ! Ah ! je te hais toujours ! Je suis cette princesse carthaginoise à qui son père faisait porter une chaîne entre les pieds. Il y a des jours où j'en sens encore les maillons et je te hais...

Il a allumé la lumière, arraché les couvertures. Je n'ai pas eu le temps de rabattre ma chemise de nuit. Il a seulement dit : « Qu'est-ce que vous vous racontiez, hein ? », puis il m'a attrapée, m'a jetée en travers de son dos, m'a emportée jusqu'à sa chambre où il a décrété : « Elle couchera là ! »... Pas encore cinq ans et déjà toute la tristesse du monde sur le cœur parce qu'on m'a séparée de mon amoureux... J'aurais pu raconter Roméo et Juliette, Tristan et Iseut, j'aurais pu dire l'angoisse des princesses enlevées, déchirées par leur propre sort moins que par l'idée d'un prince seul en un palais désert, j'aurais pu écrire un poème, une tragédie, un opéra, j'aurais pu parler des couvents, des prisons, des cimetières, de tous les tombeaux des amours contrariées... Mais on ne me demanda rien... On m'installa au pied du lit parental, entre les jambes de ma mère et celles de mon père, tête-bêche avec leurs deux corps trop grands, trop raides et sans chaleur.

Ma mère ronchonna, mon père promit une explication sévère pour le lendemain, puis éteignit. Je n'osais plus bouger, plus respirer. Un peu la honte, le désir de me faire oublier. Et puis surtout, je répugnais à toucher les jambes de mon père, pleines de poils, je répugnais à sentir son odeur.

On m'avait enlevé mon petit prince au sexe de velours, aux doigts de satin, pour me coucher contre un ogre velu qui puait des pieds. Ce sont des chocs dont on se remet difficilement si j'en crois les frissons que j'éprouve à retracer ce douloureux et véritable premier épisode de ma vie sexuelle...

Parents, ne punissez pas les enfants qui jouent au docteur... Il y a un âge où l'intuition d'être mutilées, d'être malades, d'avoir la fièvre, pousse les petites âmes à la recherche d'un remède et d'un compagnon qui saura l'appliquer. Le mal d'amour commence si tôt, il ne faut pas contrarier les jeunes vocations... Combien de petits docteurs ont obtenu, quand personne n'a jugé bon de blâmer leurs pratiques, des résultats enviables ? Et ne redécouvre-t-on pas, dans des endroits très sérieux, sous des férules plus que recommandables, des thérapies qui conseillent la caresse, et le jeu, et le cérémonial d'attouchements chastes et troubles à la fois ?

Hélas, ma cure à moi s'est interrompue trop brutalement cette nuit-là pour porter ses fruits, et je crois même que le dénouement dramatique qu'elle a connu a fait plus de dégâts qu'il n'y a d'abord paru...

Ainsi, cette idée que j'ai gardée, romantique au fond, que l'amant de cœur, le chéri, le bien-aimé, c'est celui avec lequel rien n'est possible, parce qu'une force supérieure s'acharne à nous en séparer, famille, religion, patrie, société, et j'en oublie sûrement, mais tant d'autres, et combien plus savants, en ont parlé avant moi que je me sens bien banale d'y seulement faire allusion...

Et puis cette autre impression d'avoir été l'enjeu d'une espèce de rivalité sourde, insoupçonnée de la part de mon cousin, inavouée de la part de mon père, qui restait plus que jamais mon amant, mais alors un amant possessif, exclusif, et courroucé par la seule pensée d'une infidélité... Un jaloux, voilà !

Pas encore cinq ans, et déjà coupable, comme Francesca da Rimini, dont je porte le prénom, d'avoir été surprise au lit avec Paolo... Le mari trompé avait alors embroché les amants d'une épée énergique. Moi, c'est mon père qui m'a embrochée, et pour longtemps, sur le glaive de ses principes et de ses amertumes.

Le jaloux !

C'est à ce moment de l'histoire que ma liaison avec lui prend des allures de drame passionnel...

4.

Au lendemain de cette nuit mémorable, ma mère goguenarda tout en nous lavant. Nous n'étions pas très fiers, ni l'un ni l'autre, et beaucoup plus sages que d'habitude. Mon cousin me donna une jolie leçon de diplomatie, répondant à la question amusée de sa tante : « Qu'est-ce que vous faisiez cette nuit ? » par une trouvaille qui m'éblouit : « Je me rappelle plus... » Quant à moi, piteusement, je baissai la tête et serrai les lèvres. J'attendais avec angoisse le retour de mon père et l'algarade qui s'ensuivrait.

Il se contenta de me considérer avec des yeux froids. A table, il narra à ma tante, qui les savait déjà par sa sœur, les événements de la nuit. Il chuchotait, choisissait des mots neutres et pourtant insultants, et portait le masque tragique d'un chef de guerre acculé à une décision sans appel. Nous étions les héros de l'histoire, et l'on baissait la voix pour la raconter devant nous. Je sentais quelque part l'absurdité de la situation ; je pressentais aussi que le vocabulaire utilisé (dire « se tripoter le machin », par exemple, pour « se caresser la bébête »), que le registre adopté n'étaient qu'un signe de leur gêne à eux, les adultes, les fous, les jaloux, chassés pour toujours d'un paradis qui venait de m'être révélé... Mais je généralise un peu. En fait, seul mon père avait l'air dramatique. Ma tante sourit, dit : « Ah oui ? », à la fois curieuse, vaguement embêtée, mais égayée tout de même, et je lus dans le regard qu'elle posa sur nous un message de paix et d'espoir : « Ce n'est pas si grave ! » disait ce regard.

Quant à celui de ma mère, il s'employait à calculer, du gratin de pâtes, la portion de chacun.

Il eût été cependant maladroit, de la part de ma tante, de contrarier son beau-frère, chez qui elle était hébergée. Elle se rendit donc à ses raisons. On réorganisa le campement, et je n'eus plus désormais l'occasion de m'abandonner aux délices – à peine entrevues – des amours coupables...

A quelque temps de là, mon cousin rassembla ses autos miniatures, son Pinocchio, ses livres et ses albums à colorier : ses parents venaient d'acheter un appartement pas très loin de chez nous, et la maison retomba à la morosité et à la solitude.

Bien sûr, mon père continua à me surveiller étroitement. Mais je ne lui offris plus le frisson victorieux du flagrant délit, car j'ignorais toujours que mes mains eussent sur mon corps les pouvoirs troublants que je croyais dorénavant réservés à mon cousin... A cinq ans, j'avais un tempérament fidèle, au sens classique, homérique du terme. A quel âge la petite Pénélope que j'étais comprit-elle que son Ulysse ne reviendrait plus ? A quel âge se complut-elle aux regards d'autres prétendants, d'autres hommes, à quel âge chercha-t-elle à leur plaire, systématiquement, sans qu'ils lui plussent forcément eux-mêmes et sans qu'elle en attendît rien ?

Il faudra des années pour arriver à la coquetterie,

à la ruse, à la prise de pouvoir sur l'homme, cet ennemi héréditaire, qui vous blesse d'autant plus fort qu'il sait vous enivrer... Mais l'heure n'est pas encore venue. Je ne suis pour l'instant qu'une petite fille de cinq ans, qu'on bouscule et qu'on tance, et qu'on soupçonne à tort.

Mon père me raconte une histoire, je m'essaie à lui grimper dessus, je m'accroche à lui, toute à la passion du récit, et désireuse de l'entendre de plus près. Il s'interrompt alors, devient glacial, sévère : « Arrête de te frotter contre moi, je n'aime pas ça ! » Il se tourne vers ma mère, la prend à témoin : « Elle se frotte contre mon genou ! » Ma mère tord la bouche, hausse les épaules, secoue la tête. C'est tout. Pourquoi ne lui répond-elle pas ? Pourquoi ne hurle-t-elle pas pour prendre ma défense ? Tous les jours ce sont des disputes, des cris, des injures. Elle est capable de lui dire des choses épouvantables, de s'égosiller contre lui jusqu'à perdre haleine. Et là, rien, pas un mot pour laver cet affront qu'il vient de me faire ! Et moi qui l'écoutais si fort !...

C'est le soir, ma mère m'emmène au lit. « Dis bonsoir à ton père. » Je m'approche, tends ma joue comme il tend la sienne, j'hésite à choisir un côté, un quart de seconde trop tard. « Je ne sais pas comment elle se débrouille, elle m'embrasse toujours sur la bouche ! Quelle manie ! », et il s'essuie le coin des lèvres, que je n'ai pas seulement effleuré. Je me couche les larmes aux yeux, la rage au cœur. J'invente, avec des années d'avance, le portrait typique de ce que j'appellerai plus tard « le sale mec » :

il a la gueule de mon père, chauve à son image, binoclard et moche, et il s'imagine qu'elles sont toutes après lui... Et j'ai envie qu'il crève.

Je ne suis plus jamais tendre. On me reproche mon indifférence. Je vais même parfois jusqu'à la révolte. Un jour, je traite mon père d'idiot. Il se lève, terrible, tellement plus grand que moi, le regard fou, la main en l'air. Je me sauve à l'autre bout de la pièce. Il me poursuit et me rattrape en deux enjambées. Ma mère, qui me gratifie de deux claques à peu près par jour, me tire souvent la tresse et me houspille le reste du temps, le supplie : « Non, non, ne la touche pas ! » C'est la première fois qu'il me menace physiquement, la première fois qu'elle tente de plaider pour moi. L'épouvante me révulse, je frôle la syncope, avec l'impression que mes cheveux sont droits sur ma tête et que je vais vomir. Tout plutôt que cette terreur-là qui n'en finit plus. Je capitule, arrête ma course, me recroqueville par terre et m'abandonne au châtiment avec une résignation de moribonde. Je crois que ça a été la seule fessée de ma vie.

Les coups pleuvent, violents, rapides ; je me tords sous l'orage, folle de douleur et désespérée d'en voir la fin. Les mains de mon père sont dures, pesantes, sèches : l'une me tient comme une tenaille, l'autre me bat comme un fléau. Il me maintient sur un de ses genoux levés, la tête en bas... A peu de chose près, la position du lavement. Mais la douleur est plus dense, moins insidieuse.

Est-il possible qu'un homme puisse faire autant de mal ?

Je connais déjà la gifle, son impact, sa douleur brutale et humiliante qui fait monter tout de suite les larmes aux yeux. Mais la gifle est en principe unique, très rarement doublée. Sa fulgurance et sa traîtrise m'ont toujours épargné au moins l'appréhension et l'impatience. Sitôt frappé, on peut tout de suite entrer en convalescence, bouder dans un coin pendant que décroissent ensemble la cuisson et la rancune. Mais une fessée ! Le supplice vient surtout de l'attente, de l'impression que jamais ça ne s'arrêtera.

Enfin mon père me lâche, en m'avertissant tragiquement : « Ne recommence jamais ! » Ça, pas de danger !

J'inventerai désormais des incantations pour moi toute seule, à voix basse, et même à bouche fermée, pour dire à quel point j'ai horreur de ton corps d'homme, puissant, barbare, sans pitié et sans grâce, encombré d'une grotesque pendeloque que, j'en suis sûre, on ne t'a jamais caressée dans le noir, et c'est bien fait pour toi...

Entre mes parents, rien ne va plus. Querelle après querelle, ils entretiennent un climat d'insécurité permanente, de tension, d'inquiétude. Je suis mal parmi eux, au milieu de leurs reproches et de leurs scènes perpétuels.

Le soir, c'est la guerre des oreillers. Ma mère prend son coussin sous le bras et vient dormir dans mon lit. Elle m'ordonne : « Pousse-toi ! », s'installe en vitupérant contre « ce salaud qui ne la touchera plus ». Moi non plus, je ne veux plus la toucher. Je me fais toute petite, à l'extrême bord du lit. Jamais elle ne me prendra dans ses bras, jamais elle ne m'embrassera avant de s'endormir. Tant mieux. Je n'aime pas les corps ni les attouchements des grandes personnes. Elles me répugnent et me glacent d'une gêne horrible.

Un soir, à la suite de je ne sais quelle séance plus sordide que d'habitude, je pleure. Ma mère s'est enfermée dans ma chambre. Mon père décide : « Tu coucheras avec moi ! »... Je suis figée d'horreur. Il dort en sous-vêtements avec les poils de sa poitrine qui sortent par touffes de l'échancrure du maillot de corps... Je me contracte sur dix centimètres de matelas, je verse des larmes de honte, d'angoisse, de dégoût, le plus silencieusement du monde car je ne veux pas qu'il s'en aperçoive ni qu'il cherche à me consoler. C'est une nuit de cauchemar. J'ai peur d'effleurer mon père, et peur de tomber dans la ruelle à force de me ratatiner loin de lui. Je hais cette situation stupide. Je ne suis pas sa femme, je refuse de l'entendre ronfler la nuit, de humer ses odeurs, de le sentir bouger à mes côtés. J'ai l'impression de ne pas être à ma vraie place, l'impression de me salir, de me perdre dans une histoire nauséabonde.

Je suis comme l'héroïne de *La Belle et la Bête*. Forcée de partager l'intimité d'un monstre, mais je n'ai ni mot ni geste tendres à lui prodiguer, et je ne veux pas savoir qu'il y a en lui un prince capable d'inspirer et d'éprouver de l'amour. A mes yeux de petite fille trop fière, mon père, mon amant tragique, s'est irrémédiablement condamné à la laideur, à la puanteur, à l'horreur : si je l'ai aimé un jour, ce soir-là on célèbre, en ce lit sans murmures, sans étreintes, sans confidences et sans caresses, les noces du mépris et de la haine, et tandis que l'époux, cet ogre, ce brutal, cède au sommeil avec des borborygmes et des chuintements, l'épousée veille, les yeux grands ouverts et mouillés dans le noir, face à son destin de femme répugnée et frigide à l'homme...

5.

Depuis quelque temps, ils sont à nouveau d'accord. J'ai récupéré mon lit pour moi toute seule, ma solitude nocturne, à peine plus marquée que dans la journée, mais combien plus confortable, peuplée de rêves, de désirs confus qui pourtant m'étouffent. L'envie de vivre et d'aimer, de savoir jouer de la musique, de danser longtemps avec des gens heureux...

Le jour, je fais des bâtons tordus et des O cabossés sur le cahier que prépare quotidiennement mon père. Je ne vais pas à l'école maternelle. Il m'en a retirée parce que j'ai eu des mots avec la maîtresse. Je ne savais pas me taire lorsqu'elle me grondait : je répondais. Elle m'a mise à la porte deux ou trois fois de suite. La quatrième, je me suis sauvée. On m'a retrouvée au pied de mon immeuble et je ne suis plus retournée en classe.

Ces bâtons et ces O m'ennuient, me gâchent ma journée d'oisiveté, distraite par un vol d'oiseaux derrière la vitre, la forme d'une pince à linge, une besogne de ma mère que je contemple toujours avec curiosité. Je retarde le plus possible le moment du « travail ». Finalement je m'y mets une demi-heure avant l'arrivée de mon père. Je bâcle. Il n'est pas content en rentrant, lorsqu'il examine le fruit de mes efforts. J'ai l'habitude.

Je sais à peu près lire, mais l'écriture ne me passionne pas... J'encaisse les remontrances avec un embêtement courtois. D'ailleurs, elles se font plus rares. On dirait que mon père a d'autres soucis...

Effectivement, le climat de la maison est en train de changer. Réconciliation, certes, mais guère euphorique. Je tends l'oreille au bruissement des conciliabules qui se taisent à mon approche. Une préoccupation commune semble les tenir raccommodés plus longuement que d'habitude. Des gens viennent ; parlent bas. Ma mère pleure souvent. On ne veut rien me dire si je pose des questions ; si je ne demande rien, on proteste : « Tu t'en fiches de me voir ennuyée ! »

Ma tante passe tous les jours, fait une mine interrogative. Ma mère secoue négativement la tête. Ma tante s'exclame alors, désolée : « Te chien ! », et repart, pressée, sur ses hauts talons. Quelquefois, elle s'attarde, pleure avec ma mère.

« Et moi, si tu savais... J'y suis encore passée, cette nuit !... »

On baisse le ton en coulant un regard inquiet dans ma direction. Visiblement, je n'entends rien, je feuillette un livre d'images, assise par terre.

« On s'est engueulés, hier. Alors, pour se venger, il m'oblige. » Ma mère élève la voix, indignée :

« Mais crie, débats-toi, donne-lui un coup de pied entre les jambes !

– Non, non, malheur ! Les voisins ! Et le gosse ?... Non, de toute façon, il est plus fort que moi, il me saute dessus, il me dit : “C’est ça, ou je t’étrangle !”... Alors j’y passe... Et j’ai peur, si tu savais... Sûr que ça va m’arriver aussi ! »

Chœur de sanglots. Ma mère reprend son sang-froid :

« Tu t’es lavée tout de suite après ?

– Oui, oui...

– Avec de l’eau savonneuse ? Dedans ?

– Oui, mais je n’en dors plus !

– Quel salaud ! Quel salaud ! »

Ma tante s’essuie les yeux, embrasse ma mère, m’embrasse : « Tu t’en fiches, toi, hein ? Tu as de la chance ! », et disparaît, happée par son devoir de secrétaire consciencieuse.

Cours, tatan, cours vite : ton patron te guette, et après lui, ton mari. Va, je sais tout, si je n’ai pas tout compris. C’est un salaud et il t’oblige. Moi, on me fait pareil avec la poire à lavement !...

Mon père rentre un soir. Ne me questionne pas, ne demande pas si « j’y suis allée », ne réclame pas mon cahier. Il interroge plutôt ma mère. Je ne soupçonne pas encore que son intérêt est en train de changer de ventre. « J’ai pris rendez-vous », répond-elle.

Nous nous retrouvons tous les trois dans la salle d’attente d’un docteur. Je ne sais pas ce que nous venons y faire, ni qui est malade. Je tremble vaguement de me voir administrer par un homme de l’art le lavement qu’on m’a épargné un quart d’heure auparavant.

Le docteur vient chercher mes parents ; il me regarde avec un sourire méprisant tandis que je me lève pour les suivre. « Non, cette jeune fille va rester là ! »

Alors la jeune fille se rassied dans le salon désert, humiliée, déçue dans sa curiosité, soulagée un peu de ne pas être l'objet de la visite, intriguée. Il se prépare encore un de ces mystères gluants, fétides, adultes, en un mot...

Lorsque mes parents ressortent, le docteur sourit toujours ; il a des gestes larges du bras pour les laisser passer, leur serre la main, m'ignore avec superbe. Ils en font une tête ! Ils me récupèrent au passage, machinalement...

Dans la rue, mon père m'annonce : « Eh bien ! tu vas avoir un petit frère ! » Je ne sais que répondre. On ne m'a pas encore appris à présenter mes condoléances. La peur de la gaffe me garde muette. Ma mère renifle.

Nous sommes dans une rue qui s'appelle la rue des Violettes. Jolies fleurs aux couleurs de demi-deuil, discrètes, timides, mais prometteuses de printemps et de renouveau... Je me souviendrai toujours de la rue des Violettes, et de la première fois que j'entendis parler de toi, Eric, mon amour.

Mais, pour l'instant, tu es microscopique, et tu fais de la peine à tout le monde, sauf peut-être à moi, qui hésite, et qui hésiterai encore quelques années comme il se doit avant les véritables et profonds engagements.

En attendant, en t'attendant, notre mère dépérit de langueur, et notre père nous emmène au cinéma... « Tu comprends, explique-t-elle à sa sœur entre deux mouchoirs, c'est lui qui a fait la boulette, alors il ne sait pas comment se faire pardonner... »

Tiens, tiens, papa, on fait des boulettes ?

Rien que pour ça, Eric, rien que pour cette boulette de l'ogre, du contrôleur, du grand inquisiteur, j'ai senti que j'allais t'aimer...

Ma mère s'arrondit sous sa jupe portefeuille à carreaux gris. Elle m'a dit que ça s'appelait une jupe portefeuille. Ça tombe bien, parce que, justement, le petit frère, il paraît qu'on va l'acheter ! Il doit falloir une grosse somme.

« Ce ne sera pas un petit frère, ce sera une petite sœur ! » déclare-t-elle. Je ne suis pas d'accord. Je hais les hommes, mais j'adore les petits garçons qui n'ont, comme chacun le sait, que très peu de rapports avec les précédents. « Non, un petit frère ! – Non, dit-elle, catégorique. Les garçons partent un jour à la guerre. Ce sera une fille, elle s'appellera Catherine ! » Je suis persuadée qu'elle se trompe, mais j'aime mieux ne pas la contrarier : elle s'énerve encore plus vite que d'habitude depuis qu'elle rassemble les fonds pour l'achat du bébé.

C'est vrai que j'adore les petits garçons...

Je viens d'entrer à la grande école, en cours préparatoire. C'est une école de filles, mais il y a la même, symétrique, de l'autre côté, pour les garçons. Une grille sépare les deux cours. Moi je n'ose pas aller m'y promener, je regarde les garçons de loin, avec respect, envie et frousse. Il y a des filles qui sont toujours collées à la grille. Eh bien ! c'est très vilain. Les maîtresses ont la même opinion que mon père là-dessus ; elles interviennent à chaque récréation pour les en déloger, en faisant des commentaires dédaigneux et en les traitant de coureuses...

Dans la rue, où on me lâche toute seule, je les vois, les garçons. Ils crient, rient très fort, courent, sautent, se jettent leurs cartables à la figure, se battent. Ils m'amusent quelquefois et m'épouvantent la plupart du temps. Trois jours sur cinq, j'aperçois mon cousin les poings crispés, l'air méchant, roulant par terre, étroitement embrassé avec un galapiat du même genre. Je ne pense plus à sa bébête. Presque plus.

Une famille vient d'emménager dans notre immeuble. Ce sont des Italiens. Ils sont tous bruns et beaux. Surtout un petit garçon de mon âge, absolument ravissant. Le plus beau de tous. J'ai croisé quelquefois dans l'ascenseur son regard de café noir, très doux, très profond. J'ai contemplé sa chevelure épaisse et bouclée, ses joues mates que balaient de longs cils courbes... Dieu ! qu'il est joli ! Et il porte un prénom comme une musique : Damiano... Je rêve à lui souvent. Je lui donne une place de choix dans toutes mes aventures, tous mes films en couleurs, tous mes délires. J'ai vu *Le Chanteur de Mexico* avec mes parents, au cinéma. Ce serait un film épatant si Damiano tenait le rôle principal. On s'embrasserait peut-être, car, bien sûr, moi, je tiendrais l'autre rôle...

Chose curieuse, en grandissant, je nourris des fantasmes plus sentimentaux, plus amoureux, et moins sexuels. Ce que j'ai vécu avec mon cousin ne hante pas mes rêves éveillés, ni aucun des mystères que j'ai subodorés, avec, il est vrai, plus ou moins de dégoût... Depuis que j'ai découpé la bite de mon père en rondelles tant et tant de fois que le jeu a fini par me lasser, je n'imagine plus que de chastes étreintes sur fond de battements de cœur accélérés... En m'éloignant de mon origine, j'en perds la science intuitive, et certaines choses me sont devenues secrètes que je connaissais d'instinct et qu'il me faudra redécouvrir par moi-même plus tard.

Le petit Damiano habite donc mes chimères de la façon la plus platonique qui soit. Et je demeure absolument persuadée qu'il m'est totalement inaccessible et totalement interdit. Ce qui ne diminue pas son importance, au contraire...

Un jour, j'eus envie de lui écrire. Comme ça, sans envoyer la lettre, sans la lui donner, je n'aurais jamais osé. Non, pour rien. Pour moi. Pour le plaisir de choisir des mots en imaginant quelqu'un à qui les dire... Nouvelle merveilleuse première fois : ma première lettre d'amour, la première fois que quelqu'un m'a inspiré l'envie et le besoin de confier la douceur de mon secret, de raconter mon désir, de dépeindre ma fièvre. Depuis, il n'est pas d'homme que j'aie aimé, fût-ce fugitivement, sans lui adresser au moins une lettre. Avec Damiano, je complétais ma vision de l'amant ; celui à qui, pour qui l'on écrit...

Je n'avais que très peu de mots à mon service, et une orthographe défaillante. J'ai dû coucher sur le papier, avec une tendresse et une ferveur quasi religieuses, un texte des plus modestes, dont je crois me rappeler la teneur, frugale et banale (mais j'avais à peine six ans !) : « Damiano, mon chéri, je t'aime et je pense toujours à toi, je te trouve si beau... » J'ai plié la lettre, et je l'ai confiée à l'un des petits tiroirs d'un vieux secrétaire qu'on venait de nous donner, l'âme et le cœur en paix, tout attendrie parce que j'avais employé des mots encore jamais prononcés pour personne. Je venais de perdre une sorte de pucelage : celui du vocabulaire d'amour. J'étais presque une femme, en tout cas une amoureuse, telle que celles des superproductions où mon père tâchait de distraire la grossesse neurasthénique de ma mère.

On devine que cette première fois-là aussi fut un désastre. Le grand inquisiteur, l'homme aux bâtons bâclés, crevant d'indignation (mais en fait de dépit, je comprenais très bien), me secoua un jour sous le nez le message criminel, enfila les « je veux » et « je ne veux pas », parla de la race proscrite, « les garçons » par-ci, « les garçons » par-là, et, pour finir, déchira théâtralement ma prose, sans s'attarder à en apprécier au moins la calligraphie, nettement plus soignée que sur les maudits cahiers dont il empoisonnait mes jours de congé. Je baissai encore les yeux. J'avais l'air sincèrement repentie. En fait, le regret me dévorait : celui d'avoir cru à la promesse de ce joli mais fallacieux vocable « secrétaire », celui d'avoir oublié un instant mon geôlier fouineur et ses fouilles méthodiques.

J'atteignais six ans, et je n'avais, pas plus qu'à ma naissance, droit à une vie privée, à un jardin secret, à de petits trésors personnels, à des pensées ou à des sentiments cachés ; pas plus qu'au jour où on m'ouvrit les cuisses pour ne rien laisser au hasard et pour tout embrasser (embrasser !...) de moi d'un seul coup d'œil, je ne m'appartenais... On ne me reconnaîtrait donc jamais une autonomie, ni le loisir de rêver, d'aimer et de souffrir clandestinement, sans déranger personne ? Quand cesserait-on d'enfoncer la porte du cabinet pour m'y surprendre, d'ouvrir mes draps, mes tiroirs, mes lettres, mon âme ?

C'est grâce à toi, triste violeur d'intimité, voleur de secrets, brigandeur de rêves, grand inquisiteur malade de soupçon, c'est pour échapper à tes contrôles permanents et humiliants, à tes brimades, que j'allais devenir une petite fille menteuse, vicieuse, dissimulée et fourbe... Bientôt, je cultiverais dans ce jardin que tu me refusais des champs d'orties et de chardons dont tu m'avais donné toi-même les graines, une par une...

Et comme tu n'étais pas à une graine près, Eric naquit le 30 octobre 1957. Mais c'était, je l'ai déjà dit, une graine de violette.

S'il n'y en eut qu'une dans mes ronciers, ce fut celle-ci.

6.

Mon père est arrivé ce matin-là en déclarant : « Ça y est, tu as un petit frère ! » Il avait l'air heureux. Ma grand-mère s'était installée depuis quelques jours à la maison en prévision de l'événement. Je ne posai aucune question sur l'« achat » (un achat clandestin, nocturne, qui nécessitait la disparition de ma mère et la venue de ma grand-mère). Il ajouta : « Je ne pourrai peut-être pas t'emmener à la clinique pour le voir, les enfants ne sont pas admis. » (Un achat dans une clinique !...)

Je n'étais pas une petite fille trop sotte. Mon père savait sans doute ce que je pensais de cette façon de faire une acquisition : qu'elle n'était ni naturelle ni vraisemblable. Et je savais qu'il le savait. Mais chacun se tut, l'un motivé par une saine vision de l'éducation à donner, l'autre par la prudence, et le sentiment désormais acquis que certaines choses ne s'apprennent pas de la bouche des parents... En attendant d'aller quêter des renseignements ailleurs, je me préparai à découvrir mon frère, ce petit inconnu entré insidieusement dans la maison sans en fouler le seuil.

Mon père se rendit responsable, à cette occasion, d'un terrible forfait : il m'introduisit, malgré l'interdiction, dans la chambre de ma mère, au nez et à la barbe des bonnes sœurs qui s'occupaient de la maternité.

Trois choses m'ont gâté le plaisir de ma première rencontre avec Eric : d'abord, il y avait beaucoup de monde dans la chambre, des oncles, des tantes, et tous guettaient ma réaction. Je me sentais épiée et ridicule. Aussi n'ai-je pas donné la représentation attendue, décevant beaucoup mon public qui commenta par diverses exclamations péjoratives mon indifférence.

Ensuite, il y avait sur la table de chevet de ma mère une jolie tarte au flan qui me mit l'eau à la bouche, et que je regardai bien davantage que mon petit frère dans son berceau. Mais ma mère, non plus qu'elle n'avait manifesté de joie à me voir, ne parla de m'en donner un bout. La déconvenue, la mienne cette fois, fut terrible.

Enfin, je me savais en faute, assistant frauduleusement au spectacle de ma mère couchée (pourquoi couchée ?) et les cornettes que je voyais passer derrière la vitre de la porte me faisaient mourir d'appréhension. Je manifestai donc le désir de partir, non sans avoir jeté un dernier coup d'œil de convoitise et de rancune à la fois à la tarte sur la table de chevet.

« Elle s'ennuie, dirent mes tantes avec commisération, c'est vrai : c'est si petit, ça ne l'intéresse pas... Tu verras, quand il commencera à parler, à jouer avec toi !... »

« Alors, interrogea ma grand-mère, comment tu l'as trouvé ? » A vrai dire, je n'aurais pas su faire son portrait. Vaguement joufflu, vaguement rouge, peut-être...

Il rentra de la clinique dans les bras de ma mère. On le coucha dans un landau, au milieu de la salle à manger. J'essayai de le bercer. « Non ! » dit-elle.

Voilà. Il était là. Je ne devais pas le toucher, pas le porter, pas l'embrasser, pas le réveiller, pas le bercer... Mon devoir de grande sœur était assez simple : silence et discrétion. Le silence ne me demandait pas trop d'efforts : je n'avais jamais été turbulente. Le problème, c'était la discrétion ; je ne voyais pas bien où elle s'arrêtait et où commençait la fameuse indifférence qu'on m'avait reprochée parfois et qu'on me reprocherait bientôt de plus en plus souvent.

Je dois l'avouer, je ne me sentais pas défaillir de tendresse pour ce poupon intouchable, qui monopolisait l'attention, la vigilance et l'admiration de toute la maisonnée. Mais je ne devins pas jalouse non plus. Au contraire, il me fallait reconnaître que sa venue chez nous s'était accompagnée, pour moi, de nombreux avantages.

Le premier, c'est qu'on m'oublia un peu et que je me mis à respirer plus librement. Mon père avait de nouvelles couches à scruter, à évaluer. Il avait aussi des biberons à faire, car ma mère, pas davantage que pour moi, ne se leva la nuit et, la fatigue aidant (il avait déjà quarante ans), il passa moins de temps à me questionner, me flairer, m'espionner... Une graine de violette, vous dis-je, un souffle d'air frais dans ma vie, le soulagement de vivre ailleurs que sous la plaque d'un microscope...

Et puis quelqu'un d'autre avait pénétré chez nous en même temps que ce bébé opportun : pour marquer l'événement, comme d'autres offrent une bague ou un collier, mon père avait acheté à sa femme la télévision. Symbole éloquent : ma mère ne porterait pas au doigt un anneau souvenir, qui rappellerait la joie d'un jour important, le bonheur d'avoir donné la vie à un enfant. Elle regarderait la télé pour se distraire de la réalité, pour oublier (et c'est le terme que je lui ai entendu employer dans ses conversations avec ma tante) qu'elle avait « ramassé un gosse »...

Cette télévision, qui était un objet de luxe en 1957, se révéla pour moi la source de délices extraordinaires. Je m'adonnai tout de suite à la passion des images, me régalant de dessins animés, de feuilletons romanesques, de westerns.

Je n'avais jamais tant vu d'hommes à la fois, de beaux hommes, s'entend, car j'avais déjà le sens de l'esthétique et le goût de certaines physionomies masculines, bien conventionnellement viriles. Je pus alors rêver sur catalogue, et m'imaginer chaque fois la même infirmière dévouée et adulée d'un jeune premier différent. Mes tendres soucis, mes gestes apaisants et sûrs demeuraient identiques, seul l'objet de mes soins changeait. La diversité, le choix des visages, des regards, des sourires m'enivraient. Mais c'était une ivresse sentimentale, un délire narcissique où j'occupais la première place, et je ne voulais connaître de mes partenaires éphémères que la jolie bouche, le rire moqueur, la fossette coquine, le sourcil ironique, oubliant qu'il pouvait y avoir un sexe sous la cotte de mailles d'Ivanhoé, ou la ceinture de cuir du Vengeur masqué...

Les programmes de cette époque étaient d'une décence rigoureuse. Un film qui laissait apercevoir le galbe d'un sein se voyait inexorablement estampillé du carré blanc. Seuls les baisers étaient tolérés dans les productions « pour tout public », et, pour moi, c'était déjà énorme... Je me souviens du silence renfrogné et gêné de mon père devant certaines scènes d'amour, et de la réaction parfaitement méprisante de ma mère. Elle qui ne m'avait jamais donné de diminutifs, qui ne savait pas inventer ni même utiliser de termes affectueux, dont les vocatifs demeuraient aussi froids que les étreintes, pinçait les lèvres, haussait les épaules, frissonnait de dégoût lorsqu'elle entendait les protagonistes d'une série américaine s'appeler « Chéri » et « Chérie » à longueur d'épisodes. Quant à mon père, si le baiser menaçait de s'éterniser sur l'écran, il allait stratégiquement chercher un paquet de cigarettes dans le tiroir de la table qui supportait la télé, et faisait un rempart de toute sa personne entre l'appareil, théâtre de débauche, et mes yeux qui devaient rester innocents...

Et j'étais chaque fois crucifiée entre ma curiosité avide et ma prudence, qui m'interdisait toute manifestation d'impatience, entre l'attendrissement que je sentais me gagner devant des tableaux très intimes, et une espèce de confusion à les contempler en compagnie de mes parents, ces monstres, ces hors-la-loi que crispaient, pour l'une, une froideur dédaigneuse, pour l'autre, une pudibonderie pathologique...

Je connaissais déjà, pour les avoir entendus au cinéma, quelques mots du langage amoureux, qui m'avaient inspiré ma lettre à Damiano. Dans le secret des salles obscures, dans le silence recueilli des spectateurs, mes parents n'avaient pas pu manifester leur particulière allergie à certains vocables, à certaines tournures.

Mais chez nous, c'était différent. Leurs commentaires méprisants, leur dérision systématique, leur embarras enfin finirent par créer chez moi un réflexe conditionné. J'acquis une honte du vocabulaire, une vergogne terrible à l'évocation de certains mots qui me parurent, à la longue, plus imprononçables et plus orduriers que n'importe quelle grossièreté. Les mots « amour » et « amoureux » par exemple s'entachèrent dans mon esprit d'une ignominie sans égale, et je ne pus non seulement les articuler pendant des années, mais je ne supportais pas davantage de simplement les entendre, sans éprouver aussitôt un douloureux choc de pudeur malmenée.

Gestes interdits ! Sensations interdites ! Sentiments interdits ! Mots interdits ! Mon enfance devenait une sorte d'itinéraire absurde, truffé d'interdits où j'allais finir par tourner en rond...

Avec toutes les productions de la télé entrait chez nous un flot d'émotions nouvelles, de situations inédites, et de termes appropriés. J'étais un excellent public, jeune, et impressionnable comme n'importe quel enfant, plus sans doute que n'importe lequel. Or jamais mes parents ne s'attendrissaient, jamais ils ne semblaient mordre aux mélodrames, jamais ils ne tremblaient de peur, d'émoi, de détresse, de joie. La mort de l'héroïne dans les bras de l'homme qu'elle adorait les laissait de marbre, la réconciliation d'un père avec son fils, si longtemps ennemis, leur arrachait des commentaires incrédules : « C'est bien du cinéma ! »... Alors je refoulais mes sanglots, mes bravos, mes prières et mes élans, je les enfouissais comme on cache autant de petits forfaits dégradants, vils, turpides, et peu à peu, j'en arrivai à ce que j'ai pu nommer bien plus tard (après le dégel) « l'ère de la glaciation ».

Malgré ma petite graine de violette qui embaumait le frais, en ce printemps de ses six mois, malgré son adorable sourire sur ses deux uniques quenottes d'écureuil, malgré son rire en cascade que je m'amusais à provoquer, malgré toute la chaleur qu'elle commençait à m'inspirer, j'entrai en une sorte de longue et curieuse hibernation, où je congelai à la fois, non mon âme, mais tous les moyens qu'elle possédait de communiquer avec l'extérieur : paroles, bien sûr, mais aussi regards, et surtout larmes.

Je pris la ferme habitude de ne jamais rien exprimer de violent, ni même de personnel. J'étais d'une sensibilité plus qu'exacerbée, et il me fallait une emprise terrible sur moi-même pour ravaler mes chagrins sans en rien laisser paraître. Je me souviens d'avoir jugé la cruauté du combat que je me livrais alors si pathétique qu'elle accroissait encore mon envie de fondre en larmes : j'étais prise au piège d'un diabolique jeu de perspectives, où chaque dépit en entraînait un autre...

Le refoulement ainsi accumulé dans la journée, où je devais me battre peut-être vingt fois pour garder les yeux secs, appelait un exutoire. Instinctivement, je découvris les principes d'une hygiène psychique qui m'ont peut-être évité de réels troubles du comportement social : une fois seule, je lâchais la bonde et m'adonnais à de véritables orgies de larmes. Cette « toilette de l'âme », qui me débarrassait chaque soir, sur mon oreiller dûment trempé, des problèmes du jour, devint une institution dont aujourd'hui encore je savoure les bienfaits. Je pleurais frénétiquement, voluptueusement, de tout, de rien, des mille incidents qui m'avaient contrariée à l'école ou chez moi, d'une scène de la télé que j'avais trouvée particulièrement triste, et quand le sujet me faisait défaut, j'imaginais tout bonnement un joli drame que je me plaisais à mettre en scène, en étouffant dans mon mouchoir une véritable tornade lacrymale.

J'appris à cette époque à jouer avec mes émotions, à en différer l'expression, à les renier, du moins en apparence, ou à les susciter.

Ainsi, un après-midi, en allant à l'école, je vis un délicieux petit blondinet de trois ou quatre ans s'étaler de tout son long sur le trottoir. Il se releva, les mains et les genoux en sang... J'étais accompagnée de mon père et ne laissai rien voir de mon bouleversement. Or, de tout le reste de la journée, pas une seconde le spectacle de ce gosse écorché ne quitta mon esprit. A plusieurs reprises, je dus plonger sous mon pupitre à la recherche d'une fallacieuse ardoise pour cacher mes larmes que je désespérais de pouvoir retenir jusqu'au soir. Ce jour-là, j'ai eu un mal fou à domestiquer mon émotivité. La nuit venue, le torrent libérateur a été d'une impétuosité si impressionnante que j'ai eu peur de réveiller mon père par mes hoquets et mes reniflements. Car, bien entendu, il eût été absolument catastrophique que l'on me surprît ainsi, convulsée et rouge, bouffie de chagrin, pour tout dire, en pleine débauche...

Un autre jour, sur le boulevard, je me joins à une troupe de badauds que rassemble une pitoyable scène : un petit vieux pleure sur le corps de son chien à l'agonie, qu'une voiture vient de traîner plus de cinquante mètres sur la chaussée. L'animal a la gueule en sang, sa langue arrachée ne tient plus qu'à un fil, il frissonne et geint lugubrement. Je cherche des yeux qui, parmi toutes ces grandes personnes réunies, saura trouver les gestes qui sauvent ou qui soulagent. L'impuissance se lit sur tous les visages consternés, le grand-père pleure toujours, le chien gémit...

On s'imagine quel effet a pu avoir ce genre de tableau sur une gamine qui a sangloté une soirée entière en évoquant les genoux couronnés d'un marmot bousculé...

Je monte chez moi en courant, je sonne, je me précipite au cabinet de toilette, pour m'asperger d'eau fraîche (un des trucs que j'ai découverts depuis peu pour résister à la montée des larmes), je respire un grand coup et je reviens dans la cuisine, où je réalise l'exploit de narrer l'accident à ma mère froidement, sans trembler, sans bafouiller. Ma mère touille une sauce. Elle ne frémit pas plus que moi, mais elle, je suis sûre qu'elle ne se force pas...

Cependant, l'épreuve est trop rude ; je sens le grand frisson de l'attendrissement me gagner. Je fuis, je me réfugie dans le couloir, où je me laisse aller à une navrante incontinence : j'arrose de mes larmes une veste de mon père pendue au portemanteau. Comme il m'a été doux, depuis, de découvrir que l'on pouvait pleurer sans honte dans des bras compréhensifs, amicaux, rassurants. Mais nous n'en sommes pas là. Ma mère, alertée par mes sanglots, se rue sur moi, me secoue, me retourne, me questionne sans aménité : « Qu'est-ce que tu as ? » Je passe lamentablement aux aveux, je bégaie : « C'est le chien... »

Ma mère a ce joli mot pour me consoler : « Imbécile ! » Asile sûr du cœur maternel...

A la même époque, il arrive un incident dans notre immeuble, qui me stupéfie par son incongruité, et me fait surtout prendre conscience que le blocage des sentiments et du vocabulaire n'est pas, contrairement à ce que je croyais jusqu'alors, une généralité dans les familles environnantes.

Un exhibitionniste se promène dans le quartier depuis quelque temps. Des voisins en ont parlé à ma mère, mais je n'ai pas très bien compris de quoi il s'agissait. Et puis un jour, Marie-Christine, une fille de mon âge qui habite au deuxième étage, se trouve nez à nez, en ouvrant la porte de l'ascenseur, avec un individu complètement nu.

Panique. Elle grimpe quatre à quatre les escaliers, tarabuste sa porte et, quand son père lui ouvre, elle s'effondre dans ses bras en déclarant tout de go : « Papa ! J'ai vu une quiquette ! »

C'est Mme Garcia qui nous raconte ça en riant. Je suis sidérée. Non pas par l'idée d'un homme qui se promène nu dans les parages, ni par celle que je pourrais le rencontrer. Non.

Ce qui me plonge dans un réel abîme de perplexité, c'est cette image d'une petite fille qui se jette dans les bras de son père pour s'y évanouir plus à l'aise. Une scène digne de la télé, et qui s'est passée chez nous, un étage en dessous.

Quant à l'aveu : « J'ai vu une quiquette ! », il me chamboule complètement. Rien que le vocable. Interdit, proscrit, il me soulève d'une nausée indicible. Ce mot-là dans la bouche de Marie-Christine, et dans l'oreille de son père, qui, le phénomène, n'a pas rugi, n'a pas blêmi, n'a pas sermonné ni admonesté, mais a dévalé les étages pour essayer de mettre la main sur le triste sire qui révolutionne les gamines !

Moi, j'aurais bien pu en voir un chapelet, de ces choses-là, que le mot n'aurait pas franchi mes lèvres. Ni celui-là, ni un autre... D'ailleurs, y en a-t-il ?

Ce problème de sémantique, et de communication, va m'occuper un certain temps, je crois. Heureusement il y a la classe, les copines, la rue, où je ne traîne pas longtemps, mais où pourtant je découvrirai beaucoup.

Mon année de cours préparatoire se termine. Je rentre de l'école en humant l'odeur des glycines qui me bouleverse, et en récitant Anna de Noailles : « Il neige, il neige des pétales de fleurs... » J'ai appris à lire, à écrire, à compter, à additionner, soustraire, multiplier. J'ai surtout appris à me taire, à me cacher, à pleurer seule en imaginant, quand la matière me manque, la mort de mes parents.

Eric marchera bientôt. Les bras de ma mère ne s'ouvrent plus que pour lui, mais, la plupart du temps, c'est vers moi qu'il tend ses menottes. Il ne parle pas, je ne parle plus. C'est le début d'une grande histoire d'amour.

7.

Un jour, mon père me dit gravement : « Tu as bientôt sept ans : c'est l'âge de raison », et me laisse méditer cette déclaration absconse. J'en déduis, peut-être un peu hâtivement, que, désormais, j'aurai toujours raison. Le démenti ne tarde pas, hélas ! J'ai sept ans et l'âge de raison, mais j'ai encore et invariablement tort de haïr les épinards, de traîner pour obéir quand on me demande un service, et d'expliquer que, dans ce cas, je ne vois pas la différence entre demander un service et donner un ordre. « Et tais-toi ! » crie ma mère. « Et l'on ne raisonne pas ! » dit la maîtresse. Pour elle, répondre, c'est raisonner. Sept ans, l'âge de raison, mais il ne faut pas raisonner. J'obtempère volontiers avec cette douce institutrice, timide, rougissante, qui murmure plus souvent qu'elle ne parle.

Quand elle vient près de moi, pour sentir plus longtemps le parfum de son chignon et de son joli cou, je fais exprès de ne pas comprendre le problème. « Mais raisonne un peu ! » conseille-t-elle en souriant... Je nage en pleine perplexité.

Enfin, pour lui faire plaisir, car je ne sais rien refuser à quelqu'un qui me regarde aussi gentiment, je comprends le problème, et le suivant, et encore le suivant. On organise des concours en classe : à celle qui fera le plus de problèmes. Je gagne toujours. Et je me prends d'une folle passion pour l'analyse grammaticale, parce que Mlle Pralon adore ça. Je deviens spécialiste du complément circonstanciel et de l'attribut.

Pendant que les autres peinent sur les fonctions et les propositions, je m'ennuie, je trépigne un peu : la maîtresse m'oublie trop longtemps. Je taquine la voisine à gauche, je tire la queue-de-cheval devant moi. C'est un mauvais jour : Mlle Pralon relève la tête, devient rouge et m'assène : « Tu resteras ce soir en retenue ! »

L'angoisse me tord le cœur. C'est la première fois qu'elle me punit, et le châtiment me paraît d'une cruauté sans nom. Je n'ose pas imaginer l'inquiétude de ma mère, qui va m'attendre après la classe et que je ne pourrai pas prévenir. Ni la semonce de mon père, à qui il faudra tout expliquer. Moins encore ses questions alambiquées, parce que, sûrement, il ne me croira pas...

Il y a quelque temps de cela, un samedi soir, il est venu me chercher à la sortie. La rue était très animée, pleine d'enfants et de parents qui, comme mon père, profitaient de leur après-midi de congé pour attendre aux portes de l'école.

Nous avons dû nous croiser sans nous voir. Je suis arrivée chez moi, accueillie par ma mère étonnée : « Tu n'as pas rencontré ton père ? » Vingt minutes après, le voilà qui rentre ; je l'entends demander, dès la porte, d'une voix blanche : « Elle est là ? », puis, très vite, il me rejoint dans la cuisine et entame un feu roulant de questions : « Où étais-tu ? Par où es-tu passée ? Qu'as-tu fait ? Tu as changé de rue ? D'itinéraire ? Avec qui étais-tu ? Pourquoi je ne t'ai pas trouvée ? »

Je ne puis qu'assurer que, comme d'habitude, je suis sortie de l'école à cinq heures, toute seule, j'ai remonté la rue, toujours la même. Il insiste. Je hausse les épaules, j'avance le menton : « Je sais pas... » Il recommence : « Où étais-tu ? » ; il menace : « Je veux savoir la vérité ! » ; il me coince debout entre ses genoux, il est assis, les yeux plantés dans les miens, les sourcils tourmentés : « Dis-moi la vérité ! »

L'interrogatoire a duré la soirée entière. J'ai juré. « Ne jure pas ! » J'ai tenté la révolte, le « Laisse-moi, à la fin ! ». « Je ne te laisserai que quand je saurai la vérité ! » J'ai pleuré de lassitude, de désespoir. « Tu vois, tu pleures, tu as quelque chose à cacher ! »

Je baisse les yeux, je me tortille. Il a fini par me persuader que j'étais coupable. Mon esprit vide court après une solution, n'importe laquelle qui expliquerait l'affaire, appellerait peut-être le châtiment, mais mettrait un terme à cette séance épuisante.

J'ai envie d'être punie, et pardonnée, mais surtout crue, et puisque la vérité semble incroyable, il faudrait inventer un mensonge qui lui ferait plaisir, le rassurerait, me montrerait dans toute ma noirceur...

L'âge de raison ! Ce samedi-là, aucune idée ne m'est venue, aucune confession dérisoire, absurde qui nous aurait soulagés tous les deux. Mais j'ai appelé de mes vœux le mensonge, l'inspiration diabolique qui eût complu à mon bourreau, et j'ai compris quel choix désormais il me faudrait faire entre l'invention plausible et la réalité improbable.

... Rien qu'en pensant à la torture morale que mon père va m'infliger le soir même, quand ma mère lui racontera mon retard et ma retenue, je frissonne. Il faut absolument que la maîtresse lève la punition.

A la récréation, je laisse sortir les autres. Je m'approche du bureau sur l'estrade. « S'il vous plaît, mademoiselle... » Je me fais la plus petite, la plus humble, la plus lamentable que je puisse. Pas question de retenir mes larmes, cette fois. Je m'abandonne à une mousson impressionnante qui me trempe les joues et le tablier. Je supplie, je hoquette, je promets : « Je ne le ferai plus... »

Mlle Pralon est toute rose. Un coin de sa bouche frémit légèrement. Elle capitule : « Bon, ça va pour cette fois, mais... » Tout ce qu'elle voudra, tout, je peux tout donner en échange de cette clémence que, à dire le vrai, je n'attendais pas...

Le soulagement est tel qu'il continue à me faire pleurer jusqu'à la sonnerie. Je meurs de gratitude pour Mlle Pralon, et pourtant, en rentrant chez moi, j'éprouve des sentiments contradictoires. La maîtresse vient-elle de se montrer bonne... ou faible ? Les adultes seraient-ils moins impitoyables qu'ils ne m'ont paru jusqu'alors, ou bien serait-il, par hasard, facile, avec un peu de ruse et de savoir-faire, d'en venir à bout ?

J'avais déjà quelques motifs de mépriser ou de redouter les grandes personnes. Tout à coup, je me sens devenir très soupçonneuse, à mon tour. Les leçons de mon père ont porté leurs fruits, et plus rien ne me semble clair ni simple. C'est peut-être cela, l'âge de raison ?

Ainsi, mon oncle, le « salaud-qui-oblige-ma-tante », m'inspire-t-il une crainte, un malaise presque épidermique. Il est très tendre avec moi, m'appelle « Bichette » et ne peut me voir sans réclamer des baisers. Je ne les lui accorde plus qu'à contrecœur, bien qu'il ne se soit jamais rien permis de louche sur ma personne. Mais... s'il allait m'obliger, moi aussi ?

D'ailleurs, il fait très souvent parler de lui. L'autre soir, ma tante n'a-t-elle pas sonné en catastrophe à notre porte, sanglotant, bouleversée, ses pieds nus écorchés par les cailloux de la route ? « Il m'a jetée dehors, explique-t-elle. – Sans chaussures ! » s'indigne ma mère.

Mon père est déjà à la recherche de coton et d'alcool pour désinfecter les blessures. Il saisit les pieds de ma tante, effondrée dans un fauteuil. « Oh, non, pas devant la fenêtre ! S'il nous voyait, il serait capable d'imaginer Dieu sait quoi ! »

Dieu et moi aussi, car j'y pensais justement, à voir mon père agenouillé devant sa belle-sœur et si plein de sollicitude...

Joli monde, vraiment ! Le sadique jaloux et le grand inquisiteur incestueux ! Si j'en ignorais encore la formulation, je possédais déjà certains concepts très précis, très troublants. Or les découvertes et les doutes ne faisaient que commencer. Je devais bientôt en apprendre de belles !

Un jour, dans la cour de l'immeuble où je suis allée rejoindre Christine et Marie-Christine, la première me montre du doigt une adolescente qui passe : « Tu vois celle-là ? Elle a un chéri et elle couche avec... Ils font passer le train sous le tunnel ! » Et comme je roule des yeux ignares, elle m'explique une absurde histoire de quiquette à enfiler dans un trou, à laquelle je ne crois pas du tout. Christine est très mauvaise élève à l'école, elle n'apprend rien de rien, et elle est capable d'inventer n'importe quoi. Je la traite de haut, je ricane de ses affirmations, persuadée que de telles fariboles ne peuvent être que le fruit d'une imagination extravagante.

Mais l'expression employée par Christine, sans doute à la mode, me revient plusieurs fois aux oreilles. A son tour, Jacky en use devant moi. Jacky habite aussi la montée, il a notre âge, une jolie figure, et il bégaie terriblement. Il exécute un geste des deux mains à la fois pour illustrer sa formule, un geste que je trouve trivial mais clair : du pouce et de l'index gauches, il forme un anneau dans lequel il enfile son index droit... La mimique me laisse pensive, partagée entre l'indignation et l'amusement. Evidemment, c'est imagé... Et il est tout de même surprenant que tout le monde ait l'air aussi au courant. A moins d'une conspiration contre moi pour me tourner en ridicule.

Finalement, et quoi qu'il m'en coûte, j'admets qu'il puisse se passer des choses semblables entre les adultes, mais alors à titre exceptionnel, chez des gens très compliqués, très bizarres et, disons le mot, que je connais grâce à ma grand-mère, très vicieux.

Jacky du boulevard, petit copain drôle et touchant, à la parole rétive mais au geste malicieux, tu avais su trouver ce jour-là une éloquence simple et convaincante pour m'instruire à ta manière, et me persuader, quand, de toute ma répugnance, je refusais les mots.

Tu as été le premier à faire plier un peu ma pudeur, à me choquer gentiment, à me violenter doucement... Depuis toi, combien d'hommes ont dû, pour me séduire, bousculer ma timidité, et forcer mes barrières ? Car c'est aussi cela, un amant : quelqu'un qui vous contraint à vous rendre de votre plein gré...

Tandis que, plutôt à contrecœur, je m'instruis sur les mœurs des grands, mon père persiste à veiller sur les miennes. Il n'aime pas me voir dans la cour en rentrant du travail. Il fait les gros yeux et me force à remonter. Mes fréquentations lui déplaisent. Il trouve les filles bêtes. Quant aux garçons, ils présentent ce défaut impardonnable d'être « les garçons », et je ne dois pas m'attarder auprès d'eux, pas leur parler, pas les regarder avec insistance. « Tu peux leur dire bonjour », précise mon père, et il me donne cette permission avec un tel air de mansuétude que je ne suis pas loin de la reconnaissance.

Chez nous, il y a Eric, qui grandit. C'est un délicieux bébé de dix-huit mois, tout en sourires et en fossettes. Il passe la majeure partie de son temps en cage, dans son parc. Je vais l'y rejoindre souvent, je me mets à quatre pattes, à sa hauteur, et tous les deux, la joue contre la joue, nous regardons les autres de derrière nos barreaux. Il commence à parler, il m'appelle « Seuseure », et j'ai de grosses bouffées de tendresse pour lui. Je le dévore de baisers, le serre dans mes bras à l'étouffer. Déjà, pour l'endormir, à la sieste, il ne veut plus que moi. J'ai un don : je lui secoue la main gauche et ça l'hypnotise. Je vois ses yeux se fermer doucement, je sens sa patoune toute chaude mollir entre mes doigts... Mon petit bonhomme, ma petite violette, comme j'aime ta confiance, et ta façon de t'abandonner, de t'en remettre à moi. Je me sens émue, mais sûre et solide, quand tu t'endors ainsi. Tu m'appartiens un peu, et j'ai envie de te garder toujours.

Qui m'aurait dit qu'un jour j'aurais un tel pouvoir, une telle responsabilité, le sommeil d'un tout petit garçon, et sa main dans la mienne ?

A ce moment-là, avais-je vraiment besoin d'aller à l'église, pour entendre parler de prodiges, et de Nativité, moi qui portais sur cet enfant roi, cet enfant dieu à son berceau, le regard d'une mère qui n'avait pas connu l'homme ?

Ma sereine tendresse d'alors, ma simplicité faisaient de moi une petite sainte au cœur naïf, car Eric me redonnait la pureté que mon père compromettait de plus en plus gravement.

Mais il me fallait tout perdre, et toujours par ses coups. On trouva donc un moyen radical pour venir à bout de ma ferveur naturelle, de ma religion innée : on m'inscrivit au catéchisme...

8.

Le catéchisme me fit beaucoup souffrir dans mon orgueil et ma pudeur. Mon blocage des mots était tel que je ne pouvais pas prier à haute voix, comme les autres, à cause du vocabulaire follement indécent. Lorsqu'il me fallait répéter « Dieu est amour », ma langue devenait de bois. Et les gestes mêmes de la prière me semblaient obscènes. Joindre les mains humblement, par exemple, et baisser la tête d'un air recueilli, je ne savais pas faire. Cela ressemblait à des scènes de films où ma mère n'avait pas pleuré, et j'avais l'impression de jouer, de mal jouer, un mauvais rôle. Je contournais la difficulté en entrecroisant mes doigts, je trouvais le geste moins benêt. Le curé me gronda un jour : « On dirait que tu vas te tourner les pouces ! »

On me donna des principes. « Il faut aimer tes parents, tes copains, tout le monde, et le dire, et le montrer. » Non, vraiment, on apprenait de ces choses ! « Il faut faire ta prière tous les soirs, et dire ceci, cela... » J'avais toujours fait consciencieusement mes devoirs. Je m'exécutais donc (je ne me lasserai jamais de m'extasier sur la malice du lexique français) : la dernière tâche de la journée était cette « prière » muette, dans mon lit, rapidement expédiée, sans conviction, mais qui m'embarrassait la conscience si je la négligeais.

Un jour, mon père me demande : « Tu fais ta prière, le soir ? » Il avait un air moqueur. (Il convient de préciser qu'il n'était absolument pas bigot, malgré ses envies de monastère, et plutôt sceptique quant aux mystères de la religion. Mais il s'était marié à l'église, nous avait baptisés et m'avait inscrite au caté « parce qu'on ne sait jamais »... Prudence est mère de sûreté.)

Je lui réponds, très embarrassée, un petit « oui » timide. « A qui tu parles ? » Incroyable, mais vrai ; je me trouvais dans l'incapacité de prononcer, comme mes camarades, « le bon Dieu », ou « le petit Jésus », ces expressions me paraissaient insupportables de niaiserie et d'impudicité. Je baisse les yeux, je murmure, d'une voix inaudible : « A Dieu. »

« Et qu'est-ce que tu lui dis ? » Ah non ! Quelle manie de l'indiscrétion ! Je bredouille : « Rien... », mais j'ai envie de lui crier : « Ça ne te regarde pas, vicieux ! », car je commence à penser qu'entre une enfant qui contemplait sa grand-mère se déshabiller et un homme qui s'arroge un droit de contrôle jusque sur mes prières, il n'y a aucun doute quant au plus pervers des deux... A coup sûr, mon père n'aurait pas déparé un confessionnal.

A propos de confessionnal... je me souviens, je me souviens ! Encore une découverte terriblement frustrante ! Le curé est si gentil que j'aimerais lui faire plaisir, et lui confier tout un tas de péchés.

Je cherche en vain... J'invente quelque minable tablette de chocolat volée, moi qui n'ai jamais ouvert un placard sans permission, ni eu seulement l'occasion de dérober un sucre... Je forge une ou deux colères contre mon petit frère (pardonne-moi, Eric, mais tu me rends service, tu sais) et puis je reste coite, consternée par la sécheresse de mes aveux.

On me donne l'absolution, on me pardonne, et je me relève désolée de ce luxe gaspillé, un pardon pour rien, puisque je n'ai rien su regretter de sincère. J'en ai les larmes aux yeux, un peu l'attendrissement de ce lieu saint, obscur, plein d'échos feutrés, et puis la bonté de ce brave homme qui m'excuse... Tiens ! si je retournais lui dire que je viens de lui mentir, ça en ferait une belle, de confession ! Une vraie de vraie ! Mais je n'ai jamais osé...

Faux aveux, faux pardons, fausses prières, faux recueillement... Bientôt le catéchisme me deviendra une aire de jeux plutôt délectable, puisque je commence à comprendre, en regardant mes parents devant une scène d'amour, qu'il faut tourner en dérision ce qui nous gêne vraiment...

C'est ma mère qui ouvre le feu, d'ailleurs, des facéties. Un jour, la maîtresse de caté m'a donné à faire un dessin très difficile : quelqu'un qui communie. Je gribouille, je gomme, je m'énerve ; et ma mère vient à mon secours. En un tournemain, elle trace la silhouette d'un personnage à genoux, mains jointes, le chapeau sur la tête et la pipe à la bouche. La maîtresse est furieuse : « Qu'est-ce que c'est que ce charlot ? » Elle arrache ma page. Lorsque je raconte sa colère à ma mère, celle-ci entame un de ces fous rires dont elle est coutumière, qui la laissent pantelante et les yeux mouillés.

A partir de là, je boycotte beaucoup les cours de caté, qui me deviennent des séances de joie pure. Je suis intenable : je lâche ma gomme sous la table pour pincer les copines plus à l'aise, je dis n'importe quoi, je récite des âneries blasphématoires. Au diable le bon Dieu, qui, malgré mes prières (sincères, celles-là), a laissé mourir un petit oiseau que j'avais recueilli ! Et j'imagine pour moi seule ce définitif et insolite credo : « Je ne croirai plus jamais en toi, pauvre salaud ! »

Il est vrai que, sans le catéchisme et tous ses protocoles qui me parurent alors autant de pantalonnades, j'eusse pu être séduite par la religion...

Il est vrai aussi que, sans les Evangiles, je serais restée beaucoup plus longtemps en dehors de la grande question qui préoccupait essentiellement mes copines, à savoir comment on faisait les enfants. Si mon père avait su que le caté était à ce point un lieu de perdition pour moi, et que les problèmes qu'on y soulevait, sans troubler ma chair, confondaient mon esprit, il m'aurait peut-être brûlée sur le bûcher des hérétiques, et le curé avec moi.

La maîtresse avait décidé de nous raconter comment était né Jésus. « C'est le fils de la Sainte Vierge. » Ça, tout le monde le savait. Mais ce qu'elle nous expliqua, c'est le mot « vierge ». Cela signifiait que Marie n'avait pas de mari. Je vis là une irrésistible drôlerie du destin.

J'avais surpris une conversation entre ma mère et ma tante, à propos d'une femme qui avait un enfant et pas de mari. Elles avaient dit : « Elle est fille mère. » La maîtresse prétendit que « vierge », c'était plus joli.

Elle nous lut des passages d'un gros livre bleu. « Joseph prit chez lui son épouse, et sans qu'elle l'eût connu, elle enfanta un fils »... Les choses se compliquaient nettement : Joseph avait Marie comme épouse, et Marie n'avait pas de mari ! Et ils vivaient ensemble sans se connaître ! Le caté ressemblait à un jeu de devinettes, une sorte de rébus énigmatique que je ne parvenais pas à élucider.

La maîtresse lisait toujours. « Voyons plus loin... D'après saint Luc, on retrouve, bien sûr, la même chose, mais racontée autrement... » Suivait une histoire d'ange qui annonçait une bonne nouvelle à Marie, très surprise : « Comment cela se fera-t-il, puisque je ne connais point d'homme ? » Alors là, force m'était de reconnaître que Christine avait sans doute raison : pour avoir un enfant, il fallait certainement connaître un homme. Peut-être même l'embrasser, comme elle le prétendait, mais ça, c'était tout de même à vérifier...

« Dès qu'Elisabeth eut entendu la salutation de Marie, l'enfant tressaillit dans son sein... » Je commençais à me douter que c'étaient les femmes qui fabriquaient de leur propre chair les enfants. Mais mes notions étaient on ne peut plus floues. Saint Luc venait de m'estomaquer. Pas d'erreur possible, il disait encore : « Tu es bénie entre toutes les femmes, et béni le fruit de ton sein »... J'étais stupéfaite ! Il faudrait que je dise ça à Christine, qui ne suivait pas le caté avec moi : les enfants se faisaient dans les seins ! Enfin, dans un des deux... Et moi qui n'avais rien vu chez ma mère, qu'un vague embonpoint... Tout de même, elle devait avoir eu un sein bien plus gros que l'autre ! Quelle affaire ! Et comment arrivait-il dans le sein, d'abord, cet enfant ? Et comment en sortait-il ?

Christine haussa les épaules. « Je te dis que c'est dans le ventre ! On l'ouvre pour sortir le gosse, et on recoud après ! » Elle m'agaçait, à tout vouloir savoir ! Eh bien ! qu'elle reste à son ignorance ! Je décidai de camper sur mes positions. Le bébé se formait dans le sein de sa mère, et d'ailleurs c'était pour ça que, parfois, il y avait des jumeaux : un de chaque côté !

J'étais très fière de mon raisonnement. Il y avait longtemps que les seins me paraissaient des organes mystérieux, et j'avais assisté à certaines cérémonies d'allaitement (pas chez ma mère, cela va de soi, qui nous condamna au caoutchouc dès notre naissance, parce qu'elle avait horreur de « ces mioches pendus à la mamelle ») qui m'avaient beaucoup intriguée...

Et puis un jour, on nous apprit le *Je vous salue, Marie*. « Vous êtes bénie entre toutes les femmes, et Jésus, le fruit de vos entrailles, est béni. » « Qu'est-ce que c'est, les entrailles ? » demandai-je à ma mère. « C'est le ventre », répondit-elle, et mon univers bascula une nouvelle fois.

Cette Christine était nulle en calcul, mais décidément, en dehors de l'école, elle connaissait beaucoup de choses ! Et moi qui m'imaginais que, chez elle, on parlait encore moins que chez moi, parce que ses parents étaient espagnols !

Mon amour-propre en prit un coup, mais je me résignai à écouter dorénavant les leçons de Christine : c'est en embrassant les garçons qu'on attrapait les enfants, ils vous poussaient dans le ventre, et il fallait opérer pour les en sortir. Peut-être que mon père redoutait les garçons pour cette raison précise : il avait peur que je ne les embrasse ! Cette pensée me rassurait plutôt, qui éclairait le comportement paternel d'un jour rationnel.

Une autre pensée me troubla bien plus : pour que nous naissions, Eric et moi, il avait donc fallu que mon père embrasse ma mère deux fois ?

C'était ça, la boulette ? Bien sûr que, dans ce cas, les scènes de baisers sur l'écran ne pouvaient leur rappeler que de mauvais souvenirs...

9.

Comment ai-je acquis la conscience que le baiser générateur d'enfants était autre chose qu'une simple accolade, autre chose que la chaude et fougueuse étreinte dont je suffoquais Eric vingt fois par jour, autre chose que les très spectaculaires représentations, regards chavirés et bouches magnétiques, que donnaient à la télé de beaux cow-boys savamment poussiéreux et leurs fraîches fiancées aux lèvres impeccablement dessinées ?

J'ai peu à peu subodoré quelque chose de plus inquiétant, de plus sale, de plus clandestin. J'étais bien loin encore de faire le rapprochement avec le fameux « train sous le tunnel », qui m'avait une fois pour toutes paru le comble de la perversité. Mais j'imaginais vaguement un corps à corps violent, des attouchements spéciaux, où le sexe intervenait peut-être...

Ma mère se disputait à nouveau avec mon père. Elle arpentait la maison à grands pas en hurlant et en claquant les portes, s'éloignait jusqu'au fond de sa chambre pour y puiser l'inspiration de nouvelles injures, et revenait à la charge aboyer le fruit de ses cogitations démentes. Mon père ne répondait que très peu, brièvement, froidement, dénonçant et attisant à la fois l'hystérie de sa femme.

Un soir, comme il soignait une mycose qu'il avait aux mains avec une pommade adéquate, ma mère, qu'une crise de colère propulsait d'un bout à l'autre de l'appartement au bruit des portes claquées, fit irruption dans la salle à manger avec son oreiller sous le bras : « Et puis, tu coucheras tout seul, vieux porc ! Je ne supporte pas que tu me touches, avec tes sales pattes ! Tu me dégoûtes ! Tu es rongé de vermine !... »

J'avais grandi au milieu de ce genre de scènes. Toute petite, je sanglotais beaucoup, j'allais de l'un à l'autre, j'essayais de les réconcilier... Mon père se prenait la tête dans les mains, je croyais qu'il pleurait, j'étais bouleversée.

A huit ans, je me contentais d'asseoir Eric sur mes genoux, de m'approcher de la télé et d'en hausser le son pour ne rien perdre de mon feuilleton préféré. Ce jour-là, le coup de l'oreiller me contraria beaucoup, et les déclarations maternelles me firent dresser l'oreille. La désertion du lit conjugal, était-ce donc pour fuir un contact, des caresses, tout un échange peut-être stéréotypé de gestes plus ou moins douteux ?

Forte du principe qu'il y a beaucoup à apprendre des adultes quand la passion les emporte, et qu'ils ne se surveillent donc pas, je prends l'habitude de m'embusquer derrière les portes dès qu'une algarade se prépare, ou que la conversation menace de prendre un tour inhabituel. C'est ainsi que, du couloir où je me blottis, j'entends ma tante, bégayant d'émotion, confier à ma mère une alerte plus urgente que de coutume :

« Ça y est, ma petite, ça y est, il m'a eue !

– Non ? Tu es sûre ? Depuis combien de temps ?

– Trois jours de retard ! C'est ça, va ! Je ne dors plus ! Je vais me tuer !

– Quel salaud ! quel salaud ! »

Je déduis que mon oncle a encore obligé ma tante à « l'embrasser », et qu'elle redoute les conséquences de ce baiser. Je repense aux inquiétudes et à la tristesse de ma mère avant la naissance d'Eric... Et moi qui viens d'apprendre, grâce à un hebdomadaire spécialisé dans les rubriques mondaines et les grossesses de reines, l'expression « attendre un heureux événement » ! Je crois que ma découverte de l'injustice sociale a commencé par cette constatation. Le « Ils vécurent heureux et eurent beaucoup d'enfants » n'était assurément valable que pour les princes et les princesses. Chez nous, l'événement était tout sauf heureux !

Toutes ces scènes finissent par me persuader que la vie de couple est un calvaire, l'homme un bourreau dégoûtant, et les enfants, une malédiction qui poursuit la femme. C'est pourquoi, sans doute, on cite si souvent en exemple la Sainte Vierge, et son bonheur d'avoir eu un fils sans avoir été obligée par un homme.

« Moi, dis-je à ma mère très sérieusement, je ne me marierai jamais ! » Elle secoue la tête avec mépris, pince la bouche et me dédaigne jusqu'à prendre à témoin une tierce personne invisible pour lui confier : « Celle-là, elle n'est pas normale ! »

Alors, être normale, c'est se marier, se disputer

avec son mari, être forcée de l'embrasser, et pleurer quand on va avoir un enfant ?

Je suis une petite fille qui réfléchit beaucoup. Beaucoup trop. Mon Eric, mon gosse qui m'est tombé du ciel sans m'arracher de larmes, viens, je t'emmène promener ! Je vais t'habiller, te mettre dans l'ascenseur en faisant surtout attention à ce que tes petits doigts ne touchent pas la paroi lisse, nous irons au bureau de tabac et je t'achèterai un bonbon, avec ma pièce de vingt francs, celle que je cache depuis huit jours, parce que la dernière fois qu'en me fouillant mon père a trouvé de l'argent...

Il faut dire que c'était déjà une petite somme : une pièce de cent francs (un franc actuel !), et mon père, du fond de la poche de mon tablier, l'a ramenée à la surface entre deux doigts accusateurs : « Qu'est-ce que c'est que ça ? »

J'ai ramassé cette pièce par terre en rentrant de l'école. Je laisse à penser quel mal j'ai eu à convaincre mon père de mon innocence... D'ailleurs, mon père ne s'avoue jamais convaincu. Son expression favorite, c'est « On n'apprend pas à faire la grimace aux vieux singes ». Et peu à peu, c'est ainsi que je le considère : un vieux singe, grimaçant et laid, retors, fourbe, voleur peut-être, avec toute une panoplie, derrière lui, de vices cachés qu'il connaît pour les avoir pratiqués et qu'il cherche à démasquer chez les autres en général, chez moi en particulier.

Il continue à m'étouffer de contrôles permanents, n'ayant pas abandonné les plus anciens, en inventant de nouveaux au fur et à mesure que je grandis. Le lavement est toujours de mise, cela se passe le samedi à présent. Eric est également convié à la fête, et tous les deux nous nous sauvons autour de la table de la salle à manger pour ne pas être le premier à subir le supplice. Mon petit frère hurle plus fort que moi, et a moins de retenue. Un jour il propulse à la figure de mon père un grand jet d'eau sale, comme un crachat. Mon père essuie ses lunettes. Je jubile. Le grand inquisiteur s'est fait insulter d'une bouche éloquente, et qu'il ne peut punir plus qu'il ne le fait déjà. Ça, c'était trouvé !

Je suis maintenant en cours élémentaire deuxième année. C'est la première fois que la maîtresse nous fait faire une composition trimestrielle, avec un classement. Quand elle a rendu les carnets, elle a commencé par la dernière. J'attendais patiemment mon tour, m'étonnant que mon nom ne fût pas encore prononcé, et modeste sincèrement au point d'imaginer qu'elle avait peut-être oublié ou perdu mon bulletin. Les noms défilaient, le mien n'arrivait toujours pas. J'étais déçue chaque fois qu'elle prenait un nouveau carnet sur la pile, angoissée, anonyme. Le malaise a duré longtemps : mon carnet était le dernier de la pile, j'étais la première. Je n'ai rien éprouvé d'autre, d'abord, qu'un grand soulagement. Enfin, j'existais, moi aussi ! Puis, de l'étonnement : c'est si facile que ça, d'être la première ? Et pour finir, devant les coups d'œil envieux des autres, j'ai pris conscience que non seulement j'existais, mais que j'étais quelqu'un. Pour souligner ma gloire, la maîtresse m'a installée au premier rang, et j'ai désormais vu la classe sous un jour neuf : j'avais pour ainsi dire la maîtresse pour moi toute seule, je la voyais de très près, et j'ignorais les autres dans mon dos, à part peut-être ma voisine, Chantal, la deuxième, avec qui commença une lutte enfiévrée pour cette première place sous le bureau et le regard privilégié de la maîtresse...

L'importance que je pris alors au sein de la classe fit plus que compenser l'insignifiance dont je souffrais à la maison. Elle me grisa. Je m'imaginai soudain que je pouvais tout me permettre parce que j'étais première, et je devins, à mon tour, un bourreau.

Il y avait dans la classe une fillette très sage, très bien tenue, très bien élevée, prénommée Hélène. Hélène avait une douce physionomie, une peau très claire qui sentait le savon, des yeux bleus, un regard calme et timide, une toute petite voix.

Je recherchais sa compagnie à la récréation, où j'inventai un absurde jeu de questions, du style des jeux télévisés que nous suivions le soir en famille. Mais la teneur de mes devinettes était assez particulière. « Que font un garçon et une fille lorsqu'ils sont seuls ensemble ? » Elle restait muette, très embarrassée. Je la bousculais, de la voix et du geste, je promettais des châtiments terribles : « Demain, tu auras des piqûres, ça te rendra moins bête ! » Et le lendemain, j'enfonçais dans les bras de ma victime terrorisée les pointes des ampoules de verre que mon père persistait à vider dans mon verre. « Alors, tu as réfléchi ? Tu sais répondre à ma question ? » Silence éperdu. Nouvelles menaces. « Je vais t'enfermer dans le cagibi des tapis de gymnastique ; je t'obligerai à embrasser des garçons ! » Sa peau transparente se colorait en rose, ses yeux se mouillaient, elle suppliait : « Non, non, pas ça ! » Alors, enivrée par ma propre clémence, je l'autorisais, pour se faire pardonner, à porter mon cartable jusqu'au pied de mon immeuble, le soir, après l'école. Lorsqu'elle me quittait, elle s'en allait en courant, désireuse de rattraper le temps perdu, car elle habitait loin, et sa hâte me disait assez qu'elle ne racontait rien chez elle.

Son esclavage désolé mais sans révolte a duré des mois. J'abusais d'elle. Je « l'obligeais ». Il y avait quelque chose, dans mon comportement, que je sentais vaguement viril, et vengeur. Cette potiche bêlante et niaise d'Hélène ne m'émouvait pas, au contraire. Elle me donnait envie d'aller toujours plus loin dans mes violences. Je comprenais mon oncle, ce tortionnaire impatient, que galvanisait la servitude pleurarde et résignée de sa femme. Hélène devenait peu à peu ma squaw, ma femme, ma servante, et j'exerçais sur elle un pouvoir savoureux, insoupçonné, fascinant...

Et puis, un jour, le scandale éclata. Des filles de ma classe, jalouses sans doute de mes succès scolaires, jugèrent tout à coup convenable de s'offusquer de mes agissements envers Hélène. Je sentis leur hostilité d'abord ; je fis mine de passer outre leurs menaces : « On va tout dire à la maîtresse ! » Mais je vis leurs rangs grossir, et j'entendis gronder la rumeur publique avec un frisson d'épouvante. Les plus dégourdies d'entre elles abordèrent les institutrices qui discutaient en arpentant la cour pendant une récréation. De loin, j'aperçus leurs regards étonnés me chercher, me trouver, interroger ma silhouette que ratatinait l'appréhension.

L'affaire fut considérable. On m'organisa un véritable procès, avec des témoignages divers, des prises de notes, et un rassemblement général du personnel enseignant, sous la férule de la directrice, pour décider des sanctions. La victime, qu'on secouait en vain : « Et toi, nigaude, tu te laissais faire ? », semblait aussi coupable que moi. C'était ma seule circonstance atténuante : on convint que l'abus de pouvoir était tentant sur une telle passivité...

Je rentrai chez moi accablée, montrée par des dizaines de doigts moqueurs, dénonciateurs. La maîtresse m'avait fait déménager : j'occupais désormais la place d'infamie, au fond de la classe. Elle m'avait également chargée d'une convocation pour mon père...

La honte et la crainte me talonnant, je déballai toute l'histoire à ma mère en arrivant, pour en être plus vite débarrassée. Puis je me réfugiai derrière le rideau brouillé de mes larmes, à travers lequel je vis mon père ahuri par une surprise déplacée : enfin je me révélais celle qu'il avait toujours crue, méchante, menteuse, vicieuse, et cela semblait le dépasser !

Il me parla à peine, endossa le pardessus qu'il venait de quitter et fila chez la maîtresse. Il en revint consterné, soufflé, atterré. Bien sûr, ce qu'il avait surtout retenu, de ma longue oppression, de mon sadisme raffiné, ne m'étonna pas : « Elle voulait lui faire embrasser les garçons ! Tu te rends compte ? »

Et il s'adonnait à une trituration masochiste de son déshonneur, persuadé plus que jamais d'avoir donné le jour à « une fille des rues », sans chercher à analyser ce qui, dans mes menaces, eût dû pourtant lui paraître symptomatique. Car « embrasser les garçons », à cette époque-là, pour moi, et au stade d'observation et de conclusion où j'en étais arrivée, ce n'était pas un plaisir louche et défendu, un régal obscène, et donc tentant. C'était bel et bien la punition maximale, la peine capitale à infliger à une fille fautive, à une femme indigne.

Mais la psychologie n'était pas son fort non plus, ni, il s'en fallait, celui de ma mère.

On se rassura donc de la pensée que j'étais déjà une petite chienne en folie, et l'on décida, pour museler mes impudiques chaleurs, de « serrer la vis ». L'on serra tant et si bien qu'un jour le pas fut faussé. Mais comme l'important était qu'il ne fût point sauté, personne ne s'en aperçut.

10.

Après le scandale qui me désigna aux yeux de l'école entière comme une créature précocement cruelle et perverse, l'homme, qui rôdait aux confins les plus flous de mon existence, s'en éloigna. Je chassai son fantôme compliqué fermement et pour longtemps. Pour plus longtemps que je ne pensais, je m'en rends compte aujourd'hui.

A neuf ans, je me mis en deuil, comme une Sicilienne entêtée de malheur. Je portai disparus tous les mâles de la création, avant même d'en avoir véritablement fait la connaissance. J'avais décrété, à l'indignation méprisante de ma mère, que je resterais célibataire. Elle ne songea nullement à s'offusquer de me trouver (mais me trouva-t-elle ?) si jeune encore et déjà veuve.

Exit l'homme. De ma vie, de mes pensées. De mes rêves. J'avais été Pénélope et Salammbô ensemble. Je deviens Andromaque, altière et dure, fidèle à un spectre que j'aurais pu aimer, rétive désormais à tous les Pyrrhus du monde, les vieux, les grands, les adolescents, les copains, les cousins, les tontons, les voisins. Avec, pour seul compagnon, mon petit frère, mon enfant, mon Astyanax, que j'arrache du royaume des Ombres, et que je garde en mon gynécée quotidien.

Je le pouponne, je le dorlote, je l'emmène à l'école, je le lave, je l'habille, je touche son petit sexe pour lui faire faire pipi avec une sérénité aveugle de bonne sœur, de sœur bonne, indulgente aux faiblesses, aux imperfections de l'être humain. Je te pardonne ta petite queue, mon Eric, tu n'as pas fait exprès... Mais tu es le seul, le seul, tu entends ? J'abomine tous les autres, que je n'oserai plus jamais regarder sans appréhension.

Ma tante ne va pas tarder à sonner. J'ai entendu le martèlement rapide et énergique de ses talons sur le carrelage de l'allée. La voilà. Soulagée.

« Ce n'est pas ça ! claironne-t-elle à ma mère qui ouvre des yeux étonnés, hausse des sourcils interrogatifs. C'est une préménopause !

– Hein ! rugit l'organe maternel. Mais tu as trente ans !

– Oui, oui, je sais, mais le professeur est catégorique. Je dois faire des rayons... Tu vois, j'ai bien envie de laisser courir. Je serai bien plus tranquille comme ça !

– Tu es folle ! proteste ma mère. Tu vas vieillir avant l'âge ! Tu ne seras plus jamais comme avant !

– Bof... » riposte ma tante, et il y a dans cette sobre réplique tant de lassitude accumulée, tant de dérision, tant d'amertume que, du couloir où je me suis embusquée, je sens une émotion solidaire me gagner, sans raison réelle, puisque je n'ai rien compris à tout leur dialogue, si ce n'est cet aveu suicidaire, ce désir de vieillesse et de paix, et même de mort, ce « bof... » d'une de mes sœurs, d'une Andromaque à jamais blessée, à jamais mutilée peut-être, mais sauvée de l'homme...

Elle aussi avait son Astyanax, et pour l'amour de lui, pour qu'il n'entende rien, ne s'inquiète pas, elle marchait vaillamment au supplice dans l'ombre quand le lui ordonnait son maître, et s'apprêtait à trembler pendant de longs jours, de longues semaines, car la légende ne dit pas qu'Astyanax ait jamais eu un petit frère.

Son corps, à sa façon, refusait soudain l'inégal combat, se condamnait à la sénilité stérile plutôt qu'à une hasardeuse maternité.

C'est peu après, je crois, alors qu'elle s'était rendue aux raisons des médecins et de ma mère, qu'elle s'était donc soignée, qu'elle avait retrouvé l'ineffable et femelle béatitude de pleurer chaque mois des larmes de sang, et chaque matin des larmes d'angoisse, c'est peu après, disais-je, qu'elle tenta d'enjamber le pont du Drac et de se « foutre à l'eau ». Ma mère, qui la coursait depuis une demi-heure à travers tout le quartier et désespérait de la rattraper, la vit de loin escalader la balustrade, et s'élança au-devant d'un capot, au péril de sa propre existence, pour alerter le conducteur, un homme, un vrai, et lui demander de l'aide.

Le sort est cruel, qui les épargna toutes les deux. Ma tante, qui voulait mourir à cause d'un homme (mon Dieu, le sien, c'était une mort honnête !), fut dûment neutralisée par un autre, qui venait de freiner éperdument sur le boulevard pour éviter ma mère, et se prenait, pauvre sot, pour le héros de l'histoire.

Lorsqu'elle me fut contée, je ne pus m'empêcher d'imaginer ce qu'il serait arrivé si Zorro avait eu un réflexe plus lent : ma mère en bouillie sous les roues, et ma tante au bouillon ! Voilà qui aurait peut-être aéré mon existence, soufflé dans mes voiles de veuve glacée une petite brise de renouveau...

Mais les choses, j'en étais à neuf ans intimement persuadée, n'arrivent jamais comme dans les livres, et je dus me résigner à n'être pas orpheline...

En fait, j'entrevoyais déjà à quel point l'homme avait affaire à forte partie lorsqu'il s'opposait à la femme. Son ennemie congénitale, sa victime favorite était finalement plus costaude qu'on ne le croyait. J'achevai de m'en convaincre en constatant combien toutes ces femmes, que j'entendais geindre à longueur de journée, étaient finalement toniques et résistantes. La frêle silhouette de ma tante, qui s'habillait au rayon « Fillettes », déployait une activité phénoménale, s'agitait frénétiquement et efficacement comme un insecte têtu et débordé... Ma mère avait en gueule – je parle du large éventail de son vocabulaire et des fréquences incroyables qu'elle était capable de tirer de sa gorge – ce que sa sœur possédait en capacité de travail et d'abnégation... Chez Mme Garcia, qu'écrasait aussi bien conventionnellement un époux espagnol et macho, impitoyable, cassant, il y avait, malgré l'obéissance affichée et la crainte respectueuse du mâle, une sorte de révolte du bas du dos, un soulèvement de la croupe qu'elle avait agressive au-delà du raisonnable, et qui me fascinait... Mme Jimenez résistait à son bourreau, petit, nerveux, tyrannique, par son rire diabolique de gnome laid et touchant... Ma grand-mère – l'Italienne – devenait, aux heures terribles où son ivrogne de mari se déchaînait, une citadelle imprenable, murée dans un écrasant silence réprobateur...

J'apprenais en même temps que, si l'homme est un loup pour l'homme, il l'est bien davantage pour la femme, mais que la femme sait comment lui tenir tête et parfois lui survivre. L'aïeule qui sort vivante du ventre de la bête ne me surprenait plus... Non plus que le Petit Chaperon rouge, intrépide, innocent, épargné...

Cependant, la répulsion subsistait. La hantise vague de devoir, pour un jour exister ou ressusciter, me faire manger, moi aussi. Le désespoir de me savoir condamnée à la gueule du loup, par mon sexe et par la société, par mon père et ma mère, que je n'imaginais pas plus humains que les parents du Petit Poucet, qui l'avaient semé dans la forêt et abandonné aux dangers de la nuit et de ses prédateurs. Ce conte-là non plus ne m'étonnait plus guère. A moi aussi on brouillait les pistes. Je savais qu'après tous les panneaux de sens interdits (chers, chers mots, toujours si denses et si drôles !), d'hommes interdits, il y aurait les sens obligatoires, les chemins jalonnés de repères inévitables, imposés. Il y aurait aussi le panneau d'homme obligatoire, d'enfants obligatoires, et, de tout mon être déjà, je me raidissais contre la loi commune, le désir des anciens, les erreurs connues, décriées, mais sans cesse recommencées.

J'avais peur de l'homme, j'avais peur du loup. Cette peur se muait en terreur lorsque, par hasard, seule dans la rue, j'y apercevais une silhouette masculine. Je me souviens avoir pris souvent mes jambes à mon cou, et m'être enfuie, m'être envolée de devant le danger, en me donnant pour alibi un imaginaire cabot facétieux à rattraper. Je criais un nom :

« Viens ici, Tobbi ! » et je détalais, honteuse sans doute de courir sans excuse, désireuse de ménager la périlleuse susceptibilité de celui que je fuyais, attentive déjà à ruser avec lui, à déguiser mon épouvante, à minimiser sa victoire.

Je courais ainsi, entre deux ombres, poursuivie par le fantôme menaçant d'un dévoreur de petites filles que je croyais sur mes talons, moi-même à la poursuite d'un quadrupède fictif, qu'il m'eût été doux de tenir en laisse à mes pieds, comme un gardien sûr. Je courais entre chien et loup, ces deux versions d'un même rêve, où l'homme et l'animal se confondent pour mieux aimer la femme, ou mieux la déchirer.

A la télé, les hommes ne m'excitent plus. Mon cousin m'énerve. Je laisse les copains du quartier grandir sans moi, s'adonner à leurs jeux de brutes stupides entre eux. Les regards dont je les ai jadis honorés m'ont coûté trop cher.

Partout, dans la famille, dans l'immeuble, ce ne sont que rumeurs de femmes plaintives, comparaisons de dommages, de plaies et bosses tant physiques que morales, toutes signatures d'un même bourreau : l'homme. On estime, on évalue. Celui de Mme Viallet, il est terrible ! Pas tant que celui de la mère Simone ! On procède chaque jour à l'élection du roi d'Epire, du roi des pires. Mon père n'a aucune chance d'accéder au trône, ce qui est cocasse de la part d'un obsédé de la cuvette des cabinets. J'ai entendu qu'on disait à ma mère : « Vous avez de la veine ! Le vôtre, il est gentil ! »

Ce qui n'a pas empêché la veinarde d'aller exhiber au commissariat le plus proche deux gros bleus qu'elle avait au bras. Mon père est convoqué par un spécialiste de la femme battue. Il expliquera que les traces coupables ont été produites lors d'une tentative de suicide de ma mère, qui battait des ailes sur notre balcon du troisième étage en ameutant les populations et en menaçant de s'envoler. Mon père l'a retenue comme il a pu. La scène, je m'en souviens, ne manquait pas d'intérêt...

Tandis que mon père se débat dans des formalités diverses (ma mère a porté plainte), il m'oublie. Je ne lui donne pour l'instant aucun fil à retordre : je m'amuse fréquemment avec des filles de mon âge, et très gentiment.

Je soupçonne d'ailleurs ma mère, chargée de veiller étroitement sur moi pendant les journées de travail de mon père, de lâcher la bride exprès pour l'embêter. Pour être tranquille aussi, c'est vrai. Je m'éclipse les jeudis, vers quatorze heures, après avoir endormi Eric à la sieste, je vais rejoindre Christine, Marie-Christine, Josette, Anne-Marie et toute la bande.

Personne ne se plaint de nous. Nous disparaissons des après-midi entiers avec nos poupées, et les mamans, soulagées, s'adonnent avec une joie sans arrière-pensée aux plaisirs du raccommodage et du tricot collectifs. Elles recousent des boutons en buvant du café et en parlant de leurs maris.

Nous, les petites filles, nous hantons les caves du quartier, qui n'ont plus de secrets pour nous. Notre pâté de maisons est encore récent, et les fonds de commerce prévus au pied des immeubles n'ont pas tous été achetés. Ce ne sont, pour l'instant, que des constructions vides, sans portes ni fenêtres, avec leurs escaliers sans protection, et leurs sous-sols sans lumière. Tous les gamins du coin viennent s'y soulager, et ces caves sentent l'urine concentrée et vieillie. Dans les coins les plus obscurs, de suspects bouchons de papier cachent d'ignobles reliquats, également puants, et ce cocktail d'odeurs demeure pour moi associé à de voluptueux sentiments de liberté, de clandestinité, et à des sensations plus voluptueuses encore.

Marie-Christine a inventé le jeu de la visite médicale. Elle est le docteur. Nous défilons en rang d'oignons devant elle. Avec un bâton, elle nous pique la cuisse. C'est bientôt mon tour. Je tiens, comme les autres, ma jupe relevée sur ma hanche droite.

Elle me frotte avec un caillou, me plante son bâton dans la chair. La douleur est délicieuse. Je retourne à ma place, derrière Anne-Marie. Nous repartons pour un nouveau tour. Maintenant, on nous soigne la fesse. Je baisse un peu ma culotte. C'est enivrant. La puanteur de la cave, l'attente et l'appréhension dans la semi-obscurité, les mains de Marie-Christine sur moi me font battre le cœur.

Tout à l'heure, je le sais, nous quitterons nos culottes en plein, nous nous assiérons sur les marches de l'escalier, et le docteur pourra nous examiner absolument à son aise... Je crois qu'encore aujourd'hui je donnerais cher pour m'adonner à une exhibition de ce style, dans un souterrain humide et malodorant, aux ténèbres complices...

Ou alors on joue à l'accouchement. Selon la théorie de Christine, les bébés nous viennent dans le ventre. Nous cachons nos poupées sous nos pullovers. Nous voilà enceintes : le docteur appuie dessus pour être sûr de la grossesse. Puis il faut se coucher sur une marche d'escalier, fermer les yeux et se laisser opérer. J'adore ça. On me tripote l'estomac, l'abdomen, en commentant les manipulations pendant que je dors : « Là, j'ouvre. Et maintenant, je recouds. » Les petites mains courent sur moi, me procurent de délicieux frissons. Quand je me réveille, j'ai ma poupée à côté de moi. Le miracle de la naissance. En encore plus miraculeux, car on s'est passé de l'homme. L'univers de la maternité, c'est notre monde à nous, un monde de petites filles, un monde de petites femmes, qui se soignent et s'opèrent, un monde d'amazones pacifiques. Sans violence, sans souffrance. Sans garçons. Non sans plaisir.

Non sans désir aussi. Un jour, Josette a inventé une pièce de théâtre. On doit se déguiser avec les moyens du bord pour la jouer. Moi, je serai un petit page. Anne-Marie a trouvé comment transformer ma jupe plissée en culotte bouffante : elle en fourre les bords dans les jambes de mon slip. Ses mains s'insinuent sous mon vêtement, retroussent dûment l'étoffe, frôlent mon sexe, pas vraiment innocentes, pas vraiment audacieuses. J'ai brutalement envie qu'elle farfouille plus loin, qu'elle m'ouvre un peu, qu'elle s'attarde. Nous sommes toujours dans le même escalier sans garde-fou, qui me donne le vertige et m'enivre à la fois de ses puanteurs troublantes. Lorsque Anne-Marie estime qu'elle m'a convenablement affublée, elle recule et me regarde. Je garde la chaleur de ses mains partout où elle m'a touchée, et une grande confusion règne en même temps dans ma tête et dans ma culotte.

Pour moi, le désir charnel le plus brûlant aura toujours la forme et l'apparence d'un escalier de plâtre terni, froid sous les doigts, sans barrière et sans raison, qui tourne sur lui-même, hélicoïdal jusqu'à la griserie, éventé d'un souffle moite, fétide et captivant...

Le soir, je rentre avant l'arrivée de mon père, énervée par tous les jeux de l'après-midi, les frôlements, les haleines tièdes sur mon visage d'opérée ravie, les bâtons sous mes jupes, les cailloux dans ma culotte, toutes les thérapeutiques louches nées de notre oisiveté de sérail sans sultan. Je retrouve Eric, et j'invente pour lui d'autres jeux, d'autres histoires. Bientôt ce sera le coup de sonnette de mon père, l'accueil brutal et froid de ma mère, et, entre eux, le silence, ou les cris.

Alors nous murmurerons follement dans l'ombre, contre leur hargne, contre la guerre, contre leur rage, et nous reconstruirons tous les deux un monde sans hommes ni femmes, un monde délivré de toutes les saletés, de toutes les obscénités de l'amour et du mariage.

11.

C'est l'été. Nous voici à la montagne, pour trois semaines. Mon père est radieux. Ce n'est pas son pays natal, mais peu s'en est fallu. Il sent vibrer ses racines dans ce coin de l'Oisans encore ignoré du tourisme. La bicoque – deux minuscules pièces tout en haut d'un « chalet », à l'ancienne place du fenil – est dépourvue de tout confort, mais les vacances semblent tout de même attendrir le climat.

Ma mère ne tricote plus l'après-midi avec ses voisines, mais avec ses belles-sœurs, et mon père traque la chanterelle avec un acharnement qui me laisse beaucoup de liberté. Il a l'impression qu'ici rien ne peut m'arriver, puisqu'il connaît tout le monde. L'expérience démontrera qu'on ne connaît jamais rien ni personne, et que les vacances en famille ne sont pas une garantie d'absolue chasteté...

Mais gardons-nous d'anticiper. Je l'ai dit, pour l'instant, l'homme est sorti de mon horizon. Le garçon aussi. Je préfère m'ennuyer que jouer avec Jean-Yves, le fils des voisins, qui se trouvent être à la fois, comme c'est fréquent dans ces minuscules villages, des parents éloignés.

En fait, je ne m'ennuie pas : j'observe les grands, et le comportement de la sœur aînée de Jean-Yves avec mon cousin Néné qui lui fait la cour. C'est intéressant. Il y a entre eux un réseau compliqué de fils invisibles, de messages, de questions, de réponses, de sous-entendus que je perçois sans les comprendre. Je suis toujours dans leurs jambes, à espionner. Je les gêne et m'en réjouis. Leur couple me change de celui de mes parents.

Christiane fait la coquette. Néné affecte de souffrir. Et puis ce sont encore des sourires ironiques, des allusions mystérieuses, des gestes surpris, tout un cérémonial étonnant, qui fige mon cousin la bouche ouverte, la main sur le cœur, et fait disparaître Christiane en courant dans l'ombre de sa maison fraîche. Elle revient à la porte avec des tartines pour ses petits frères. Néné se plaint : « Il n'y en a pas pour moi ? Donne-m'en une, je serai gentil... » Elle répond : « Caresses de chat qui mettent des puces. » Il s'offense, proteste, boude...

Encore combien d'années, pour qu'elle le traite de porc, et pour qu'il maîtrise, de deux mains d'acier, son hystérie suicidaire qui pantelle sur le balcon ? Tiens ! je m'en vais ! Ça ne m'intéresse plus !...

C'est pourtant vrai qu'ici, chez mon père, on semble cohabiter avec l'homme beaucoup plus sereinement, plus tendrement que du côté de ma mère. Mes deux tantes paternelles vouent un véritable culte à leurs maris, les chouchoutent, les chérissent, chacune à sa manière. Mon cousin Michel, le grand frère de Néné, qui a une maison au bout du chemin, paraît très heureux en ménage : il a une jolie femme qu'il appelle « Biquette » et qu'il tient par le cou en allant vider la poubelle le soir. Romantisme !

Les belles images de ma tante épongeant le front de mon oncle après une suée mycologique, de mon autre tante gardant la sieste sacrée de son époux d'un index énergique sur ses lèvres serrées, de mon cousin contemplant la chute des détritus dans la décharge communale, avec la main de sa femme dans la sienne, et de mon autre cousin chantant à Christiane, avec des airs finauds, *Une jolie fleur dans une peau de vache*, toutes ces attendrissantes scènes remplacent avantageusement la télé et me font rêver un peu. Je ne rêve plus de l'homme, mais du couple, de sa sérénité, de sa complicité.

Gravure d'Epinal de mon cousin et de sa biquette de femme, cultivant leur jardin, là-bas, au bout du chemin, en surveillant du coin de l'œil leurs deux mignons enfants... Est-ce qu'un jour, moi aussi ?

Le climat de la montagne ne me vaut rien : mes projets de célibat semblent battre de l'aile... J'ai des excuses : même mes parents ne se disputent plus !

Un démon me tire par l'oreille et me rappelle à l'ordre : pas de garçons ! pas d'hommes ! Ils sont détestables quand on les connaît bien ! D'ailleurs, regarde, regarde autour de toi ! Y en a-t-il un pour toi, dans tous ceux qui t'entourent ? Les grands sont déjà pris, les petits sans intérêt. Jean-Yves est un brutal, un dur de dur, qui s'est fait une bosse en dévalant un escalier, et, mécontent du relief qu'a pris son front, l'a aplatie d'un coup de marteau. « Je l'ai cassée ! J'ai cassé ma bosse ! » proclamait-il fièrement, et toi tu pensais : « Pauvre imbécile ! Se donner des coups de marteau sur la tête ! »

A part Jean-Yves et son petit frère, à peine plus âgé que le mien, la gent des petits garçons n'est guère représentée, dans les environs, que par un autre petit cousin, pas un estivant, celui-là, un qui habite toute l'année ici, braillard, terrible, et vernissé de morve à longueur de journée. Je m'en tiens éloignée avec une répugnance craintive. Dans son ombre chancelle laborieusement une pauvre créature, une sorte de demi-frère, que dis-je ? de quart de frère, pris à l'Assistance publique et élevé avec une négligence, un je-m'en-foutisme que je trouve scandaleux. Ce gosse de cinq ans ne parle pas, marche à peine, et se traîne d'un bout de l'été à l'autre dans les mêmes guenilles, bras et jambes à l'air du matin au soir, pieds crasseux et nus dans de méchantes sandales dépenaillées. Sa gencive supérieure s'ornemente de quelques pendeloques de chair rosâtre, vestiges des soins que lui administra son « père » nourricier, à l'aide d'une tenaille dont il lui arracha, tant bien que mal, les dents gâtées qui le faisaient souffrir.

Ce gosse m'émeut profondément, et je m'interroge encore aujourd'hui sur les mobiles réels du seul geste de tendresse que j'aie été capable de lui prodiguer à l'époque : quand je croise son chemin, je l'attrape, je déboutonne la loque qui lui tient lieu de short, j'extirpe de deux doigts expérimentés par ma déjà longue pratique de grande sœur son petit sexe recroquevillé, et je le fais pisser contre un mur... Il ne résiste pas, il a l'air heureux qu'on s'occupe de lui, et il ne rechigne jamais à honorer d'une petite goutte la paroi contre laquelle je le retourne.

Est-ce la nostalgie, plus ou moins consciente, du sexe de mon cousin, ce premier amoureux trop tôt quitté, qui guide mes mains ? Est-ce la façon la plus maternelle que j'aie retenue, parmi les soins donnés à mon frère, de m'occuper d'un petit garçon ? S'agit-il d'une simple curiosité jamais vraiment satisfaite, d'un désir vicieux de saisir le mal, le mâle à la racine ? Ou bien plutôt d'une volonté étrange d'affirmer mon pouvoir sur l'homme, sur ce qui le symbolise le mieux, sur cette différence qui fait de moi, à son côté, un être incomplet ?

Le mystère demeure, et un autre, plus curieux encore : un jour, mon père me surprit en train d'encourager ainsi mon petit gavroche à une bucolique miction dans les orties. « Tiens ! dit-il tout bonnement, tu le fais pisser ! », et il tourna les talons, tandis que, la tête dans les épaules et crispée de tout mon être, j'attendais le déluge d'invectives. Non que je me sentisse coupable. Mais il me semblait bien que j'étais dans une attitude qui eût dû le paraître aux yeux du Grand Inquisiteur...

Décidément, la chanterelle, trouvée en quantité honorable tôt le matin, rapportée glorieusement, admirée par la famille réunie, soupesée, évaluée et distribuée généreusement pour que chacun pût y goûter, avait des vertus insoupçonnées... Montrez-moi quelqu'un de chatouilleux, de bégueule, de prude, de figé, de glacial, un cul-pincé, un collet-monté, un puritain, un pudibond, un dragon de vertu, un parangon de chasteté, un parfait Cathare, et je lui ferai manger de la chanterelle tôt cueillie sous les sapins de l'Oisans...

Incompréhensiblement, la placidité avec laquelle mon père m'avait découverte dans mon œuvre humanitaire me déçut sitôt qu'elle eut fini de me sidérer.

Quoi ? C'en était fait de ses rigueurs, de ses aigreurs, de ses méfiances, de ses rancœurs ? Surprise la main sur le sac et aussitôt absoute ? Ah ! c'était bien la peine d'être entrée en un célibat forcené, de cœur, de jeux, de regards.

Le vent de la révolte s'est tout à coup engouffré dans mes voiles de veuve fidèle et ridiculisée, de religieuse abusée. Foin de tous mes sacrifices, de mes abnégations ! Je décidai soudain qu'une femme d'Eglise pouvait, tout comme un homme, se défroquer.

Mon petit loqueteux, recueilli par le cousin germain de mon père, à un bout du hameau, avait un frère naturel, recueilli par la grand-tante Marie, à l'autre bout du même hameau. Cet autre misérable, moins négligé que son cadet, mais hélas non moins atteint, promenait, sous un grand chapeau de paille, l'expression hagarde de son regard bleu pâle, et lorsqu'il émettait les quelques borborygmes quotidiens qui lui tenaient lieu de discours, un filet de bave coulait sur son menton. Il pouvait avoir douze ou treize ans, et s'appelait Gaston.

Un jour que mon père bavardait avec son frère et son neveu près de la fontaine, je dis à Gaston : « Viens te promener avec moi ! » Gaston me suivit sur l'étroit sentier qui menait, à flanc de coteau, jusqu'à la combe d'un petit torrent. Mon père nous accompagna du regard, depuis la fontaine, et je me retournai souvent pour constater qu'il nous surveillait.

Un détour du chemin nous déroba à sa vue, puis nous réapparûmes, plus loin, et plus petits. Mon père nous observait toujours. Je m'arrêtai soudain, m'assis sur le talus qui bordait la sente, et tirai Gaston par la manche pour qu'il en fît autant. Il obtempéra. Ainsi mon père, j'en étais sûre, ne voyait plus de nous que nos têtes, comme je ne voyais moi-même que la sienne, bien sûr tournée dans notre direction. Je m'assurai de son attention par un grand geste du bras, auquel il répondit par le même sémaphore. Alors, mue par je ne sais quel diable, je me mis à jouer le rôle le plus pervers de ma vie, et je crois bien pouvoir affirmer que plus jamais, par la suite, je ne me suis montrée aussi audacieuse, aussi débauchée, aussi salope que ce jour-là.

Je dis à Gaston : « Regarde ! », j'ôtai prestement ma culotte, me tournai un peu vers lui, écartai les jambes et lui montrai complaisamment ma fente, l'encourageant même à la toucher, puisque j'avais pris sa main pour la glisser entre mes cuisses. En relevant la tête, j'apercevais toujours mon père, le nez en l'air, qui ne nous quittait pas de l'œil. Cet accès d'exhibitionnisme incongru ne m'est plus jamais revenu depuis, si ce n'est dans mes fantasmes les plus échevelés...

Je venais d'échafauder une situation très retorse, où mon père croyait me surveiller et, en fait, me regardait, d'un œil impavide, mais inconscient, en train de me faire lorgner par un garçon. L'effet de perspective et le virage du chemin coupaient symboliquement en deux la petite fille que j'étais : une petite fille qui gardait la tête bien froide, bien droite, pour le regard de son papa qui, même de loin, et même d'encore plus loin, lui interdisait et lui interdirait toujours l'oubli de la réalité, des convenances, d'une morale pure et dure. Et puis, en dessous de la ceinture, là où elle demeurait invisible et certaine de l'immunité, son corps qui s'ouvrait enfin, qui s'offrait, mais sans réel plaisir, sans frisson. Le lieu du plaisir et du frisson, c'était plus haut, dans sa petite tête corrompue par une éducation imbécile, et l'absurdité de tous ses interdits...

Le regard de Gaston sur mon secret de femme ne me brûlait pas, ne me troublait même pas. Je préférais de loin la visite médicale de Marie-Christine, et les mains d'Anne-Marie sous ma jupe. Je me souviens d'avoir admiré mon audace, en cette minute, et même de m'être dit avec humour : « Je suis culottée »... J'étais loin, on le voit, de perdre la tête, que je relevais régulièrement à la rencontre du coup d'œil paternel.

Cependant Gaston ne demeurait pas indifférent à ma mise en scène. Il émit quelques sons bizarres, et retira vivement sa main de mon sexe. Je crus que je l'avais choqué ; je le quittai un instant des yeux pour m'assurer que mon père était bien toujours là, attentif, à la fontaine, et lorsque je revins à nous, j'eus une surprise de taille : Gaston venait à son tour de se déboutonner, et me rendait la politesse en exhibant une drôle de chose sur laquelle je me mépris d'abord. « Qu'est-ce que c'est ? » criai-je alarmée, répugnée comme à l'apparition d'un serpent... Puis je réalisai qu'il s'agissait de sa queue, mais alors d'une grosse queue, très blanche, cylindrique et lisse comme une de ces grosses quenelles que ma mère roulait le dimanche. « J'ai cru que c'était un gros doigt ! » lui confiai-je en éclatant de rire, pour masquer un reste d'angoisse qui me nouait la gorge. Il secoua négativement la tête, rit aussi, visiblement fier de son effet de surprise. Je n'osai le toucher, et pourtant, j'en avais une envie curieuse. Il me semblait que sa chair devait être très douce, comme farinée. Mais sa réaction inattendue m'avait pour ainsi dire paralysée, dépossédée de mes moyens, et de mon cynisme d'obscène farceuse.

Je lançai un ultime regard en direction de la fontaine, et Gaston, muet, mais point si benêt qu'on se plaisait à l'imaginer, se rajusta. J'en fis autant.

Nous revînmes par le sentier, l'un derrière l'autre, jusqu'à la fontaine. « Tu nous as vus, là-bas, papa ? » demandai-je avec innocence. « Oui, oui, répondit le Grand Inquisiteur. Je vous ai vus. »

C'est au cours de l'automne suivant que je fis, une nuit, mon premier vrai rêve érotique. Bizarrement, mon compagnon de caresses et de jeux était Paule, une nouvelle camarade arrivée en cours d'année au cours moyen 2.

12.

La maîtresse, une autre maîtresse encore, la quatrième depuis mon entrée à la grande école, m'aimait bien. Elle me confia donc la responsabilité de mettre Paule au courant de notre emploi du temps, de nos habitudes et de tous les chapitres d'histoire, de géographie, de sciences que nous avions déjà étudiés.

Paule avait une figure large et un peu plate, fendue d'yeux obliques, et des cheveux très raides. Son visage esquimau m'avait d'abord moins frappée que sa voix, une voix rauque, chaude, aux tonalités insolites. Mais une nuit, je me pris à rêver que je la caressais et l'embrassais, et je tirais de mes baisers un tel plaisir que le trouble ressenti me poursuivit bien au-delà de mon réveil. Ce matin-là, en retrouvant Paule, je la regardai mieux qu'à l'habitude, et lui découvris un charme irrésistible. Tout m'attirait soudain en elle, son sourire, ses regards, ses mots, son haleine, ses mains, ses gestes... Je mourais d'envie de la toucher, de sentir sa chaleur, son odeur, la pression de ses doigts, la laine de son pull-over, la finesse de ses cheveux. Je faisais connaissance avec le désir, un désir lancinant de chaque instant, qui me poursuivait après ma journée d'école, et me devenait douloureux, car j'ignorais comment on pouvait satisfaire un besoin aussi pressant, aussi entier, j'ignorais même qu'on le pût, et j'ignorais encore que d'autres que moi fussent capables d'éprouver le même genre de sentiment passionné. Je me croyais un cas unique et monstrueux, et mon problème se compliquait du fait que Paule était du même sexe que moi.

J'étais amoureuse, navrée et ravie de l'être, car ce mal cuisant m'était cher, bouleversée aussi à l'idée qu'une fille ne peut pas en épouser une autre, puisque, très vite (j'allais écrire « d'instinct » ! Bel instinct que celui créé de toutes pièces par les conventions d'une société rigide !), il me sembla que mes symptômes étaient d'ordre prénuptial.

Je m'accommodai comme je pus de ce nouvel état quasi pathologique, qui me gardait prostrée chez moi, des heures entières, et me rendait fiévreuse, le matin, sur le chemin de l'école. Ma fringale de possession, mystérieuse, impérieuse, se contenta de quelques victoires passagères, enivrantes mais trop brèves : faire rire Paule en osant des grimaces et des pitreries, l'intéresser en lui racontant des histoires, la forcer à la reconnaissance et à l'admiration en lui expliquant les exercices qu'elle n'avait pas compris... Prendre furtivement sa main dix fois dans la journée, me presser contre elle sans en avoir l'air, la respirer... Paule se montrait indolente et passive, gaie sans excentricité. Elle avait pour moi un regard très doux, un peu étonné mais consentant. Elle aurait sans doute accédé à toutes mes volontés, mais voilà : entre mes désirs à la fois ardents et flous et mes volontés, un monde de barrières se dressait. Barrière du vocabulaire : je l'ai dit, les mots d'amour ne me venaient pas ; ils m'eussent séché la bouche avant de franchir mes lèvres... Barrière de l'ignorance : mon corps et la manière de m'en servir m'échappaient totalement, je ne faisais que subodorer des techniques qui, quoi qu'on en dise, ne s'inventent pas si naturellement... Barrière enfin de la censure paternelle, une censure absolue, définitive, qui me murait d'emblée toutes les échappatoires : on m'avait interdit les garçons par décret ; l'homme par conséquent et par inconséquence ; les plaisirs solitaires, par allusions. On n'avait rien dit des filles. Ce silence n'était sans doute pas une permission. Il ne pouvait s'expliquer que par l'incongruité, la monstruosité d'un désir qu'on n'avait même pas pris la peine d'envisager, et quand on connaissait mon père, et son imagination fertile, son aptitude au soupçon, on se doute que n'avoir pas seulement été pressentie dans mes sentiments m'accablait soudain d'une culpabilité démesurée, me glaçait d'une horreur sans nom. Je venais sans doute d'inventer quelque chose qui n'existait pas, pas même dans le cerveau du Grand Inquisiteur : j'étais une fille et je rêvais d'une autre fille !... La malédiction de mon destin me hantait, je ne voyais aucune issue possible au douloureux combat que je me livrais chaque jour pour ne pas trop montrer ma tendresse et pour y résister.

Et moi qui croyais m'être défroquée ! Je m'inventais des vœux là où personne ne m'avait rien demandé, et les barrières qu'on n'avait pas érigées, je m'y écorchais de toute mon âme malade...

En rentrant chez moi, le soir, je m'adonnais à des démonstrations d'amour effrénées envers Eric. Comme si cette affection-là, normale, permise, eût racheté l'autre, la maudite, l'impensable, la démente. J'avais aussi, je m'en souviens, un besoin viscéral de toucher de la chair, d'embrasser, d'étreindre. Une folie qui tournait à l'hystérie, et mon frère se débattait en criant, cherchait à échapper à mes besoins convulsifs, appelait au secours. Ma mère, de la cuisine, disait : « Ne le taquine pas ! » Il est curieux de constater à quel point elle a parfois été capable de faire des cathédrales de détails insignifiants, et comment aussi elle avait le don de réduire à presque rien des montagnes qui eussent dû l'écraser... Mon gigantesque besoin d'amour, ma terrible boulimie de caresses n'étaient, à ses yeux, que d'horripilantes taquineries, qu'elle faisait cesser en m'arrachant Eric et en me tirant les cheveux... Elle aurait pu avant l'heure en apprendre long aux médecins sur le traitement homéopathique !

D'ailleurs, en ce qui concerne les traitements, je suis, cette année-là, spécialement vernie : outre les sempiternelles ampoules de fortifiants que mon père s'entête à me faire ingurgiter sans résultat notoire, il y a les multiples rendez-vous à la clinique mutualiste dentaire, où l'on ne paye pas les soins, mais où l'on vous arrache trois dents à la fois sans attendre, eu égard à la foule impressionnante qui vient s'y soigner, que la dose d'anesthésiant ait fait son effet... Mon père, aussi tendre avec moi qu'avec son porte-monnaie, prend ma main dans la sienne pendant les séances d'épouvante, ce qui me rassure un peu, mais n'a, hélas ! pas le don d'endormir la douleur...

Et puis voici quelques mois que je me plains de maux de reins bizarres. Mon père, qui se pique de connaître un peu d'anatomie, m'examine, me palpe, me fait bouger, baisser, lever la jambe, et déclare : « C'est le nerf sciatique ! » Le samedi qui suit cette belle découverte, nous allons chez un « rhabilleur », qui m'enfilera consciencieusement ses pouces dans les fesses et le dos, pour une somme minime : « Ce sera ce que vous voulez bien... » Le traitement appliqué est si inconfortable que, lorsqu'il s'arrête, on se croit guéri. Mon père se félicite d'avoir placé sa confiance en un homme de science à la fois efficace et peu exigeant.

La semaine suivante, j'ai à nouveau mal. « Ah ! » dit mon père, et nous retournons consulter le poignardeur de fesses qui, m'ayant arraché un cri d'un ongle sauvage sur le rein gauche, décrète : « Ah ! c'est bien là ! » Il me lacère le bas du dos pendant un nombre raisonnable de minutes, et comme, sous l'appréhension, je me cambre tant que je peux, on en conclut que j'ai retrouvé ma souplesse et que tout est rentré dans l'ordre. Mon père a un geste discret pour allonger un billet au rebouteux, si discret que personne, ni lui ni moi, ne peut voir de combien il s'agit. Dans la rue, il m'interroge, tout de même inquiet : « Alors ? » Je n'ose lui avouer que je me sens encore moins soulagée que sa bourse, qui, je le suppose, n'a pas trop laissé de plumes dans l'affaire.

Quand, au bout d'une dizaine de visites à mon charlatan griffeur, mon père réalise qu'il atteint, sans résultat, le tarif d'une consultation chez un vrai médecin, il commence à s'angoisser. Sur le prix de revient total, s'entend, car je persiste à me plaindre. Il envisage vaguement un rendez-vous chez un spécialiste quand, brutalement, et pour le sauver des affres d'un terrible cas de conscience, les choses se précipitent.

Je rentre chez moi, un samedi soir, tordue en deux par la douleur. On compatit modérément. Je ne mange pas, me couche à dix-neuf heures. Là, on s'étonne un peu. Je me souviendrai toujours de la nuit d'angoisse qui suivit. Les maux de reins s'amplifient, irradient dans les côtes, l'estomac, le ventre, me coupent le souffle, me soulèvent de nausées. Je vais vomir deux ou trois fois, me recroqueville dans mon lit, essaie de bercer mon mal pour l'endormir. Rien n'y fait. Une drôle de sueur me couvre le corps. J'ai la prescience que c'est peut-être grave. Je me résigne à appeler mes parents.

Bizarrerie du sort, c'est ma mère qui se lève. Ce doit être la première fois depuis ma naissance. Autre bizarrerie, elle se met à son tour à faire un diagnostic. « Embarras gastrique ! » conclut-elle, connaissant mon penchant de plus en plus net à la constipation. Et d'empoigner l'attirail du Grand Inquisiteur, poire et canule, pour un ample nettoyage de fond. Or voici déjà quelque temps que mon père a remisé ses instruments, et ne me persécute plus de ses enquêtes ni de ses quêtes scatologiques. J'ai remarqué que, pendant les vacances et les deux ou trois mois qui suivent, il semble moins obsédé par notre « hygiène » intime.

En fait, en cherchant bien, j'ai fini par élaborer une hypothèse curieuse mais pittoresque : à la montagne, je l'ai dit, notre appartement, comme ceux de mes tantes qui ont également deux pièces chacune sous les nôtres, est dépourvu de tout confort, y compris le plus élémentaire... Mon père et mes oncles ont donc installé une cabane derrière la maison, qui servira de lieux d'aisances : un grand tonneau, une planche trouée par-dessus, et le tour est joué. Toute la famille vient donner là son obole, et contribue, progressivement, à remplir la barrique. Inutile de décrire, en plein été, l'odeur qui règne dans cet appentis, dont le toit de tôle, chauffé au soleil, y entretient une chaleur de four. De grosses mouches bleutées pullulent en bourdonnant à cent mètres à la ronde... Chaque semaine, il faut vidanger l'énorme récipient où les déjections de neuf ou dix personnes s'entassent et fermentent dans une torride puanteur. Mon père et mon oncle se dévouent, passent dans deux trous ménagés à cet effet aux flancs du tonneau une grande canne qu'ils empoignent chacun de leur côté, et ils traversent tout le hameau pour aller grossir la décharge communale de cette infâme soupe... Sur leur passage, un vent de folie nous renverse, et précipite les plus sensibles sur un mouchoir inondé d'eau de Cologne.

Eh bien, je prétends que mon père, cet amateur de fiente, cet affamé d'étrons, cet obsédé de merde, trouve à l'abjecte besogne un plaisir de drogué en manque qui s'envoie la dose du siècle... Quand on pense que, chaque été, il s'offre trois ou quatre fois ce sombre et méphistophélique régal, on comprend qu'il en reste ébloui et repu quelque temps, et ne revienne à nos maigrichonnes productions que poussé à nouveau par le besoin et la pénurie...

Cette longue digression pour expliquer le triste sentiment qui m'accabla, en cette abominable nuit, d'être poursuivie par un ironique destin : la poire oubliée momentanément par mon père fut saisie, remplie, vidée par ma mère qui, d'ordinaire, ne me soignait jamais, et surtout pas de cette manière-là, qu'elle jugeait réservée aux extravagantes fixations de son mari...

Le lavement, trop chaud, qui plus est, n'apporta pas le soulagement escompté, et, le lendemain matin, devant mon teint cireux, mes frissons et les plaintes que je n'avais même plus la force d'articuler, mon père se résigna, bien qu'on fût dimanche, à chercher un médecin.

« C'est un Arménien, dit-il à ma mère en revenant, je n'ai trouvé que ça ! », et le discret racisme qu'il avait toujours manifesté à l'égard des juifs et des Arméniens se révoltait, ce jour-là, je le sentais, à enrichir encore une ethnie qu'il jugeait bien assez prospère. On voit que mon enfance fut abreuvée d'un effarant catalogue de préjugés sans originalité – mais existe-t-il des préjugés originaux ?

Le Dr Broussalian arriva, et, pour mettre un comble à ma douloureuse amertume, m'introduisit sans hésitation un doigt dans le derrière. Je finissais par penser que c'était là la porte de toutes les thérapeutiques, de toutes les investigations, de toutes les connaissances. Je mourais à la fois de honte et de souffrance sous son enquête facétieuse, qui remuait en moi à droite, à gauche, et me fouillait jusqu'au gosier. Devant mes grimaces, il finit par battre en retraite, jeta son gant de caoutchouc, que je n'osai pas regarder, dans la corbeille à papier que lui tendait ma mère, et entraîna mes parents dans le couloir.

« Appendicite aiguë. A mon avis, péritonite, même. Elle doit être opérée dans l'heure.

– Je lui ai fait un lavement bien chaud », précisa ma mère.

J'entendis le docteur s'indigner :

« Jamais, madame ! Jamais du chaud sur les maux de ventre ! De la glace, du froid. Pas du chaud. Vous avez mûri l'abcès ! Vous auriez pu la tuer. »

Un quart d'heure plus tard, j'entrai, jetée comme un sac sur le dos de mon père, à l'hôpital le plus proche. On opéra, pour extraire de mon abdomen brûlant un appendice purulent, torturé d'infection, éclaté.

Lorsque je revins à la maison, je n'entendis plus jamais parler de la poire à lavement. Mes plaies, certaines d'entre elles du moins, pouvaient se refermer... Il me faudrait des années, des lustres, pour qu'un homme, un jour, manifeste le désir de forcer à nouveau cette porte étroite et chaude, par où ma vie avait failli s'en aller, des années pour que, par amour, je m'offre à sa rude investigation et y trouve une troublante, une inattendue volupté.

Pour l'instant, mon enfance touche à sa fin, une enfance de petite fille trouée, bouchée, ouverte et recousue, de petite fille humiliée, coupable, salie, irrémédiablement constipée, irrémédiablement infectée.

La maladie m'a fait découvrir l'épisodique sollicitude de ma mère, qui pleurait à mon réveil et m'a préparé une chaise longue, à la maison, pour ma convalescence. Je sais désormais qu'elle est capable, sinon de tendresse, du moins d'attendrissement, et cette découverte me rend plus cruelles encore son indifférence, sa hargne, sa brutalité quotidiennes.

Tandis que je me repose dans la chaise longue de la trêve, Eric, heureux de nos retrouvailles, grimpe sur mes genoux et se laisse choir sur mon estomac. Ma cicatrice trop fraîche se révolte, j'étouffe un hurlement de souffrance. Poids terrible d'un petit garçon inconscient sur mon ventre de femme... Ainsi recevrai-je un jour, longtemps après, en plein ventre, à plein ventre, l'homme, son plaisir, son éphémère et illusoire victoire, et les coups, involontaires ou malins, dont il croit contraindre sa victime favorite.

L'adolescence peut commencer, et ses soucis, et ses questions, et ses tourments nouveaux dans ce ventre malmené à jamais douloureux, à jamais rétif, à jamais hanté de chagrine rancune et d'espoirs vengeurs...

13.

Mon père est malade. Je croyais qu'il me laissait guérir et oublier. En fait, ses propres malaises l'occupent, le hantent, le fascinent.

Il s'est offert une encyclopédie médicale en plusieurs tomes, de gros volumes pesants et mystérieux qu'on me fait défense de visiter. Mon père, lui, s'y plonge dès son retour du travail, le soir, et étudie de longues heures, le front dans les paumes. Il souffre d'artérite, mais redoute la complication d'une phlébite ou les conséquences cardiaques de sa mauvaise circulation. Parfois, il pâlit, porte la main à son cœur, grimace, et annonce sinistrement : « Ça me serre. »

C'est à cette époque qu'il commence à parler de sa mort. Il ne faut plus évoquer devant lui l'avenir. Je retiens désormais des formules comme « Quand je serai grande », pour éviter de m'entendre répondre : « Je ne le verrai pas, il y a longtemps que je serai dans le trou... »

Je n'aime pas ce pessimisme. Il offusque ma pudeur plus sûrement que n'importe quelle vulgarité. J'ai le sentiment d'une souffrance, d'une peur soudaines du Grand Inquisiteur, que je ne sais ni consoler ni rassurer. Et mon impuissante pitié, gênée, ne trouve aucun mot, aucun geste. Une fois de plus, je suis coupable. En ne protestant pas lorsque mon père parle de lui, de sa vie, de sa santé en des termes douloureusement méprisants, en ne m'indignant pas lorsqu'il évoque l'imminence de sa fin, ne donné-je pas l'impression d'approuver, d'attendre sa mort ?

Ses prophéties macabres m'arrachent tout au plus quelques interjections inarticulées, qu'on pourrait prendre pour de l'agacement. Je ne sais rien dire de gentil, de tendre, et pourtant je m'inquiète. Doublement, car d'abord mon père, sans le savoir, apporte des larmes au moulin de mes mises en scène vespérales : j'imagine sa mort tous les soirs, et mon film chaque fois différent trempe efficacement mon oreiller. Et confusément, il me semble, sans que je puisse ni l'analyser ni le traduire, que c'est moi qui le tue en grandissant, en lui échappant, en lui dérobant un domaine que jusqu'à présent il s'était réservé.

Des lustres plus tard, je me prends à réaliser que peut-être mon père, alors, entrait à son tour en une espèce de deuil. Mon corps, qui commençait à se transformer très lentement, éloignait de moi ses regards, ses mains, ses soins. Les douches étaient terminées, celle du dimanche et toutes les autres, mon père ne m'ondoyait plus, ne me purifiait plus, il détournait de moi les yeux avec ce qui n'était qu'une forme de respect quasi superstitieux, et que je pris d'abord pour de la répulsion.

J'étais assez grande pour m'occuper seule de ma toilette, et assez éprouvée pour apprécier qu'on ne s'inquiétât plus, ou du moins, qu'on ne s'enquît plus, de mes fonctions intimes. Pourtant l'imperceptible relief de mes seins, les quelques poils qui commençaient à ombrager le bas de mon ventre et le dessous de mes bras, je les ressentis à la fois comme un moyen d'échapper au contrôle du Grand Inquisiteur ficelé de pudibonderie, répugné par ma féminité naissante, et comme une trahison involontaire dont je déchirais mon tortionnaire jaloux.

Bien sûr, je ne vivais pas seule à ses côtés. Il y avait mon petit frère, et ma mère. Mais quelque chose m'avertissait mystérieusement que ni l'un ni l'autre n'était en mesure de me remplacer, puisque le sexe du premier, la haine grandissante de la seconde les sauvaient, à mon sens, des rites possessifs, exclusifs, machistes de l'Inquisiteur.

D'ailleurs, Eric, qui a cinq ans, loin de s'intéresser aux oracles qui retentissent de plus en plus sinistrement entre nos murs, s'évade à califourchon sur une chaise lancée au triple galop dans les prairies de la salle à manger. Le western est son pays, les Indiens ses héros, et lorsque mon père vire au verdâtre en transpirant à grosses gouttes, il lui décoche d'un arc soigneusement assujetti une flèche imaginaire... Saine façon d'éliminer le problème. Je ne crois pas avoir rencontré, depuis, des cas d'euthanasie plus allègres.

Quant à ma mère, depuis que le médecin a confirmé chez mon père l'artérite, mais démythifié la crise cardiaque en la réduisant aux justes proportions d'une angoisse nerveuse, elle arbore une déception ostensible, teintée malgré tout d'émouvants accents d'espoir. Seule avec nous, elle se lamente d'abord, à l'irréel du présent : « S'il pouvait crever ! Qu'est-ce que je serais tranquille ! Et vous, vous ne seriez pas malheureux !... »

Et de dresser le tableau idyllique de la veuve et des orphelins, débarrassés d'un encombrant fardeau, requinqués par la manne du capital décès, grisés de dépenses opportunes et de luxe soudain.

Et d'entonner, sur le mode potentiel cette fois, la longue incantation des promesses enivrantes, des visions de paradis. Ô puissance évocatrice du futur, que dis-je, du présent même, de son poids, de son actualité...

Je découvrais en ma mère, qui m'avait raconté si peu d'histoires, lu si peu de livres, et chanté encore moins de chansons, je découvrais une conteuse passionnée, lyrique, hallucinée. « Le jour où il crève, mes enfants, le jour où il crève, ce jour-là, je vous gâte : je fais une bringue à rouler sous la table ! Tout ce que voulez, tout, je vous l'offre !... »

Il faudra se souvenir, en temps utile, de ces serments solennels.

Pour l'instant, partagée entre l'appréhension et une insidieuse espérance, je pleure la nuit et rêve le jour, vaguement choquée tout de même par les cérémonies incantatoires de ma mère, dont l'exaltation va croissant, mais troublée aussi... La mort me cerne d'une aura omniprésente, ambiguë. Faucheuse redoutable et envoûtante pour l'homme malade qui semble la craindre et l'appeler ensemble, libératrice glorieuse et vengeresse pour la femme révoltée.

Dans ses meilleurs moments, ma mère, impatiente et désespérée d'être jamais exaucée, va jusqu'à imaginer le geste qui nous sauvera : « Je pourrais lui casser une bouteille sur la tête, la nuit, pendant qu'il dort... »

Je ne tremble pas trop. Je sais pourtant qu'elle en est capable. Depuis que j'écoute aux portes et que je traque les conversations des adultes, j'ai constitué une jolie collection des hystéries maternelles. Je sais qu'elle a déchiré une liasse de billets pour la jeter à la figure de son mari, qu'elle a flanqué le dentier de mon père au cabinet, qu'elle a clandestinement pissé dans un pot de pommade dont il oignait chaque soir sa calvitie, et rigolé sous cape quotidiennement pendant un mois avant de lui avouer sa facétie.

La bouteille meurtrière, à vrai dire, je l'espère, je l'attends. Non pour condamner mon père à la mort, mais plutôt ma mère à la geôle : la vision de cette âpre mégère en cellule m'émeut chaque fois d'une joie irraisonnée... Je porte en moi la conviction intime que sa véritable place est derrière des barreaux. Zoo ou prison, ils choisiront... Ou camisole, peut-être ?

Le climat de la maison me devient irrespirable. Même les vacances d'été, qui m'ont séparée de Paule, n'ont pas apporté le souffle apaisant que j'escomptais. Nous ne sommes pas partis. Ou si peu. Cris, scènes, drames.

Mon père passe quelques jours seul avec moi chez sa mère, à la montagne. Ma grand-mère me regarde d'un œil apitoyé quand son fils évoque les crises de sa femme, et intéressé quand je me déshabille le soir. Elle guette l'instant où j'enlève mon maillot de corps, examine mes embryons de seins, les palpe, les caresse. Quand je pense qu'elle m'a jadis reproché... mon voyeurisme !

Je partage son lit, et, avant de s'endormir, elle balade sur moi ses vieilles mains curieuses et douces. Je me laisse faire parce que c'est bon, qu'on ne m'a pas habituée aux caresses, et que, près de nous, le sommeil de mon père est exempt de soupçons.

Mais j'ai conscience de la bizarrerie de la situation... Le plus étrange n'est pas la manie de ma grand-mère, mais notre silence commun, cette espèce de connivence qui nous unit dans le noir, et la prudence qui me conseille de sembler trouver tout cela naturel. Je sais d'expérience que le moindre de mes mots pourra être retenu contre moi, et qu'on m'accusera de perversité si je m'indigne. La lâcheté me paralyse, double lâcheté qui me fait reculer devant le jugement familial, et abdiquer sous le plaisir. Il en sera encore longtemps ainsi, hélas !

En septembre, j'entre en sixième. Ce changement d'établissement et d'atmosphère aère ma vie. Je ne peux plus emmener Eric en classe, ni le ramener. Et, rien que sur le chemin de l'école, j'ai l'impression d'acquérir une sorte d'indépendance.

Le lycée est très grand : trois mille cinq cents élèves, toutes des filles, grouillent dans l'immense cour et les interminables couloirs, les professeurs, toutes des femmes, me vouvoient... Mon existence ressemble de plus en plus à un gynécée, l'homme et le garçon s'y font de plus en plus rares. Aucune de mes anciennes copines n'est entrée en sixième avec moi. J'ai laissé Christine, Anne-Marie, Marie-Christine à l'école primaire où elles préparent le certificat d'études. Et j'ai rencontré Suzanne...

Suzanne ne me séduit pas. Elle m'intéresse seulement, pour deux raisons. La première, c'est qu'elle vit seule avec sa mère : ses parents sont divorcés. Point d'homme chez elle, point de scènes, point de cris. Sa maman travaille, et, en échange de petits services rendus, la couvre de menus cadeaux. Le rêve. J'en arrive tout naturellement à me dire que ma mère pourrait en faire autant. A comprendre que travailler, en fait, ne lui convient pas, ou lui est impossible. A déduire qu'elle choisit son calvaire, ou bien qu'elle doit le subir par incapacité d'assumer seule son existence. A découvrir que le travail c'est la liberté. A décider de travailler plus tard, coûte que coûte. Et finalement, à mépriser ma mère, qui envisage plus sereinement de manipuler traîtreusement une bouteille criminelle que d'éplucher les petites annonces...

La deuxième chose que j'aime bien, chez Suzanne, c'est sa fantaisie. Toutes les deux, on rigole drôlement. Tout nous est prétexte à fous rires : la tête des gens dans la rue, la diction pâteuse du prof de maths, une pomme qui tombe d'un cartable.

Et puis, on s'est inventé une mythologie étonnante. Un jour, une de nous deux (laquelle ?), parce qu'elle avait une démangeaison, ou une douleur délicatement placée, a confié à l'autre : « J'ai le middle qui me gratte... » L'autre a trouvé le mot marrant, l'a souligné, commenté, glorifié, repris. Tous les jours, depuis, le middle a fait l'objet de conversations, de digressions, d'analyses.

Devant les autres filles de la classe, nous parlons de nos middles en des termes suffisamment obscurs pour les intriguer, et leur faire ouvrir de gros yeux. Leur curiosité nous galvanise, nous nous lançons dans une épopée délirante et feuilletonesque, dont chaque épisode est riche de rebondissements. Un jour, c'est le middle de Suzanne qui se marie. Le lendemain, le mien est parti en voyage. Puis viennent les enfants middle, la famille, les oncles, les tantes.

Nous affectons de nous mouvoir lourdement, car transporter tout ce petit monde nous épuise. Une camarade demande : « Tu as mal au ventre ? », et, folles de joie, nous dévalons l'escalier en hurlant de rire.

Le vocable *middle* est anglais. C'est à ce titre, entre autres, que le mot m'émeut aujourd'hui. Car n'est-il pas troublant de voir qu'il était monté si spontanément aux lèvres d'une petite fille de l'époque, et qu'il fut si vite adopté par une autre petite fille, comme si, pour parler de leur sexe, ces enfants n'avaient pas de mots dans leur propre langue, ou comme si elles se fussent senties rassurées, déculpabilisées d'évoquer, en anglais, un sujet défendu par la bonne société, dûment bégueule ? Ma langue maternelle était, dans certains domaines, bien pauvre. Ma langue paternelle, elle, souffrait d'aphasie caractérisée. Pour sortir de ce silence, pour oser, après les mots d'amour, les mots de l'amour, ceux du corps et du plaisir, les mots verts, les crus, les gros, les poétiques, les excitants, les orduriers, les merveilleux, combien de temps me faudrait-il ? Il est une certaine sorte de mutisme dont on ne guérit pas, je crois. Ou alors la guérison ressemble à une explosion soudaine, à l'éclatement d'une force trop longtemps contrainte et cela a été mon cas il y a peu : je me suis livrée tout à coup à une orgie de mots fous, je les ai réveillés, brassés, secoués, savourés à pleine bouche et caressés d'un crayon plus que complaisant après trente et quelques années d'une infirmité que je croyais irrémédiable. Ce qu'un homme avait claquemuré, un autre, non, deux, plus exactement, devaient un jour le déverrouiller... Malédiction et miracle, enfermement, libération, oppression, déchaînement, peur, envoûtement, tout me viendrait donc par vous, hommes dont ma route fut tracée, puis jalonnée, tout résulterait de ma rage à vous haïr puis à vous aimer, jeteurs de sorts, mes sorciers, mes enchanteurs...

Est-ce ainsi que l'on devient gourgandine ? Est-ce en basculant de la terreur à la puissance, de la nuit à la victoire, du secret au verbe bavard, charmeur, enivrant ? Est-ce en prononçant un jour un mot jamais osé encore, en vous voyant le recevoir, comme un cadeau de prix, d'un œil allumé et bientôt séduit ?

A l'époque de ma préadolescence, le mot se refuse encore farouchement. Mais le concept existe. Et si l'on pèse ce que valait le « middle » de mes douze ans, ce qu'il signifia, on demeure confondu. Car le hasard n'existe pas dans le choix des termes. Ce « middle », c'était bien le milieu de nous, de notre corps, son centre géographique et de gravité, et aussi le milieu de notre personnalité, le point sensible, le départ de toute vie, le passage rituel par où l'on reçoit l'homme en nous, et l'enfant à l'existence.

C'était encore le milieu de notre paire d'amies, son axe géométrique, notre trait d'union, ce qui nous unissait, petites filles dans une école de filles, dans un monde unisexe, ce qui nous tenait lieu de complicité, d'égalité, de signe de reconnaissance. On parle de milieu biologique ou social, notre milieu, c'étaient les femmes, encore et pour longtemps, comme au temps des poupées sous nos tabliers, au temps des ouvroirs, des pensionnats, des gynécées... Lesbos, sans ses plaisirs.

Ou presque. Car cette année de sixième me voit une nouvelle fois amoureuse. La cause de mon trouble se nomme Marie-Brigitte. Je trouve le prénom distingué au sens premier du terme : choisi, hors du commun. Comme toute sa longue personne maigre, à la physionomie anguleuse déjà très typée.

Marie-Brigitte est blonde, elle a les yeux pâles, un teint très mat, que le beige de la blouse obligatoire fait virer au vert d'argile, et je passe de délicieux moments à guetter ses gestes sobres, et les rares mots qu'elle prononce d'une voix bien timbrée. Bien sûr, j'en rêve la nuit, mais, aguerrie aux affres de la mauvaise conscience et de l'ignorance, je me résigne mieux qu'au temps de Paule, à mon étrange appétit si difficilement localisable. Mes vœux n'éliront-ils donc jamais que des objets défendus ? Mais si je me prenais d'amour pour un garçon, cela serait-il davantage permis ? Sauf l'angoisse de me croire monstrueuse, je n'en demeurerais pas moins condamnée à languir, à mourir, peut-être, de faim, de soif, de désir sans espoir, de tendresse échouée...

Eric a quitté son lit de bébé trop étroit. Il partage à présent ma couche. Nous nous endormons en riant ensemble, ou en nous chamaillant, pour nous amuser. Souvent, dans la nuit, je me réveille, les bras serrés autour de son petit corps chaud et abandonné. J'étais en train de le caresser dans mon sommeil, en croyant étreindre Marie-Brigitte. Le plaisir et la culpabilité, mêmement violents, m'ont tirée de mes songes, et je reste longtemps, les yeux ouverts dans le noir, à regretter le rêve, à le revivre, à le savourer, à m'en repentir...

Un jour, sur le chemin de l'école, un Arabe marche fermement à ma rencontre. Machinalement, j'ai levé les yeux vers lui : mon regard a rencontré le sien, très noir, très direct. Je n'ai pas le temps d'avoir peur, avant d'arriver à ma hauteur, il bifurque brutalement pour s'engager sur la rampe d'accès d'un garage souterrain. Que me voulaient ses prunelles brillantes, bavardes et pourtant mystérieuses ? Je le suis des yeux. Sa silhouette s'enfonce sous terre, il marche avec une grâce déterminée, et tout son dos sait que je le regarde.

Avant de tourner à l'angle du souterrain, il fait volte-face, pour s'assurer que je suis bien là. Je demeure plantée, à l'affût du message. Nouvel échange de regards. Je ne risque rien, il est suffisamment loin pour ne constituer qu'une dérisoire menace. Il ébauche un drôle de geste de la main qui signifie peut-être : « Attends, ne bouge pas, tu vas voir... »

Intriguée, je ne remue toujours pas. Alors il disparaît à l'angle du mur, et, tout de suite après, je vois réapparaître quelque chose qu'il secoue frénétiquement, c'est un mouchoir... non, c'est sa main... non, c'est autre chose encore...

J'ai à peine commencé à comprendre que mon exhibitionniste avance déjà la tête pour constater quel effet il me produit. Chose étrange, je n'ai pas peur, je ne suis pas dégoûtée non plus, ni indignée. Seulement persuadée que nous ne pouvons pas nous comprendre, que nous n'avons rien de commun, et que son geste, interprété d'abord comme un adieu inattendu et drolatique, me sera désormais un symbole : à peine croisé, à peine remarqué et déjà perdu, mon éphémère compagnon d'une embryonnaire aventure avait agité de là-bas son sexe, comme on agite un mouchoir, de très loin, sur un navire en partance...

Moi j'étais restée sur le quai, froide et lucide sitôt que renseignée, et assurée que ma route, toujours, fuirait celle de l'homme, s'en écarterait sans passion et sans retenue spéciales...

J'avais d'abord rêvé, toute petite, à la queue de mon père, comme à un vivant serpent renaissant de ses plaies. Mais, en se cachant de mes regards curieux, il avait jeté l'opprobre sur mon rêve.

J'avais ensuite aimé la douceur de mon cousin, ce petit garçon à la bébête suave. Le drame et l'infamie avaient puni mon amour...

Et puis, il y avait eu Gaston, dont je m'étais servie pour une perverse revanche. Mais lorsqu'il avait sorti sa verge, une sorte de répulsion inquiète m'avait paralysée.

J'avais grandi depuis. Préservée du mâle et sans désir pour lui. Cet Arabe rencontré était un nouveau Gaston. Muet comme lui, étranger en tout cas en notre pays, comme Gaston en notre monde, et incapable, comme lui, de communiquer, du moins par le langage, il avait le même feu du regard, et les mêmes gestes, ou presque... Plus vieux, bien qu'à peine, car tout comme j'avais senti, en voyant le sexe bandé de Gaston, qu'il était plus adulte que son âge, son âge mental surtout, ne le laissait supposer, j'avais eu l'impression en regardant la burlesque démonstration de mon exhibitionniste qu'il s'agissait, en fait, d'une farce puérile.

Les hommes m'étaient devenus des Gaston... incompréhensibles, étrangers, différents, plus vraiment menaçants, sans attrait aucun, un peu ridicules, et très superflus. Des sortes d'objets, parfois complaisants, comme Gaston, et qu'un regard pouvait animer, comme l'Arabe...

Adieu l'Arabe, adieu l'homme-loup, le mythe du dévoreur a eu son temps, je ne m'envolerai pas, pressée par la terreur, de devant cette bouche de garage où tu continues à te secouer. Tu ne m'as pas blessée ni séduite. Tu ne m'as pas ravie. A aucun sens du terme. Ma grand-mère avait peur, pour moi, des gitans, des Arabes, de leur rapt sanguinaire. Et toi, l'exhibitionniste, l'agité, tu as fait tout le contraire : tu m'as renvoyée à mon quartier de femmes, à ses troubles, à ses bonheurs. L'enlèvement au sérail n'était pas pour moi, trop avertie, trop méprisante désormais. De ce jour, chaque homme rencontré signerait pour moi le retour chez mes amies, mes amoureuses, les seules désirables à mon regard détourné de vos grossières simplicités...

C'est à cette époque que j'ai commencé à déguiser Eric en fille.

14.

Eté 63. J'ai l'honneur et l'avantage d'intéresser Jean-Yves. Il paraît, selon sa mère, que je suis une petite fille très inventive et pleine de ressources. Je viens d'ailleurs d'imaginer une occupation formidable pour mes vacances à la montagne : la création d'un journal du village, qui s'appellera *La Gazette*.

Avec autorité, j'organise, je décide, je programme. Il y a toute une troupe de gosses qui m'obéissent au doigt et à l'œil et se baladent partout avec un bloc-notes pour enquêter sur les petits riens des environs.

Jean-Yves, lui, est typographe. Il recopie, en tirant un bout de langue attendrissant, les articles que je rédige d'après la matière que me rapportent les reporters. « Je ne l'ai jamais vu écrire avec autant de plaisir », déclare sa maman. Et, à mon adresse, elle ajoute : « Tu sais vraiment bien le prendre... » Ce qu'elle ignore, c'est que, lorsque nous travaillons face à face, Jean-Yves et moi, penchés de part et d'autre de la même table, il lève régulièrement les yeux de son pensum pour les plonger dans ce qu'il n'est pas encore convenu d'appeler « mon décolleté », et pourtant...

Je porte, ces jours-ci, une ample marinière rouge et blanche léguée par ma tante, comme beaucoup de mes autres frusques. Rien dessous, à cause de la chaleur. Rien si ce n'est le double et très doux vallonnement d'une gorge encore bien timide. Oh ! timide n'est peut-être pas le terme qui convient ! Timide, elle se fût cachée des regards furtifs mais précis de Jean-Yves... Or, dès que je me fus aperçue de l'intérêt que suscitait chez lui mon anatomie, je calculai secrètement quel profit je pouvais en tirer.

Le premier était le zèle et l'application de mon ouvrier, qui consentait à passer de longs moments assis en face de moi, avec, pour unique salaire, le coup d'œil qu'il s'octroyait de temps à autre sur mes embryons de seins. Aussi considérai-je opportun de ne pas changer de vêtement tant que certaines pages, auxquelles je tenais beaucoup, ne seraient pas au net (si je puis me permettre ce jeu de syllabes ironique).

Le deuxième avantage de cette situation était l'admiration que me vouaient les parents de Jean-Yves. Ils me flattaient beaucoup en vantant mes vertus pédagogiques, me remerciaient de m'occuper de leur instable et turbulent rejeton, glorifiaient ma patience et mon autorité. Cette considération, pour une petite fille qui en avait si peu chez elle, était une véritable gourmandise pour laquelle, du moins me le semble-t-il à présent, j'eusse montré peut-être beaucoup plus que mon torse... Mais Jean-Yves n'en était pas à me le demander, qui se croyait très discret et très malin, mais dont le trouble et le plaisir ne m'échappaient pas...

Ce trouble et ce plaisir constituaient d'ailleurs pour moi le troisième bénéfice de ma complaisance à me laisser ainsi lorgner... Je pouvais donc émouvoir un garçon, qui, lui, ne m'inspirait rien ? Rien, si ce n'est le désir de l'émouvoir à nouveau, et de lire l'émoi sur sa bouche mi-close, dans ses prunelles fuyantes, dans son insistance à demeurer là, à lever les yeux, encore, et encore, et encore. Je sentais à quel point nos jouissances étaient dissemblables, la sienne physique, sensuelle, la mienne intellectuelle. J'étais pour lui une Paule, une Marie-Brigitte. Mon corps l'attirait, son spectacle, peut-être sa chaleur, son odeur. Sans doute avait-il envie de le toucher, de le caresser, comme moi, quand Paule me faisait trembler rien qu'en me frôlant ?

Mon rôle me passionnait : sans en avoir l'air, je permettais à Jean-Yves un régal de voyeur, je l'encourageais par mon silence et ma naïveté feinte, qui me faisaient me pencher plus, m'offrir davantage, je le gardais prisonnier de mes révélations, savamment préméditées et qu'il pensait fortuites. Je crois qu'il ne m'eût pas aimée consentante, et se fût bien vite lassé d'un jeu de regards autorisés et encouragés.

Ce qui le retenait, ce qui lui plaisait au-delà de tout, c'était cette possession de moi qu'il voulait garder clandestine, ce vol de mon intimité, ce viol insoupçonné, délectable... Je comprenais très bien, et m'amusais à m'y prêter avec beaucoup de véracité, fignolant la crédibilité de mon personnage presque jusqu'au flagrant délit, car, une fois ou deux, je traquai très soudainement son regard, pour aussitôt retomber à ma placidité ignorante. Il ne fallait pas qu'il me sût au courant, mais il ne fallait pas non plus gâcher tout le charme de ces délicieux instants en le surprenant les yeux dans le sac d'une façon trop irrémédiable.

Je jonglais si bien avec toutes ces précautions qu'au bout de quelques jours, Jean-Yves se déclara.

Comprendre qu'il me fit quelques petits aveux, quelques avances, et m'arracha la promesse, en paiement d'un gage reçu à je ne sais quel jeu, de me laisser embrasser avant la fin de l'été.

Je me souviens que cette promesse, comme tout ce qui l'avait précédée, me tint éveillée une nuit entière, à me tourner et retourner dans mon lit, et à rouler dans ma tête comment point par point nous en étions arrivés là. On sera tenté de penser que j'étais peut-être tout simplement amoureuse de Jean-Yves. Hélas, le terme est de mise, « tout simplement », car la chose, en effet, eût été simple et fort saine. Mais, bien que Jean-Yves fût un ravissant petit garçon, aux boucles brunes et au regard d'un bleu profond, il ne m'attirait pas comme m'avaient attirée Paule ou Marie-Brigitte. Je n'avais pas envie de fourrager dans ses cheveux, pas envie de tenir sa main, pas envie de sentir son haleine sur mon visage.

La seule chose qui m'excitait vraiment, c'était le pouvoir que j'avais fini par prendre sur lui, petit à petit, à coups de menues exhibitions malicieuses, et de fausse innocence. Si j'étais amoureuse, je ne l'étais que de moi, de ma ruse, de ma réussite, et la puissance que je sentais se lever en moi, ma puissance de femme devant l'homme, ma force cachée, ma faiblesse fictive et dangereuse, m'enivraient de perspectives enchanteresses...

Ô gourgandine, gourgandine, petite fille solitaire détournée d'une route ordinaire, princesse endormie du mauvais venin de la méfiance, éloignée des hommes, préservée des loups, dégoûtée des princes, le baiser qui te réveillera doit-il te venir de tes pareilles seules ou, pire, de ton image renversée, bue à la fontaine de Narcisse ? C'est toi que tu aimes, gourgandine, pauvre petite veuve sans souvenirs. Eux, tu ne les aimes pas, pas encore, déjà plus... Tu les séduiras longtemps, et toujours, et tous si possible, pour te voir chaque fois, en l'eau froide de ta fontaine, plus belle, et plus forte, et plus seule...

Gourgandine, salope, mon ange déchu, petite pute vierge, tu n'as pas chéri ce garçonnet, ton premier amoureux avoué, le premier qui t'a fait la cour, et qui t'a demandé ta bouche... Si ses regards t'ont plu, ses mots et ses requêtes t'ont laissée de glace, toi qui n'as jamais connu, admiré, redouté, peut-être désiré que des silencieux, Damiano l'Italien, à qui tu as écrit sans attendre de réponse, et Jacky, le bègue, et ton cousin, le tendre farouche, au corps de soie, aux lèvres closes, et Gaston, le muet, et l'Arabe croisé, sans paroles et sans charme, et ton petit frère, aux phrases chancelantes, aux mots écorchés, et ton père, ce taciturne, ce trappiste, ce mutilé du vocabulaire, qui ne parla pour toi qu'un jargon d'enquête et de blâme...

Gourgandine, rêve aux beaux hommes du cinéma, ceux qui récitent seulement un texte appris d'abord, et n'ont pas de discours à eux. Tes fantômes possèdent de jolies gueules et des corps séduisants, mais rien, rien dessous, rien dedans, tu n'imagines ni leur sexe ni leur âme, seulement leurs regards si un jour tu les rencontrais, si tu pouvais les charmer...

Ah ! le baiser de Jean-Yves ne ressemble pas à une séquence hollywoodienne, il s'en faut ! Tu méprises l'homme, mais tu le veux cinématographiquement plus grand que toi, et plein de savoir-faire. Jean-Yves, dans cette grange où il t'a entraînée le dernier jour des vacances, te bouscule dans un coin, se hisse sur la pointe des pieds à la rencontre de tes lèvres, et te plante en pleine bouche une langue dure et maladroite. Tout t'humilie, dans ce baiser qui vient du bas, tout et surtout ta gauche passivité, et le cri de surprise répugnée que tu ne sais retenir.

Langue des hommes, langue maudite, inexperte aux mots de l'amour, étrangère au plaisir, langue vindicative et infatuée d'un illusoire pouvoir, et si indiscrète, et si conventionnelle...

Qu'on me rende mes muets, mes cloîtrés, et leurs lèvres serrées sur des muqueuses secrètes, et leur langue terrée !...

Mon premier baiser me fut odieux comme un viol, repoussant comme l'idée d'une limace égarée à l'intérieur de moi...

Et j'ai trouvé, sans mérite, l'intonation juste, la sincère indignation pour répondre à Jean-Yves, qui jugeait l'instant propice aux confidences et venait d'avouer : « Tu sais, pendant qu'on écrivait *La Gazette*, je voyais tes seins », pour lui répondre avec rancune, avec chagrin :

« Tu es dégoûtant ! »

15.

L'adolescence qui vient m'assiège d'un cortège de douleurs. Ma mère parle toujours de tuer mon père, mais c'est moi qu'elle assassine, à coups de froideurs, de paroles méchantes, de réprimandes incessantes.

Mon pouvoir de séduction vient à peine de m'éblouir qu'il m'y faut déjà renoncer. Me voici laide, nouvellement, douloureusement laide, à cause de mes treize ans tapageurs, de leur chambardement, et de cette mauvaise femme qui rit tous les jours de moi, quelquefois secondée par mon père, plus sobre et, donc, plus percutant.

Mon corps bouge, mon visage aussi. Bien sûr, on feint d'ignorer que mes seins poussent, que mes hanches s'arrondissent. Mais on s'amuse de mon nez dont la croissance seule semble intriguer, intéresser, scandaliser. Ma mère me contemple de profil, et épluche un bestiaire des plus sévères pour m'y trouver une place. « Tu ressembles à une brebis ! m'assène-t-elle, non, plutôt à une taupe ! » Cette trouvaille l'enchante. Désormais, dans ces moments de tendresse, elle m'appelle « vieille taupe », et entame un fou rire inextinguible. Ce vocatif a le don de la mettre de bonne humeur. « C'est vrai que tu prends un bon blair », complète mon père sur un ton de reproche inquiet.

L'impuissance me fait hausser les épaules, mais mon cœur tout petit dans ma poitrine, très serré, hésite entre le désespoir et la haine. Je sens que je ne leur plais pas, qu'ils comptent mes disgrâces et mes tares comme jadis on a compté mes vices.

Ma mère m'a fait couper les cheveux. Sur le moment, ça a été une révélation. La petite fille est restée, avec sa tresse, au salon de coiffure. Avec ma mise en plis fraîche, j'étais, je m'en souviens, méconnaissable. Très jolie soudain, très accomplie.

Et puis la mise en plis s'est fanée, j'ai dû me laver les cheveux et découvrir ma nouvelle tête : quelques mèches hirsutes que disciplinait à peine un hideux bandeau... Là-dessous, l'acné a commencé son insidieuse invasion, et je suis restée des heures à me consterner devant la glace, à punir mes boutons de deux ongles sans pitié, à me regarder en face. Moi qui m'étais séduite, il y avait si peu de temps... C'est vrai qu'il s'agissait d'une époque où j'ignorais encore que j'avais un visage. Heureux jours !

Mon corps aussi trahit... Lui qui désespérait mon père par sa maigreur, voilà qu'il se boursoufle, qu'il gonfle anarchiquement. J'étouffe dans les affaires de ma tante si mince. Ma mère objecte : « Tu n'as qu'à maigrir ! » en me servant les féculents biquotidiens du menu. A sa belle-sœur qui disait l'autre jour : « Votre fille prend un corps de femme », n'a-t-elle pas répondu, lapidaire à son habitude : « Elle n'a pas de taille ! »

Mon père prêche : « Fais de la gymnastique ! Tu es raide comme un balai ! Rentre ton ventre ! Tiens-toi droite ! Tu es molle ! Aucun tonus ! »

Accablée de toutes les disgrâces, même les plus paradoxales, je véhicule, avec ma molle raideur, ma raide mollesse, mon gros ventre, mon dos rond, mon grand nez, une tristesse poisseuse que ma mère a vite fait d'analyser : « C'est un caractère de chien ! »

Un chien t'eût mordue, maman, ou se fût couché pour mourir à tes pieds, malade de ton abandon. Moi, je n'ai montré ni les dents ni mes larmes. D'ailleurs, m'abandonnais-tu vraiment ? Il y avait longtemps que, malgré la niche et la pâtée, j'étais une sorte de chien errant, de chienne aussi, aux heures de rancune paternelle. En cette année de mes treize ans, il commence à m'arriver d'aboyer aussi fort que toi. C'est tout. Quant à te mordre, j'ai appris à l'école que la rage est une maladie infiniment contagieuse. Je préfère que tu en crèves seule.

A qui parler ? A qui parler ?

Eric est trop petit, occupé par ses problèmes d'école. Monopolisé par notre père, qui s'en soucie beaucoup, par notre mère, qui l'aime d'une tendresse farouche... A nos heures de loisir, j'invente un jeu interminable, une famille imaginaire dans un pays imaginaire, un arbre généalogique aux racines innombrables, aux branches luxuriantes.

Nous tenons alternativement des tas de rôles, improvisant, enrichissant au fur et à mesure notre mythologie. Nos personnages favoris sont Sophie et Bettina, deux jeunes filles très riches, très belles, deux aventurières comblées par la nature et leur naissance. C'est presque plus un rôle de composition pour moi que pour Eric, qui a une frimousse si rose, si fraîche, et des grâces innées...

Nos parents nous écoutent parfois, incrédules, à la limite de l'angoisse. « Mais où ils vont chercher tout ça ? » Et mon père ajoute à mon égard : « Je ne veux pas que tu lui bourres le crâne ! »

Nous les ignorons totalement. Ce jeu peut se dérouler n'importe où, n'importe quand. Pas besoin d'accessoires. Rien que des mots et du rêve. Par la magie des mots, la table familiale devient un restaurant, et nous continuons à parler, à bâtir notre univers, à nous donner des nouvelles de nos héros, incluant à leur corps défendant nos parents dans le texte, leur attribuant des rôles qu'ils se refusent à tenir, et l'effet est alors cocasse.

De ma mère qui finit toujours par déclarer : « Ils sont cons, ces deux-là ! », Eric me dit, sur le ton de la confidence : « Il faut excuser Mme Berceniou aujourd'hui, elle a pris des cachets, elle ne se sent pas bien. » « Mme Berceniou » hausse alors des épaules exaspérées, secoue une moue méprisante. Gagné ! Elle est impuissante, ils sont impuissants tous deux à franchir nos murs, à investir la cité de nos rêves...

Dans ces moments-là seulement, j'oublie ma triste laideur et la répulsion que je semble inspirer autour de moi, que je m'inspire aussi, hélas !

Les hommes, les garçons, reculent une fois de plus aux limites de ma vie, se font flous, inexistants, inconsistants. Tant mieux : je ne saurais plus les séduire. Je n'oserais même plus y penser...

L'autre jour en classe, la prof de français m'a fait une observation en ajoutant : « Voyons, vous êtes si mignonne ! », et je reste persuadée qu'elle s'est outrageusement moquée de moi. Ça m'a beaucoup embêtée, à cause d'Annie, ma dernière obsession.

Depuis la rentrée, une petite fille cavale à nouveau dans mes rêves. Mais qu'elle est donc ironique, et lointaine, et froide parfois ! Et parfois, au contraire, si proche, presque troublée... Comment lui dire ? A qui parler ? A qui parler ?

Non, je n'oserai jamais, je suis trop moche et trop ridicule... Et tous ces boutons ! Et ces fringues épouvantables dont je suis obligée de m'accoutrer parce que mon père refuse de m'habiller dans les magasins tant que ma tante me donne des vieilleries. Mais je me permets à peine de respirer, moi, dans ses jupes exiguës ! Et il me faudrait des soutiens-gorge ! Et des culottes avec des élastiques neufs ! Et j'ai mal aux pieds dans mes chaussures de l'année dernière !

Ah ! ce n'est pas en ce moment que mon père me ferait prescrire des fortifiants ! Chaque fois que je prends une pointure, il émet un râle déchirant en tâtant son cœur malmené d'une dextre angoissée. C'est toutes ces ampoules que j'ai bues ! Il ne fallait pas ! Je suis une amère Alice au pays des Horreurs, et je vois mon corps grandir, grandir, s'allonger, et mon père crie : « Arrête ! » Il n'en peut plus de résister, de fouiller ma penderie à la recherche d'une frusque encore mettable, de courir les soldes, de dénicher le manteau le plus incongru mais le moins cher de toute la ville...

Et moi, je suis la fille la plus mal ficelée de la classe. Providentielle blouse ! Bien-aimé cache-misère, qui révoltait tant de minettes bourgeoises désireuses d'exhiber leur garde-robe, mais qui me sauva la vie tant de fois !

Annie, je dépose à tes genoux, sous le rayon ironique de ton regard d'émeraude, l'hommage de mon amour sincère, pur et lumineux dans une pauvre et immonde enveloppe : mon corps, ce vilain, ce traître, ce mal fagoté...

Et ces douleurs bizarres dans mes reins, dans le bas de mon ventre ? Heureusement qu'on n'a qu'un appendice !

Et ces histoires sordides de Marie-Christine, sur du sang appelé « règles », que les filles perdraient tous les mois. Par où ? Comment ? Pourquoi « règles » ? Comme les règles de grammaire, obligatoires, à appliquer, à connaître ? Comme les règles à tirer des traits, de grands traits sur l'enfance et ses privilèges ? Oh ! moi, d'abord, les privilèges de l'enfance... Alors ? Règles comme lois, rigides, impitoyables, ou règles du jeu ? Règles de conduite ?

Intriguée par ces règles, je profane, un jour de tranquillité, le terrain sacré du Larousse médical. Je comprends qu'on m'en ait défendu l'usage : c'est une cathédrale de connaissances toutes plus folles, plus hardies les unes que les autres.

Tout va basculer très vite à partir du moment où, soudain, j'ai décidé de franchir un seuil encore inviolé. J'étais jusqu'alors interdite de savoir. Je demeure, ce jour-là, interdite tout court. J'ai treize ans et je me rends compte brusquement, à feuilleter les pages de ce monument, à rebondir d'informations en informations, que j'ignore tout non seulement de la vie, mais, bien plus grave, de ma propre chair, tout de mon aventure présente, tout de mon avenir imminent, tout de mon sort...

Mon corps, ce monstre, cette grosse chenille molle, est promis à un destin qu'on m'a soigneusement celé. Je suis, penchée sur ces pages fascinantes, une Cendrillon loqueteuse qui entend parler pour la première fois de carrosse. Ah ! je pouvais me trouver courge !

Ma bonne marraine Larousse m'explique comment, dans la hideuse citrouille de mon ventre, je transporterai peut-être un jour un petit hôte de choix, comment j'ai été moi-même transportée... Le coup de baguette magique qui régente toute cette alchimie ne frappe pas l'amazone que je suis, seule me sidère l'évasion du carrosse, quand le petit voyageur se met la tête en bas et découvre une portière vers la vie.

Etrange affaire ! Il me semble impossible que ce livre soit un reflet de la réalité. Ce que j'y lis, encore bien obscur mais déjà si troublant, ce que j'y vois, figures d'hommes et de femmes nus photographiés, décrits, écorchés, nomenclaturés, ce que j'y apprends, mots aux sonorités curieuses pour désigner ce que je croyais sans nom, tout m'étourdit d'un vertige irrésistible.

Cette encyclopédie constitue pour moi le conte de fées le plus échevelé que j'aie jamais connu, le voyage le plus fantastique au pays du corps et des mots... C'est la chambre secrète de Barbe-Bleue, celle où gisent les victimes assassinées, et je suis cette épouse nouvelle, indocile, qui trouva la clef... Les voici, les cadavres jetés ici à profusion pour mon regard incrédule, voici de la chair prohibée, seins, fesses, sexes, ventres ouverts, voici le long lexique de ses vocables inconnus qui résonne tout à coup en moi comme un chant de victoire, de révolte, comme un chant d'amour.

Ainsi, ils étaient tous là, emmurés en ces pages par mon Barbe-Bleue de père, d'amant jaloux et destructeur ; il les a étouffés de ses mains, dérobés à ma vue, à mes oreilles. Voleur, voleur de mots, voleur de lumière, heureusement que j'ai profané ton mausolée, j'allais être femme sans rien comprendre, sans rien savoir, que les tristes et approximatifs ragots de fillettes à peine mieux renseignées, j'allais souffrir, je souffrais, avec des points dans le ventre en forme de points d'interrogation, je souffrais d'une douleur muette, parce que anonyme, j'avais mal de ma métamorphose, mal au cœur, mal aux seins, mal aux reins, mal à l'âme, et l'on se taisait autour de moi pour mieux me mépriser. L'ignare est bien faible, qui ne peut pas nommer son mal.

Mais le livre était là, sous mes yeux, et fébrilement, convulsivement, j'en tournais les pages, avide de voir, pressée par le temps.

Les mots compliqués, expliqués par d'autres mots compliqués, ne m'éclairent pas, pas assez vite. Je cours aux dessins. Ô sainte Bible ! Je retrouve Jésus dans les entrailles de Marie, un tout petit, tout petit Jésus, comme un point-virgule, lové sur lui-même, gracieux comme une arabesque. Sur l'image suivante, le point-virgule est un gros têtard, puis une sorte de poisson... Et sa mère est là, debout, comme si de rien n'était, avec son ventre transparent, son ventre-vitrine, son ventre-bocal...

Mais le poisson mue encore, maintenant, on dirait un sage Bouddha, assis en tailleur et les bras repliés sur la poitrine. C'était moi, ça, ce drôle de Chinois joufflu aux jambes dérisoires, c'étaient nous tous, Eric, Christine, Jean-Yves, et toi aussi, le Grand Inquisiteur ?

Et ça ? C'était toi, ma mère, ça, cet impudique batracien écartelé dans la pose obscène de l'accouchement ? Est-il possible que tu te sois couchée ainsi devant les médecins, livrée ainsi ?

Le moment de la naissance me paraît hallucinant et pornographique comme une messe noire. J'imagine les femmes, ma mère d'abord, et toutes les autres ensuite, et moi peut-être un jour, enfin, offertes aux fouilles des chirurgiens, et la vision me secoue de honte, d'horreur, et de plaisir intimement mêlés... Moi à qui l'on a inculqué la pudeur et la retenue au-delà du pensable, moi que l'on a lavée sans séparer mes genoux de plus de dix centimètres, moi que l'on a punie parce que j'ai accueilli sur moi, entre mes cuisses, la main timide d'un petit garçon, moi que l'on a traquée au cabinet et partout, je découvre soudain le terrible pouvoir d'exhibition des femmes, je devine le symbole de cette fente qui les partage, qu'elles ouvrent ou ferment à leur gré, et qu'elles ne peuvent vraiment montrer qu'en s'écartant tout entières.

La clef de la féminité est là, je la tiens ! Je revois l'Arabe facétieux et son incongru sémaphore. Rien n'a eu à bouger dans sa silhouette, dans son attitude, rien qu'un peu de tissu à écarter, pour permettre le spectacle : la danse d'une marionnette presque indépendante, presque étrangère, dont il tirait les cordelettes avec à peine deux doigts. C'est cela, sans doute, la virilité, un petit personnage, funambule drolatique, doté d'une vie propre, d'un corps concret...

Les femmes, elles, ne possèdent pas ce genre d'ambassadeur à ficelle. Tout entières dessinées, organisées à partir de leur sexe, cette étrange rosace, ce « middle » quasi cabalistique, elles doivent, pour le montrer, participer de tout leur être, s'ouvrir, se crucifier. Alors que le sexe de l'homme est une sorte de projection, d'agression, me saute soudain aux yeux, devant ces planches incroyables, une évidence qui ne m'avait jamais frappée : la femme est une faille magique, clandestine, secrète, mais profonde à souhait, et sûrement attirante comme l'œil du serpent.

Je ne me rassasie pas de ces images d'accouchement, ni du frisson de désir révolté qu'elles me procurent. Conte de fées, Bible... Disons plutôt que je tiens là mon premier ouvrage érotique, et son effet, sur mon âme vierge de toute connaissance, est fulgurant.

Tout en refusant de croire à ce que je contemple, je comprends bien que j'entre de plain-pied dans la vérité des adultes. Je le sens plus que je ne le comprends, car ce que mon cerveau répugne à admettre est déjà tout inscrit dans mon ventre, qui n'a jamais été aussi intelligent, aussi bouillant.

Ah ! la cachette de Barbe-Bleue n'est pas une chambre froide : j'ai la fièvre, je brûle. J'ai peur et j'ai envie d'accoucher un jour moi aussi, je redoute, j'attends qu'on m'installe, qu'on me scrute, qu'on me palpe, qu'on me déchire peut-être.

Des questions saugrenues me traversent l'esprit : jusqu'où peut-on se disjoindre ? Et en remontant les jambes très haut, n'est-on pas plus déployée ? Sans m'en douter, j'invente les positions de l'amour, mais je ne sais pas encore, je n'ai pas encore réalisé que, pour avoir à s'ouvrir ainsi devant les docteurs, il faut d'abord s'être ouverte à un homme...

Cette hypothèse me fuira longtemps, puis, en temps voulu, s'imposera à moi, mais n'apportera jamais avec elle le même souffle de folie, la même intense et ambiguë délectation que mes trouvailles obstétriques, dans le Larousse censuré.

Il m'apparaît clairement à présent qu'à cette période cruciale de mon adolescence, c'est mon propre corps que je me mis à désirer follement, ce corps que je maudissais pourtant, et qui me torturait si fort. J'aimais Annie en silence, et je croyais me détester, mais l'idée de mon corps délivré de ses chaînes, de ses pudeurs, de mon corps exubérant et victorieux, jeté en pâture à tous les regards (d'hommes ou de femmes, c'était sans importance, j'imaginais mon public, absolument anonyme), cette idée me bouleversait d'une émotion aujourd'hui sans équivoque.

L'accouchement, ce prétexte honorable et scientifique à une exhibition des plus indécentes, me fut une révélation torride. Il me semblait que c'était la seule occasion possible de se donner en spectacle en sauvant la morale, puisqu'on y était obligé. La vive honte que ne devait pas manquer d'éprouver la parturiente mettait sans doute le comble à ses délices.

On voit que l'éducation de mon père portait ses fruits au-delà de toute espérance : point d'homme dans mes chimères, ou alors à peine leurs regards, point de garçon dans mon cœur, et une envie formidable de montrer mon cul à des tas de gens, d'une façon bien conventionnelle, bien établie, et bien douloureuse : le plaisir, sa permission et sa punition ensemble...

Certes, la gourgandine avec sa tête froide, son cœur brisé, son âme malade, son isolement, ses mépris, ses impossibles quêtes, n'aura pas, il s'en faut, un sexe tout simple... Vivent papa, maman, le petit frère qu'on achète, la Sainte Vierge et les livres tabous !

Or voici qu'il est temps pour la vilaine larve d'ajouter à la liste de ses malheurs la découverte coupable du plaisir et de son âpre solitude. Parée à la volupté, chenille, à ses cyclones dévastateurs ? Cramponne-toi, ça va remuer ferme dans ta chrysalide !

16.

J'ai refermé le livre en me promettant d'y revenir souvent, chaque fois que possible, jusqu'à en savoir des passages entiers par cœur. Je voulais mâchonner, ruminer les mots et les images, les digérer, m'en imprégner comme pour rattraper tous mes retards à la fois. Jamais, je crois, autodidacte ne fut plus convaincu, plus passionné que moi.

Et pourtant quelque chose en moi demeurait perplexe. J'avais beau épier mes parents, ces fourbes, rien ne transparaissait sur leur visage, dans leurs gestes et leurs attitudes, qui eût pu confirmer ce que je découvrais dans le Livre. Qui mentait ? Etait-il possible qu'on fût détenteur d'aussi grands secrets et qu'on n'eût pas envie de les partager ? Pourquoi les garder, les préserver ? Comment les enfants étaient-ils censés les découvrir ? Les ouvrages défendus n'existaient-ils que pour être profanés ? Comment les chenilles pouvaient-elles connaître leur destin de papillons, qui s'ouvriraient un jour tout grands, qui se déploieraient pour permettre la reptation vers la lumière d'autres chenilles encore ?

Mon père et ma mère étaient des geôliers sans joie, qui nous avaient donné la vie et n'en avaient pas été éblouis... Comme j'aurais voulu leur parler, les interroger, leur dire mon incrédulité, comme j'aurais eu besoin qu'ils me rassurent, qu'ils abolissent des années de silence, de réprobation, de consternation ! Icebergs honteux, mes géniteurs, je voyageais dans vos glaces avec la tristesse de Galilée, l'incertitude des premiers explorateurs qui cinglaient vers le Nouveau Monde en doutant chaque jour.

Ah ! je peux parler des grandes découvertes ! Colomb et moi, même combat ! A chacun son œuf, sauf que, sans vouloir diminuer le mérite du grand Christophe, l'Amérique lui fut plus simple à découvrir qu'à moi le principe de la vie, et le pourquoi du mystère qu'on en faisait.

Mais un jour, la télé, cette providentielle machine offerte à ma mère pour la consoler d'une naissance, va m'édifier définitivement sur toutes les autres.

Au programme du soir, du jamais vu au petit écran : le film intégral d'un accouchement ! Bien sûr, les annonces répétées des speakerines, la publicité faite autour de l'émission ne peuvent passer inaperçues. Bien sûr, au seul vocable d'« accouchement » prononcé clairement par Catherine Langeais aux heures de grande écoute, je vois mes parents, mon père surtout, se ratatiner comme sous l'offense d'une grivoiserie intenable. Bien sûr, je n'ose même pas demander la permission de voir l'émission, et, bien sûr, on m'envoie au lit à huit heures sans plus ample informé.

Une ardente curiosité me souffle la ruse, la docilité feinte, puis le recueillement dans le noir, aux aguets du générique attendu. Et tandis que mon petit frère s'endort à mes côtés, je me relève subrepticement pour venir me blottir dans le couloir, tout près de la porte qui me sépare de la vérité. Tant pis pour l'image, des images j'en ai plein mon Livre sacré ! La bande-son me suffira pour authentifier ce que j'y ai maintes fois déjà lu. Savoir si mes parents diront, une fois de plus : « C'est bien du cinéma » ?

Il ne fait pas chaud dans ma cachette, et ma position d'espionne, raidie par la crainte de se trahir, n'est guère confortable. Pourtant je vais rester longtemps là, embusquée, comme hypnotisée par ce que j'entends. Le livre n'a pas menti ! Le livre n'a pas menti ! Une femme gémit, halète, crie parfois, assistée d'un homme qui la met en scène, l'encourage, la gronde, la conseille, et lui commande point par point ce qu'elle est en train de vivre. Quel scoop !

J'assiste, de mon obscur corridor, à un scénario qui me captive parce qu'il me semble bizarrement à la fois nouveau et cependant connu. A quoi tient cette impression de déjà entendu, de déjà vécu ? Peu à peu la découverte chemine en moi, se fraie un passage jusqu'à ma conscience. Moi aussi j'accouche, d'une trouvaille assez déconcertante : la clarté m'inonde quand, de l'autre côté de la cloison, la voix masculine enjoint à la parturiente : « Allez ! Poussez ! Poussez ! Encore ! Plus fort ! »

J'y suis ! Ah ! mon Dieu ! mon diable !... Comme je comprends cette malheureuse, et les plaintes gutturales que les efforts lui arrachent ! J'espère pour elle qu'elle sera plus productive sur sa table que je ne le fus jamais sur mon pot !

L'illumination est de taille : tout se noue et se dénoue à la vitesse de la lumière divisée soudain sur cette vaste affaire : mon père fut cet accoucheur autoritaire et exigeant, et les cérémonies rituelles auxquelles il m'obligeait me semblent tout à trac des symboles bouleversants : fabriquer de la vie ou de la merde revient au même travail, à la même douleur, aux mêmes incantations, au même contrôle de l'homme sur le ventre des femmes, sur leurs orifices, sur leurs tourments... Sales types, sales types qui nous remplissez et nous videz, je vous abomine, je hais vos voix méchantes, vos ordres vindicatifs, vos mains sur la chair tendre, et vos regards indiscrets...

Et je ne puis imaginer ces regards sur moi, sur la fourche de mes jambes levées, sur la plaie de mon sexe ouvert, sans frémir. Mais la puberté qui vient a souillé la pureté de mes haines : je ne frémis déjà plus, sans le savoir tout à fait encore, comme une petite fille. Et je me recouche ce soir-là, sans sommeil, désireuse de maudire encore, mais non d'oublier. Car l'horreur qui vient de me secouer m'est brusquement devenue chère, comme la douleur fascinante d'un abcès qu'on ne peut s'empêcher de torturer...

A quelque temps de là, un autre soir, dans mon lit, je révise une leçon de géographie, adossée à mes oreillers, bercée par la chaleur d'Eric qui vient de fermer les yeux. Mon esprit vagabonde sans pouvoir se fixer, d'un volcan à une montagne, et d'une montagne à un ventre de femme enceinte. Ô géographie, science du voyage immobile, « Voici que je m'en vais en des pays nouveaux »...

L'heure du périple a sonné. Je le sens confusément quelque part très loin en moi. Je m'installe commodément pour la traversée. Genoux repliés. Ecartés. Un peu plus encore. Plus encore. Jusqu'à sentir l'air couler dans ma fente, comme un ruisseau nouveau. « Je ferai la bataille et passerai les fleuves. » Jusqu'à sentir un fleuve en moi, au plus secret de moi. Jusqu'à sentir la mer. Et son reflux. Qui va. Qui vient. Géographie, géographie. L'heure du départ a sonné. Non, du retour. Du départ. Ho ! Hisse ! Larguez les amarres ! Poussez ! Non, je ne pousserai pas. Je me serrerai au contraire. Poussez ! Oui, mais alors un tout petit peu, pour vous faire croire. Mais toc ! Je vous ferme la porte au nez ! « Je m'en vais m'essayer à de nouveaux travaux... » Oui, moi, je suis en travail, en gésine d'une vie nouvelle. Chenille ! Chenille ! Pousse encore un peu, et la chrysalide éclate...

Creux de la vague, crête des flots, mon imagination me balance sous des regards d'hommes lointains que je séduis et que je nargue. Mes mains n'ont toujours pas bougé, qui tiennent le livre ouvert, ni ma tête, ni mon dos. C'est sous les couvertures qu'il se passe quelque chose. Mon ventre ondule, vogue comme un bateau, il respire, il appelle et il se jette au-devant du danger. « Je ferai la bataille et passerai les fleuves !... »

Ça y est ! Terre ! Terre ! Je sais tout, tout de la joie, j'ai vu le continent, les belles îles promises, attendues depuis si longtemps... Qu'elles sont belles, qu'elles sont belles ! Marins, même si l'on se trompe de pays, qu'importe où l'on accoste quand on atteint la rive...

Ah ! Jeanne d'Arc, Pucelle, que le plaisir est bon, et pas d'homme, entre nous, pas d'homme ! Quelle tempête, le vent m'a soulevée, je dois avoir les yeux fous, les cheveux fous, et je ne sais plus respirer. Plénitude, bonheur ébloui...

Je retombe à mes coussins comme un combattant harassé, un nageur éperdu, je viens de lutter, de courir, de danser, d'accoucher. Mon enfant, le trésor rapporté de l'Odyssée fabuleuse, c'est cette volupté neuve, cette vigueur en moi, ma béatitude essoufflée, la certitude d'avoir touché le port après un périple de hasards et d'audaces.

Hélas, hélas, je ne le sais encore, la côte que j'abordai, qui ressemble au Pérou, aux Indes, aux Amériques, c'est l'île de Crusoé, et Vendredi n'était pas au rendez-vous... Qu'en aurais-je fait d'ailleurs ?

Mais j'apprendrai bientôt, au fil des voyages qui m'y ramèneront souvent, que le tourisme solitaire a quelque chose de triste, de désespéré même, car il est des merveilles qu'on voudrait partager...

A qui parler ? A qui donner ? A qui montrer mon butin, à qui l'offrir ? J'ai pour moi seule la caverne magique d'Ali Baba, je connais le sésame, et tous les soirs, à présent, je me pare de ses joyaux, je me séduis, je m'emmène en voyage et je me fais jouir... Mais je n'ai pas quarante compagnons de débauche, moi, je suis toute seule !

Et l'œil du Grand Inquisiteur, alerté sans doute par mes rêveries, mes silences, et l'extase douloureuse qui passe parfois dans mes regards trop vagues, va retomber sur moi.

Comment ignorer longtemps, avec ce prêtre figé par les soupçons, ce jeteur d'anathème, ce Christ aigre, aux aguets du péché, qu'Ali Baba était un hors-la-loi, et ses richesses autant d'ordures répugnantes ?

Ah ! éclatant plaisir, mon nouveau calvaire, mon nouveau crime, ne serai-je donc jamais que cette fille mauvaise et sale, punie par la morale, qui convoite les perles et crache les serpents ?

Ma solitude, ce n'était pas assez pour me punir, et toute mon amertume, et tout votre silence ? Voici encore et toujours le spectre des interdits ! C'était trop beau pour moi, ce corps ingrat mais miraculeusement docile à la joie, miraculeusement intuitif ?

Coupable ! Coupable ! Je plaide coupable, père, mon garde-chiourme, serviteur d'imbécillité et de suspicion. Mais je n'abdique pas, je ne renonce pas, là où je vais, c'est plus loin que tu ne peux partir, plus loin que tu ne peux imaginer dans ton esprit étriqué, dans ta tête malade... Ficelle-moi, attache-moi, accable-moi, surveille-moi. J'appareillerai quand même. Et coupable, honteuse, humiliée, torturée de mauvaise conscience et de peur superstitieuse, je jouirai encore, pour mieux t'échapper, pour mieux t'insulter, pour mourir peut-être...

Et l'on parle de « petite mort ». La mienne, chaque soir, est demeurée grandiose. J'en garde, aujourd'hui encore, la vivante mémoire d'un éblouissement mêlé d'épouvante... Plaisir somptueux, éclatement de l'être à la dimension de l'univers, agonie et naissance ensemble, comment aurais-je pu renoncer à cette grande, cette magnifique évasion, moi la captive maudite, qu'un arc-en-ciel venait d'illuminer ?

Le prix que j'ai payé ne me semblait pas trop cher, le prix de mon tourment, de ma vengeance, et de mon inquiétude. Pourtant, j'ai l'impression à ce jour d'avoir été bernée comme si j'avais acheté l'air que je respirais, le soleil, le ciel, et la vie. Mais le pacte injuste a bien été signé, et j'acquitte encore les factures d'un scandaleux contrat...

Car la gourgandine qui s'offre, plutôt que le plaisir, les plaisirs aujourd'hui, ne se départ jamais de sa gluante culpabilité, tout en cherchant chaque fois à insulter la Morale, à bouleverser l'Ordre, à défier l'Homme...

Si un jour, un seul jour, elle offensait les Règles établies sans ressentir, au tréfonds d'elle-même, ce tremblement fautif, cette crainte, ce remords, demeurerait-elle, alors apaisée, exorcisée, demeurerait-elle l'incorrigible coureuse qu'on l'a condamnée à devenir ?

17.

Mon année de cinquième n'en finit pas. Je suis triste à mourir depuis qu'Annie a quitté la place voisine de la mienne en classe, pour s'acoquiner avec cette grande bringue de Claire, qui m'a jeté méchamment au visage : « C'est vrai, ça, elle est toujours avec toi ! Qu'est-ce qu'elle te trouve ? » J'ai bredouillé lamentablement, et Annie riait de mon embarras. Il me semble que cette minute-là a duré des siècles...

Plus rien ne m'attire au lycée, à présent. Je m'y sens mal à l'aise, à part. Je multiplie les facéties idiotes, les insolences, les fous rires et les crises de larmes intarissables, la joue couchée sur le bois du bureau, les yeux cachés dans mon bras replié.

La professeur de français, qui est mon professeur principal, a écrit à mes parents que j'avais un comportement singulier, et qu'elle désirait les rencontrer. « Pff ! » a soufflé ma mère. Et mon père m'a torturée pendant des heures : « Pourquoi tu pleures en classe ? » J'ai fini par trouver une formule, regrettée amèrement aussitôt que lâchée : « J'ai le cafard. »

La semonce a été rude. Tous les deux d'accord, pour une fois, contre moi. Il paraît qu'à mon âge, le cafard, ça n'existe pas, surtout quand, comme moi, on a tout pour être heureuse. Le décret me laisse perplexe. Je devais me faire une fausse idée du bonheur...

Je suis une fille heureuse oppressée par un vieux soutien-gorge, engoncée dans une jupe trop étroite que ma mère a baptisée en riant aux éclats « ta jupe scorgnole » (encore un de ses termes bizarres, mâtiné de patois italien, à la signification obscure mais forcément injurieuse), une fille heureuse qui a tellement honte de sa figure qu'elle ne peut pas entendre prononcer le mot « nez » sans se sentir horriblement gênée, concernée, visée, tellement honte de son corps que les cours de gymnastique en short lui sont un supplice qui la fait trembler toute la semaine...

L'autre jour, véritable aubaine, le cours de gym s'est vu écourté de façon inattendue et providentielle. Nous devions courir dans une sorte de terrain vague approximativement transformé en stade. J'essayais tant bien que mal d'échapper au regard du prof qui ne manquerait pas de me secouer, à son habitude, par des exhortations humiliantes du style : « Allez ! Du nerf ! Plus vite ! On dirait que tu cours avec ton sac à main. »

J'ai progressivement abandonné le peloton des ferventes adeptes du cross, des filles incroyables pour qui l'éducation physique est un régal trop peu fréquent dans notre emploi du temps, et j'ai divagué sans en avoir l'air le long des clôtures du champ. Et puis je l'ai aperçu.

Un homme, en veste difforme, un peu voûté, debout de l'autre côté de la barrière. Un Arabe, encore une fois. J'ai l'impression que l'oisiveté l'a emmené là, et qu'il nous contemple pour se distraire. Ses yeux suivent la course des élèves que le prof chronomètre, dos tourné à ce spectateur.

Et moi qui m'ennuie aussi, je le scrute à mon tour. Il ne se tient pas très loin de moi, mais pas assez près cependant pour que je le voie très nettement. Il se campe soudain, ferme sur ses jambes écartées. On dirait qu'il va pisser... Ce doit être un simplet, qui ignore tout de la pudeur, et se soulage où il se trouve. Ou un malade. Oui, un malade. Le voilà qui tremble convulsivement, et les saccades de son bras me fascinent. Que fait-il donc ?

Je suis perdue dans ma contemplation, quand la maîtresse, qui vient de me remarquer, s'approche pour m'apostropher : « Alors ? » crie-t-elle. Spontanément, sans chercher spécialement à détourner ses reproches, mais uniquement mue par une curiosité intriguée que j'ai envie de faire partager, je lui réponds, en montrant l'homme : « Regardez, madame, on dirait qu'il se trait »...

Impressionnée par mon candide commentaire autant, je pense, que par l'indécente attitude de notre observateur, elle organisa une retraite générale vers les vestiaires et un retour au collège prématuré d'une bonne demi-heure, ce qui ne laissa pas d'étonner les copines.

« Il y avait un type en train de se traire », leur expliquai-je. Le mot surprit, la chose plus encore. Aucune d'entre nous, je peux l'affirmer, ne se trouvait en mesure de comprendre de quoi il s'agissait exactement.

Et c'était bien dommage. Car il m'eût été doux, ô combien, d'apprendre que partout, dans le monde, des milliers d'hommes et de femmes recherchaient le magnifique plaisir qui venait de m'éblouir, que cette quête, même solitaire, était contradictoirement pareille pour tous, et que mon cas n'avait rien de monstrueux.

Or je n'avais vu, assistant pourtant à une scène sans équivoque, du moins me le paraît-elle aujourd'hui, je n'avais voulu voir qu'un malade fébrile, frissonnant, un débile aux gestes tressautants, au regard halluciné. Comment expliquer cette méprise, cet aveuglement, sinon d'un jour symbolique ? Je m'enfermais seule dans ma culpabilité, dans mon isolement, je me claquemurais, cramponnée à une naïveté qui voulait les autres purs et ignorants, à une cruauté masochiste qui s'entêtait à me garder unique, et laidement fautive. Mieux encore : je rejoignais, sans m'en rendre compte, les insinuations tortueuses du Grand Inquisiteur, qui, à coups de sous-entendus terribles, persécutait la manie, annonçait la maladie, la démence et la mort.

A entrevoir sur le visage de l'Arabe un rictus que figeait la concentration, j'avais confondu douleur et volupté, souffrance et bonheur. La morale paternelle voilait mes regards, trompait mes jugements, et j'étais passée, sans le savoir, à côté d'un frère de solitude et de misère, dont le destin, parallèle au mien, était d'errer, de s'embusquer, de rêver, de jouir seul...

Moi aussi, Annie, je suis en quelque sorte de l'autre côté de la barrière. Mais, je le jure, je ne pense pas à toi lorsque je lève l'ancre pour l'île de Robinson. A toi ni à personne de précis, qu'à ces témoins lointains, inconsistants qui me voient m'ouvrir et devenir profonde... Chaque séisme définit une faille plus vertigineuse en moi, et la vague de fond qui me submerge est chaque fois plus impétueuse.

Mon père a fini par revenir aux mots triviaux de ma petite enfance : « Tu te tripotes ! » Non, pauvre amputé de l'imagination, étranger en mon paradis, je ne me tripote pas. Mes mains n'ont rien à voir dans l'aventure. Rien encore. C'est dans ma tête que tout se passe, et très loin, au bas de mon ventre, dans une région que tu ne peux contrôler. A moins de me coudre, peut-être ? Ligote-moi les poignets, si tu veux... Je me trouve capable de jouir n'importe quand, n'importe où, même en classe, sous mon bureau. Air de petite fille appliquée, regard calme qui suit l'explication du professeur, mains bien à plat sur la table. Portrait d'une écolière modèle. A demi seulement, mais personne ne le sait. Comme à la combe, avec Gaston.

A partir de la ceinture, c'est une autre histoire. Ne suis-je pas ce que l'on appelle une enfant très « par en dessous » ? Ah, je me sauve, je m'enfuis, je m'évade... Petit remue-ménage dans ma culotte où ça bouge tout seul... Mon cœur devient fou. Mais j'ai appris à domestiquer ma respiration même dans les moments les plus torrides. Rien ne peut me dénoncer : je subis les assauts du plaisir avec un stoïcisme à toute épreuve. Me voilà contrebandière : je passe incognito des milliers d'étoiles qui éclatent dans ma tête, et le chant d'allégresse qui résonne à mes oreilles, et la chaleur qui me possède tout entière, et la sourde inquiétude qui me taraude chaque fois...

Et puis j'ai retrouvé Christine, abandonnée quelque temps, et nos conversations sur les grands sujets de la vie. Tu avais raison, Christine, les enfants, on les fait bien comme tu disais. Et j'en sais même davantage, à présent, regarde !...

Les parents de Christine sont souvent absents, alors sa maison est à nous. Le jeu de l'accouchement est à présent un jeu brûlant, passionnant. Foin des poupées et des tabliers qu'on soulève pour les en déloger ! L'enfant nous intéresse moins que le passage qu'il est censé emprunter. Tour à tour, nous enlevons nos culottes, tour à tour nous nous accouchons. Les soins prodigués relèvent à la fois d'une fantaisie échevelée et d'une intuition très sûre. Je me souviens de certains boutons, cadeau de ma mère qui les avait récupérés sur un vieux dessus-de-lit de coton piqué, et que nous nous amusions à nous enfiler alternativement dans le sexe. On m'eût révélé, à ce moment-là, le principe des ovules thérapeutiques, que j'eusse été fort surprise de notre talent de divination.

Les attouchements très précis auxquels nous nous livrions étaient, bien sûr, extrêmement érotiques. Cependant, je sentais que Christine, quoique tout à fait consentante et même inventive, avait, pour une fois, une longueur de retard sur moi. Car si elle se prêtait avec bonne volonté et même avec un plaisir évident, à nos manipulations, je puis certifier qu'elle ignorait encore l'orgasme. Quant à moi, qui avais la possibilité de réaliser partiellement mes fantasmes d'enfantement spectaculaire, d'écartement, je jouissais sous les yeux et les mains de Christine, d'une façon éperdue...

Il me vint naturellement à l'idée de lui expliquer un jour ce qui se passait en moi, mais, au moment de l'aveu, les mots me manquèrent soudain, et le courage également, car Christine, compagne muette et efficace, ne me sembla pas de taille à recevoir mes révélations. Je continuai, donc, plus qu'à jouer avec elle, à me servir d'elle, sans rien dévoiler.

Inconsciemment, je me préservais une sexualité solitaire, qui se refusait à divaguer sur les visages aimés (je tenais Annie à l'écart de mes rêves physiques, et la désirais toujours sans faire de rapprochement avec la joie que je me donnais), une sexualité solitaire qui, malgré la présence charnelle d'un partenaire comme Christine, renonçait également à l'initiation, à la complicité.

Je n'aimais pas Christine, je ne voulais pas partager mon trésor avec elle. J'aimais trop Annie, et n'imaginais pas que je puisse lui en faire l'hommage.

Quand je repense aujourd'hui à mes jeux avec Christine, j'éprouve une sorte de honte étonnée, et très particulière. Il y a sans doute par le monde nombre de femmes épanouies qui se souviennent de leurs premières aventures avec un attendrissement un peu repentant, car elles ont peut-être, pour ne pas décevoir leur amant du moment, feint d'éprouver une volupté extraordinaire.

Cela existe, n'est-ce pas, les simulatrices ? Il n'y a rien de plus facile, paraît-il, à une femme, que d'imiter le plaisir. Eh bien, lorsque je revois Christine, j'ai honte d'avoir fait exactement le contraire, honte d'avoir joui sous ses doigts, sous ses yeux, et de n'avoir pas crié, pas gémi, de n'avoir rien dit. Une espèce d'abus de confiance, ou de dédain injuste que je lui ai manifesté. Je me rends compte que j'ai découvert avec elle le principe de la femme-objet, dans toute sa splendeur, l'objet qu'on exploite, et que l'on ignore au point de ne pas lui parler... N'avais-je pas alors un rôle de profiteur, un rôle de jouisseur égoïste, pour tout dire, un rôle d'homme ?

Après Hélène que j'avais terrorisée, Christine était ma deuxième squaw, celle que je méprisais. Amoureux transi d'un côté, horrible macho de l'autre, je possédais tous les états, pour devenir un Don Juan, une de ces nobles créatures blessées, romanesques, lyriques, qui ont ému tant de critiques, et passionné tant de psychanalystes. Mais comme mes parents m'avaient créée petite fille, il était écrit que je ne serais que gourgandine...

Le plaisir ne constitue pas la seule occupation de mon ventre, qui, comprimé dans les robes de ma tante, se révolte d'une façon sournoise.

Ce matin-là, je pars à l'école avec les reins et l'abdomen tout courbatus. La douleur est lancinante, nouvelle, indescriptible. Et puis soudain, je me sens couler dans mon slip... A l'interclasse, je cours vérifier l'hypothèse qui vient de me traverser l'esprit. C'est bien ça ! Ma culotte est toute rouge. Comme c'est bizarre, cette tache incarnat sur le blanc du coton, comme c'est incongru, ou plutôt non, c'est naturel... Ce sillon entre mes jambes enfin révèle sa vérité : c'est une cicatrice mal soudée, une plaie sans fin, une coupure qui ne se fermera plus, que l'on ne peut guérir.

Une chose me tourmente horriblement : comment vais-je le dire à mes parents ? A force d'imbécile silence, ils m'ont condamnée à l'absurdité. Va-t-il falloir que je feigne l'ignorance, l'affolement ? Car je ne suis pas censée être au courant de ce qui m'arrive... Va-t-il falloir ne rien dire du tout, passer l'aventure sous silence ? Je repense aux linges de ma mère trempant dans la salle de bains. « Qu'est-ce que c'est ? – Rien ! »

Mais il y a des précautions matérielles que je vais devoir prendre, comment faire ? Je ne sais même pas où ma mère range ses serviettes... L'hésitation, la peur de gaffer, la pudeur me torturent sur le chemin de la maison. Je cherche dans ma tête des mots suffisamment clairs et pourtant neutres. Il me semble que le terme « règles » est ordurier, puisque je l'ai appris d'une façon clandestine. Quel tracas ! Existe-t-il d'autres appellations pour ce genre d'événement ?

La mort dans l'âme, je sonne. Ma mère m'ouvre, en furie. J'ai commis un délit d'importance : égaré une barrette, oublié de ranger un pull-over, je ne sais plus. Elle vocifère, atteste les saints, m'attrape par les cheveux, affirme qu'elle a passé une matinée épouvantable à cause de moi, me secoue, me demande jusqu'à quand je vais lui « empoisonner l'existence », et finit par cette sentence qui lui est chère : « Les gosses c'est de la saloperie ! Ils sont heureux, ceux qui n'en ont pas ! »

Je reste avec mon problème, et ma culotte trempée, qui ne pourra bientôt plus éponger ce flot qui m'échappe et que je ne sais retenir... J'éclate en sanglots. Ma mère, qui d'habitude se heurte à mon indifférence rogue, interrompt sa tonitruante litanie pour demander brutalement : « Qu'est-ce qui t'arrive ? »

Alors me sont montés spontanément aux lèvres deux pauvres mots qui résumaient tout à la fois, et ma nouvelle condition de femme, et mon statut de petite fille si mal aimée, si blessée : « Je saigne. »

La mégère est restée deux secondes hébétée. J'ai eu soudain l'espoir immense, ingénu, qu'elle allait trouver quelque chose de gentil à me dire, qu'elle allait peut-être m'embrasser... Mais le temps de réaliser ce que j'étais en train de lui apprendre, et elle avait déjà repris son air mauvais, sa grimace de colère et de hargne. « Et c'est pour ça que tu pleures ! »

Elle a ouvert son armoire, m'a donné une serviette, et deux épingles de sûreté. « Une devant, une derrière. » Ce fut sa seule recommandation.

Restait, pour clore la cérémonie, à prononcer un message de paix et d'espérance : « Souhaitons que ça arrangera ton caractère de chien ! »

Voilà. Bienvenue au pays des femmes, fillette ! Ta maman vient de te munir pour un long voyage. Elle t'a donné sa bénédiction, deux épingles pour armes et un peu d'éponge blanche pour bannière. A toi d'y inscrire ton chiffre, blason de douleur et de sang.

Tu sors d'un sommeil de petite fille, d'une nuit de loups, et l'aube se lève sur un jour nouveau... Les yeux ouverts sur l'aurore, prépare-toi bien, le combat menace d'être rude. Déteste ta mère et maudis ton père, veille sur leur fils innocent, ton petit frère, ton seul amour permis, dessine-toi un avenir sans mari, sans enfant, habité de fantômes voluptueux aux courbes éloquentes.

Surtout, protège ton plaisir, emporte ta joie, sauve les joyaux de la caverne secrète.

Et longtemps, dans le matin qui vient, écoute couler de toi ce long fleuve chaud, qui te baptise et te sacre, et te promet la vie !

Tes déchirures saignent, toutes cachées, toutes profondes : la forêt de ton enfance fut peuplée d'épines, de pièges et de bêtes méchantes. Patience, au bout du chemin, au bout de la nuit, la lumière et la revanche t'attendent. Voici bientôt l'heure de ton pouvoir souverain et de l'immunité contre les venins sales, contre la morsure désormais dérisoire des crocs qui t'ont naguère lacérée.

Petit Chaperon rouge, tout rouge, tout baigné d'un Styx pourpre et gluant qui t'épuise et te protège ensemble, petite fille sortie dans la souffrance du ventre de ta mère, puis du ventre du loup, la puberté, cette deuxième naissance, t'enchante d'une force nouvelle.

Encore quelques pas solitaires dans les fourrés sauvages, encore quelques errances en pays d'ignorance et de tristesse, et tu pourras narguer les fauves derrière leurs barreaux, avec, pour te protéger, le regard plein d'amour d'une princesse blonde sur tes peines, tes peurs et tes hontes...

DEUXIÈME PARTIE

1.

Vont surgir, à l'aube de mon nouvel âge de femme, une quantité inattendue de physionomies masculines. Je les observerai comme un miroir déformant, indulgent, car c'est moi que j'y verrai, métamorphosée, plus belle, plus importante que j'aie jamais été... Bien sûr, je continue à rêver d'Annie, de son visage régulier, un peu rond, très blanc, slave par l'importance des joues, la hauteur des pommettes, la mince fente claire des yeux rieurs. Quand elle sourit ironiquement, un coin de sa bouche seul remonte. Je me damnerais pour ce sourire-là. Pourtant...

Un samedi, je vais chercher Eric à l'école. Il est en cours préparatoire, et je m'occupe de plus en plus de lui. Le matin, je surveille sa prompte toilette, son habillage, je le fais déjeuner, je l'accompagne, quand mon emploi du temps me le permet, sur le chemin de la classe. Ma mère, de son lit, aboie quelques questions inquiètes, quelques ordres agacés. Je réponds de monosyllabes également exaspérés, en haussant une épaule désinvolte. Qu'elle se lève si elle n'a pas confiance en moi ! D'un stylo clandestin, complice, je signe le bas d'une punition qu'Eric a écopée pour étourderie. Le maître lui reproche de ne jamais avoir le bon cahier, le bon livre. Il les oublie à la maison quand il a pensé à les y apporter. Souvent, c'est dans son bureau d'école qu'il les laisse, et alors les devoirs du soir sont impossibles à faire. Je me tourmente pour sa petite âme écervelée et tendre, bien embêtée de me donner du tracas, mais incapable d'organisation. Les punitions, c'est moi qui les fais, en imitant son écriture. Après, j'imite le paraphe de mon père en bas de la feuille...

Ce samedi-là à dix-sept heures, je suis campée devant le portail de l'école des garçons, j'attends mon frère.

Le flot des rangs successifs passe devant moi, des gamins de tout âge, mais tous plus petits que moi, piétinent, chahutent, crient dès la grille franchie et envahissent la rue, joyeux de la perspective du dimanche. Leur tumulte, leurs ébats ne m'épouvantent plus. J'ai seulement peur de rater Eric. Parce que, alors, le Grand Inquisiteur roulera ses yeux incrédules, soupçonneux, il nous incriminera tous les deux, n'hésitera pas à m'accuser d'une vadrouille invraisemblable et taraudera Eric pour lui faire avouer son hypothétique connivence.

Survient de dessous le préau un rang de garçons à la taille plus importante, qui semblent avoir mon âge. Ce doit être les Certificat d'études. Toutes mes copines de l'immeuble qui ne sont pas passées en sixième fréquentent cette section, côté filles, de l'école primaire. Curieuse, armée d'une audace neuve, je ne baisse pas les yeux, mais les promène sur cette vague de figures variées, quoique mêmement empreintes de sérieux. Le maître qui les encadre n'a pas l'air de rigoler. Et soudain, c'est le choc ! Mon regard vient de tomber dans le piège bleu acier, intense, d'un autre regard ; il s'y accroche, s'y complaît, s'y étonne, s'y nourrit, c'est la première fois que des iris inconnus me font cet effet-là, tout vibre en moi et résonne. La sensation m'emplit, me transporte, j'entends la grande cloche de l'alarme amoureuse ébranler ma poitrine, je ne sais plus détacher mes prunelles de ce magique éclair bleu, qui me tient tétanisée, ahurie, au bout de l'arc électrique du coup de foudre... A toute vitesse et sans en avoir conscience, puisqu'il me semble river mes yeux éblouis à ces yeux qui me rendent ma stupéfaction, j'inventorie les merveilles de perfection que leur propriétaire présente. Il est grand, large d'épaules, sa chevelure blonde et rase lui confère une aura de jeune dieu tranquille, son visage respire la maturité, déjà duveté délicatement, exempt de disgrâce, écrin idéal pour le trésor sublime de son regard d'azur. Un acteur de cinéma, un héros de roman, un homme, un vrai, quoique très jeune, et digne de figurer dans les superproductions privées de mon enfance, délaissées depuis longtemps, dont le goût et la passion me reviennent ensemble à sa vue. Merci, gentil Seigneur ! Merci pour ce présent, somptueux entre tous, du rêve enfin avouable, même s'il doit rester inavoué, car je n'ai pas d'oreille à qui confier la terrible, la faramineuse confidence : « Je suis amoureuse d'un garçon ! » C'est à cette époque que je commence un journal. Merci, messire, messires Ivanhoé, Tristan, Joss Randall, tous mes héros ensemble, et si proches, soudain, si concrets, merci ! Ivanhoé va à l'école d'Eric, il me sera facile de le revoir, je dois le revoir, c'est mon devoir de femme amoureuse, j'ai compris le magnifique discours de ses yeux, il compte sur moi, sur mes entreprises folles pour le retrouver, je suis devenue pour lui ce qu'il est devenu pour moi, au même instant, le filtre magique de nos regards croisés nous a liés l'un à l'autre, mariés, je lui appartiens sans rien savoir de lui, pas même son nom, et lui m'appartient aussi, qui n'a pas détourné les yeux, qui m'a rendu l'hommage de mon émoi et de ma ferveur. Merci pour cette envie d'écrire, qui me revient plus forte, plus impérieuse, après la lettre à Damiano décriée, humiliée par le Tyran ! Que toujours, désormais, pour celui que j'aime, je choisisse la feuille, le crayon, et la chair vivante des mots, gorgée de tendresse, que mes aveux et mes plaintes, mes cris d'amour soient d'abord cela, un long et délicieux travail d'écriture, analyse autant que création, souvenirs et espoirs mêlés, c'est l'amour et le désir qui me feront écrivain, et l'écrivain que je deviendrai fera l'amour, inventera le désir avec ses mots...

Michel. Il s'appelle Michel. A force d'errer dans les rues qui mènent à l'école, je l'ai retrouvé. Je l'ai abordé. Sa timidité rougissante le prive de phrases. Tant mieux ! Je me souviens que je prisais le silence de mes hommes. Moi, j'ai parlé, longtemps. Où ai-je appris ? Je l'ignore. Que lui ai-je dit ? Je ne sais plus. Mais au fil de nos balades (il mène sa bicyclette d'une main, et moi je marche à côté de son autre main, que je frôle parfois), je tisse pour lui un long réseau de petites anecdotes, de confidences à peine osées, de mille riens qui le font sourire et m'admirer. Car je suis sûre qu'il m'admire, que je le séduis. Que je le tiens là, prisonnier de mon éloquence comme il m'a tenue captive sous la lumière céleste de ses iris. Quand il sourit, une fossette se dessine à son menton juvénile. Je lui dis : « Tu ressembles à un bébé quand tu souris »... Je prononce la déclaration sur un ton suffisamment attendri pour omettre de le blesser. D'ailleurs je le sens si jeune, beaucoup plus jeune que sa large et haute stature ne pourrait le laisser penser. Il devient peu à peu mon gosse, mon bébé, je le dirige dans les rues, je dis « On va là », et on y va, je lui montre un chat, une vitrine, je dis « Regarde », et il regarde. Eric, presque supplanté, souffre un peu de mon abandon. Mais il garde, sur mes escapades qu'il connaît, sa petite bouche close, comme il le fera toujours.

Je n'éprouve pas pour Michel la même fièvre mystérieuse que pour Annie. Tout se passe dans mon cœur, dans ma tête, dans mes mots. Je ne brûle que de l'envie de communiquer avec lui, je ne voudrais lui offrir que mes paroles, précieuses comme des perles, et j'aimerais pour la première fois qu'il y réponde en orfèvre, par d'autres joailleries du vocabulaire. Hélas, de son propre aveu, il n'est « pas bavard », ni « doué, comme moi, pour la parlote ». Je tique à cet estampillage par trop vulgaire de ce que je croyais ma rhétorique. L'image de mon doux sire se voit ternie soudain. Non seulement il parle peu, mais il parle mal. Je refuse encore de soupçonner chez lui certaines limites intellectuelles qui m'apparaissent si clairement chez Christine, par exemple, ou Marie-Christine. Je refuse de penser qu'il n'est pas passé en sixième à cause de son inaptitude... Je m'entête à dénicher, au-delà de son silence rétif, le talent caché, le brio escompté, et envisage de lui écrire ; par courrier, puisqu'il ne manquera pas de me rendre la pareille d'une jolie lettre, il saura, j'en suis certaine, s'exprimer.

Je charge Eric de lui transmettre, à la récré, une missive très tendre qui commence par « Mon bébé ». Le soir, je me montre impatiente de connaître le compte rendu de l'opération. Eric fronce une petite bouille contrariée quand j'aborde le sujet, d'un « alors ? » brûlant.

« Alors ses copains se sont foutus de lui.

– Ses copains, pourquoi ses copains ?

– Je l'ai pas vu, lui. J'ai donné la lettre aux copains. Ils ont lu, ils ont rigolé. Ils criaient : "Mon bébé ! Mon bébé !"... »

L'indignation et la colère me rendent injuste avec Eric. Je l'engueule d'importance, fustige sa maladresse, sa bêtise. Il me tourne le dos en bougonnant : « La prochaine fois, tu feras tes commissions toute seule ! »

Evidemment la Roxane qui frémit en moi et guette l'hommage d'un message aussi ardent que bien tourné est terriblement dépitée. Aucun courrier de retour, mais la goguenardise des copains qui sifflent et ricanent fort quand je revois Michel. Toute une bande d'imbéciles envieux nous fait escorte dans la rue, et braille des encouragements à mon misérable timide, qui meurt de honte, baisse la tête, presse le pas, m'oublie sur le bord du trottoir. Ah ! je l'ai mis dans un bel embarras. Le gros Gérard – un crétin joufflu à lunettes que j'ai repéré bien vite pour son insupportable indiscrétion – gueule : « Vas-y, Bébé ! embrasse-la ! » D'autres joignent à son exhortation des impératifs beaucoup plus triviaux : « Nique-la, Bébé ! » Michel court à présent, fuit les quolibets autant que celle qui les lui valut. Je reste seule dans la catastrophe, entre ces deux versions haïssables des hommes, les arrogants et le lâche, et la sale impression d'être à la fois victime et bourreau, en tout cas définitivement incomprise, définitivement découragée, éloignée d'une race sans finesse ni courage.

Cependant, mon cœur blessé bat encore pour Michel. La nuit, le regret me point, une tendresse lucide m'incline à l'indulgence. J'ai mis mon cher héros dans une affreuse situation, c'est vrai, et n'importe qui à sa place aurait courbé le dos. Encore ne m'a-t-il adressé aucun reproche, ses yeux clairs ont seulement évité les miens, peut-être qu'il pleurait, mon pauvre grand bébé humilié... « Il le faut avouer, l'amour est un grand maître. Ce qu'on ne fut jamais, il nous enseigne à l'être... » Me voilà plus Agnès que Roxane, et tant pis si ma lettre, la seule que j'écrirai jamais à Michel, n'a pas su trouver le chemin de son âme. Je dois me racheter, tenter de réparer le mal que j'ai causé.

Plusieurs fois dans la semaine, je vais traîner aux heures de sortie du côté de l'école. La troupe d'imbéciles goujats m'accueille toujours avec des sifflets stridents et des apostrophes gênantes. Quant à Michel, il rase les murs et ne me voit plus du tout. Jusqu'à ce qu'un jeudi après-midi, enfin, je le trouve seul, ou presque. Manu l'accompagne, dans une flânerie qui me les livre au détour d'une ruelle, alors que je reviens d'une course pour ma mère. Manu est le plus petit de la bande, son joli visage brun et vif sourit facilement, et sa bouche, que je sache, n'a jamais prononcé les insanités communes au reste du troupeau. En m'apercevant, Michel n'essaie pas de fuir, son attitude, quoique prudente, m'encourage à l'abordage.

« Je peux te parler ? »

Le gentil Manu a aussitôt disparu en criant « A tout à l'heure ! ». Me voilà seule avec l'objet de ma tendresse.

« Excuse-moi pour la lettre, dis-je, avec une humilité de petite femelle coupable.

– Bof ! c'est des cons ! »

Il me semble que cette maigre sentence porte en elle des trésors de regrets, de promesses, d'espoirs, d'aveux, il me semble qu'il a voulu dire par là tant de magnifiques choses que j'invente à sa place !... Enivrée, galvanisée par la déclaration (la déclaration !), ma main enfin s'empare de la sienne, dans un élan romantique, d'un geste que j'eusse voulu magique et décisif. Mais je crois que ses doigts surpris ont esquissé un infime recul, que je feins d'ignorer, et mon présent devient un rapt autoritaire, mes phalanges inexpertes le griffent un peu, avant de se refermer sur leur déception : une grosse patte molle et moite, sans répondant, sans ferveur, abandonnée gauchement à mon emprise, et qui paraît s'ennuyer ferme au contact de ma paume. Rapidement, je ne sais plus quoi faire de ma capture, je n'ose prolonger une étreinte à sens unique qui m'offense, ni la lâcher trop vite de peur de l'offenser lui.

Vite ! les mots ! les mots au secours de mon embarras ! Je le regarde, je l'interroge :

« Tu ne dis rien ? »

Il a esquissé une mimique d'impuissance.

« Moi, tu sais... »

Oui, je sais. J'approuve d'un hochement de tête où je mets de la mansuétude et de la complicité, tout en ouvrant doucement les doigts. Ouf ! Je garde la main mouillée de notre premier contact, et résiste courtoisement à la tentation de l'essuyer contre ma jupe. Je commence à soupçonner que, si les échanges verbaux ne sont pas toujours riches, ni aisés, l'expression corporelle non plus ne s'improvise pas fort aisément. Mais l'occasion est trop belle pour n'en pas profiter jusqu'au bout. Nous sommes seuls, la rue est déserte, j'ai encore cinq minutes devant moi, et je me sens un culot terrible soudain, un culot qu'après coup je trouverai suicidaire. Car il est temps d'euthanasier mes rêves, ou de les ranimer. J'imagine à toute vitesse le coup de grâce qui me débarrassera instantanément de ma trébuchante passion, ou nous liera pour jamais dans les flammes d'un brasier partagé. Je lève vers Michel un regard plein de défi.

« Je sais que tu n'aimes pas parler. Tu préfères les actes ? » et je le pousse vers une entrée d'immeuble, tremblante de ma propre audace, travaillée d'une tachycardie qu'il doit entendre, comme je l'entends moi-même, un tocsin sourd et anarchique qui clame dans ma poitrine l'état d'alerte de notre histoire... Le grand corps de Michel se laisse diriger, aussi dépourvu d'initiative et d'enthousiasme que naguère sa main. Folle de témérité et de terreur, car je me souviens du baiser de Jean-Yves, cette limace égarée en ma bouche répugnée, je me hisse vers les lèvres closes de mon chevalier froid, y pose les miennes, les y entrouvre. Un imperceptible mouvement lui desserre la mâchoire et... rien. Il reste là, debout contre moi, les bras ballants, la bouche vide et morte, à peine accueillante. Cette inertie me rassure et me calme. Très soigneusement, je tiens ma langue loin derrière mes dents, persuadée que si Jean-Yves était un pervers, Michel est un garçon merveilleux, beaucoup plus élégant et discret, qui s'accommodera toujours de mon seuil et ne m'obligera jamais, et qu'il vient, par sa sobriété, de sauver notre couple. La suite est navrante.

J'ai conservé au chaud de mes souvenirs la scène de notre baiser si pur. Je la berce la nuit, l'enrichis de détails qu'il me semble me rappeler, l'odeur de son pull, la douceur de son haleine... Nous devions être superbes tous les deux dans l'ombre de la grande porte, deux amoureux de cinéma, « T'as d'beaux yeux, tu sais... » Des soupirs d'attendrissement me gonflent, je suis une voile prête au grand voyage d'amour sur l'infini de notre avenir commun... J'ai hâte et peur de le revoir, j'imagine déjà d'autres étreintes, dans d'autres décors.

Et puis, avant lui, c'est Manu que je rencontre. Manu et l'insupportable Gérard, qui fronce son nez narquois pour remonter ses lunettes. « Alors ? glousse-t-il, il paraît que tu sais pas embrasser ? »

La consternation éclate dans mon âme comme une vitre brisée. L'imbécile ! le traître ! le petit ! le minable ! C'est ça, le muet, le paralysé du vocabulaire, le mutilé du langage ? C'est ça, le fustigeur de la connerie des copains, qui n'a rien de plus pressé, après notre grande aventure, que d'aller la raconter – la raconter ! –, l'éreinter, la défigurer, l'avilir, en la livrant, ridicule et bassement, vilainement résumée, à leur crétinerie hilare ? Ah ! je ne sais pas embrasser ? Et que sait-il faire, lui, sinon se dandiner gauchement avec ses grosses mains rouges, oui, rouges, rougeaudes, je les ai vues ! brinquebalantes, inertes, idiotes le long de son corps endormi pendant que je lui offrais le meilleur de moi-même ? Et qu'attendait-il de moi, le pauvre lâche, le passif, consternant de mollesse vide ? Avec les copains, il n'a pas pu tenir sa langue. Avec moi...

Je réalise l'immense paradoxe. Ma pudeur, ma naïveté me sont reprochées, quand, peut-être, mon savoir-faire me vaudrait d'autres moqueries, plus injurieuses encore. Je pressens le grand dilemme, l'écartèlement des femmes, des filles, des amoureuses : oie blanche ou salope, il faut choisir. Mais quel que soit le camp élu, le verdict fait aussi mal. Ma mémoire soudain rend hommage à Jean-Yves, à son audace d'initiateur, à son courage, à ce don de l'obscénité qu'il m'octroya simplement. Ma répulsion ne l'a pas offusqué, ni même amusé. Il ne m'a traitée ni de sainte-nitouche, ni de niaise, quand j'ai crié d'une surprise dégoûtée, quand j'ai promptement reculé pour échapper à sa bouche. Il avait un air, je m'en souviens à présent, un air presque doux. Aucun triomphe indécent, aucune ironie supérieure, aucune humilité désolée. Juste l'allure, le regard, le sourire que confère le sentiment du devoir accompli, du but atteint, sans forfanterie ni regret. Il faudra longtemps pour qu'il m'avoue un jour que j'étais son premier baiser, pour qu'il me remercie de le lui avoir, sinon rendu, du moins permis. « J'étais heureux, ce soir-là, si tu savais ! » me dira-t-il. Si tous les hommes pouvaient faire preuve d'autant de simplicité, de sincérité !...

Avec Michel, je viens de rencontrer une de mes grandes motivations de gourgandine. Plus jamais ! Plus jamais je ne supporterai qu'on dénonce mon inexpérience. C'est trop douloureux, trop cuisant. Là encore (je l'ignore alors, mais je le comprends aujourd'hui), j'ai une réaction masculine, la blessure d'amour-propre d'un garçon qu'on vient de traiter de puceau. Je suis pourtant d'une époque où l'ingénuité et la virginité sont encore aux filles des blasons de vertu. Mais la vertu, je m'en contrefiche. Je veux le pouvoir, et l'admiration. Je veux initier plutôt qu'être initiée. Je veux inventer, diriger les manœuvres d'amour, et couper le souffle des hommes, ces balourds, par mes trouvailles et mon art. Je berçais depuis longtemps une vocation d'enseignante, voilà que je me rêve aussi putain, professeur, si cela se pouvait, de techniques amoureuses, et de méthodes de séduction... On m'a trop laissée dans l'ignorance, est advenu le jour où Agnès doit se révolter, et trahir son jaloux, son castrateur, celui qui la condamna aux ténèbres de la chasteté, à la nuit de la pudibonderie, à la raillerie des amants arrogants, à leur insultante déception.

Une grande révolution s'est mise en branle. D'instinct, je me retourne vers mes copines de l'immeuble, celles qui ne m'ont pas suivie en sixième, mais m'ont appris sur le sexe l'essentiel de ce que j'en connais. Elles n'étaient pas bonnes élèves, il s'en faut, et pourtant ce sont elles qui savent les vraies choses de la vraie vie. Tentée de les mépriser un moment, je les réhabilite à présent, et leur confère la gloire qui leur revient...

Marie-Christine, consultée, m'embarque dans le garage à vélos, et, dans la pénombre, se plaque contre moi, m'enlace, me presse, m'étreint. Sa bouche avisée vient de trouver la mienne, s'y colle, insistante, mobile, ouverte à la juste mesure. Docile, j'écarte mes lèvres, avide de recevoir la leçon. Nos dents se touchent dans un petit choc qu'il faudra apprendre à maîtriser, nos langues se cherchent, se rencontrent, se lèchent. La sienne tourne dans un sens, j'accompagne la manœuvre. Au bout d'un instant, le manège s'arrête. Je comprends que je dois, à mon tour, donner l'impulsion, le sens du baiser, cette valse des langues sans vertige ni même réel intérêt. Je n'éprouve aucune émotion avec Marie-Christine, aucun dégoût non plus. Je m'applique de toutes mes forces, de toute mon âme. Position des bras, des mains, du cou, de la tête, écartement contrôlé des mâchoires (pas trop, on bave. Ni trop peu, on ne peut rien faire !), agilité de la langue qui ne doit pas aller jusqu'au frétillement. Paupières fermées, si possible, c'est plus romantique. Si nous ouvrons les yeux, Marie-Christine et moi, nous louchons sur les gros plans de nos visages soudés, ça nous fait éclater de rire... Surtout moi, parce qu'elle a la peau épaisse, avec des points noirs. Pauvre Marie-Christine ! Si peu faite pour ce genre d'exercice, avec ses cheveux raides, sa figure sèche et sans grâce, ses cils collés par des croûtes jaunes dont elle ne se débarrassait jamais... Elle fut mon maître à embrasser cependant – j'allais écrire ma maîtresse... non. Le double sens du terme, voluptueux, passionné, ne lui convenait pas. Quand la maîtresse est obligée, en même temps qu'au règne, à la séduction, le maître, lui, ne fournit que l'autoritaire savoir... – elle fut donc mon maître, le tout premier, à m'enseigner, en même temps que les gestes du baiser, l'indifférence rédemptrice qui peut l'accompagner. Longtemps j'allais prêter ma bouche à des caresses sans joie, sans émoi, uniquement préoccupée de prouver son art et sa maîtrise.

La bouche d'une gourgandine est une bouche hypocrite, faite aux discours charmeurs, aux baisers de pacotille, aux cris menteurs, à d'autres pratiques encore, également courtisanes, mais il est trop tôt, bien trop tôt pour en parler, pour y seulement penser...

Nantie de mon brevet de « rouleuse de pelle » (ou de « patin ». Avec la chose, j'ai appris le mot qui, bien sûr, m'enchante davantage), il ne me reste plus qu'à retrouver Michel, le pousser dans un coin, le coincer, comme la première fois, l'ébahir d'une somptueuse galoche (mon glossaire prospère à la réjouissante mesure de mon appétit), et lui dire, crânement, très supérieure : « Alors ? Il paraît que je ne sais pas embrasser ? » Je me régale d'avance de sa stupéfaction heureuse, et de mon commentaire dépourvu de charité : « Par contre, toi, tu pourrais faire des progrès ! »

Mais le bougre se refuse à la rencontre. Il sait, par la bande, que je le cherche, que je veux lui parler, et doit redouter une scène de reproches. Car il a certainement conscience d'avoir gaffé, ou alors les hommes sont encore plus épais que je ne viens de le découvrir...

Mon dessein me ramène plusieurs fois aux abords de la grille de l'école de garçons. Mon arrivée, aux heures de mouvement des classes, y est saluée avec de plus en plus de chahut. Ma réputation d'amoureuse obstinée, disons plutôt de « coureuse » car il ne faut pas prêter à la sentence publique un romantisme exacerbé, s'est étendue au-delà des Certificat d'études. Même les plus jeunes, les Cours moyen, les Cours élémentaire, connaissent mon nom et me sifflent, avec un mépris rigolard, une impudence de petits mecs qu'illuminent les vilaines interprétations de mes visites réitérées. Mais je reste sourde à leurs huées, préoccupée seulement, héroïquement, de ma quête, ce prince déchu auquel ma magnanimité s'apprête à pardonner.

Le drame a lieu un mardi à treize heures quarante-cinq. J'ai feint d'accompagner Eric pour la reprise des cours à quatorze heures. Aux alentours de l'école, il s'est vite fondu dans la masse grouillante de ses petits congénères, et je suis restée là, stoïque, adossée au portail, à épier l'apparition de Michel. En quelques minutes, on m'a repérée, charriée, montrée du doigt, gratifiée de sifflements aigus, d'exclamations variées, qui vont de mon simple prénom à des apostrophes plus triviales. Je crois même qu'on me traite de salope. Et soudain, tout mon être se fige, l'effroi me glace et me brûle à la même seconde, me fauche les jambes, plante en ma poitrine une serpe d'épouvante : le Grand Inquisiteur vient d'apparaître sur son vélo, il s'est détourné du chemin de son usine, mû par je ne sais quel pressentiment, renouant avec ses besoins d'enquête, de vérification, de contrôle feutré et impromptu. Les quolibets tout à coup me paraissent insoutenables de grossièreté, je les entends avec les oreilles de mon père, les coups de sifflets me vrillent la cervelle, le feu rouge de la honte qu'enfin j'éprouve me marque au sceau d'un bagne d'infamie, je deviens instantanément un forçat dans les chaînes de la vergogne, tête basse, épaules accablées sous le poids de mon crime, et j'espère, de toutes mes forces, avec le châtiment immédiat, la libération de cette geôle multiple : ma conscience brutalement éclairée, ma culpabilité, ma turpitude, ma peur ; j'espère que le Grand Sourcilleux, le Grand Cathare va descendre de son vélo, marcher vers moi, m'asséner deux gigantesques claques, me propulser à coups de pied sur la route de la maison, et consterner le troupeau bêlant de mes détracteurs, de mes moqueurs, de mes bourreaux, qui comprendront alors la gravité de leur bêtise, et son inconséquence.

Je suis une femme amoureuse lapidée par une foule imbécile, et que va crucifier publiquement le Censeur...

Mais rien ne se passe de spectaculaire. Mon père, incognito parmi les lazzi qui persistent, évite de me regarder, et s'éloigne, voûté sur sa bicyclette, avec une lenteur déchirante. Moi je fuis aussi, de mon côté, bien plus vite que lui, je cours, talonnée par l'angoisse et le poids de mon ignominie, que je ne sentais pas jusqu'alors, et que la présence muette, glacée, tragique du Grand Parfait vient de me révéler.

Le reste de l'après-midi est un enfer. Les heures coulent lourdement, charriant leur lente procession d'appréhensions, de doutes, de tentations. Que faire ? Que dire ? Comment me comporter ce soir quand le Grand Commissaire aux questions de Morale et de Pureté rentrera ? Faut-il d'entrée de jeu plaider coupable ? Faut-il observer un silence prudent, simuler une tranquillité d'esprit qui atténuera le souvenir odieux de ma honteuse notoriété et des acclamations indignes qui la dénonçaient ? Afficher une placidité qui niera l'importance de l'événement ? Faut-il ruer, quand le couperet du verdict tombera, faut-il répondre avec insolence aux invectives qui ne manqueront pas de m'estampiller, de me déprécier, d'avilir mes rêves romanesques et mon cœur tendre ? Faut-il expliquer « c'est par amour, papa, que je traîne là-bas... ». Non. Ça, non. Le remède serait cent fois, mille fois pire que le mal. Je n'ai jamais parlé d'amour avec mes parents. Jamais osé le mot interdit, barricadé dans la forteresse austère de leur pudibonderie... Si, un jour, je me souviens, je chantonnais *Les Enfants du Pirée*, « noyé de bleu sous le ciel grec, un amour, dix amours... ». Ma mère a pincé sa bouche sèche, tordu ses lèvres méprisantes. « Au lieu de parler d'amour à ton âge, tu ferais mieux de... » De quoi ? La suite m'échappe. Je ne me rappelle que sa moue dégoûtée pour prononcer cette rebutante incongruité, le vocable « amour », à jamais étiqueté pour moi du label d'horreur indicible devant les adultes, sans doute indicible tout court, car je ne connais personne devant qui je l'oserai, désormais. Je le garde pour moi seule, plus claquemuré que les secrets de mon corps, plus enfoui que mes tristesses, plus clandestin que mes curiosités et mes élans...

La porte claque enfin sur le retour de mon père. Je suis installée à la table de la salle à manger, j'arbore une application, un sérieux inhabituel pour faire mes devoirs, et mes épaules frémissent lorsque je le sens paraître derrière moi, et s'immobiliser. Rien. Pas un mot, plus un geste. Mon cœur, qui va exploser d'angoisse, m'oblige à me retourner, à oser une mine angélique, une question mielleuse dont le ton, exceptionnellement modeste, alerte ma mère, allume dans son regard l'intuition d'une affaire louche. « Tu pourrais m'aider à faire mes maths, papa ? Je n'y comprends rien... »

La réponse n'a pas tardé. Un flot de récriminations ulcérées, d'exclamations ironiques, de persiflages amers : « T'aider ! T'aider ! Et à courir les garçons, tu veux que je t'aide ? Tu comprends mieux là, hein, pas de problème ! Faut dire que tu y mets du tien aussi, tu ne te décourages pas, tu y retournes souvent, hein ? Tu peux m'aider, papa ! Tu peux m'aider, papa ! Je t'en collerai, moi, du papa !... » Il n'interrompt son interminable litanie que pour apercevoir les yeux ronds de ma mère, et lui faire un compte rendu abominable de la scène de quatorze heures.

« Ils sifflaient tous, tous, ils la connaissent tous, ils l'appellent par son nom, si tu avais entendu, j'ai filé sans me faire voir, j'avais trop honte. Une chienne. Une vraie chienne en folie ! Ah ! le manège doit durer depuis longtemps. Il y a longtemps qu'elle nous prend pour des cons, à prétendre emmener Eric. »

Je tente de protester faiblement : « Mais je l'emmène... ! »

Ma mère, qui se trouve dans une de ses périodes d'harmonie conjugale, épouse le juste ressentiment de son conjoint et mêle ses imprécations aux siennes : « Tais-toi, fille des rues ! Vergogneuse ! Tu finiras par tuer tes parents ! »

Le procès dure très longtemps. Toute la soirée, peut-être. La sentence est resservie sous plusieurs formes, ressassée jusqu'à plus soif. Je suis une délurée, dépravée, dévergondée, une vicieuse, une fille de peu, moins, une fille de rien, une coureuse, une chienne en chaleur, qu'on siffle et qui accourt, sans orgueil, sans dignité, sans réserve, sans pudeur, loin, si loin de la jeune fille très comme il faut qu'ils auraient aimé avoir tous les deux, qu'est-ce qu'ils ont fait, mais qu'est-ce qu'ils ont fait pour mériter ça ?...

Le mot ne leur est pas venu aux lèvres, qu'ils connaissaient sans doute mais qui avait, à force d'âge et d'oubli, conquis l'indulgente apparence d'une étiquette drôle et presque tendre. Ils ne m'ont pas traitée de gourgandine. Ils n'ont pas non plus pensé à expliquer que tous leurs soupçons, leur mépris, leur sécheresse, leurs scènes, leur rigueur mêlés m'avaient faite gourgandine, avide de revanche, de séduction, de tendresse et de rêve. Leur conscience bien tranquille a seulement, après la sentence, prononcé la peine. Vissée désormais et à double tour. Interdite de sortie, sinon pour le collège. Mon père a ajouté : « Interdite d'Eric, à emmener ou à ramener. »

Ma mère a fait la gueule. Elle regrettait déjà sa sévérité. Les voyages à l'école, il faudrait désormais qu'elle les fasse à ma place.

2.

La semonce a été si rude que je n'ai pas cherché à revoir Michel. J'ai restreint, pour finir mon année de cinquième, mes mondanités à la seule fréquentation de Muriel, une petite fille très comme il faut, très bien élevée, qui a l'heur de plaire à mon père par son maintien sage et réservé.

Nous sommes dans la même classe, il l'a rencontrée quelquefois à la maison, quand un même devoir nous penchait sur nos classeurs, ou dans le quartier, puisqu'elle habite l'immeuble voisin. Elle a un petit chien qu'elle promène sans lever les yeux sur les garçons, elle. Moi, même si je m'applique à fixer le macadam, et à rentrer la tête dans les épaules sur le chemin du collège ou des magasins où ma mère me dépêche, il arrive encore qu'on me hèle, qu'on me siffle, sans grande méchanceté, c'est vrai, avec plutôt un étonnement joyeux qui signifie : « Alors ? Tu nous connais plus ? Tu nous fais plus la bise ? » Si Muriel est avec moi, elle roule des billes effarées et demande : « Qui c'est, ces imbéciles ? » Je dédaigne de répondre, d'expliquer. Muriel ne comprendrait pas, elle n'appartient pas au même monde que moi, n'a pas eu la même éducation soupçonneuse, sourcilleuse et glacée, n'a jamais cherché de revanche dans une grande histoire d'amour qui a viré au tragique. Souvent, quand nous rentrons de l'école, je vais faire mes devoirs chez elle. En l'absence de sa mère qui travaille, elle ouvre sa porte avec sa propre clef, puis m'offre à goûter. Deux incongruités qui ne pourraient jamais avoir lieu chez moi, j'inspire trop peu confiance pour qu'on me dote d'une clef (quand ma mère est absente au moment de mon retour, j'attends sur le palier), et le goûter est une cérémonie à laquelle ma mère sacrifie rarement, et toujours avec beaucoup de soupirs contrariés, car elle compte au plus juste le pain, le beurre, le sucre, alléguant qu'avec la radinerie de mon père elle est bien obligée de se débrouiller. Je l'imagine donc mal multipliant les frais de ce problématique goûter par deux.

Chez Muriel, non seulement nous goûtons, mais luxueusement. Fi du chocolat pourtant réservé aux petites filles heureuses, et Muriel en est une. J'ai flashé, chez elle, sur d'énormes cornichons maison, mis au vinaigre par sa grand-mère, et, chaque fois que nous rentrons ensemble, elle m'en offre un sur du pain, et pousse la courtoisie jusqu'à m'accompagner dans mon délire, croquant avec moi dans une âpre cucurbitacée non sans s'étonner, cependant, de mon étrange goût pour l'acidité et l'aigreur. Si tu savais, Muriel... Affaire d'habitude... Un jour, elle frappe à la porte des WC où je me suis enfermée, car les bocaux à cornichons sont installés sur deux grandes étagères au-dessus de la cuvette.

« Ouvre, dit-elle, il faut que j'entame un bocal !

– Attends, réponds-je, j'ai presque fini.

– Mais ouvre donc, grosse bête, qu'est-ce que tu veux que je voie ? »

Elle est si naïve, Muriel. Si simple, si fraîche. C'est vrai qu'il n'y a rien à voir, mais je garde la porte verrouillée sur ma pudeur, depuis longtemps et définitivement détraquée... On a trop fouillé dans mes jardins, trop reniflé mes pauvres secrets. J'ai, j'aurai toujours l'impression d'être laide et sale, en me déshabillant. Mes fonctions naturelles m'avilissent et m'obligent à la solitude absolue, je fais pipi et beaucoup plus rarement caca dans la totale clandestinité, sinon je suis capable de me retenir jusqu'à la torture.

Quand je sors du cabinet, Muriel hausse les épaules devant ce qu'elle considère comme une pudibonderie baroque, et m'assène : « Chez nous, on ne ferme jamais le verrou des toilettes ! » Je reste perplexe devant l'image d'une famille libre, et détendue, dont chaque membre est capable de se soulager derrière une porte non gardée...

Mais Muriel, elle, n'a sans doute pas été contrainte à des séances humiliantes de pot de chambre et de lavements. Sans doute pas emmenée de force au réduit où sa mère multipliait efforts et grimaces défécatoires devant elle. Sans doute pas inquiétée, tracassée par les visites surprises de son père, quand elle siégeait sur le trône. Le mien, aussi longtemps que j'ai observé son interdiction de tirer le loquet sur mon isolement (« Tu vas rester enfermée ! » prédisait-il, et je mourais de terreur à cette perspective), a cultivé l'habitude d'incursions brutales qui me faisaient tressaillir. Devant ma réaction nerveuse pourtant naturelle, il fronçait sa mine terrible d'Inquisiteur et demandait : « Qu'est-ce que tu faisais ? »...

Quelques années après, je devais avoir quinze ou seize ans, il jouait encore à ce jeu pervers. Je me coupais les ongles des pieds sur le bidet de la salle de bains, il a soudainement ouvert la porte, après une traversée feutrée du couloir qui y conduisait. Je crois que j'ai eu envie de le tuer, envie de planter, dans son œil de gourou crispé, les ciseaux que je tenais. Et je crois qu'il l'a senti. Après un interrogatoire réglementaire qui lui a dicté cinquante fois la même question en vingt-quatre heures : « Qu'est-ce que tu faisais dans la salle de bains ? Pourquoi tu as sursauté quand je suis entré ? », et lui a permis de sauver la face, il a cessé, mystérieusement, à tout jamais, de me traquer, du moins dans les lieux réservés d'ordinaire à la plus stricte intimité.

L'été arrive, le climat s'est un peu adouci à la maison. J'ai la permission de sortir avec Muriel le soir pour promener le chien. Il fait doux, nous emmenons nos petits frères. Le sien apprend au mien une chanson rigolote qu'Eric, naïvement, répète devant mes parents, à l'issue d'un repas : « Les roustons de mon grand-père sont pendus dans l'escalier... » Ebahissement du Grand Gourou, condamnation indignée de son regard tout à coup exophtalmique et fixe : « Qui c'est qui t'a appris ça ? » Le frisson de la culpabilité m'électrocute instinctivement. « Le frère de Muriel », répond simplement Eric. Le Grand Inquisiteur tique. Il ne soupçonnait pas, dans la famille de ce modèle de décence que représente Muriel, une telle dépravation langagière. Mais la naïveté d'Eric, qui a chantonné sans visible arrière-pensée, rassérène sa colère. Cependant il braque sur moi sa prunelle encore alarmée. Il ne faudrait pas que je me sois livrée à une explication de texte qui dévoierait la belle candeur d'Eric. « Tu sais ce que c'est, les roustons ? demande le Grand Moralisateur sans me perdre de l'œil.

– Ben oui, dit Eric. C'est les doigts de pied ! »

Ma mère éclate d'un rire tonitruant, inextinguible qui endigue irrémédiablement les objurgations du Grand Vitupérateur.

Comme j'ai bien fait de fournir à la curiosité fraternelle cette traduction erronée, dont le burlesque égaie ma mère et la survolte jusqu'aux larmes ! Les échos tressautants de son hilarité m'entrouvrent parfois, dans ce genre de circonstances, une perspective réconfortante sur les choses du sexe, qui déclenchent l'alarme courroucée chez l'un, mais la plus vive allégresse chez l'autre. Si je pouvais, moi aussi, rigoler comme ça un jour, pour un mot hardi, une image grivoise !... Hélas, je sens bien que, pour moi, les mots d'un certain vocabulaire resteront longtemps entachés de douloureuse ignominie... Quand je les oserai, c'est toute ma vie que je remettrai en question, mon enfance abreuvée de tabous, ma jeunesse coupable, mon âme de Galilée au pays des tyrans ignares...

En attendant, je suis toujours trafiqueuse de plaisir clandestin, rendue de plus en plus prudente par les insinuations et les décrets du Grand Devin. Il me scrute, fustige mes absences « Toujours ailleurs ! à quoi tu penses ? », pointe sur mes cernes un index accusateur. « Cette mine de papier mâché ! Attention, si tu as des sales manies, tu finiras tuberculeuse ! Il y a des habitudes qui rendent fou, tu sais... » Bien sûr, je nie, je feins de ne pas comprendre ce langage d'imprécation et de blâme, je résiste à l'abominable tourment de croire en ces prédictions de Cathare prometteur d'enfer. Des sales manies, mes voyages interplanétaires illuminés d'étoiles ? Impossible que nous pensions à la même chose, le Mystagogue répugné et moi, la petite fille émerveillée d'ailleurs, porteuse d'un fantastique, d'un effrayant secret. Oui, maintenant je tire le verrou au cabinet, je m'y installe, je m'y ouvre, largement, comme on s'envole, et dans ma tête surgissent des images insensées, affolantes, incontrôlables, d'hommes, de femmes qui me contemplent, qui plongent leurs regards avides à l'intérieur de moi, qui voient l'invisible, l'immontrable, qui adorent à genoux le trésor de ma révélation, l'or incarnat de ma faille offerte, il n'y a plus d'obscénité, ou alors elle est délectable, permise, obligée, une religion étrange a fait de moi cette créature écartelée, livrée à l'adoration du monde, je rêve de me donner plus encore, plus, bien plus, jusqu'à la déchirure, jusqu'où une petite fille peut-elle ouvrir les genoux ? Rien que ce rite-là, rien que cette recherche, rien que la limite chaque fois repoussée, le ravin de plus en plus exhibé, de plus en plus béant où mon cœur va descendre et exploser, rien que ça, et je franchis les barrières de notre univers dans des gerbes d'étincelles, je monte, monte, la joie brutale, fulgurante, me propulse dans les champs célestes, où l'air pétille comme du champagne... Somptueuse volupté... « Il y a des gosses qui se tripotent... » Non, impossible que le prophète de malheur imagine une seconde, une seule seconde, à quoi ressemblent mes périples... Et pourtant, ses airs entendus et son front barré des rides du soupçon me navrent d'une inquiétude brûlante. S'il savait ?... S'il avait raison ? Si ma sublime découverte, ce feu étincelant aux reflets d'or et de diamant n'étaient qu'un leurre, un piège, une sorte de drogue trop connue des Anciens, redoutée, dénoncée qui rend les enfants malades, les aliène, les avilit, les expose à l'opprobre collectif ? Mille fois je décide de ne plus jamais repartir. De ne plus jamais réitérer la magnifique cérémonie de ma joie, et mille fois je retombe, l'appel est trop violent, ma tête, mon cœur, mon ventre, tous conspirent à la déchirante reddition, tous réclament l'essor divin, la magique secousse, l'odyssée d'où je reviendrai essoufflée, éblouie, consternée comme un ivrogne aux résolutions menteuses.

C'est peut-être ça, mes cernes, papa, et mon air ahuri, et mes regards absents, et ce souci permanent que je trimbale comme un sac trop lourd... La barrière à ne pas franchir brille comme un miroir, et m'attire irrésistiblement. Sans force pour lutter, je me laisse happer, je passe de l'autre côté de la glace... Le pays des merveilles... Tout y est léger, beau, j'y règne en déesse. Quand je reviens, je te retrouve, et le miroir ne rutile plus. Il me renvoie l'image d'une vilaine, sale, très sale petite fille, très coupable, très sournoise, qui ose des gestes défendus et des pensées abominables, s'échappe au péril de sa santé, de son avenir, et gâche toutes ses chances d'être aimée ou estimée. Je ne serai jamais, jamais plus comme Muriel. Je sais, moi, le terrible drame de l'existence. C'est celui de la tentation. Un bonheur total et facile existe, mais prohibé. Se le procurer rend heureux un instant et malheureux tout le reste du temps. Pourquoi a-t-il fallu que je trouve le sésame ? La question tourne dans mon esprit et me désespère. Car je sais qu'il est trop tard, qu'on ne peut revenir en arrière, et mon futur m'apparaît comme un long combat toujours recommencé et dont je sortirai chaque fois plus triste, et plus tracassée.

Les vacances nous ramènent en Oisans. Mais le mois d'août est pourri, il pleut sans arrêt, il fait froid. Je vadrouille dans un accoutrement sans grâce, de grosses chaussettes de laine sous une jupe intemporelle, et une veste tricotée main qui dissimule mon début d'embonpoint. Car la puberté m'a dotée, entre autres soucis, d'une bouffissure soudaine que ne manquent pas de dénoncer ma mère, toujours aussi tendre, ni mon père, difficilement satisfait. Après avoir été longtemps « la sardine », étouffée dès la première bouchée de sa tartine, révulsée par le Tonimalt du matin, gavée d'huile de foie de morue, je « m'empâte », et m'attire des coups d'œil réprobateurs parce que, c'est sûr, il va bientôt falloir songer à renouveler ma garde-robe. Heureusement, il y a autour de moi des regards plus indulgents. Ainsi, mon cousin Néné... Il passe quelques jours seul dans le deux-pièces de ses parents, menant une vie indépendante que j'admire et envie. Il a ostensiblement renoncé à courtiser Christiane, et cultive un air blasé d'ermite revenu de la folie des femmes. Son apparente sagesse m'attire. Je le trouve séduisant, il parle bien, a des phrases justes et calmes, à peine ironiques, il se garde des excès, ne crie jamais, n'éclate jamais de rire, connaît des tas de choses sur tout, sur les minéraux, par exemple. Il a demandé à voir ma collection de quartz et de pierres de la cascade. Mon père m'en a rapporté de très belles, jaspées, niellées d'un vert profond, presque bleu, comme celui des gros lézards, ou bien violettes, ou encore dorées, il suffit de les tourner entre ses doigts pour découvrir toutes leurs variables splendeurs.

J'ai frappé chez Néné avec une boîte en carton pleine de cailloux. Il l'a posée sur la table, d'un geste aveugle, comme si, soudain, cela n'avait plus aucune importance. Puis il m'a prise dans ses bras, m'a pressée contre lui, a glissé ses mains sous ma jupe, a caressé ma peau nue, entre chaussettes et culotte, comme si j'étais la fille la plus appétissante et la mieux habillée du monde, et, sous son haleine douce, ses caresses habiles, j'ai frémi d'une surprise consentante et ravie, d'un émoi inattendu. Il ne m'a pas embrassée, presque pas. J'attendais ce baiser, je m'y préparais, m'y offrais, la bouche déjà entrouverte et toute décidée à exploiter les leçons de Marie-Christine. Mais il a juste effleuré mes lèvres avec les siennes, comme ça, un frôlement d'aile de papillon, et je me suis demandé pourquoi il n'allait pas plus loin, je lui ai prêté des scrupules de jeune homme honnête, plus âgé que moi, de cousin respectueux des liens familiaux, j'étais un peu déçue, un peu contrariée, mon cœur battait fort de tous les possibles que bêtement nous étions en train de gâcher... Après, il m'a dit : « Allez, file ! » d'un air presque chagriné, et j'ai pensé que lui, en homme déjà mûr, déjà marqué, savait résister aux tentations, et j'ai aussi pensé que c'était bien dommage...

Le lendemain soir, à la même heure, j'étais devant sa porte. Son accueil ironique m'a désarmée. « Qu'est-ce que tu veux ? » a-t-il demandé avec un sourire entendu. Je n'ai pas osé répondre : « La même chose qu'hier, en plus approfondi. » J'ai fait l'andouille. « Rien. Juste savoir ce que tu pensais de mes pierres. » Il ne les avait pas encore regardées.

Il m'a expédiée avec une amorce d'étreinte et deux ou trois soupirs de stoïque renonciation. Son héroïsme à la fois achevait de me séduire, et me turlupinait beaucoup, me mettant dans l'embarras de décider si je devais le provoquer davantage pour obtenir enfin le baiser hollywoodien que j'escomptais, ou s'il me fallait renoncer définitivement à l'espoir. C'était bête parce que pendant les vacances dans son pays natal, au moins, mon père me laissait assez libre de mes mouvements, et ne semblait pas voir d'un mauvais œil que je passe quelques moments en la compagnie de son neveu. Mais, bon. J'étais bien jeune, et bien gourde, et bien timide, somme toute... Ma troisième visite s'est soldée par une fin de non-recevoir, mon cousin avait sommeil, il m'a carrément mise à la porte. Il ne m'a jamais rendu mes pierres. J'ai compris longtemps après qu'il les avait achetées, en envoyant ses mains sous la jupe grossière d'une gourgandine mal ficelée, et que, alors que je redoutais de montrer trop clairement ce que j'attendais de lui, lui n'avait pas hésité à prostituer ses caresses, et sa bouche, pour une boîte de cailloux. Mais lui, c'était un garçon. « Putain », comme « gourgandine », est un vocable qui n'a pas de masculin.

Autre regard sur moi qui me trouble et me pose question : celui de Raymond. Raymond est un très ancien ami de mon père, un presque frère qui partagea une partie de son enfance et beaucoup, beaucoup de vacances ici dans ce petit bled dont ils sont tous deux originaires. Raymond, quoique plus jeune que mon père, est un homme, un presque vieux, pour moi. Je n'aurais pas imaginé, avant cet été qui a vu mes formes naissantes se confirmer, qu'il se passe entre lui et moi des choses pareilles. Tout a commencé de façon si furtive que la première question qui m'est d'abord venue à l'esprit était de savoir si je n'avais pas rêvé, si ses mains, au bal de la Vogue, alors qu'il me tenait debout, de dos, contre lui dans la foule serrée des spectateurs, ne s'étaient pas égarées par hasard. Cependant, il fallait le vouloir pour trouver, sous la double protection de mon pull et de mon pauvre soutien-gorge, les fruits, timides encore, de ma métamorphose... Mais l'évidence ne m'aveuglait pas, stupéfaite que j'étais de seulement imaginer un adulte se livrant, sur une adolescente de treize ans, à des gestes si hardis. D'autant plus que l'hypocrite Raymond, qui réitéra en plusieurs occasions ses attouchements, n'eut jamais une parole, un regard pour les commenter ou en assumer la responsabilité. Naïvement, après m'être demandé si je n'avais pas interprété hâtivement des frôlements pourtant précis, je m'interrogeais sur la lucidité de leur auteur, imaginant, puisqu'il n'en parlait pas, et que rien dans son attitude quotidienne n'y faisait allusion, qu'il était parfois en proie à une sorte de somnambulisme éveillé, des absences de conscience, en quelque sorte, qui auraient autorisé ses doigts à des manœuvres interdites dont lui-même ne se rendait pas compte. Car il me semblait qu'un intime de mon père avait forcément la même approche que lui des choses du corps, et que l'amitié eût été impossible entre un gourou crispé et un peloteur de gamines.

Tout de même, la noire vérité finit par m'apparaître. Je n'avais pas évité Raymond, j'avais même multiplié volontairement les occasions de me trouver, plus ou moins clandestinement, tout près de lui, et après un certain nombre d'expériences toujours porteuses de la même conclusion – ses mains expertes, quoique fugaces, en quête de mes seins consentants –, je décidai de le considérer comme il le méritait, c'est-à-dire comme un fourbe amateur de sensations proscrites. L'envie me titilla violemment d'en parler à mon père, uniquement pour détourner de moi ses sales insinuations, pour me laver en quelque sorte des impuretés dont il me soupçonnait en dénonçant les turpitudes de quelqu'un qu'il adorait. C'eût été une façon de lui crier : « Alors, il y a des gosses qui se tripotent ? Et des vieux dégoûtants qui tripotent les gosses, tu connais ? », une façon de lui mettre le nez dans la merde générale des adultes, ces faux-culs qui voudraient interdire aux petits les régals qu'ils s'octroient au mépris de leur sacrosainte morale. Mais deux sentiments me dissuadèrent de la délation envisagée. Le premier, c'est que j'avais peur de n'être pas crue, et d'aggraver mon cas de vicieuse incurable, car l'Inquisiteur, à coup sûr, n'aurait pas manqué de crier au scandale devant mes inventions révoltantes, révélatrices des préoccupations qu'il fustigeait. Son incrédulité, le procès qui s'ensuivrait, l'interrogatoire, le sermon me terrorisaient d'avance.

La deuxième chose qui me retint était que la situation me convenait telle qu'elle était. Au sens concret, physique du terme, d'abord. Les mains douces de Raymond sur ma gorge étaient un plaisir, certes fort loin de l'exaltation que me procuraient mes envols solitaires, et, à mes yeux, sans rapport aucun avec eux, mais non dédaignable, et toujours assez bref pour engendrer la frustration, et donc le désir d'un recommencement.

Quant à la jouissance intellectuelle que j'éprouvais à tromper le Grand Soupçonneux presque sous ses yeux, avec son meilleur ami, c'est-à-dire garantie d'une totale impunité, d'un total incognito, et quasiment nantie de sa bénédiction, je la goûtais avec l'ivresse revancharde qu'on imagine. Gourgandine ! Gourgandine ! Combien de fois depuis as-tu fait l'amour avec un homme pour te venger d'un autre ? La volupté de ces représailles, c'est aussi à ton père que tu la dois, remercie-le de t'avoir donné, avec le chagrin, l'amère, l'ineffable délectation de la riposte. Merci, papa, tu as été mon premier bourreau, et mon premier cocu...

L'été va s'achever sur deux merveilleux événements. D'abord, lors d'une discussion en famille, un après-midi de trêve où le soleil, enfin, consent à la partie de boules que la pluie jusque-là interdisait, mon père en vient à parler, avec une légèreté bonhomme qui me sidère, de mes « histoires avec les garçons ». « Tiens, tiens, ironise son beau-frère. Elle drague ? »

Le terme, à la mode depuis peu, a un petit côté coquin et désinvolte, et mon oncle s'amuse à le prononcer avec la gouaille nécessaire. « Oh ! répond ma mère, ça, oui, et elle se fait draguer ! » Elle penche une mine entendue, presque plus sévère que celle de mon père.

« Tant mieux, répond mon oncle. Ça prouve qu'elle n'est pas un laideron ! Si elle était un laideron, on ne la draguerait pas, va, et vous vous feriez du souci !... »

L'analyse me confond et me noie l'âme d'une gratitude éperdue. On ne m'a jamais dit que j'étais jolie, même comme ça, par litote. Je jette un œil latéral vers ma mère, qui excelle à souligner mes défauts, me traite toujours de brebis et de taupe, de musaraigne dans ses meilleurs jours. Je crois apercevoir, sur son visage si souvent fermé, l'éclair fugace d'un sourire de fierté. Mon père vient de placer une belle boule, il sourit aussi, heureux... En un instant, j'ai la vision paradisiaque de ce que serait le monde, mon monde, sans le drame de la culpabilité, et de la perpétuelle injurieuse suspicion qui l'engendre. Sans l'austérité des Cathares... Sans la prison des jugements, les barreaux de la pudibonderie.

Mon Dieu, mon Dieu, la vie est là,
simple et tranquille...

Et puis Jacques Besse ! Le héros absolu de tous mes rêves les plus romanesques, les plus fous. Un garçon idéal, fait pour moi, mon double masculin, mon miraculeux alter ego, ni plus grand ni plus petit que moi. Ni timide ni effronté. Beau d'une beauté régulière, loin du tapage et de l'insolence, d'une beauté qui n'insulte pas à la modestie de mes charmes. Paisible et mystérieux. Apparu, à l'issue de ce mois d'août maussade, grisâtre et spongieux, de je ne sais où, disparu aussi vite. Le temps de m'illuminer d'un magnifique souvenir, le temps de graver en moi les deux syllabes de son nom de légende... Je crois que je l'ai rencontré grâce à Jean-Yves mais, en fait, je ne sais plus rien de précis. La violence du choc a occulté tout le reste. Surnagent des flashes étincelants, des bribes de dialogues inouïs, des images poignantes.

Je reviens avec Jean-Yves du village où une joyeuse troupe de jeunes, surgie de nulle part, vient de nous entraîner. Il pleut, et nous courons. J'emporte dans ma tête la douce impression d'un regard clair sur moi, d'une main qui s'est attardée à mon cou, d'une joue duvetée, presque piquante contre la mienne, au moment de la séparation. Il ne me connaissait pas, il m'a fait une bise...

« Jean-Yves, qui c'était le garçon qui m'a fait la bise ?

– Ils t'ont tous fait la bise !

– Celui qui a les yeux verts, avec une petite boucle de cheveux sur le front, comme un point d'interrogation.

– ? ? ?

– Qui se promène en chemisette sous la pluie ?

– Ah ! C'est Jacques Besse !

– Jacques Besse ? »

Je savoure son nom comme une gourmandise. Jacques Besse ! Je me suis endormie en t'appelant, Jacques Besse, en priant très fort pour que tu restes encore quelques jours chez ta grand-mère, puisque Jean-Yves pensait que tu étais au village pour lui rendre visite.

Je me suis levée le lendemain avec la certitude que je te reverrais. Le temps coulait lentement en chuintant, la pluie sur les toits de tôle martelait les roulements de tambour d'une attente solennelle. L'après-midi, à l'heure où ma mère, transie et bougonnante contre ce sale pays, s'installait les pieds dans le four de la cuisinière à charbon, et les mains à son tricot, je suis partie où le destin me hélait. Seule et déterminée. Le village était désert, les rues en pente charriaient des ruisseaux boueux, un vilain brouillard encotonnait les montagnes, parlait d'automne et de la rentrée proche. J'avais les mains glacées, et toute l'angoisse du monde sur le cœur. J'avais peur de ne pas te trouver, Jacques Besse, et peur de te trouver... Peur de te parler, de devoir te dire de tristes et creuses banalités alors que je venais de dormir une nuit entière avec l'image de ton cher visage pressé sous mes paupières.

Il y a un dieu pour les gourgandines. Entre les plus vieilles maisons du village, tu descendais à grandes enjambées un raidillon où je venais de m'engager à tout hasard. Chaque seconde de cette rencontre tenait du miracle, et j'en garde aujourd'hui encore une souvenance extasiée. Tu m'as vue, tu as demandé : « Tiens, qu'est-ce que tu fais ? »

Ton regard clair et droit appelait la sincérité.

« Je te cherchais. »

La porte d'une grange a été notre autel. Je n'oublierai jamais ce vrai, ce sublime premier baiser. Je n'oublierai jamais qu'à l'instant même j'ai tout oublié, mes mains, mes bras, mon corps, ma bouche, et ma langue dans ma bouche, oublié toutes les techniques de Marie-Christine et les maladresses de Michel, la répugnante audace de Jean-Yves, le dédain de Néné, mes peurs, mes hantises, mes questions, tout a fondu sous tes lèvres de prince charmant, Jacques Besse, ton étreinte a eu la douceur d'un fruit, la perfection veloutée d'un songe, tu n'as ni quémandé ni imposé, tu n'as pas hésité, pas insisté, tu m'as donné exactement ce que j'attendais de toi, depuis la première minute où j'avais rêvé d'amour, cette caresse magique, cette prodigieuse coïncidence qui unit deux êtres sans arrière-pensée ni doute, qui les ravit ensemble, les comble d'un lien définitif, indissoluble, la certitude qu'ils sont absolument faits l'un pour l'autre, nés pour se rencontrer et se compléter à tout jamais. Mon Tristan... La pluie battait fort en tombant du toit, et nous isolait derrière son effervescent rideau, l'odeur du foin dans la grange, exacerbée par l'humidité, nous grisait comme un encens. Bonheur au parfum de chaume, de fumée de feu de bois dans l'air mouillé, quand je passe aujourd'hui devant un fenil où l'averse fait lever un bouquet violent de paille moite, je ferme les yeux et mon cœur bat fort.

Tu m'as quittée trop vite, Jacques Besse, ton départ me fut un arrachement. Tu avais l'air désolé qu'il fallait, tu as dit : « Je dois y aller. On se reverra. Hein ? On se revoit bientôt ? » Je n'ai demandé ni où ni quand. On ne prend pas rendez-vous avec un rêve. Je ne t'ai jamais revu, Jacques Besse. Je n'ai jamais cessé de t'attendre, de te guetter, de t'espérer.

Je t'attends encore.

3.

L'heure n'était pas venue de me brouiller définitivement avec la race des hommes, ni de m'y réconcilier. Le fantôme de Jacques Besse, bercé longtemps dans des rêves qui n'avaient rien d'érotique, entretint pour moi le concept d'un idéal masculin qui relevait à la fois de l'amour courtois, de la pastorale et du conte de fées. La trace délicieuse et légère qu'il avait laissée sur mon cœur, poussière d'étoile, poudre de perlimpinpin, m'avait enchantée d'un romantisme exempt de réalité triviale.

L'année qui devait suivre, année de révélations essentielles, contribuerait à lui garder une place à part dans mes fantasmes et mes préoccupations.

L'automne 64 amène un bouleversement à la maison. Ma mère, lasse de son statut de femme au foyer, nostalgique de sa jeunesse de sémillante dactylo, qui gagnait sa vie et ne devait de comptes à personne, vient de se décider : grâce à sa sœur, elle va entrer dans une grosse boîte d'industrie alimentaire grenobloise. Nous sommes dûment chapitrés, Eric et moi, sur les nouvelles responsabilités qui nous incombent : une clef de l'appartement chacun, l'obligation de nous organiser seuls pour les devoirs – ce qui ne changera strictement rien pour moi, ni même pour mon frère dont je m'occupe régulièrement – mais aussi pour le couvert à mettre et les menus services que des enfants peuvent rendre dans une maison.

Un air neuf de liberté et d'élégance souffle sur nos jours. Je vois ma mère partir au travail le matin radieuse, transfigurée, extrêmement apprêtée. Elle a sorti du placard ses tenues les plus coquettes, les alterne avec fierté, marche sur des talons qui scandent un hymne à la libération de la femme. Elle est coiffée, maquillée, très belle, et surtout oublie de me tomber sur le poil à tout propos. Préoccupée de ponctualité, elle déserte l'appartement avant nous, y revient après nous. On dirait une visiteuse quand elle arrive, elle est pressée, très gaie, elle a des choses à raconter, des petits riens qui la font rire. Mon père, conciliant, met la main à la pâte, prépare le repas, aide à débarrasser. Un vrai couple moderne, dont l'entente toute neuve nous étonne d'abord, Eric et moi, mais nous détend.

Hélas, un peu trop. Je profite de ma récente indépendance avec une griserie qui va bientôt me coûter cher. D'abord j'ai un flirt. Un garçon du quartier, intelligent et pas sauvage. A peine remarqué, je lui ai parlé, puis donné rendez-vous dans le couloir de l'étage, suffisamment sombre pour permettre mes manœuvres nouvellement autoritaires.

« Ecoute, lui dis-je, inutile de jouer à cache-cache ! On n'est pas des gamins ! » et je le plaque contre le mur. Sa bouche docile s'ouvre sous la mienne, sa langue ne se refuse pas, je joue un moment à déployer toutes les techniques révisées avec Marie-Christine. Le contact ne me dégoûte pas, ni ne m'enivre. Le garçon est coopératif et adroit, je recommencerai de temps en temps, histoire, si l'on peut dire, de ne pas perdre la main.

Mais il appartient, comme Michel, à une bande avec laquelle, peu à peu, je fais connaissance. Ils sont gentils et drôles, dans l'ensemble, et plus tentés par des expériences tabagiques qu'amoureuses. Très vite, le jeudi après-midi, j'organise des fumeries à la maison. Ils montent à six ou sept, avec leurs clopes, investissent la salle à manger, blaguent et chahutent un peu. Eric s'angoisse de mon audace, ils le font marcher. De temps en temps, l'un d'eux s'éclipse en douce, puis frappe très fort à la porte. Tout le monde se fige, le cœur détraqué, la cigarette en l'air, Eric roule des yeux épouvantés, et puis le farceur éclate de rire sur le palier. Ouf ! Le flagrant délit n'est pas pour cette fois !

Mais, un jeudi, j'oublie l'heure. Une bienheureuse intuition m'amène sur le balcon, à temps pour voir ma mère arriver dans la cour. Mon Dieu, six heures, déjà ! Vite ! Vite ! Branle-bas de combat ! J'essaie de les pousser, de les faire déguerpir, mais ils me rigolent au nez, incrédules. Mes larmes de terreur finissent par les convaincre, et ils s'envolent enfin, à leur tour horrifiés, détalent en piaillant dans l'escalier, tandis que l'ascenseur qui transporte ma mère doit inéluctablement franchir les étages.

L'appartement est vide, reste un désordre de chaises, et une abominable odeur de fumée. Vite ! Vite ! Eric remet à sa place chaque siège autour de la table tandis que j'ouvre toute grande la baie vitrée pour aérer. Ma mère surgit, déchiffre instantanément le trouble sur nos visages tétanisés, enregistre la suspecte béance de la porte-fenêtre sur l'air frisquet du soir.

Bien sûr, la chose vire au drame. Au tribunal. A l'inquisition. Le procès a lieu au dîner. Ma mère, procureur général et témoin, relate les faits : nos allures fautives et louches, la fenêtre grande ouverte. L'Inquisiteur multiplie les questions : pourquoi, comment ? L'explication enfin tombe de sa bouche aigre avec le jugement : « Parce que tu étais occupée, une fois de plus, à parler aux garçons ! Avoue ! Avoue que tu passes des heures sur le balcon à les attendre et à leur parler ! Ils n'ont qu'à siffler pour te faire sortir. Bientôt, c'est toi qui siffleras pour les appeler ! Quand je rentre de l'usine, j'en vois toute une flopée qui tourne autour de l'immeuble. Ils guettent ton signal. Avoue ! »

Ma longue habitude de ce genre d'interrogatoire m'a blindée. Je n'éprouve plus cette cuisante humiliation, ce malaise triste qui me mettaient les larmes aux yeux et semblaient ainsi signer mes aveux. Aujourd'hui, je regimbe, et réponds, le verbe haut, la prunelle arrogante. Aujourd'hui, j'ai quelque chose à cacher, qu'ils ne soupçonnent pas, de bien plus grave que ce qu'ils me reprochent, et leur naïveté, leur ignorance, leur ridicule prétention à me percer à jour peignent sur mes lèvres un sourire ironique. Je dois être à claquer. Mais le Grand Mufti a plus d'une flèche à son arc. Son regard dur tombe sur Eric. « Et toi, tu ne dis rien ? Tu te fais son complice ? Qu'est-ce qu'elle fichait sur le balcon ? » Mon petit frère baisse la tête. Il gardera le silence, j'en suis sûre, quitte à encourir les foudres détournées du gourou. Mais je ne veux pas qu'on l'embête. Je ne veux pas qu'on le torture, comme j'ai été torturée petite, et toute ma jeune vie. Immédiatement, j'invente la parade. « Bon, Eric, tant pis, je vais leur dire la vérité ! » Je lis dans son regard promptement levé sur moi un ébahissement plein de crainte.

« Voilà, poursuis-je : quand maman est arrivée, je regardais si le mastic de la vitre était sec. C'est pour ça que la baie était ouverte. »

Mes censeurs écarquillent à leur tour des yeux ahuris.

« Le mastic ? Qu'est-ce que c'est que cette histoire ?

– L'autre jour, j'ai cassé une vitre. Je n'ai pas voulu vous le dire. Avec Eric, on est allés chercher un vitrier, il est venu, il a changé la vitre, et il a même mis de la poussière sur le mastic pour faire croire qu'il était aussi vieux que celui des autres carreaux. »

Une juste indignation crispe les traits de mon père. Il a posé ses mains à plat sur la table, comme s'il se retenait très fort de m'en coller deux.

« Tu nous prends pour des cons ?

– Non, papa. Tu n'as qu'à vérifier, si tu ne me crois pas. C'est la vitre du bas, à gauche, le mastic est encore mou. »

Il se lève, solennel, terrible. Ma mère l'imite, le suit à la porte-fenêtre. Il l'ouvre, se penche, pointe un doigt accusateur vers l'objet de ma déposition, et s'exclame :

« Nom de Dieu ! c'est vrai ! »

Un hymne d'allégresse explose dans ma tête. Bien fait ! Bien fait ! Sale incrédule, sale méfiant, pauvre type ! Bien sûr que c'est vrai ! C'est rigoureusement vrai ! Jeudi dernier, Eric, pour jouer, m'a enfermée sur le balcon. J'ai voulu forcer l'ouverture de la croisée avec les fesses, et la vitre a volé en éclats.

Tout est vrai, authentique, indéniable. La course au vitrier, son air bonhomme et amusé quand on lui a dit qu'on voulait l'absolue clandestinité, sa gentillesse à venir de suite remplacer le carreau, son astucieuse complicité quand il a enduit d'une phalange avisée le mastic frais de la poussière du balcon. Oh ! merci, merci, vitrier ! Grâce à toi, je sais qu'il y a des adultes qui ont encore un cœur d'enfant. Grâce à toi, j'ai triomphé ce soir du Grand Inquisiteur, j'ai vu se peindre sur sa face de juge intransigeant le désarroi, le dépit d'avoir tort, et la conscience de son ridicule. Ah ! moins péremptoire, à présent, papa, plus humble, hein, chamboulé tout de même dans ton assurance de « vieux singe à qui on n'apprend pas les grimaces » ? Le retour à la table familiale est calme. Le ton de l'enquête a changé. « Et comment tu l'as payé ? – Avec mes sous. J'avais fait une bêtise, j'ai réparé ! » Je sens que j'impressionne. On me savait dissimulatrice, mais là, c'est pour la bonne cause. On me découvre débrouillarde, et raisonnable. Mon père est touché au porte-monnaie par l'économie qu'il a réalisée ; si j'étais moins menteuse, j'aurais avoué la bêtise, mais il aurait dû acquitter la facture. Ma mère, elle, définitivement conquise, se tord les côtes à l'idée d'un brave bougre de vitrier en train de falsifier la fraîcheur de son œuvre. Oubliés les garçons, oubliés les agissements louches auxquels je me livrais quand elle est arrivée. Elle rit de bon cœur, plus vite insouciante de morale que l'Ayatollah.

« Tu vois, me dit-il, que, tôt ou tard, on est obligé de dire la vérité. On ne peut pas mentir à ses parents ! »

Imbécile !

Je venais de franchir une étape de plus dans mon gourgandinage, je venais d'apprendre qu'une petite vérité avouée peut servir un grand mensonge. J'exploiterais souvent cette découverte, j'utiliserais souvent le coup du vitrier, faux symbole de transparence, qui m'épargna la question de l'Inquisiteur, et me permit de le rouler. Si souvent accusée à tort, et ce soir-là, réhabilitée contre toute attente, je saurais désormais l'art et la jouissance d'échapper à mes juges.

Une rencontre inattendue vient marquer cette période de mes dévergondages clandestins, une amitié fulgurante et très risquée. Il s'appelle Rex, et rôde livré à lui-même dans le quartier depuis quelques jours. Son museau intelligent et racé de chien-loup se lève vers moi quand je passe pour aller au collège, son regard triste m'interpelle. J'ose une caresse, quelques mots tendres. Il répond par un petit gémissement très doux, qui me crève le cœur. Il cherche quelqu'un à aimer, il est seul, je comprends sa plainte et son appel avec une intuition fraternelle. J'ai toujours rêvé d'avoir un chien, comme tous les gosses. Il va de soi que mes parents s'y sont toujours refusés. Voici l'occasion de réaliser, partiellement, mon rêve. Les gamins de l'immeuble m'ont dit que Rex était abandonné, que ses maîtres avaient déménagé en le laissant sur le trottoir. Une dame de la SPA s'occupe de lui de temps en temps, elle leur a recommandé de la tenir au courant. Au courant de quoi ? De la détresse de Rex, qui mange dans les poubelles, dort dans la rue, quémande en geignant un peu d'attention ? L'automne avance à grands pas, il commence à faire très frais. Un matin, je pars en avance pour l'école, trouve Rex, l'incite à me suivre chez la protectrice. Elle m'ouvre sa porte, un peu étonnée. « Il a faim, madame, il a froid. Il ne faut pas le laisser comme ça. » Elle est sincèrement désolée, elle ne peut pas faire grand-chose, elle doit sortir, en attendant, voilà, on va toujours lui donner ça ! Elle me gratifie d'un paquet de boucherie et d'une cartouche de biscuits Brun, s'excuse encore et referme la porte. Dans la rue, je déplie le paquet, y trouve avec stupéfaction un énorme bifteck comme je n'en ai jamais vu chez moi. Je l'offre à Rex qui l'engloutit en deux claquements de mâchoires. J'essaie de faire durer le plaisir un peu plus longtemps en lui donnant les biscuits l'un après l'autre tandis que je progresse vers le collège. Rex sur mes talons, j'arrive aux grilles de l'établissement et tente d'expliquer à mon compagnon définitivement fidélisé que le paquet est vide, qu'il doit me laisser entrer seule à l'école et s'en retourner vers ses quartiers. Peine perdue. Je le raccompagne sur cent mètres, reviens vers le collège, il me suit. Nouvelle tentative pour le semer, nouvel échec. L'heure tourne dangereusement. Je feins d'ignorer la présence de Rex, pénètre dans la cour, gravis les étages, trouve la porte close sur le cours d'histoire déjà commencé. Rex est toujours là, à mes pieds, haletant, frétillant. Le cœur me manque de frapper et d'entrer en classe avec mon copain à quatre pattes. Je suis obligée de retourner à la grille et de demander l'aide du concierge : « Monsieur, ce chien me suit, je ne sais pas comment m'en débarrasser. »

D'abord méfiant, le concierge l'attrape par le collier, le tire dans la rue, referme la grille. Je vois Rex étonné, ses bons yeux humides, sa truffe interrogative, toute sa belle gueule de chien tendre me hèle et se refuse à croire à mon abandon. Je cours aveuglée par les larmes vers la salle d'histoire, et me recompose un visage pour affronter le prof, qui ne manque pas de me questionner sur les raisons de mon retard. Je me lance dans le récit de mes aventures canines, avec un souci de détails qui lui font écarquiller les paupières. Les trente élèves rigolent de sa mine ahurie, et m'encouragent dans ma prestation. Je me découvre à l'instant un talent de drôlerie, mon chagrin coupable se mue en plaisir d'artiste qui tient la salle sous le charme de ses billevesées. L'hilarité générale atteint son comble quand le prof ayant avoué : « Ecoutez, mademoiselle Rey, je n'ai rien compris à vos histoires de chien », je rétorque : « Je vais recommencer... »

Au bout d'un moment, l'enseignante me coupe la parole, m'envoie sèchement à ma place, et des murmures ravis saluent encore ma performance. On a quand même gagné une demi-heure de cours ! Le problème, c'est qu'elle m'a marquée absente, et qu'elle a oublié sur le cahier d'appel de muer cette absence en « retard ».

Lorsque le billet administratif qui demande une justification parentale arrive à la maison, c'est le drame. Mon père est persuadé que j'ai fait l'école buissonnière. Je jure mille fois que j'étais bien à l'école ce jour-là, je le supplie de se renseigner auprès des autres professeurs, il renonce à une enquête au lycée qui lui semble humiliante et préfère me harceler. « J'étais seulement en retard ! répété-je. Le prof a oublié de me barrer de la liste des absentes quand je suis arrivée ! »

Il tonne, il rugit : « En retard ! En retard ! Et à supposer que ce soit vrai, pourquoi, en retard ? Qu'est-ce qui t'a mise en retard ? »

Je baisse les yeux, marmonne : « Je ne sais pas. Je n'ai pas vu l'heure » avec un évident manque de conviction qui l'autorise à toutes les conjectures les plus accablantes. « Je vais te le dire moi, pourquoi tu étais en retard ! »

Je le laisse me raconter une histoire idiote de garçon et de rendez-vous ; sa fausse route ne me contrarie qu'à peine. Je préfère le poids de ses soupçons erronés à sa découverte de la vérité. J'aime mieux qu'il me voie dévergondée, puisque de toute façon le mal est déjà fait, plutôt qu'il ne s'aperçoive d'un autre aspect rebutant de ma personnalité, l'amour des bêtes poussé à l'imbécillité. S'il savait que j'héberge Rex les longs après-midi où je n'ai pas cours, que je lui permets de s'allonger près du poêle, que je le chasse après, avec le désespoir au ventre, et la trouille de me trahir...

La fin de la semaine passe dans une ambiance épouvantable. L'Inquisiteur fait la gueule, nous houspille Eric et moi, à tout propos, quant à ma mère, sa belle flamme professionnelle est en train de vaciller, ses talons alourdis, ralentis, ne claironnent plus si victorieusement la joie de partir au travail, l'impatience d'y retourner. Elle a essuyé là-bas des réflexions, elle est en butte aux jalousies des autres employées, certaines contraintes lui pèsent. Si ce n'était pas pour sa sœur, qui l'a recommandée, comment qu'elle irait chercher ailleurs !

Le dimanche matin, coup de sonnette à la porte. Mon père rictusse en croyant deviner une visite des témoins de Jéhovah, coutumiers des persécutions dominicales. Il ouvre, très grognon, prêt à expédier les intrus. Il se trouve devant une femme seule. « Monsieur Rey ? Je voudrais vous parler de votre fille. » Mon cœur vient de s'arrêter ; j'ai reconnu la voix de la protectrice des animaux.

Mon père, surpris mais déjà paré à l'éventualité d'une de mes turpitudes, la fait entrer d'un geste sec.

« Votre fille, monsieur, est très dévouée, et je voudrais la remercier de tout ce qu'elle a fait pour Rex ces derniers temps. »

L'ahurissement de mes parents m'arracherait un éclat de rire si je n'étais pas si consternée. Inconsciente du tort qu'elle me fait, la dame poursuit :

« Je sais qu'elle lui permettait de se reposer au chaud chez vous, et qu'elle s'est beaucoup occupée de lui. Je crois même qu'elle a eu des ennuis, parce qu'il l'a suivie au lycée, et qu'elle est arrivée en retard (qui lui a raconté tout ça ?). Alors je tenais à lui dire que, grâce à elle, Rex est resté sociable et en bonne forme, et que je lui ai trouvé un foyer d'accueil. Mais avant, j'aurais aimé savoir si vous-mêmes, vous ne désiriez pas l'adopter. Je vous aurais donné la priorité, c'est normal ! »

Mes parents sont restés stoïques, ont décliné l'offre poliment, ont raccompagné la visiteuse à la porte en disant : « Oui, elle aime les bêtes, c'est normal, bien normal, tout ce qu'elle a fait ! », puis sont revenus dans la salle à manger où j'attendais la tornade des représailles. Mon père a seulement laissé tomber, sur le ton exaspéré et méprisant que je déteste : « Rex ! ! ! », et ma mère a criaillé : « Un chien ici ? Au chaud ? Quand ? Comment ça ? »

Après, l'Inquisiteur a pensé à ses soupçons injustes à propos de mon retard. « Tu ne pouvais pas le dire ? » J'ai haussé les épaules, le renvoyant, par mon silence résigné, mon indifférence, à la perplexité, à la vague intuition de peut-être mal me connaître. Mais il a vite conclu sa crise de doute par un « Ouais ! » renseigné qui m'accablait de tous les défauts du monde – coureuse, menteuse, dissimulatrice, et je-m'en-foutiste. Le tableau peu à peu se complétait, je devenais l'Antéchrist, à surveiller comme le lait sur le feu.

Ma mère sauta sur le prétexte pour donner sa démission. Après, elle raconterait à qui voudrait l'entendre que son travail lui plaisait énormément, mais qu'elle avait été obligée d'y renoncer à cause de mon attitude, de mes frasques pendant ses absences. On s'accorderait à saluer son dévouement à mon éducation, son sacrifice.

Moi, je la haïrais un peu plus.

4.

Ma saynète en cours d'histoire, loin de passer inaperçue, a changé l'opinion que les autres avaient de moi. J'étais jusqu'alors assez insipide, perdue dans le nombre des filles de cette quatrième dont je ne connaissais personne. On ne me voyait guère, je n'intéressais pas. Tout à coup, on me découvre drôle, fantaisiste, on me prête une personnalité forte, que je me fais un devoir de cultiver. Je multiplie donc les facéties, jetant les éponges du tableau par la fenêtre, me dévouant un jour de pluie pour aller en récupérer une et rapportant, pour effacer les hiéroglyphes du prof de maths, une chaussette détrempée ramassée devant un vestiaire de gym. Les filles sont à la fois ravies de la trouvaille, et dégoûtées. Personne ne veut s'emparer du chiffon suspect pour nettoyer le tableau, le chahut s'installe, j'en suis l'instigatrice triomphante, toute pénétrée de ma soudaine importance. Par ailleurs, bonne élève dans toutes les matières littéraires, j'ai la fierté d'entendre souvent mes rédactions lues à haute voix par le professeur à titre d'exemple. Ce qui me vaut l'hommage de Martine.

Martine est fille d'instituteurs. Elle s'amuse beaucoup de mes reparties, de mes inventions. Un jour, elle me tend un livre qu'elle a lu en pensant à moi, parce que, explique-t-elle, l'héroïne me ressemble. Avec ce livre, ma vie va basculer.

Le titre, *Claudine à l'école*, d'abord ne m'inspire pas. Un peu gnangnan, prometteur d'une chronique niaise et puérile. Mais dès la première page, le style de Colette m'enchante et me bouleverse, je relis plusieurs fois chaque phrase pour en apprécier l'équilibre, la musique, la justesse. Un rêve prend naissance en moi. Et si, un jour, j'étais, moi aussi, écrivain ? Si je savais agencer les mots, tisser une atmosphère, prendre mon lecteur au piège de mes récits ?... J'envie ce pouvoir si particulier, cette aisance à charmer des milliers d'inconnus, cette façon d'entrer dans leur vie, dans leur âme, de constituer pour eux, fût-ce le temps d'une lecture, un univers parallèle au leur, une évasion magique.

Et puis, surtout, *Claudine à l'école*, c'est l'histoire stupéfiante, invraisemblable, des amours saphiques de Mlle Sergent avec sa petite protégée Aimée. La description des émois de la narratrice, amoureuse elle aussi de la jolie et vénale Aimée. L'évocation de moments troubles entre Claudine la fière et Luce la perverse. Eblouie par ces pages qui brutalement m'ouvrent des horizons insoupçonnés, inespérés, je m'imprègne du texte jusqu'à le savoir par cœur, jusqu'à ne plus pouvoir douter. Oui, j'ai bien compris, malgré des circonlocutions élégantes, des allusions chantournées, des non-dits subtils, je sais à présent que l'amour et le désir se conçoivent aussi entre femmes, que de grands écrivains peuvent en parler sans rougir, que mes élans d'enfant et d'adolescente pour mes camarades de classe n'avaient rien de monstrueux. Que j'ai été bête, bête de souffrir comme ça, de me croire malade, anormale, de penser que la nature s'était trompée en me faisant fille et en m'inspirant des appétits inimaginables, des rêves dévoyés pour d'autres filles !

Paule, Marie-Brigitte, Annie, mes amours clandestines et honteuses, mes questions dans la nuit où mes yeux s'ouvraient après des songes émouvants... Mes hantises, mes désespoirs.

Il me semble tout à coup qu'il n'y a rien de plus simple, de plus limpide au monde que mes attirances, rien de plus aisé à contenter. On m'interdit les garçons, on parle en termes confus et inquiétants des menaces qu'ils représentent, déshonneur, détournement du droit chemin, et, tragédie suprême, ruine d'une vie de jeune fille, spectre hideux à gros ventre, la grossesse fatale, qui nous tuerait tous, mes parents de chagrin et moi de honte... Comme c'est clair à présent ! Comme c'est pratique ! Une curiosité ethnologique, une soif de pouvoir me penche sur les garçons, mais, moi, quelle chance ! c'est les filles que j'aime. Avec elles, pas de danger de me faire engrosser ! Plus de risque de me voir suivie, traquée, débusquée, jugée, condamnée. Je pourrai toujours amener l'objet de mon affection à la maison, quoi de plus normal que d'avoir une amie, une bonne camarade ? Mon père a toléré Suzanne, encouragé Muriel dans son amitié pour moi... L'évidence m'enchante d'une espérance merveilleuse. Désormais, si j'aime une fille, je ne chercherai pas à résister à mon penchant, je ne fuirai pas, je ne me torturerai plus. Forte des enseignements de l'admirable Claudine, je la courtiserai, la conquerrai, à la barbe du Grand Mufti qui lui n'a pas lu Colette, qui ignore tout de son univers unisexe et charmant, qui ne se doute pas qu'il peut exister des fringales d'étreintes sans danger, des engouements exempts de la redoutable corruption masculine. Ce que je vais me ficher des garçons, maintenant, papa ! Ce que je vais être heureuse, doublement, triplement heureuse ! Car elle viendra, celle que j'attends et pour qui je rassemble déjà le courage du premier baiser, pour qui j'invente la douceur de la première caresse. Et tu n'en sauras rien. Tu n'y verras rien, pauvre étriqué du soupçon, pauvre obsédé sexuel dont le monde petit, tout petit, ratatiné, acide, est une pomme véreuse à l'immense jardin où désormais je vais m'inviter, et me promener sans toi ni tes pareils.

Une autre révélation, plus fulgurante encore, vient illuminer l'été qui suit ma résolution, et qui précède ma révolution.

L'Oisans encore. Le mois d'août. Ensoleillé cette fois, torride. J'ai rencontré « les Parisiens ». On les appelle comme ça parce qu'ils viennent de Paris. Ils louent un grand chalet sur la route. Ils sont nombreux, plusieurs générations, ont des mœurs bizarres, un langage à eux. Ils se lèvent à midi, mangent à des heures impossibles, quinze ou seize heures pour le déjeuner, vingt-trois heures pour le dîner. Ils appellent les grands-parents « Pépère » et « Mémère », ça m'amuse et m'attendrit, ce sont des surnoms pleins de bonté, d'innocence, garants de la bienveillance de ceux qui les portent. Ma grand-mère à moi, en vacances aussi, garde sur mes attitudes un œil sévère, condamne mes agissements de petite citadine exaltée d'éphémère liberté. L'autre jour, dans un pré, j'ai imaginé des glissades sur l'herbe avec Gisèle, une copine de par ici. De vieux cartons nous servaient de luge. Pour ne pas salir ma robe (gare aux foudres maniaques de ma mère !), je me suis mise en combinaison. Ma grand-mère m'a observée à la jumelle depuis son balcon ; très décolletée, inconsciemment provocante, en dessous rose, je m'adonnais à des descentes ébouriffées en poussant des cris et des rires de gamine. L'aïeule a fustigé, à mon retour, mon manque de tenue et de dignité. Renseignée par mon père, elle connaissait déjà mon côté « fille des rues ». Ses mots méprisants m'ont blessée, et, lâchement, je les ai rapportés à ma génitrice, attendant de sa bouche un verdict vengeur sur la belle-mère qu'elle ne peut pas encadrer. « C'est une sorcière ! » a-t-elle déclaré. De temps en temps, ses excès de vocabulaire, lorsque je n'en fais pas les frais, me ravissent.

Il y a eu aussi ces grands garçons de la colonie, des presque adultes, avec qui j'ai partagé une soirée de feu de camp, où ils avaient convié tout le village... L'un d'eux est passé, de retour de promenade, devant notre maison ; notre dialogue a été bref.

« Bonjour, tu vas bien ?

– Oui, et toi ? »

Ma grand-mère, raidie de réprobation, s'est tournée vers moi. « Pourquoi tu le tutoies ? Tu as couché avec ? » J'ai répondu du tac au tac : « Oui, ça te dérange ? »

L'histoire a fait le tour de la famille. Ils me sont tous tombés dessus, l'Inquisiteur le premier qui grondait furieux :

« Je ne veux pas que tu parles mal à ma mère ! Tu lui dois le respect ! » Le cousin Néné conseillait : « Va t'excuser, il n'y a que ça à faire ! » Même Raymond secouait une mine tristement indignée...

Ma mère riait sous cape mais, bien sûr, n'a pas pu se permettre de me soutenir. Devant le tribunal familial, elle m'a houspillée plus fort que les autres.

L'hypocrisie des adultes m'est une leçon chère et profitable. Alors, pour les Parisiens, je me planque. Je flirte avec Marc, un grand gars brun aux yeux très bleus, au visage marqué de traces d'acné, à la chevelure hallydesque. Johnny est son idole. Il me fait écouter ses chansons à longueur de journée en me tenant la main. Au bal du village, on s'est embrassés, et Marc pleurait, il laissait tomber dans mon cou ses larmes tièdes parce que, bientôt, la fin des vacances m'arracherait à lui. Son hypersensibilité ne me semble pas ridicule, seulement très extraordinaire, presque pathologique pour un garçon. Il est vrai que Marc est un type mystérieux, personne n'a encore bien compris les liens qui l'attachaient à la smala parisienne, il m'a raconté vaguement qu'il avait été adopté par Pépère et Mémère, ce qui fait qu'à peine plus âgé que lui, il est l'oncle de leur petit-fils Thierry. Autre particularité, il ne se déplace pas sans une bibliothèque fournie, et je feuillette, dans sa chambre, des tas de bouquins qui constituent son univers.

La révélation est là. Elle m'attend sur un coin de sa table, attire mon attention par un titre incongru, d'une flamboyante indécence : *Manuel d'éducation sexuelle*. Mon Dieu ! Mon diable ! Education sexuelle ? Jamais lu, jamais entendu ces deux termes-là associés ! Ça s'éduque donc, le sexe ? Il y a des gens qui ont pensé, travaillé, écrit à propos du sexe, sans être persécutés, sans être jugés, blâmés, condamnés, excommuniés, qui ont sérieusement, dignement imaginé des croquis éhontés, des légendes crues à ces croquis, calligraphié des termes étonnamment hardis, avec le but avoué d'éduquer le lecteur, de lui révéler les secrets terribles du corps, lui décortiquer ses mystères, lui exposer ses arcanes ? Il y a eu, mon Dieu, des éditeurs pour approuver le livre et le publier, des gens pour l'acheter, des Pépère et Mémère pour l'offrir à leur enfant ! Tout ce monde-là existe donc, toute cette logique saine, toute cette leçon organisée à laquelle les enfants, les adolescents ont droit, et dont j'ai toujours été privée ?

Je me sens soudain pauvre, très pauvre, plus pauvre que le jour où, marchant dans la neige, j'ai ôté mon croquenot pour le vider de l'eau qu'il avait prise, et où le garçon qui m'accompagnait s'est écrié : « Tu n'as donc pas de chaussettes ! Par un temps pareil ! » J'avais très froid, très froid aux pieds. Moins froid aux pieds cependant qu'aujourd'hui je n'ai froid au cœur en pensant à l'ignorance dont on a voulu me ligoter, et m'aveugler. Salauds ! Salauds de père, de mère, de grand-mère, de vous tous, les grands, salauds de puritains crispés, de vieux jaloux de vos savoirs, salaud d'Arnolphe, faux-cul prêcheur de bonne éducation. Quelle bonne éducation, exempte de l'essentiel, du principe vital, dédaigneuse d'amour et de plaisir ? Quelle éducation, castrateurs inhumains, celle qui érige la culpabilité en méthode, et le silence en loi ? Avec ce livre entre mes mains, je vois, je vois brutalement la lumière, toute cette lumière dont vous m'avez privée, toute la beauté du monde et la joie d'être vivante, bien portante, affamée de caresses, de volupté, de tendresse. Je trouve, butin fabuleux, des mots, des mots, mon Dieu, pour désigner, clairement, simplement, sans scandale, sans fanfare, ces réalités qui furent longtemps mes tortures. Je trouve le mot

« jouir », joyau somptueux qui emplit la bouche, qu'on prononce d'abord comme un baiser, lèvres en avant, qui s'achève en sourire, dents découvertes et joues rieuses... Jouir, merci, mon Dieu, ça existe. Le mot, la chose existe... Je n'en suis pas la sombre et unique détentrice. Pas le Robinson monstrueux, ébloui et navré ensemble de son trésor. Jouir ! Jouir ! Jouir ! Je parie que mon père, si je prononçais ce mot-là devant lui, se tordrait comme un diable sous l'eau bénite. Jouir, sale geôlier, tu entends, jouir ? J'ai découvert le terme, il porte un nom d'île enchantée, il rend le son joyeux de chaînes qui s'éloignent. Jouir...

Et puis, plus technique, moins poétique, mais rassurante, carrée, mathématique comme une opération, aseptisée comme une intervention, raisonnable et sans passion comme un mode d'emploi, j'ai trouvé mon autre merveille : « masturbation » ! Le vocable me suffoque comme la première gorgée d'air du nouveau-né. Ce qu'il porte d'oxygène et d'azur me fait mal, délivrance trop brutale, m'aveugle, m'étourdit. On ne donne pas aux affamés de longue date un festin qui pourrait les tuer... Moi, je ne meurs pas, sinon d'ébahissement, mais je me cramponne fort, et me pince pour m'assurer que je ne rêve pas. A bout d'incrédulité, je finis par confier mon trouble à Marc, par quémander auprès de lui une solidaire stupéfaction.

« Tu as vu ? dis-je. Tu as vu ça, cette page, ce mot, "masturbation" ? »

Il hausse une épaule tranquille, me regarde avec ses bons yeux bleus naïfs et tendres. « Ben oui, quoi, la branlette ! »

J'ai écrit à Gisèle, qui a fini ses vacances avant moi, et déserté le village, que j'aimais Marc. Qu'on se promenait le soir, tous les deux, qu'il embrassait bien. Mais la lettre, allez savoir pourquoi, n'est jamais parvenue à sa destinataire. Un jour, Eric, bouleversé, vient à ma rencontre. « Papa t'attend ! Il a lu ta lettre à Gisèle, parce que le facteur l'a rapportée. Tu vas prendre quelque chose ! »

Je me présente, prévenue et caparaçonnée de morgue, devant l'éventreur de courrier, le violeur de confidences, le saccageur de rêves. Il gronde en grimaçant, il m'agite sous le nez la missive scandaleuse. Je ne tremble pas, je ne baisse pas les yeux. Je voudrais qu'il déchiffre, comme il a déchiffré ma lettre à Gisèle, le langage de mes prunelles qui le toisent. « Minable tartufe, je sais tout. Je sais que, pour nous mettre au monde, Eric et moi, tu as joui au moins deux fois au ventre d'une femme ouverte. Et je suppose que tu t'es adonné, comme tous les adolescents du monde, c'est le livre qui l'explique, à la masturbation ; tu t'es branlé comme dit Marc, tout hoquetant d'extase interdite, tout frissonnant de solitaire exaltation. Garde tes secrets, pille les miens. Tu n'as plus aucun pouvoir sur moi. C'est fini. Je me suis évadée. »

L'été s'achève en paroxysme. Je deviens odieuse avec tout le monde, je prononce des gros mots qui me valent l'opprobre général, j'arbore des allures garçonnes et vulgaires, je n'ai plus peur de rien ni de personne. Je ne respecte rien. Je pose pour une photo en combinaison sur une tombe, à l'église où j'entraîne la bande pour jouer, je pousse des cris imbéciles et je pisse dans le confessionnal. L'Inquisiteur, alerté, roule des yeux effrayés, ma mère parle de possession. Ils vont me visser à la rentrée, c'est sûr !

Vissez, vissez toujours ! Mes chers tortionnaires, vissez le joug du forçat de vos bêtises et de vos aigreurs, sans voir qu'il est vide...

5.

La rentrée 65 me dépayse d'abord. Je n'avais pas de copine, de vraie, d'intime, en quatrième. Mais j'avais fini par appartenir à un petit noyau dont les liens superficiels et assez gais me suffisaient. Or voilà qu'un brassage de dossiers scolaires me parachute, en ce début de troisième, dans une classe où je ne connais personne, à une exception près. L'exception, aussi décontenancée que moi, me propose que nous alliions nos deux solitudes. J'accepte avec reconnaissance, dépitée d'entendre, dans la salle voisine, le joyeux chahut des filles de l'ex-quatrième M1 qui se retrouvent toutes ensemble. Parmi toutes les physionomies de ma nouvelle classe, celle de ma voisine, que je n'ai jamais beaucoup regardée l'an dernier, me paraît aussi peu familière. Je l'observe à la dérobée. Elle a un visage lisse aux courbes douces mais dont les grâces disparaissent, mangées par une paire de lunettes à verres très épais. Elle m'explique qu'elle est myope, très myope, et que, ses parents s'étant rendu compte beaucoup trop tard de son handicap, elle doit porter désormais ces « culs de bouteille ». Elle semble ne pas leur en vouloir, elle s'exprime sans aigreur, sans agressivité, avec un sourire philosophe qui m'épate.

Elle aussi est victime d'une certaine forme de négligence parentale, cependant elle pourrait me donner des leçons de magnanime placidité. De petites confidences nous rapprochent, de petites blagues. De temps à autre, elle porte une invraisemblable veste tricotée d'une couleur qui hésite entre le vert et le jaune fluo. « C'est ma grand-mère qui l'a faite, me dit-elle, et ma mère m'oblige à la porter. » J'appelle ça sa veste « farce d'escargot ». Ça la fait rire. Moi, quand ma mère m'affuble, je ne ris pas. Il m'est arrivé de franchir les grilles du lycée dans un accoutrement tel que le comité d'accueil des demi-pensionnaires réunies là ne m'a pas ratée. « Tu as vu comme tu es fagotée ! » Comment aurais-je pu ne pas le voir ? Un vieux trois-quarts maternel, à gros carreaux beigeasses et rouges défraîchis, trop large pour moi, qui me tombe des épaules et me déguise en clocharde. Des collants épais qui tire-bouchonnent, parce que ceux-là sont solides, au moins, et qu'on n'est pas obligé de m'en racheter trois fois par semaine. Je me souviens plus spécialement d'une paire vert bouteille absolument hideuse, qui, sitôt enfilée, tournait autour de mes genoux avec d'opiniâtres malices serpentines. Et puis je tiens à la main le précieux, l'inénarrable cartable de mon père, « un cartable en cuir, tu ne te rends pas compte, c'est le summum du chic pour les étudiants, et costaud avec ça ! » Malheureusement oui, très costaud ! La peau raidie des brides de fermeture rebique hors des boucles métalliques, mais refuse de céder. La poignée bombe, le corps du cartable s'avachit sous le poids des livres, on dirait que je trimballe un animal usé, bossu qui pointe sur le monde les deux misérables cornes de ses lanières. Je souffre de mon apparence, une honte poisseuse me voûte et m'enlaidit encore, je marche en regardant le sol, en traînant les pieds. Ma tante qui m'a rencontrée dans la rue a dit à sa sœur que je n'avais pas de tonus, que j'avais grossi, que je me laissais aller, et ma mère m'a considérée avec rancune. Les pommes de terre et les pâtes dont elle constitue, par souci d'économie, l'essentiel de ses menus, me profitent un peu trop, et l'indigence, la hideur de ma garde-robe n'arrangent rien, mais c'est à moi qu'elle en veut. Il y a des princesses qu'un chiffon habille, prétend-elle, tout est dans l'art de porter ses affaires, c'est ça l'élégance.

On ne m'a pas appris l'art de l'élégance mais, avec ma nouvelle copine Marie, on s'en fout à présent, parce qu'on rigole bien. L'autre jour, je lui ai murmuré une sornette en cours de latin, et, bonne fille sans malice, elle s'est esclaffée si bruyamment que le prof l'a mise à la porte. Je redoutais sa rancœur, mais le cours suivant me l'a rendue souriante, et un peu penaude. Je commence à l'aimer beaucoup, pour tout ce qu'elle m'apporte de réconfort, de gentillesse et d'ouverture. Nous passons nos récrés à parler, le ton de nos conversations change peu à peu, échappe à la blague, devient parfois grave. Elle m'a raconté son exil d'Algérie, et les débuts difficiles de sa vie en France, je ne savais rien de la tragédie des pieds-noirs, je l'écoute avec une tendresse que je ne peux encore exprimer, je me rends compte qu'elle a beaucoup plus souffert que moi, et que ses lunettes de myope et sa veste escargot farci ne sont que de très relatifs traumatismes à côté du grand déchirement de sa vie. Mais, mon Dieu, comme elle est simple et douce, pour parler de tout ça, comme elle est humble et loin de la révolte ! Son âme fataliste, ses récits sans grandiloquence, me rafraîchissent, m'équilibrent, remettent à leur juste place mes petits soucis d'adolescente épargnée par la guerre et la violence. Mes confidences à moi ressembleraient à des broutilles au regard de tout ce qu'elle a vu et subi. Je me tais donc et l'écoute, de toutes mes oreilles, de tout mon cœur. Je bois ses paroles exemptes d'outrance, je m'abreuve à sa sérénité d'enfant raisonnable et mûrie au feu d'un conflit qui ne m'a jamais concernée. Les événements d'Algérie entraient chez nous par la petite lucarne de la télé, et s'apparentaient pour moi à une fiction vague et ennuyeuse. Tout à coup, je réalise qu'elle a mon âge, qu'elle a vu ses parents trembler, pleurer et rassembler ce qu'ils avaient de courage et d'amour pour, avec leurs cinq petites filles, tout quitter, leur maison, leur pays, le reste de la famille, laisser leurs souvenirs sous le ciel bleu de Bône, et venir s'enterrer dans la grisaille métropolitaine... Je voudrais avec mes mots, mes gestes, lui souhaiter la bienvenue, lui dire : « N'aie pas peur, je suis là, je vais te protéger, ta vie va changer ! », mais je n'ose pas, j'ai trop peur du ridicule, je cache, quand elle parle, mon envie de pleurer et de compatir, je dois me composer des traits imbéciles à force de m'appliquer au sang-froid...

Il ne s'est pas passé un mois que nous avons déjà nos habitudes. La première fois qu'elle a sorti de son cartable, à la récré du matin, un petit pain au chocolat tout frais et croustillant, je n'ai pu réprimer un soupir de convoitise. Spontanément, elle l'a partagé en deux, m'en a offert la moitié. Depuis, chaque matin, j'ai droit à ce demi-pain au chocolat, symbole pour moi de toutes nos différences. Ses parents, de son propre aveu, ne sont pas très à l'aise, se bagarrent pour équilibrer un budget que compromettent les soins dus à une famille nombreuse. Les miens, en revanche, n'ont jamais eu de problème pour « boucler le mois ». Mon père rapporte sa paye, octroie à ma mère ce qu'il estime nécessaire à la nourriture et à l'entretien de la maison, gère le reste au mieux, c'est-à-dire qu'il fait des économies. Beaucoup trop, d'après ma mère. Ce qui explique qu'elle se venge en jetant parfois sur la table des plats ignobles, comme ce reste de vermicelle recyclé en gratin, noirci, collé à la casserole, et accompagné d'un commentaire éloquent quand nous ouvrons des mirettes incrédules : « Allez vous chier ! » Bien sûr que, dans ces conditions, il serait mal vu de demander la piécette quotidienne pour l'achat d'un pain au chocolat, emblème du luxe suprême, voire de la frivolité. Chez Marie, personne ne manque de rien, sa maman utilise comme elle l'entend le traitement de son mari, mitonne des petits plats à longueur de matinée, et octroie à toutes ses filles un argent de poche régulier.

Lorsque Marie tire de son sac en papier la viennoiserie dorée, j'ai toujours le sentiment qu'elle va m'oublier, que, cette fois, elle la gardera pour elle seule, signifiant sa lassitude à toujours donner sans recevoir de réciproque. J'essaie de regarder ailleurs, je m'apprête à la cuisante minute où je comprendrai qu'elle fait marche arrière, qu'elle érige la limite de sa générosité. Un des dictons préférés de ma mère est « Bon et Bête commencent par la même lettre », et mon père, depuis toujours, nous a dissuadés de manger quoi que ce soit devant autrui par peur de susciter la convoitise et de devoir partager... Mon éducation, quand Marie me tend ce que je ne devrais pas considérer comme ma part, reprend le dessus, m'embarrasse, je tente de protester, mais, vrai, j'ai trop faim, trop envie de cette gourmandise fondante dont, par ma faute, elle n'aura que la moitié. C'est à partir de ce moment-là, de cet instant rituel où, d'un matin à l'autre, je l'ai vue rompre son goûter pour moi, sans jamais un commentaire désobligeant, sans jamais omettre de l'accompagner de son bon sourire, que j'ai su.

J'ai su que toujours, quoi qu'il arrive, je garderais profondément ancrée dans ma mémoire de petite fille rabrouée, dans mon cœur éperdu, une reconnaissance indéfectible, éternelle. Ce don quotidien du pain au chocolat a été pour moi un puissant révélateur. Celui de la grandeur d'âme humaine, et de la gratitude qu'elle pouvait susciter. Jusqu'alors, je sécrétais surtout des rancunes. Voilà que vient de m'éblouir ce que je considère comme le contraire du ressentiment, son positif absolu. Et voilà que je m'en sens toute métamorphosée, tout ondoyée de tendresse nouvelle, toute pénétrée d'un étrange bonheur, la joie fière d'avoir inspiré la sympathie, la générosité, et cette conviction intime : l'heure viendra de prouver que je n'oublie pas, et qu'à mon tour je peux donner. Voilà que je comprends soudain la Rédemption et Jean Valjean, voilà qu'une phrase de *Regain* me met les larmes aux yeux : « Les pains qu'on nous prête, on ne les rend jamais assez gros ! »

Le premier sentiment profond que j'ai voué à Marie a été cette reconnaissance de gosse affamée, nourrie soudain des soins maternels, le sucre et la douceur, qui lui avaient été longtemps refusés.

Après seulement, je suis tombée amoureuse.

Je ne sais plus si j'ai rêvé d'elle. Si dans mes songes je l'ai caressée, embrassée comme j'avais pu caresser et embrasser Paule, ou Marie-Brigitte, ou Annie. Je me souviens seulement que, de jour en jour, sa beauté m'est apparue. Beauté de sa bouche joliment ourlée, charnue, entrouverte sur le détail charmant d'une canine à peine irrégulière, beauté de ses cheveux blonds, très fins, qu'une vilaine barrette réunit en queue de cheval, mais qu'elle lâche parfois, lorsqu'ils sont fraîchement lavés, et alors j'envie le halo vaporeux, angélique dont ils entourent sa figure de madone. Beauté de son corps mince et souple, bien proportionné, de sa peau claire, de son regard bleu derrière les affreuses lunettes.

Elle parle avec un drôle d'accent qui m'étonne, elle dit *ròse* en prononçant le *o* très ouvert, et je répète, par jeu, « ròse ? », elle se reprend tout de suite, sans agacement, je ne l'énerve jamais, je l'amuse, je l'attendris, je la surprends, je suis importante pour elle, je crois ; je crois qu'elle m'aime bien, savoir si elle m'aimerait tout court, savoir si elle accepterait que je lui déclare ma flamme, mon désir, ma folie ?... J'ai l'impression que, de ma part, rien ne peut la choquer. Je me divertis à lui raconter mes flirts, mes histoires de garçons. Elle s'intéresse avec de petites exclamations à peine indignées, de petits rires indulgents, je fais exprès de me montrer triviale, je cultive une obscène désinvolture, mon vocabulaire et le catalogue déjà fourni de mes aventures lui paraissent extraordinaires. Si elle savait comme elle-même me semble d'un autre monde, d'une autre galaxie !...

Elle a pris l'habitude de venir me chercher le matin pour aller au lycée, puisque son car arrive très en avance. Ce lundi matin 25 octobre, elle s'arrête au seuil de ma chambre, ouvre son cartable, en sort un paquet cadeau. « Bon anniversaire ! » dit-elle en me le tendant.

C'est la première fois que quelqu'un m'offre quelque chose pour mon anniversaire. La première fois qu'on pense à me le souhaiter spontanément. Comment a-t-elle fait pour retenir la date, évoquée en passant au fil de nos conversations ? N'y a-t-il pas là une vraie marque d'intérêt pour moi, d'amitié ? Le présent me confond : un long collier de perles noires, qui tintent quand on les choque, et crissent quand on les froisse. Cette musique me plaît, le contact de ces perles biseautées, lisses et tranchantes à la fois, leur éclat de mica, la paradoxale lumière du verre noir, tout dans le choix de ce présent me paraît délibérément sensuel, séduisant. Je ne sais comment exprimer mon émotion, une surprise heureuse m'inspire d'imbéciles couinements, des protestations, des questions idiotes : « C'est pour moi ? » « Tu n'aurais pas dû... » Marie est toute rose sur le pas de ma porte, contente de son effet, de mon plaisir, elle sourit comme je n'ai jamais pu sourire, avec la grâce simple que confère la spontanéité. Je pressens qu'elle va m'apprendre beaucoup, ma douce, ma merveilleuse, et qu'elle seule saura dénouer, patiemment, les nœuds dont mes geôliers pudibonds ont étouffé mon cœur.

C'est encore au seuil de ma chambre que se passera un autre événement crucial. Marie s'est campée là, une fin d'après-midi où elle était venue faire ses devoirs avec moi. Avant de repartir vers son car, elle penche la tête, contemple le miroir d'une coiffeuse désuète qui encombre la pièce. Le soleil crépusculaire d'octobre y joue à se décomposer en prismes irisés. « C'est joli, ce rayon », murmure-t-elle. Elle aussi, elle est jolie, avec sa joue inclinée, ses cheveux en cascade blonde sur son épaule, et cette place fraîche, tentante de son cou offert. Il y a, dans son abandon, une attente, une permission, j'en suis sûre soudain. Alors, n'écoutant que mon désir, je me rue sur elle comme une petite brute, enfouis ma bouche sous son oreille, narines élargies pour boire son parfum, lèvres recueillies, inexpertes pourtant à donner ce baiser qui ressemble à une morsure et n'ose s'éterniser.

Après je recule, promptement, brûlée par ma propre audace, effarée, je balbutie une vague excuse, je perds si fort la tête que je ne vois pas Marie disparaître, et m'imagine qu'elle est très fâchée.

Un week-end entier me sépare du moment de nos retrouvailles. Je me torture l'esprit pour imaginer comment l'aborder à nouveau, comment lever les yeux sur elle, comment lui dire que je regrette et que je ne regrette pas. Peut-être m'en veut-elle ? Peut-être préfère-t-elle qu'on n'en parle pas, pas du tout, comme si mon baiser d'amour n'avait jamais existé, comme si ma bouche s'était trompée de place, comme si, trébuchant au moment de l'au revoir, je l'avais embrassée dans le cou par maladresse... Mes pauvres aveux alors, à peine ébauchés, me resteront dans la gorge et je ne serai plus jamais capable d'en tenter d'autres...

J'ai l'idée d'une lettre, comme toujours. Un petit message où je lui réitère mes excuses de vendredi, bien clairement cette fois. Qu'au moins elle soit persuadée que, pour gauche qu'il fût, mon geste était délibéré. Qu'elle comprenne, à ma contrition, à quoi son pardon pourrait l'engager...

Quand je lui donne le mot, le lundi matin, elle le lit tout de suite, sans s'apercevoir que je meurs de confusion, relève sur moi son regard que l'étonnement éclaire, et demande : « Mais pourquoi tu t'excuses ? Ça m'a fait plaisir ! »

Notre histoire vient de commencer.

Entrer chez elle, c'est entrer au paradis. Il y a une maman qui ne crie jamais, qui peut écouter jusqu'au bout une requête sans hausser les épaules, un récit sans soupirer d'impatience. Il y a un papa qui aime sa femme, et des petites sœurs très vivantes, très curieuses, très drôles. Elles chantent des comptines, se chamaillent, grouillent dans la maison, personne ne leur demande de faire moins de bruit, si on les gronde parfois, on les console, on sourit à leur fraîcheur, à leur chagrin puéril, à leurs remarques naïves. J'aime ce menu peuple qui s'agite au chaud de la tendresse parentale. J'aime l'appartement de fonction, au-dessus de l'école du village où son père est directeur. Vieux, tarabiscoté, trop petit pour la smala (car une grand-mère vit aussi avec eux), mais plein d'odeurs nouvelles, de café fort, d'épices inconnues. Un éden exotique au langage chantant, où je suis reçue avec une chaleur qui me fait mal quand je reviens chez moi. La famille de Marie, sa maison, ce sont des soleils dans la morne hibernation qui fige mon décor, mon climat quotidien. Chez nous, désert de glace des habitudes égoïstes, de la méfiance. Blizzard souvent des querelles, des reproches. Là-bas, je pense « là-bas » comme si des continents nous séparaient, là-bas où habite Marie, c'est si chamarré, si rassurant, si prodigieusement différent !

Je ne peux m'empêcher de commenter, à table, mes découvertes, mes éblouissements. Je parle de Marie, de ses parents, de ses sœurs, avec une gaieté, une animation, un enthousiasme qui agacent vite. Ma mère secoue la tête, ébauche son sourire méprisant, prend son mari à témoin : « Cinq enfants, tu te rends compte ! Ce doit être un chaud lapin, le père ! » Comme je n'ai eu droit à aucune éducation sexuelle officielle, je ne suis pas censée comprendre la remarque. Mon père à moi, qui totalise trois enfants pour deux mariages – et encore le dernier de ses enfants a-t-il été, d'après mes souvenirs, une sombre surprise –, se compose une mine renfrognée de lapin tiède pour prédire, avec son optimisme coutumier, que tout nouveau, tout beau, cet engouement pour ma copine ne durera pas, j'en aurai vite fait le tour, il faut se méfier des gens trop hospitaliers. Ils sont souvent versatiles, ou en tout cas pas forcément sincères, et je ne sais sans doute pas ce qu'ils se disent dans mon dos, bref, je verrai bien, l'amitié, la vraie, ça n'existe pas, ça ne résiste pas à toutes les petites mesquineries du quotidien, etc., etc. Enfin tous les deux tombent d'accord pour fustiger mon imbécile capacité à chanter le bonheur des autres, au lieu de me contenter du mien.

Les choses se corsent quand je suis invitée à passer un début de week-end chez Marie. Presque deux jours avec une nuit au milieu. L'événement fait grand bruit à la maison, et plonge mes parents dans un embarras horripilé. Le gourou dénonce une fois de plus les dangers et les pièges qu'il y a à être « cul et chemise » avec quelqu'un. Ma mère frissonne déjà de la réciproque qu'il ne faudra pas manquer de rendre. Ma camaraderie fervente commence à leur compliquer diablement la vie, et ils sont d'abord tentés de refuser catégoriquement. La détresse me souffle des questions plaintives : « Mais pourquoi ? Qu'est-ce que je vais dire ? Qu'est-ce qu'ils vont penser ? » Les réponses fusent, nettes : on ne les connaît pas, voilà tout. Si ça se trouve, cette invitation ne vient même pas des parents de Marie, mais de leur fille. J'aurai bonne mine alors de me pointer là-bas, de m'imposer, pour tout dire. Sans compter qu'on n'est pas obligés de me croire, ni de croire Marie. Un projet aussi sérieux, aussi grave, ça s'élabore entre adultes, pas par l'intermédiaire de deux gamines.

J'ai rapporté à Marie les réticences de mes parents. Qu'à cela ne tienne ! Un soir, après l'école, son père sonne à notre porte, se présente à ma mère, et confirme qu'il serait très content, avec sa femme, de me recevoir chez eux un week-end. Son interlocutrice s'applique à la civilité, offre timidement un apéritif qu'il accepte, sourit vaguement, bafouille quelques ergotements : « Vraiment, vous croyez ?... » Bien sûr qu'il croit, il n'y a rien de plus simple à réaliser, je prendrai le car vendredi soir avec Marie, et il me ramènera samedi après-midi en voiture. Ça ne le dérange pas du tout. C'est dit comme ça. Au revoir et merci.

Une heure après, ma mère fait le compte rendu de sa visite à mon père, en riant beaucoup. Elle a surtout retenu qu'il avait un accent pied-noir absolument tordant. Elle reproduit la conversation en le caricaturant. Mon père ne se tord guère. Il dit seulement, en me jetant sous ses sourcils ombrageux un regard noir : « Ouais ! »

Je me souviendrai toujours que, dans la chambre que Marie partageait avec sa cadette, il y avait un petit radiateur électrique, parce que la pièce était froide et humide. Je me souviendrai toujours de l'odeur de poussière brûlée que dégageait ce radiateur et de la lumière orange de ces rampes portées à incandescence. Après l'arrivée en car, l'accueil de la maman, le goûter, après la petite promenade dans le soir de novembre autour de l'école et de la place du village, nous sommes venues nous asseoir devant la chaufferette, comme devant une cheminée. Marie était en tailleur par terre à côté de moi, et sa présence, son contact irradiaient plus fort que l'appareil ronronnant que nous contemplions avec application. De temps à autre, je tournais furtivement mon regard vers le profil de mon amie, découpé en ombre chinoise sur la semi-obscurité de la chambre que nous n'avions pas éclairée. La lueur vive, mais très localisée, de notre feu artificiel nous isolait du reste du monde, noyait, par contraste, tout ce qui n'était pas nous dans un crépuscule qui confondait les murs et les meubles, effaçait la réalité. L'instant était magique. Nous ne parlions pas, bercées par la chanson monotone du soufflant, attentives à notre seul bien-être, à notre complicité, à cette paix, cette trêve qui nous unissait, nous comblait, avant la grande tourmente de notre histoire. Lorsque la cadette est entrée, et s'est étonnée : « Qu'est-ce que vous faites dans le noir ? », elle ne nous a pas dérangées. Seulement amusées. Seulement confortées dans notre connivence, dans notre merveilleuse harmonie. Nous lui avons fait une place, elle s'est assise à son tour, et nous nous sommes mises à parler, à raconter mille petits riens de nos vies. C'était surtout Etiennette qui parlait. Nous écoutions, répondions à petites phrases endormies. J'aimais qu'elle soit là. J'aimais qu'elle ne se doute pas de mon trouble, de mon grand désir de saisir la main de Marie, j'aimais que sa présence différât l'instant où l'irrémédiable s'accomplirait, où je me marierais pour toujours avec celle que mon cœur, mon âme avaient choisie et attendaient de toutes leurs forces.

Etiennette avait un an de moins que Marie. C'était une fille très drôle, extravertie et chaleureuse ; sa volubilité, ses confidences rigolotes me donnaient l'impression de me contempler dans un miroir. Elle ne ressemblait pas, pas du tout à sa sœur. C'est à moi qu'elle ressemblait. Elle avait des flirts, à foison, elle se débrouillait pour les rencontrer, les trompait, les reprenait, élaborait tout un roulement, une sorte de carnet de bal où chacun à son tour était invité. Marie, très loin de ces préoccupations amoureuses, haussait des épaules fatalistes : « Elle est folle... Un jour, il va lui arriver quelque chose ! » Ces avertissements raisonnables d'aînée me ravissaient, me confortaient dans l'idée qu'avec moi Marie se laisserait aller, préservée des risques de la dispersion, des dangers des fréquentations masculines. Moi, j'avais des prétentions sérieuses, je comptais lui offrir, avec mon amour, mon appui définitif, le havre sûr et éternel de sentiments immuables. Dans le secret de mes vœux, elle était ma fiancée, la dame de mes pensées et, promis timide encore, mais fervent, mais impatient, je guettais l'étape prochaine de la longue route que, d'un baiser maladroitement fougueux mais reçu sans scandale, nous venions d'entamer.

Etiennette a parlé encore longtemps. A raconté comment elle se maquillait clandestinement le matin dans le car qui l'emmenait au lycée. Marie riait doucement. « Tu verrais le résultat, quand le car fait une embardée ! » Elle se démaquillait de même dans le car du retour, sauf qu'une fois elle avait oublié et alors les parents... Ils étaient sévères sur ces questions-là. Ils soupçonnaient chez leur cadette la périlleuse ambition de grandir trop vite. Cette sévérité ne m'effrayait pas, au contraire. D'abord, jamais ils ne se douteraient du lien qui nous unirait, Marie et moi. Et quand bien même, je les sentais assez braves gens, assez généreux pour ne s'en pas offusquer. Etiennette évoquait à présent l'après-midi d'escapade qu'elle avait passé à se rouler dans l'herbe avec un garçon du village. « Elle est folle ! », répétait Marie. Le récit nous arracha un éclat de rire quand Etiennette nous rapporta un commentaire de son galant : « Y a Popaul qui se lève ! » J'avais maintenant réuni assez de connaissances pour comprendre l'image, à la fois comique et révélatrice. Il m'apparaissait que les garçons étaient plus encombrés que servis par leur virilité, cette partie d'eux-mêmes qui, comme un animal doué d'une vie propre, manifestait ses caprices de la façon la plus incongrue qui soit, la plus rebelle à toute éducation. Ils n'étaient pas grandis par leur fameuse rallonge télescopique et fantasque, mais plutôt diminués, réduits à l'état de pantins grotesques ; leur désir ne se pouvait dissimuler, ni donc organiser, mettre en scène, disposer au mieux dans un écrin tendre de mots et d'attentions. Comme les mensonges de Pinocchio, une ramure embarrassante le dénonçait, lui octroyait de prosaïques et irréfutables dimensions, et le ridiculisait en le concrétisant. Ils n'étaient pas faits pour l'amour courtois, leur lance, qui n'avait rien de chevaleresque, était un vilain coutelas à lacérer les rêves.

Cette nuit-là, Etiennette a dormi sur un matelas par terre, et m'a laissé son lit, au-dessus de celui de Marie. Mon sommeil fébrile ne pouvait oublier que, tout près, juste au-dessous de moi, Marie, en chemise de nuit, reposait entre ses draps, lisse et rose comme une dragée, et follement inaccessible à ma gourmandise. J'entendais son souffle, ses mouvements de dormeuse calme, j'écarquillais mes yeux dans le noir pour essayer de discerner les ombres de cette chambre, me pénétrer de son décor, de son atmosphère, puis je replongeais dans une semi-inconscience faite de rêves fumeux et d'espoirs indéfinis. J'avais chaud et froid, faim et soif, envie de rire et de pleurer, et je ne savais plus respirer normalement tant mon cœur, dans ma poitrine, s'adonnait à des folies, tantôt tout petit et serré, tantôt gonflé à éclater. A l'aube, j'ai su que ma veillée d'armes touchait à sa fin, que la première lueur du jour m'avait enfin adoubée, et gratifiée d'une foi, d'une vaillance neuves. Marie était éveillée aussi. J'ai laissé tomber ma main, qui a trouvé la sienne. Je lui ai murmuré : « Viens dans mon lit. » Elle a demandé : « Pourquoi ? », puis, sans attendre de réponse, m'a rejointe. Et j'ai rencontré l'Extase.

6.

La découverte de sa suavité me fut un éblouissement. Blottie contre moi, dans la couche étroite, recueillie autant que je pouvais l'être moi-même, elle s'est prêtée au miracle qui nous voyait toutes deux si proches, si semblables et différentes, si complémentaires. Mon désir de sa jeune chair tendre s'est contenté de peu, mes doigts aux boutons de sa chemise, mes mains émerveillées au satin de sa gorge. Chaude encore de sommeil, mais attentive, mais balbutiante, elle me fit l'offrande de son émoi, et ses frissons, loin de l'épouvante, loin de la révolte, me disaient, mieux que sa bouche, le ravissement éprouvé à m'appartenir enfin, un peu. Tout conspirait si prodigieusement à notre clandestinité, le silence de la maison endormie, le souffle régulier de sa sœur, la pénombre entretenue par les volets, que je croyais rêver, encore une fois. Mes mains libres de leurs élans, mon cœur soudain rassasié, mes bras autour d'elle, gerbe tiède et parfumée, offerte à mes narines, à mes lèvres, à tout mon corps collé au sien... Je baignais dans le plus délectable des songes, le plus permissif, je ne tarderais pas à me réveiller, il fallait que j'en profite, que je la respire à pleins poumons, mon cher parfum, que je la hume jusqu'au vertige, que je parcoure le double, merveilleux vallonnement de ses seins, la courbe de ses épaules, que j'enfouisse, comme au soir de mon premier baiser, mon visage dans son cou, sous son oreille, que je m'y abreuve longtemps de douceur, de tendresse, que je boive sa vie, son âme, à cette petite place où battait son pouls, que je pose, comme pour l'éternité, ma joue sur sa joue de pêche, sa joue pure de sainte vierge... Cette joue-là, plus que son adorable poitrine, plus que ses jolies épaules, me récompensait de l'étrangeté d'aimer mon égale, du tourment longtemps secret de mes chimères. Joue de jeune fille, de jeune femme, lisse et délicatement modelée, que le sourire arrondit, que les larmes transfigurent, pays d'accueil aux baisers, aux caresses, fruit qui s'abandonne au nid d'une paume creusée... Je n'ai jamais connu d'homme détenteur d'un tel trésor.

La simple accolade de ma joue à celle de Marie faisait de nous deux siamoises, charmées de leur symétrie, du même velours de leurs visages soudés. Nos cils se mêlaient, battaient ensemble une petite danse d'insectes, nos souffles, au coin de nos bouches jumelles, se conjuguaient. Le rêve était parfait au point que peu à peu j'ai senti, à l'encolure de mon pyjama, la timide mais indubitable amorce d'une réciproque, et pour la première fois de ma vie, je me suis livrée avec ferveur, avec ivresse, à la lente investigation d'une main amoureuse.

Peu à peu, les fentes des volets se sont éclairées d'une lueur blanche, et j'ai pu discerner, dans cette aube magique, les contours bien réels de mon bonheur tout neuf. Je n'avais pas rêvé, un matin radieux se levait sur ma métamorphose, une nouvelle vie commençait, j'aimais, je l'avais prouvé, j'avais, sans mot, avoué l'incroyable, et l'incroyable m'était accordé en retour, l'incroyable, le fantastique, puisqu'on m'aimait aussi, mon Dieu, quelle chance, merci, quelle chance inouïe et que la succession des jours allait être délicieuse à présent, nous ne nous quitterions plus, ensemble à la même table d'école, ensemble dans la cour, dans la rue, je lui prendrais la main, la taille, je lui raconterais les mille babioles de mon existence étriquée jusqu'à la grande révélation de notre amour, je la ferais rire, je lui donnerais mes trésors, tous mes trésors, un jour je lui révélerais le secret de ma joie, elle seule saurait l'entendre, le partager, y goûter peut-être ; ensemble partout, chez elle et chez moi, insoupçonnées, jamais inquiétées, jamais dérangées, nous ferions nos devoirs, nos études, tout le chemin de la vie ensemble, jamais, jamais nous ne nous quitterions, à chaque âge, une étape nouvelle de notre histoire, nous aurions un métier, une maison, des enfants peut-être...

La jubilation nous privait de prudence. Etiennette en se réveillant a levé un regard étonné sur notre étreinte, dans le lit étroit qu'elle m'avait prêté. Nous avons déguisé la chose en facétie, et cette première cachotterie, qui scellait notre complicité et l'incognito qui serait notre lot désormais, m'a grisée. Malgré la toilette, il m'a semblé garder sur moi, sur ma peau, sur mes mains, l'arôme entêtant du corps de Marie, son parfum de sueur et de savonnette, et ce parfum, à la fin imaginaire, ancré dans mes narines et ma mémoire, m'a chamboulée au point que je ne puisse avaler quoi que ce fût de la journée sans vomir. Mon corps ne voulait rien ingérer, qui ne fût son odeur, se révoltait au déjeuner du matin, au repas du midi, comme le corps d'une femme enceinte comblé d'un récent et précieux fardeau, d'un hôte égocentrique et susceptible...

La mère de Marie, désolée, évoquait le changement de cuisine, se reprochait d'avoir fait du café trop fort, et Marie, définitivement tendre et maternelle avec moi, m'accompagnait aux toilettes, soutenait mes nausées, me procurait des soins si doux qu'il me devenait presque agréable d'être malade. Je venais de trouver en elle la consolation de ma longue enfance rabrouée, des cris aigres de ma mère le jour où, m'étant ouvert le genou, j'avais saigné sur sa robe, le jour où j'avais vomi dans mon lit, celui où j'avais gâché sa matinée de courses par une rage de dents, celui... le catalogue n'en aurait plus fini. D'ailleurs, il n'avait plus d'importance. Marie, à elle seule, était ma Rédemption. L'amour et le plaisir défendus par le Gourou me devenaient impunément accessibles, la tendresse refusée par sa mégère me protégeait désormais. Marie m'aimait. Elle m'aimerait toujours. Je l'aimerais toujours. C'était cette intuition terrible, grandiose, qui me faisait vomir. Il y a des joies qu'on ne peut recevoir sans pleurer ni défaillir, qui nous bouleversent, nous coupent la respiration et l'appétit. Il y a aussi des bonheurs si intenses que l'angoisse de les voir disparaître les transforme en tortures...

J'imaginais mon prochain séjour chez elle avec une impatiente précision. Dès que nous serions couchées, je laisserais mon bras tomber vers son lit, ma main la chercherait, la trouverait, l'appellerait. Dans le noir, elle monterait alors me rejoindre, et nous aurions la nuit entière pour nous caresser et nous aimer dans l'étroite couchette, embarquées comme dans un train pour un long voyage murmurant.

Le samedi tant attendu arriva enfin, et, le soir, un conciliabule mystérieux anime Marie et sa mère, les isole, chuchotantes, dans un coin de l'appartement. Puis elles m'entourent avec des airs de conspiratrices. « On a pensé à quelque chose, me dit sa mère. Enfin, si tu es d'accord... Ça nous évitera de mettre un matelas par terre pour Etiennette... » Un pressentiment affreux me serre le cœur. Marie ne me veut plus dans sa chambre, cherche à éviter une nouvelle scène trop tendre et, sans me le dire, vient de persuader sa mère de me loger ailleurs... Je baisse la tête, résignée à mon sort d'amoureuse éconduite. « Alors, poursuit-elle, tu pourrais coucher là... » Elle me désigne le canapé de la salle à manger, exécute un geste éloquent pour signifier qu'il s'ouvre et peut se convertir en couchage. Je fais « oui » très vite, de la tête, gênée parce que je me demande ce que Marie a pu lui confier pour qu'elle se décide à cette proposition. Elle ajoute : « ... Avec Marie, bien sûr. » La surprise m'électrocute, allume un éclair incrédule dans mes yeux arrondis, me fait bafouiller : « Ah ? Ah oui ! Oui, oui, bien sûr !... »

La mère de Marie se méprend à mes bredouillages, s'excuse tout de suite : « Ça te gêne ? Si, si, j'ai l'impression que ça te gêne ! Tu n'es pas obligée, tu sais, je n'insiste pas, c'était une idée comme ça... Je comprends que ça puisse te gêner... » Qu'on m'apporte une Bible sur-le-champ, je veux jurer que ça ne me gêne pas, je veux crier ma joie, claironner mon bonheur !... Marie ! Marie, j'ai douté de toi. Je croyais que tu ne me voulais plus, et voilà qu'au contraire tu t'es débrouillée pour partager très officiellement ma couche ! Marie merveilleuse, comme tout est simple et facile avec toi ! Comme tes parents sont gentils, reposants dans leur confiance, dans leur conciliante écoute !

Je me suis déshabillée et couchée avant elle. Elle est restée longtemps, très longtemps dans la salle de bains. Elle faisait sa toilette d'épousée. Quand elle est apparue enfin, elle avait soigneusement brossé sa chevelure blonde dont les vagues soyeuses couvraient ses épaules. Avec sa longue chemise de nuit blanche, elle ressemblait à un ange. L'image me frappa si fort que, pendant des années, je devais rêver à elle sous cette forme séraphique, empreinte de surnaturelle douceur.

Nous avons fait semblant de lire un peu. Je me souviens encore qu'il s'agissait d'un synopsis photographique du film *Paris brûle-t-il ?*. Je n'accordais aux clichés et à leur légende que des regards distraits, incapable de fixer mon attention, réceptive seulement à la chaleur qui émanait du corps de Marie, collée à mon flanc droit, très familière, d'une familiarité ingénue qui confinait pourtant à la lascivité. Puis elle a éteint la lumière, et je l'ai prise dans mes bras, j'ai verrouillé autour de sa taille souple mon étreinte avide d'amour, je l'ai serrée à l'étouffer, à mourir avec elle de tendresse éperdue, de gratitude, de désir fiévreux, j'étais un aveugle en son pays de lumière, cherchant le jour et redoutant son éclatante blessure, j'étais un affamé au portail des jardins de la Terre, à ne plus savoir où donner de la main, de la bouche, à croire ne jamais pouvoir me rassasier, timide cependant devant le festin de ses dons, d'exigence humble, et tremblante de trop m'avancer.

Mes doigts sous sa chemise l'ont alarmée dans l'ombre. Son sursaut m'a semblé une révolte, et trop vite repentante, je me suis rétractée, excusée : je ne lui prendrais rien qu'elle ne me donnât vraiment, je la laisserais intacte, ma sainte vierge, je ne déshonorerais pas, d'une intempestive quête, les tendres scellés de sa chasteté, je demeurerais au seuil où l'on me voudrait tolérer, et rien, jamais, de moi, ne lui serait une offense, un vol, un viol, je ne m'arrogerais aucun droit qu'elle n'aurait autorisé d'abord et transformé d'avance en juste récompense de mon respect, de ma piété.

J'ai su longtemps après, quand elle a osé me le dire, que la révérence est un cadeau pesant, et que, si elle avait frissonné ce soir-là, ce n'avait pas été d'épouvante, mais d'un espoir trop violent, dont la révélation brutale rendait plus violente encore la déception ; ma propre retraite, ma contrition, ma promesse de me cantonner à de seules explicites permissions l'avaient désappointée, découragée d'offrir à son tour la caresse qui nous aurait délivrées l'une et l'autre des scrupules que nous croyions mutuellement nous devoir. Seuls les êtres sensibles prêtent à leur prochain une sensibilité égale, et le malentendu peut s'éterniser s'il n'est pas levé vite. J'avais peur de déflorer ses rêves avec sa chair, à cette peur elle croyait mesurer la réserve qu'elle me devait à son tour. Le moment n'était pas venu encore de prendre ce qui n'était pas manifestement offert, et l'enfance ainsi prolongée nous sauvegarda encore quelque temps des véritables tourments d'un amour interdit.

7.

Au lycée, il y a des hauts et des bas. Marie est demi-pensionnaire, moi externe. Quand je la quitte en fin de matinée, je presse sa main, je dépose sur sa joue un baiser tendre. Quand je la retrouve en début d'après-midi, elle a tissé, pendant ces moments passés sans moi, des liens avec d'autres filles, elle rit, elle bavarde, souvent assise par terre au sein d'un groupe bruyant. Je souffre de ces amitiés de cantine qu'elle a nouées en dehors de moi, je souffre de devoir m'immiscer parmi les autres, humble et étrangère à leurs plaisanteries, aux histoires qu'elles ont commencé à se raconter. Je cherche à attirer l'attention de Marie, elle me sourit, mais ne se relève pas, elle continue à bavarder comme si de rien n'était, comme si elle ne sentait pas mon immense besoin de son intérêt exclusif, de son intimité. J'en ai parfois les larmes aux yeux, et parfois très mal au ventre. La peur affreuse de l'abandon me noue les entrailles, je m'éloigne courbée en deux par un spasme, personne ne me retient, personne ne s'inquiète. Marie, au secours ! Pourquoi tu ne me vois plus quand tu parles avec les autres, pourquoi tu m'oublies, toute seule et triste, si triste dans le sale jour blafard de ce préau grondant et inhospitalier ? Je déteste tout de ces minutes cruelles, les cartables jetés en tas au sol, l'odeur des frites qui s'accroche aux blouses bleues des demi-pensionnaires, les rires, les anecdotes à propos d'un monde dont je suis exclue ; je déteste que vous évoquiez les incidents drôles qui se sont produits à table, et comment la directrice est passée toute raide entre deux jets de boulettes de pain, je déteste que tu t'amuses sans moi, que tu manges sans moi, que tu vives sans moi, je veux être le repère indispensable de ton existence comme tu es celui de la mienne, et si tu persistes à m'ignorer, je vais mourir de chagrin...

La sonnerie me sauve de ces instants maudits, nous montons ensemble au troisième étage de l'internat, où se trouve notre salle de cours, et des boutades fusent, parce que je te tiens la main, ou bien des remarques acides. Certaines élèves, plus âgées, plus mûres que les autres, font des allusions transparentes, persiflent notre amitié, et bizarrement ça me plaît, ça me rassure, je préfère qu'on soupçonne la vraie nature de nos sentiments, je me sens moins ridicule, moins anonyme que sous le préau surpeuplé.

Marie écrit admirablement. Elle a tellement lu, déjà, que son style est nourri de formules littéraires et de vocabulaire opulent. Une de ses rédactions lui vaut l'hommage vibrant du professeur, et l'honneur d'une lecture à voix haute qui bouleverse la classe. Tous les yeux se tournent vers elle, admiratifs, soupçonneux : « Tu as trouvé ça toute seule ? » Imbéciles ! Je sais, moi, qu'elle en est capable, je la connais mieux que vous. Je suis fière de son talent, et fière qu'elle m'aime. En revanche, elle se montre plutôt paresseuse pour apprendre les leçons. Je l'engueule quand elle me confie qu'elle a préféré dévorer un roman plutôt que réviser le contrôle de géographie. Pendant l'exercice, cependant, je déplace ma feuille discrètement vers elle pour qu'elle puisse recopier les réponses qui visiblement lui font défaut. Mais elle secoue négativement la tête, et repousse ma copie. Son honnêteté me navre et m'enchante à la fois.

J'écris moins bien qu'elle, mais je brille autrement. Rien que pour l'éblouir, je passe des heures à mon travail, me couche avec mes livres, me réveille à six heures du matin pour jeter un dernier coup d'œil aux chapitres d'histoire, aux séquences d'italien. Mon père, qui aperçoit la lumière sous ma porte, entre et dit doucement : « Déjà dans tes bouquins ? » Il y a une tendresse admirative dans sa voix, un plaisir gratifiant. Comme ce serait merveilleux s'il pouvait toujours me voir avec ces yeux-là, pleins de bonté, d'approbation ! C'est pour cela aussi que je bosse dur, pour qu'il ne puisse jamais prétendre que Marie (« vous êtes cul et chemise, avec ta Marie. Ça devient pénible ! ») m'a détournée du droit chemin des études. Au moins ça qu'il ne pourra pas lui reprocher. Ça et le fait que je ne cours plus les garçons. Pas vrai, papa ? Pas vrai que je rentre vite le soir du lycée, avec Marie ? Et qu'on s'enferme longtemps dans ma chambre, jusqu'à l'heure de son car, et qu'on travaille ensemble ? Vous ne savez pas trop ce que vous voulez, avec maman. Parce que cette amitié-là, studieuse, apparemment très normale, vous fait aussi faire la gueule...

Vous n'appréciez pas d'ouvrir votre porte à Marie, ni que j'aille de plus en plus souvent chez elle, ni que ses parents vous aient déjà invités à goûter, ni qu'ils parlent de m'emmener quelques jours en vacances avec eux... Vous n'appréciez pas que je sois heureuse autrement que comme vous l'auriez voulu, raide et solitaire entre vous, guindée de principes, de formules de politesse, préservée par une niaiserie de bon aloi, et toujours de bonne volonté pour essuyer la vaisselle ou la poussière. Toi, papa, tu manipules les impératifs : « Aide ta mère. Tiens-toi droite. Ne dis pas de gros mots. Laisse un peu tomber Marie. Ne regarde pas à la télé des films qui ne sont pas de ton âge. » Toi, maman, tu assènes les jugements : « Tu es idiote, tu ris toujours » – c'est vrai que je ris beaucoup en ce moment. De tout et de rien. Avant, tu me reprochais de faire la « baube » – « Tu as du ventre. Tu es indifférente avec ta mère. »

Ça, c'est la grande dernière trouvaille : je suis indifférente, avec ma mère surtout. Cette vérité l'a frappée un jour où elle était au lit avec la grippe. Elle s'est offusquée de mon manque de compassion. Mon père a surenchéri : « C'est vrai. Nous quand on était gosses, si nos parents étaient malades, on en pleurait ! » Je me suis retenue d'éclater de rire. Je suis indifférente aussi à son travail dans la maison. Elle dit toujours : « Je suis la cinquième roue de la charrette ! » Je l'envoie de plus en plus promener quand elle me demande un service. Je diffère, argue à juste titre que j'ai des devoirs. Je m'exécute rarement. Je me souviens de ce jour où, petite (j'avais à peu près huit ans), j'avais rouspété pour essuyer la vaisselle, et malencontreusement cassé un verre à moutarde. Ma mère, folle de rage, m'avait accusée de l'avoir fait exprès, et m'avait craché sur le visage.

J'avais pleuré très longtemps. En ce temps-là, je n'étais pas encore indifférente.

Mes préoccupations scolaires consolent mon père de tout le reste qu'il déplore chez moi. Elles horripilent ma mère. Elle ne peut supporter que je m'absorbe des heures dans une version latine, et enfonce dix fois de suite la porte de ma chambre sous des prétextes futiles toujours énoncés sur le même mode criaillant et belliqueux. A bout de patience, l'autre jour, j'ai jeté mon Gaffiot par terre. Puis j'ai imaginé en tremblant que je le lui avais jeté en pleine gueule, et que sa face de harpie avait éclaté sous l'impact. Ça m'a calmée et je suis redevenue indifférente.

Parfois, souvent, la concentration à ma table de travail m'amène à une nervosité qui n'a rien d'intellectuel. Mon corps se gonfle d'appels, d'attente, l'impatience de mon ventre détourne mon esprit des charmes énigmatiques de l'ablatif absolu. Malgré moi, je commence à danser sur mon fauteuil au siège de cuir rebondi. La fièvre enfin, que j'essaie d'ignorer pendant de longues minutes, me prend tout à fait, m'envahit, me vainc. Un espoir torride et fou, qui dépasse ma volonté, me force à ouvrir les genoux. Le plaisir m'inonde vite, violemment, malmenant mon cœur, me ternit l'âme du regret d'avoir encore succombé. Car même si le livre de Marc m'a rassurée sur la banalité de mon plaisir, les imprécations de mon père l'ont à jamais entaché d'anxiété et de remords. Je n'ai jamais raconté cela à Marie. Jamais confié le désarroi de mon addiction, le besoin pluriquotidien que j'ai de cette bienheureuse et affligeante secousse. Les images qui se bousculent dans ma tête au moment de mes capitulations ne la concernent pas. Je ne pense qu'à des spectacles obscènes de sexes de femme béants, à des cérémonies bizarres qui mêlent les douleurs exhibitionnistes de l'accouchement et le voyeurisme religieux de médecins-sorciers jamais nus, jamais actifs. Dans mon cinéma, l'homme n'est qu'une paire d'yeux, il ne parle pas, ne participe pas aux rites incantatoires qui guident les mains des femmes vers ma fracture.

La plus élémentaire prudence m'a soufflé des précautions simples mais efficaces, car je redoute plus que tout le flagrant délit de mes envols coupables. Hors de question de fermer ma chambre à clef, le Gourou me l'a interdit une fois pour toutes, et ma mère, que la hargne guide à mon huis jusqu'à quatre ou cinq fois de suite, serait capable de crever la porte à coups de pied. Je travaille à un secrétaire que mon père m'a offert pour mon entrée en sixième. Un grand meuble à triple usage : à gauche des étagères où je range mes livres, au centre l'abattant qui me sert de table, à droite la penderie des vêtements. Il me suffit, lorsque l'urgence de mes émois ne se peut plus différer, d'ouvrir la porte qui est à ma gauche, comme si j'opérais dans l'armoire une recherche de documents. Cette porte ouverte comme un paravent me garantit des visites intempestives, coups de tabac de ma mère, arrivée silencieuse et sournoise de mon père ; de l'entrée de ma chambre, ils ne peuvent me voir. Mais cette organisation me navre dans ce qu'elle a de réfléchi et de pratique. Je ne peux plus prétendre succomber à la surprise de mes fantasmes. Il y a dans ce simple geste d'ouvrir la porte de mon secrétaire tout un pauvre, humble constat de ma faiblesse consentie, et de ma conscience de mal faire. Et le symbole, aussi, me désespère, m'humilie : au placard, le merveilleux trésor chatoyant de mes fulgurants voyages, planqué, comme une pacotille de contrebande, aux étagères bourrées de papiers poussiéreux. Pitoyable évasion, accablée de honte, entravée de frousse, quand des spectacles de grandiose, mirifique indécence éclatent dans ma tête, mes yeux ne voient que l'horizon mâchuré de mes classeurs trop sages...

Bien sûr, il est arrivé plusieurs fois que le paravent improvisé de ma turpitude clandestine me sauve la vie. Ma mère l'a rabattu rapidement pour me tomber dessus, elle ne s'est pas posé de questions. Mon père, lui, a froncé les sourcils : « Pourquoi tu laisses toujours cette porte ouverte ? Je ne veux pas de ça ! Je ne veux pas que tu te caches ! »

Sale devin, devin sale, aux lucidités éloquentes, obsédé plus que moi, arrogant brimeur de rêves, méchant juge qui m'a toute mon enfance, toute mon adolescence, chargée de vilenie, embarrassée de vergogne, je hais tes clairvoyantes intuitions, cette façon que tu as de me dire que nulle part, derrière aucun mur, dans aucune cachette, je ne serai seule et tranquille, loin de ta prunelle sévère. Nulle part, jamais, je ne pourrai oublier que tu as condamné les élans de mon corps dont je n'étais pas responsable, que tu les as érigés en crimes. Un jour, alors que je croirai m'être libérée depuis longtemps de tes doutes insultants et de la flétrissure de tes sentences, je comprendrai : à chaque affront de ta bouche méprisante, un peu de la gourgandine que je deviendrais se construisait. Et plus tard, bien plus tard, cultivant l'obscénité, en récoltant la reconnaissance et la gloire, c'est encore de toi, de ta camisole de puritaine ortie, que je me vengerai.

En attendant, c'est sur la prof de gym que je me venge de toutes les laideurs et faiblesses adultes. Je la trouve nunuche et lâche, et totalement incompétente. Jusqu'à présent, j'ai souffert dans les cours d'éducation physique, je m'y sentais empotée, toute pénétrée des verdicts contradictoires de mon père : « Tu es raide comme un passe-lacet, tu es molle comme une motte de beurre », tout habitée des moqueries de ma mère, très malheureuse de mon manque de taille, de mes vilaines cuisses, de mon inaptitude à grimper à la corde ou à attraper le ballon. Cette année, la blondasse à grosses fesses qui nous sert de monitrice va payer pour toutes les remarques que j'ai essuyées jusque-là, toutes les souffrances endurées. Elle manque d'allant, d'autorité, de repartie, de tout. Elle manque aussi de souplesse, comme moi, de rapidité, d'adresse. Sa silhouette courte et lourde se refuse à montrer l'exemple, tente de pitoyables esquisses qui ne convainquent personne. Je ne lui pardonne pas cette absence de prestance, j'ai l'impression qu'un professeur doit forcément rayonner, s'imposer par ses talents et sa personnalité. Qu'est-ce que cette bonne femme fiche là, en survêtement minable, à la tête d'une trentaine de filles qu'elle voudrait remuer ? Elle n'y a pas plus sa place que moi. Et encore, moi, pour les performances physiques, je suis nulle, mais j'ai la langue bien pendue, et la dent dure... Elle ne réagit pas à mes insolences, et, systématiquement, quand je ne le sèche pas, je boycotte son cours, le ruine à coups de remarques odieuses, d'attitudes imbéciles, de pitreries loufoques. Un jour je me barbouille les joues à la craie rouge et cours après les filles en prétendant les embrasser. Ces chochottes s'enfuient en poussant des cris, elles ont peur de se salir, peur d'abîmer leur belle tenue de sport. Marie sourit de mes frasques. La prof, dépassée, cherche à réunir son troupeau égaillé, et me bafouille un semblant de reproche. Je lui coupe la parole : « Je peux m'en aller, m'dame ? » Elle acquiesce sans hésiter : « Oui, va-t'en ! J'en ai marre de toi ! » J'attrape Marie par la manche. « Je peux l'emmener ? – Oui, oui, ouste ! débarrasse le plancher ! »

Marie et moi, on en rit encore sur le chemin. Ma mère m'accueille d'un « Tu es bien rouge ! », néglige de pousser plus loin son enquête, exaspérée par nos rifougnes ; elle ne s'est même pas aperçue que je rentrais une heure plus tôt qu'à l'ordinaire. De toute façon, malgré mon emploi du temps épinglé dans la cuisine, elle n'a encore rien compris, rien voulu comprendre, au rythme de mes allées et venues...

Ce qui est doux, avec Marie, c'est l'échange de nos petits secrets. Elle m'honore de quelques aveux qui m'émeuvent, me confie son complexe à propos de ses jambes. Tes jambes ? Qu'est-ce qu'elles ont tes jambes ? – Elles sont trop grosses !

Parole, je n'avais rien vu ! Je les regarde attentivement. Elles sont belles et bien dessinées, solides, c'est vrai. Mais il ne me serait jamais venu à l'idée de les trouver grosses. Au contraire, Marie est pour moi le prototype de la jeune fille bien faite, admirablement proportionnée. J'essaie de la rassurer, elle hésite à me croire. « C'est ma mère », dit-elle. Sa mère ? J'ai peine à avaler que sa mère soit aussi vache que la mienne et puisse se livrer avec autant de désinvolte méchanceté à la raillerie. « Non, explique Marie. Elle n'en a jamais parlé la première. Mais quand je lui ai demandé, un jour : “Il ne te semble pas que j'ai de grosses jambes ?”, elle a répondu : “C'est un détail sans importance. C'est l'ensemble qui compte.” »

Marie, Marie, si tu savais ! Moi, je n'ai jamais posé ce genre de questions à ma mère, c'est elle qui les a devancées, et même suscitées. Avant ses pointes d'humour, ses flèches mauvaises, ses critiques cinglantes, je ne savais pas à quel point j'étais laide. Je me souviens d'un jour de Noël où elle était très en colère contre moi, parce que je venais de marcher sur la toupie que mon petit frère avait reçue. Je tâchais de me faire oublier dans un coin, jouant avec une panoplie de petite ménagère. J'avais noué à ma taille le tablier et sur ma tête le fichu. Elle m'a jeté devant tout le monde : « Enlève-moi ce foulard, tu ressembles à un âne ! »

Je sens que Marie est tentée de douter. Bien fait pour moi, qui lui ai révélé que je pouvais être une fieffée menteuse. Au début de notre amitié, je m'étais inventé un grand frère. Je lui racontais des anecdotes drôles dont il était le héros, peu à peu j'ai étoffé la saga avec les personnages imaginaires de ses copains... Un vrai feuilleton. Et puis elle est venue chez moi, elle ne l'a jamais rencontré. Et j'ai dû avouer qu'il n'existait pas. L'aveu ne m'a même pas coûté, j'avais déjà une immense confiance en elle. Loin de l'indignation ou de l'ironie, elle a juste commenté : « Je le savais. » Douce Marie, ma tendresse et mon pardon... Si tu savais aussi combien j'ai pleuré quand on m'accusait à tort de mensonge, quand on me questionnait interminablement, durement... Le soupçon me salissait, et toi, à qui je confesse ma fausseté, tu ne cries pas, tu ne boudes pas, tu m'aimes déjà assez pour comprendre, et me tendre ta main consolatrice...

Marie m'avoue encore, avec une lumière tendre dans les yeux, qu'elle est un peu amoureuse d'un garçon. Un Portugais de son village, qui vient parfois la voir à vélo. Il s'appelle Paul, il a un accent charmant et un regard noir magnifique. Je ne me sens pas jalouse, pas du tout. La bulle d'intimité, de sensualité, de complicité, de douceur qui nous rassemble nous isole en même temps du reste du monde. Aucun garçon ne pourra y pénétrer, jamais. Jamais aucun garçon ne pourra offrir à l'une de nous ce que nous nous offrons mutuellement d'appui, d'écoute, d'amour. Je n'écris pas dans mon journal cette merveilleuse dimension de ma vie, mais j'écris à Marie, qui me répond. Des lettres et des lettres, que nous nous donnons le matin, plus volumineuses le lundi parce que nous avons eu tout le week-end pour les reprendre et les poursuivre dix fois, les gorger de mille confidences, de mille pensées. C'est le début d'une gigantesque correspondance, qui durera des années, et dont, malgré quelque autodafé certain jour de doute, je conserve encore la majorité des archives. Nous avons même l'idée d'un cahier que nous nous passons alternativement, et qui s'enfle vite de missives, de dessins, de prières... Marie y rédige des nouvelles pour moi. J'y trace les plans de notre futur studio. Car un jour, c'est sûr, nous vivrons ensemble, pour toujours.

Marie m'est devenue indispensable. Le matin où elle n'apparaît pas au lycée, je suis saisie de frissons, tout me semble morne, désert, hostile, une inquiétude tragique me fait chercher sa sœur à la récré dans tous les coins de l'immense cour où grouillent trois mille cinq cents élèves. Finalement, c'est Etiennette qui me trouve. Elle m'avertit : « Marie est malade. Une de ses crises de paludisme, trente-neuf de fièvre. Elle en a au moins pour une semaine. »

Une semaine ! Une semaine, mon Dieu, sans Marie ! Je vais errer comme une âme en peine, et mourir de solitude... Sa place à côté de moi reste vide, comme mon regard. Les filles de la classe me jettent des coups d'œil compatissants ou moqueurs, selon leur caractère. Moi je passe la moindre de mes minutes de répit à écrire à Marie, une longue, interminable lettre, une sorte de reportage : en disant ce que nous faisons, ce que nous lisons, ce que nous apprenons. Mon actualité rend compte de la tenue des profs, de la couleur du ciel, de celle de mon cœur, si sombre quand elle n'est pas là. Etiennette fait le facteur. Je guette une réponse qui tarde à venir, car il paraît que Marie est très abattue. Et puis, finalement, pas de courrier, mais une proposition : je pourrais peut-être aller lui rendre visite lors de notre après-midi de congé... Elle me souffle même, par la bouche d'Etiennette, les horaires des cars.

Heureusement, je jouis d'une certaine autonomie financière. Oh ! très modeste ! Mais, à quinze ans, j'ai fini par comprendre que les quelques sous dont je pourrais avoir besoin pour mes petits extras – des collants neufs, un soutien-gorge, un livre, un cadeau à faire – je devais les gagner par moi-même. Une maman de l'immeuble m'a demandé d'aider sa fille à faire ses devoirs. La petite est en première année de cours moyen, je passe deux heures hebdomadaires avec elle, sa mère me donne vingt francs pour la semaine. C'est beaucoup plus que l'argent de poche que m'attribue au compte-gouttes mon père.

Quand je demande la permission d'aller voir Marie en car, il fronce les sourcils. Quand j'ajoute que j'ai de quoi payer le trajet aller et retour, il hausse les épaules. Façon de dire qu'il n'est pas très d'accord, mais pas radicalement contre. Il me récompense ainsi par cette semi-autorisation, de mes louables efforts d'indépendance économique. Mais il me culpabilise aussi, une fois de plus. J'ai toujours l'impression, quoi que je fasse, de le contrarier. Ma mère, elle, ne manifeste rien. Je sais ce qu'elle pense : toujours un après-midi où elle sera débarrassée de moi. De toute façon, pour la compagnie que je lui tiens... La plupart du temps dans mes bouquins, et le reste, indifférente.

Indifférente ! Je donnerais cher pour l'être vraiment. Quand j'ai vu Marie, ce mercredi-là, le spectacle de son pauvre visage torturé m'a remuée si fort que je me demande comment j'ai fait pour ne pas éclater en sanglots. D'énormes boutons de fièvre lui déforment la bouche, elle ne parle qu'au prix d'affreuses souffrances, et pourtant, devant mon air catastrophé, elle esquisse un douloureux sourire, et me tend sa main chaude. Etiennette, qui redoute le psychodrame, nous assène quelques crétineries qui finissent par m'arracher un hurlement de rire, et Marie, crispée, concentrée, essaie de toutes ses forces de résister en mugissant tout bas : « Salope ! Tais-toi ! »

Le soir, dans son lit, l'indifférente que je suis pleure longtemps, enfin, bouleversée d'impuissance, toute repentante d'avoir gémi sur son abandon, sa solitude, quand son pauvre amour souffrait si fort, et que, obnubilée d'un égoïste chagrin, elle ne s'en doutait pas.

Les beaux jours de juin m'apportent le souci de plus en plus pressant du brevet. C'est mon premier examen, et, encouragée par mon père, j'y accorde beaucoup d'importance. J'aurais bien voulu réviser avec Marie, mais je la sens un peu ailleurs. Son père à elle, quoique instituteur (ou peut-être parce que instituteur), semble beaucoup plus détendu que le mien sur les questions scolaires. Sur toutes les questions, d'ailleurs ; Marie me raconte que, le soir, elle s'éternise dehors parce qu'il fait doux et que Paul vient lui faire la causette. Quand elle parle de lui, elle a de petites étincelles dans les yeux. Moi, je me fais du souci. J'endosse, malgré moi, les préventions de mon gourou : « Attention aux garçons, Marie ! Tu perds un temps précieux, il faut travailler ! N'oublie pas le brevet !

– Bof, répond-elle. Mon père m'a dit que c'était une formalité. Même sans réviser, on devrait l'avoir ! »

Alors je bosse toute seule, rabâchant les leçons d'anglais, les formules de sciences, les dates historiques, traversée de temps à autre par une alarme dramatique : « Et si je ne l'avais pas ? », inconsciente de ma propre valeur, de mon niveau, de tout le travail que j'ai fourni pendant l'année, tracassée plus que rassurée par l'atmosphère solennelle que mon père insuffle à la maison, en ces quelques jours qu'on nous a accordés pour les révisions. A ma mère qui me cherchait une énième fois des noises, il a ordonné : « Fous-lui la paix ! Tu entends ? Laisse-la tranquille ! Elle a besoin de calme, en ce moment ! » A la faveur de cet édit, qui l'impressionne aussi, j'ai donc pu sortir de ma chambre avec mes livres, et venir réviser au soleil, sur le balcon, sans qu'elle me persécute de ses criailleries insupportables.

Cet après-midi-là, il fait très chaud. Je révise à l'ombre d'un chapeau de soleil, dans un tee-shirt rose qui moule mes nouveaux seins, ceux que ne compriment plus les soutiens-gorge exigus de ma tante. Je me suis offert un peu de linge avec l'argent de mon aide à la petite voisine. Pour la première fois, j'ai l'impression de ressembler à quelque chose, à quelqu'un, sans prétention d'être jolie, pourtant, mais si confortable dans mes dessous, si à l'aise que je me sens métamorphosée. Un coup de sonnette trouble ma concentration studieuse. C'est mon beau-frère qui passe, comme promis, régler la télévision. Il s'est spécialisé dans ce genre de dépannage, et mon père a fait appel à ses compétences. Mon beau-frère, mari de ma demi-sœur, est un beau Rital, dûment brun, à la prunelle veloutée. Il n'a jusqu'à présent jamais fait très attention à moi, sinon pour me taquiner. Je me souviens encore du jour où ma sœur nous avait présenté ce joli fiancé. Je devais avoir sept ou huit ans. Elle m'avait prise à part, un peu goguenarde, pour me demander : « Qu'est-ce que tu en penses ? » J'avais répondu à sa question par une autre : « Est-ce que tu couches avec lui ? » Cette demande était naïve à plus d'un titre. D'abord parce que, par « coucher », je n'entendais que « dormir », faute d'autres lumières sur les pratiques amoureuses. Ensuite parce que je pensais qu'elle resterait entre nous. Il n'en fut rien, ma sœur amusée, et ne croyant pas mal faire, l'avait répétée à notre père, apportant de l'eau à son moulin déjà bien irrigué de Gourou consterné. Une fois de plus, j'étais passée pour une affreuse vicieuse, beaucoup trop précocement préoccupée de choses qui ne la regardaient pas. L'algarade m'avait blessée, je m'étais désintéressée aussitôt de celui qui me l'avait value, ce beau garçon ténébreux dont finalement je n'avais pas su s'il dormait ou non avec ma sœur...

Cet après-midi ensoleillé qui me penche sur mes livres et mes notes reste dans ma mémoire avec une curieuse précision. Coup de sonnette donc, arrivée du beau Rital qui salue ma mère, traverse la salle à manger pour examiner la télé, puis soudain m'aperçoit sur le balcon à la baie grande ouverte. Il était déjà accroupi près du poste, il se relève, s'avance lentement vers moi. Je suis juchée sur un bahut très laid qui sert à ranger les conserves. Je meurs de honte à cause de mon chapeau, qui doit me donner l'air plouc. Cependant Mario me regarde sans sourire, très gravement, pendant d'interminables secondes, et m'embrasse enfin, après cette exclamation qui semble sincère : « Mais tu es magnifique ! » La sincérité se sent à ce « mais » éloquent. S'il avait seulement dit : « Tu es magnifique ! », j'aurais probablement douté. Ma mère avait le chic pour décréter « Tu es chouette ! », et l'expression ironique signifiait exactement le contraire, je ne le savais que trop. S'écrier : « Mais tu es magnifique ! » voulait dire : « Ça alors, c'est nouveau, toi d'ordinaire si insignifiante, si laide même, je ne t'avais jamais vue comme ça ! Que t'est-il arrivé ? »

J'ai serré les lèvres sur le secret de ma mue, baissé les yeux, accepté l'éloge qui arrivait un peu trop tard, mais qui m'était pourtant précieux. J'avais cru, avant d'en rougir, discerner dans le regard de ma mère une sorte de rancune jalouse. Rien que pour cette lueur-là, Mario, rien que pour l'hommage qui d'habitude lui revenait et m'oubliait, pour le compliment que je lui volais, je t'ai su une vive reconnaissance...

Quelque temps plus tard, ma sœur me confirmait ce que j'avais pressenti. « Mario m'a dit : “J'ai vu Françoise. C'est incroyable ce qu'elle a changé ! Elle était superbe avec son chapeau de soleil !” » J'ai rangé soigneusement ce bonheur fugace d'avoir été belle, un instant, pour un homme. Je m'en souviendrai plus tard, quand je serai devenue irrémédiablement gourgandine.

Les professeurs avaient dit : « Après le brevet, nous serons toutes beaucoup plus tranquilles. Nous ferons des lectures divertissantes, des jeux... » Je me réjouissais de cette dernière semaine suivant l'examen qui promettait d'être une vraie semaine de vacances, délivrée du souci des épreuves ; je pourrais tenir la main de Marie pendant les cours détendus, désertés par la majorité des élèves. Ne resteraient que quelques fidèles, les plus scolaires et donc, à mes yeux, les plus agréables ; Marie et moi, on s'amuserait, on s'aimerait, on se promènerait le soir après la sortie dans les rues tièdes...

Le lundi qui suivit les cinq jours d'examen, j'attendis en vain Marie à la grille du lycée. La classe d'italien, où nous n'étions que trois, quatre avec le professeur, me sembla d'une lenteur et d'un ennui mortels. La suivante aussi, malgré les jeux que le professeur de français nous proposa. A la récré, terriblement inquiète pour Marie qui devait être retombée malade, je me suis ruée à la rencontre de sa sœur. Cette fois pourtant, elle ne me cherchait pas, n'avait pas de message pour moi. A mes questions fébriles : « Qu'est-ce qu'elle a ? Pourquoi elle n'est pas venue ? », elle roula des yeux ahuris. « Mais... c'est la fin de l'année, vous ne faites plus rien en cours ! Elle ne reviendra pas ! »

J'ai reçu la nouvelle en plein cœur, et mon univers s'est effondré. Par son absence, son abandon, son silence, Marie trahissait tous mes espoirs, toute ma tendresse. Ce que j'avais cru bâtir avec elle n'existait donc pas, toutes ces lettres échangées, notre cahier plein de promesses, nos attentions réciproques, mon chagrin quand elle avait eu la fièvre, mon souci de son travail, et de ses résultats, ma joie de l'aimer et d'être aimée en retour, tout cela ne voulait rien dire, ne pesait rien pour elle en regard de ces vacances prématurées... Elle n'avait pas pensé une seconde à revenir en classe après le brevet, n'avait pas pensé une seconde non plus à m'en avertir... Je comptais donc si peu pour elle ? La tristesse m'étouffait si fort que je suis allée sangloter dans les cabinets, hoquetant à perdre haleine, et une fille charitable m'a donné des mouchoirs... J'avais beau me passer de l'eau froide sur la figure, beau me mordre l'intérieur des joues, beau essayer de respirer profondément, rien n'y faisait, mes larmes débordaient en une crue régulière, incontrôlable, la surprise et la déception avaient été trop fortes, plus rien ne comptait pour moi, ne pouvait compter que cet abominable constat : Marie m'avait oubliée, remplacée par ce Paul dont elle parlait de plus en plus, elle venait de nier, avec une désinvolture cruelle, une retraite silencieuse et inexpliquée, tout l'amour qu'elle avait feint de me donner jusque-là, et, sans elle, sans sa douceur et sa protection, sans sa tendresse réciproque, j'allais mourir de peine...

Je suis rentrée chez moi en sanglotant. Ma mère m'a secouée, a aboyé très fort pour obtenir des explications que je n'ai pas données. Je suis allée dans ma chambre et j'ai continué à pleurer, pleurer, pleurer. Quand mon père est arrivé, j'ai vaguement entendu à travers mon chagrin le compte rendu de ma mère : « Je ne sais pas ce qu'elle a... Depuis tout à l'heure... »

Il a ouvert ma porte, m'a regardée avec une inquiétude si tendre, si douce à ma souffrance, il a demandé avec tellement d'humilité, de gentillesse : « Qu'est-ce qu'il y a ? », que, mon Dieu, j'ai craqué, j'ai oublié le Gourou et ses foudres, et ses anathèmes, j'ai oublié la prudence et le secret, j'ai explosé en aveux terribles, bafouillants, trempés, je me suis jetée dans ses bras, contre lui, l'ai serré très fort : « Papa, mon papa, console-moi, aime-moi, je vais mourir de chagrin, de ce premier chagrin d'amour, c'est Marie, elle ne veut plus me voir, elle ne reviendra plus au lycée, elle m'a laissée, elle préfère les garçons, et moi je l'aime !... »

Et le Grand Inquisiteur, interdit, ébahi par l'hommage de ma confiance et la naïveté de mes plaintes, m'a bercée contre lui, en grondant affectueusement : « Allez, allez, c'est pour ça que tu pleures ? Allez, tu es fatiguée ! Tu as trop travaillé pour le brevet, c'est du surmenage ! Ça va passer ! Ça va passer ! » Pendue à son cou, je piétinais, secouée de révolte. « Non, non, ça ne passera pas. Je n'oublierai jamais ! » ; il promettait : « Mais si, mais si, tu en auras d'autres, des copines, laisse-la aller avec les garçons. Tu vois, je te le disais, il ne faut pas se lier trop fort, on est toujours déçu... » Quand il s'est arraché à mon étreinte, je sanglotais toujours : « Je l'aime, papa, je l'aime ! »

Il est sorti de ma chambre sur ses semelles feutrées, ses semelles d'espion frustré des plaisirs de l'enquête. Il marchait lentement, alourdi d'un souci nouveau qu'il tâchait encore de nier. Je l'ai entendu dire à ma mère : « C'est rien. Elle est fatiguée. C'est les nerfs ! »

J'ai continué à pleurer longtemps, mais je ne savais plus pourquoi je pleurais.

J'aurais bien voulu moi aussi ignorer les derniers cours de l'année, et rester tranquille chez moi ratatinée sur mon veuvage. Le lycée ne me disait plus rien depuis que Marie l'avait déserté. « Un seul être vous manque... » Je ressassais les vers du poète avec une douleur éclairée, ils n'étaient plus si vides pour moi, plus si artificiels. Bien sûr mon père s'insurgea contre cette idée incongrue de ne pas retourner en classe : « Que penseraient les professeurs ? Ça pourrait te faire du tort pour l'année prochaine... Allez, courage ! les vacances seront bientôt là ! » Il me parlait gentiment, avec une douceur bourrue qui dissimulait mal sa perplexité, sa préoccupation de me découvrir des sentiments fougueux, outranciers, dangereusement fourvoyés.

Je retournai donc traîner mon chagrin entre les

grands murs gris de ces bâtiments que le soleil de juin chauffait sinistrement. Bien des élèves s'étaient déjà mises en congé. Les couloirs immenses résonnaient d'échos inhabituels, les rumeurs de ruche coutumières avaient laissé la place à des clameurs isolées, des éclats de rire stridents, ici et là le martèlement d'une course-poursuite autour des piliers. Les pionnes, l'administration, les enseignants, tout le monde se foutait de tout, c'était visible, tout le monde attendait la libération officielle du dernier jour du mois en faisant semblant de s'occuper à de vagues tâches sans conviction.

La prof de français m'aborda lors d'une récré. J'étais seule et sombre dans mon coin. J'eus d'abord l'impression qu'elle allait me présenter des sortes de condoléances. Elle avait l'air embêtée, se composait des traits débonnaires et apitoyés. Elle finit par déclarer : « Mademoiselle Rey, je suis complètement désolée. Vous auriez dû avoir le prix d'excellence... Tout le monde était d'accord, mais le professeur d'éducation physique s'y est opposée. A cause de votre attitude... Pour donner l'exemple... J'ai fait tout ce que j'ai pu, je n'ai pas pu la convaincre. Personne n'arrivait à croire, au conseil, que vous ayez pu vous montrer si désagréable avec elle, si... Elle avait tellement de rancune... » J'ai remercié Mme Mars, en souriant pour la première fois depuis mon gros chagrin. Elle ne m'avait pas fait de peine, au contraire. Je n'aurais jamais pu imaginer que les professeurs réunis pensent à me décerner le prix d'excellence. J'ignorais même jusqu'à ce jour en quoi il consistait. Je trouvais soudain que le cours des choses prenait une allure normale, et cette normalité me rassurait. J'étais récompensée pour mon travail, et punie pour mes insolences et mes désinvoltures. Je n'en voulais pas au prof de gymnastique. Pas du tout. Je la comprenais. Moi aussi, à sa place, je me serais vengée. Et sa décision, qui avait révolté beaucoup de ses collègues, me servirait toujours de fameuse leçon, je le savais. J'évaluais le poids précieux de cette expérience, même pas malheureuse, même pas contrariante, mais plus édifiante que n'importe quelle diatribe moralisatrice. On ne pouvait pas se permettre de faire ou dire n'importe quoi, et c'était tant mieux. J'avais besoin de barrière, de garde-fou à mes exaltations de fofolle délurée, besoin de sentir que j'étais encore une enfant assujettie à la loi des adultes. C'était étrange, mais le châtiment de cette femme longtemps méprisée, son triomphe inattendu me consolaient de beaucoup de choses, et même de mon chagrin d'amour, versaient sur mon âme l'onde rafraîchissante d'une loi équitable, et d'un espoir ingénu : finalement, le monde était juste. Ce que l'on faisait de bien, de mal, devait toujours récolter de légitimes moissons...

J'en vins à penser que peut-être ma passion pour Marie était beaucoup plus coupable que je ne me l'avouais... Qu'en cette fin d'année où les choses semblaient trouver leur place convenable, leur exacte étiquette, je pourrais, à la faveur des signes du destin, m'engager dans un chemin plus droit, plus conforme à ce que l'on attendait de moi. Je réfléchissais à mon père, attendrie par son écoute si inaccoutumée, la gravité de son regard, de ses traits, pendant ma confession inouïe. Je regrettais de l'avoir inquiété, je regrettais toutes mes révoltes muettes et les autres, les arrogantes, je regrettais mes jugements sévères, mes caricatures grossières : il m'aimait à sa façon, et je lui faisais du mal. Je le torturais avec mon drôle de caractère, et cet aveu de mes drôles de sentiments. Là encore, je voyais bien l'équité du ciel, le salaire mérité de mes errances et de mes folies. J'étais punie d'aimer Marie. Punie parce que la peine que mes confidences avaient occasionnée à mon père m'accablait de regret. Punie parce que Marie, ingrate, oublieuse, légère, Marie très ordinairement préoccupée de flirt, Marie me trahissait, m'abandonnait. Je mettrais longtemps à m'en remettre, mais déjà, dans son abandon même, je trouvais la première pierre de ma guérison.

Quand je sortis du lycée, par cet après-midi torride où j'avais si fort cogité, toute la logique de mes beaux raisonnements, toutes mes solides résolutions s'écroulèrent en une seconde : Marie était là, souriante et douce, elle m'attendait à la grille, avec son père, qui l'avait conduite exprès.

8.

Nous eûmes à peine le temps de nous retrouver avant de nous séparer une nouvelle fois. Mais ces retrouvailles me furent délicieuses. Marie, à qui sa sœur avait raconté ma réaction désespérée et mes larmes, venait me dire qu'elle n'avait pas voulu me blesser si fort, qu'elle n'avait même pas envisagé que je puisse accuser le coup de son absence avec autant de gravité. Un regret visible lui mouillait les yeux, tandis que je me retenais d'éclater en sanglots. Nous avions une heure devant nous, le temps pour son père de faire quelques courses. Nous déambulâmes lentement dans les rues adjacentes au lycée, main dans la main, tandis que Marie m'expliquait qu'elle partirait très bientôt à la mer, dans un camping où ses parents avaient pris l'habitude de passer les deux mois de vacances. Mais il était bien entendu qu'ils m'y accueilleraient au moins quinze jours, ils en avaient encore reparlé à table à midi, ma venue leur paraissait simple et évidente.

Je rentrai chez moi le cœur agité de sentiments variés, la joie d'avoir revu Marie, de l'avoir entendue protester de sa tendresse (et puis son Paul lui avait fait quelques méchancetés, ce qui, peut-être, me la rendait plus aimante encore), mais aussi l'angoisse de devoir présenter à mes parents une requête qui leur semblerait farfelue à de multiples titres. Je les entendais déjà : « Quoi ? Comment ? tu veux partir chez cette fille qui t'a fait si fort pleurer ? Tu n'as pas de fierté ! Tu ne sais plus où tu en es !... » Et puis, ils s'insurgeraient sur la durée du séjour, la distance, les problèmes de logistique, devraient-ils payer une pension, comment rendraient-ils la pareille ? etc. Je les connaissais par cœur, tous les deux. J'étais capable d'imaginer à la virgule près la moindre de leurs réflexions. Du moins le croyais-je...

Je n'eus pas le courage d'évoquer le soir même ma rencontre avec Marie, ni sa proposition. Je m'accordai vingt-quatre heures de délai pour préparer mes phrases et mes arguments. Bien m'en prit. Le lendemain, les résultats du brevet étaient affichés aux portes du lycée. Bien sûr, je l'avais. C'était incroyable, mais cette nouvelle-là non plus, je ne savais pas comment l'annoncer. Hormis la grande scène de mes aveux trempés de larmes à mon père, scène qui avait dû passablement le surprendre et lui avait, de toute évidence, coupé ses moyens les plus ordinaires, je ne savais pas parler de façon spontanée à mes parents. Chaque fois que j'ouvrais la bouche pour un récit, si minime fût-il (et avec le peu d'attention dont ma mère savait faire preuve, il fallait qu'il le fût), une demande, une déclaration, la réponse à une question, je sentais mes lèvres se durcir, et mes mots, énoncés trop vite, bousculés, prenaient une allure idiote de texte appris et mal récité. Je leur parlais comme je souriais, contrainte et forcée, sans naturel, avec la certitude de me montrer laide et imbécile.

Il m'arrive encore aujourd'hui de me laisser embarrasser par une nouvelle à annoncer, surtout quand elle est bonne. Je ne sais pas par quel bout l'attraper, ni quelle tête me composer. Je retarde souvent l'instant de la formuler, et plus je retarde, moins je me sens capable d'adopter le ton, les mots qu'il faudrait... Peu à peu, mon secret finit par gonfler en moi comme un abcès, m'empoisonne, et je me débarrasse de son venin comme on presse un bouton, l'air indifférent, presque méprisant, parfois hostile...

Cette fin d'après-midi, je sonne à notre porte (il y a longtemps que je n'ai plus la disposition des clefs), hésitant à arborer un sourire vainqueur qui de toute façon aura l'air artificiel. Ma mère, louées soient ses crises d'hystérie, ne me laisse pas longtemps dans le doute, ouvre à toute volée, ses gestes, son visage affichent la fureur des grands jours, elle me happe dans sa tourmente, m'étourdit de cris, d'imprécations, virevolte autour de moi, hurle qu'elle m'attend depuis un moment pour m'en passer une, parce que... Je ne sais plus ce que j'ai égaré, déplacé, mal rangé... Je n'écoute pas. Elle me secoue, me vocifère en pleine face et je reçois la douche rituelle de ses postillons de harpie, la colère la défigure, la rend hideuse, je pense à Folcoche, découverte l'an dernier au fil de mes lectures, j'avais pensé « moi aussi j'ai une Folcoche », et c'est bien elle qui gesticule là devant moi, vilaine, crispée de rancune, de méchanceté. Sa haine me soulage d'un gros poids, je n'aurais pas pu lui dire, si elle avait été calme et exceptionnellement gentille : « Maman, les résultats étaient affichés aujourd'hui », je n'aurais pas pu lui faire le cadeau de mon succès avec simplicité et confiance, et tendresse, comme il aurait fallu.

J'attends une imperceptible accalmie dans sa corrida, et je lâche, très froidement : « J'ai mon brevet », puis je me dirige vers ma chambre, terrorisée parce que, dans mon dos, elle vient de se taire, de réaliser, et qu'elle est en train d'opter pour une réponse. J'ai le temps d'entrer dans la pièce, de refermer la porte, qui se rouvre sur une poussée d'ouragan. « Imbécile ! ! ! Pourquoi tu ne le disais pas ? Tu n'es pas normale, ma pauvre fille ! Indifférente, voilà ce que tu es ! »

C'est elle qui a mis mon père au courant, le soir. Je l'entendais de ma chambre : « Je ne sais pas ce qu'elle a. On dirait que ça ne lui fait même pas plaisir. »

Mon père, lui, est content. C'est mon premier examen, mon premier succès. Le premier d'une longue série, espère-t-il. Je proteste : « Tu sais, il paraît que ça ne sert à rien, le brevet. Que ça n'est pas très important... »

Pas très important ? Je n'ai pas les pieds sur terre, je ne sais pas combien, en pourcentage, l'ont et ne l'ont pas... C'est la porte d'entrée des études. Une petite porte, soit, mais il vaut mieux toujours entrer par la petite porte, le chemin le plus sûr !... Je cesse stratégiquement de le contrarier, feins de me ranger à son jugement : « Tu crois ? », et de fil en aiguille, parce qu'il rend hommage à mon travail, à mon mérite, à mon sérieux, j'en arrive à placer ma botte : l'offre des parents de Marie, quinze jours en camping avec eux à la mer.

Rafraîchissement notoire du climat. Pourtant mon père ne veut pas jouer les trouble-fête en un si beau soir. Il tournicote autour des grandes objections que j'avais prévues, c'est long, c'est loin, c'est la première fois, ça va coûter combien ? Il évite cependant d'évoquer ma récente déception, mes larmes intarissables, ne s'étonne pas de notre réconciliation, en semble presque heureux, contre toute attente. Ma mère émet des chuintements désapprobateurs, mais n'intervient pas dans notre dialogue. Moi je tente de me montrer raisonnable, argue de la générosité des parents de Marie, de leur attention, de la confiance que j'ai en eux. Alors, à bout de tergiversations, il m'assène cette dernière remarque d'une loufoquerie qui m'arrache un éclat de rire sans gaieté :

« Quinze jours ! Et si tu es constipée, hein ? Si tu as le derrière bouché pendant quinze jours, à qui tu vas le dire ? »

Au moment de notre première vraie séparation, qu'il ne pourra indéfiniment retarder, il le sait, mon père revoit en moi le nourrisson, la toute petite fille sur l'hygiène de laquelle il veillait à sa manière étrange et obsessionnelle. Le cordon ombilical qui me relie encore à lui est un intestin encombré qu'il a pour mission d'évacuer. Deux semaines loin de sa présence, alors que pourtant je ne lui permets plus aucun droit de regard sur mes fonctions intimes depuis longtemps, lui semblent insupportables. La saleté va m'envahir, la merde dont il a toujours été l'adorateur et l'ennemi. Je serai un tube torturé, prêt à éclater, sans personne à qui confier mon désarroi et ma douleur. Voilà comment j'analyse, rétrospectivement, son inquiétude. Sur le moment, il va de soi que je me moque de ses préoccupations imbéciles, encouragée par ma mère qui ricane aussi.

Finalement mon départ s'organise. On me nantit d'un peu d'argent dans un porte-monnaie (à garder dans sa poche avec la main par-dessus), et d'une valise à ne quitter sous aucun prétexte. On me conduit à la gare après m'avoir fait réciter par cœur toutes les stations du train, plutôt : des trains, car le problème est là : il va falloir changer à Valence. Je n'ai pas encore seize ans, je n'ai jamais voyagé seule, et de plus on ne se gêne pas pour laisser entendre que je ne suis pas très dégourdie. On redoute donc que je ne me trompe de gare, de convoi, que je ne me fasse détrousser, et toutes les mésaventures éventuelles d'une jeune andouille qui se lance dans un monde méchant plein de chausse-trappes insoupçonnées. Attention surtout aux gens, aux hommes plus particulièrement, qui pourraient me détourner du droit chemin, dans tous les sens de l'expression.

Lorsque mon train s'ébranle, j'évite de regarder mon père sur le quai. L'inquiétude le défigure, lui confère cet air de croque-mort accablé que je déteste. Et puis le remords d'avoir laissé mon petit frère contribue à mon malaise, je tremble d'une anxiété qu'on a fini par me communiquer, la main crispée sur la poignée de ma valise. Au bout de quelques kilomètres cependant, la chanson des roues prend des allures de marche à la liberté, et le paysage qui défile, frais, bucolique, m'entre par les yeux pour me baigner tout entière d'un bien-être et d'une harmonie inespérés. Je me laisse bercer, emporter vers Marie, vers la mer et les vacances, quinze grands jours merveilleux m'attendent de dépaysement total, d'amour fou.

Un grand gars vient d'entrer dans le wagon, avec un sac énorme. Il porte un costume militaire et, dans sa figure épaisse, son regard a quelque chose d'enfantin qui m'émeut. Il avise la place vide voisine de la mienne, me demande s'il peut s'y asseoir, soulève sans effort son bagage démesuré pour le placer dans le filet, s'empare de ma valise que je cramponne toujours, la hisse de même et se pose à côté de moi avec un soupir de satisfaction.

Très vite, je sais tout de lui. Il vient du Nord, de chez lui où il était en permission. Il rentre à la caserne. Lui aussi il doit changer à Valence. Après, nos chemins se séparent. Il hausse une épaule un peu amère : « Tant pis. On a au moins jusqu'à Valence. » Sa voix est rocailleuse, son accent rude. Il cherche ses mots en plissant son front large, il me regarde sans sourire, gravement, et ses yeux me semblent pleins d'une bonté triste. Je bavarde aussi, heureuse, détendue, le monde n'est pas si noir que ça, papa, pas si dangereux. Il y a de braves garçons pour porter les valises des filles, et les inviter à boire quelque chose au buffet de la gare...

C'est la première fois qu'un garçon – un garçon ! un homme ! puisqu'il a l'âge du service ! – m'offre un verre, la première fois que je m'attable avec un étranger, dans un endroit public. Je me sens fière et grandie, mûrie par son attention, sa gentillesse à me laisser m'installer la première. Il est simple et chaleureux, ses gestes de paysan ont quelque chose de rassurant. Tout à coup, la tentation diabolique de défier les recommandations parentales, de trahir la prudence promise, s'empare de moi. D'autant plus que, avant la fin du périple, il faudra bien que je satisfasse à certains besoins naturels.

« Vous voulez me garder ma valise, pendant que je vais aux toilettes ? »

Une fois seule dans les cabinets, ma folie m'apparaît, et fait battre mon cœur. Sûr qu'il va profiter de mon éloignement pour me piquer mon bagage, s'en aller avec, quelle gourde je suis, quelle idiote de m'être jetée comme ça dans la gueule du loup !...

Mais lorsque je reviens à notre table, toute flageolante d'appréhension, le loup m'accueille en me désignant pacifiquement le coca qu'on vient de me servir :

« A la vôtre ! dit-il en levant son verre. Et à notre rencontre ! »

Comme tu es merveilleux, soldat, comme tu es magnifique ! Si humble dans ton héroïsme... Tu ne sauras jamais à quel point je t'aime, en cet instant unique de notre vie commune, au carrefour fugitif de nos deux routes. Tu es l'inconnu bienveillant, l'improbable, celui qu'aucune leçon familiale, jamais, n'a laissé présager. Tu es, à peine croisé, déjà indispensable, solide, une sorte de phare puissant et doux dans l'océan des frousses qu'on m'a inculquées.

Tu surveilles l'heure pour moi, décides qu'il est temps de rejoindre le quai pour attendre mon train. Je m'inquiète : « C'est bien le bon quai ? C'est bien le bon train ? » Tu souris du bonheur de savoir mieux que moi, et de répondre avec bienveillance à la même question répétée dix fois. Tu montes dans un wagon avec ma valise, m'installes. J'ai peur que le train ne t'embarque malgré toi, et tu souris encore, tu secoues la tête : « Mais non, j'ai deux minutes ! » Tu griffonnes ton nom et l'adresse de ta caserne sur une feuille de calepin que tu me tends. Tu ne demandes rien en échange, d'ailleurs je ne te rendrai pas la politesse, tu pourrais être un voyou, un marchand de filles, tu pourrais chercher à me retrouver, me persécuter, m'enlever, je sais, par la bouche avisée de mon père, qu'il y a des salauds, des escrocs aux ruses diaboliques, tu pourrais venir nous cambrioler, tu pourrais me faire chanter : « Donne-moi des sous ou je dis à ton père que tu t'es laissé aborder, que tu m'as confié ta valise... » Un coup de sifflet précipite nos adieux, tu m'embrasses sur la joue : « Alors, au revoir ! Ecris-moi ! Hein ? A la caserne, on aime bien avoir du courrier ! »

Je ne t'écrirai pas, soldat. Je t'oublierai très vite. Presque aussitôt quitté, et pendant des lustres. Jusqu'à ce qu'un jour je repense à ce voyage, le premier de ma vie, et à ta silhouette trapue arc-boutée pour porter ton gros sac et ma valise. Avais-je été avec toi une gourgandine, désireuse de tester son charme, et d'en récolter les avantages ? Je ne crois pas. Je crois seulement que, l'espace de quelques instants, j'avais rencontré une sorte de jeune papa, attentionné, dénué d'arrière-pensée, avide seulement de contact, enorgueilli de ma confiance. Tout le contraire de mon père à moi. Combien d'hommes sur ma route allais-je croiser qui me donneraient autant en si peu de temps ? Et combien d'autres qui, loin de cette belle image rassurante et paternelle, m'apparaîtraient comme des sales gosses, exigeants, immatures, égoïstes et lâches ? Au moment du recensement, je te revois, soldat, avec ta figure franche et bonne, tu sors des rangs de mes souvenirs, et voilà que s'accomplit ton vœu d'il y a trente-quatre ans, je t'écris, pour te dire merci, et que tu m'as manqué.

Le train est reparti. En face de moi, deux dames m'ont vue faire un signe de la main à mon soldat resté sur le quai. Elles me regardent d'un air attendri, s'imaginant sans doute que je quitte mon fiancé, que je suis mélancolique. Elles engagent la conversation. Je réponds raisonnablement, en choisissant mes mots, en peaufinant ma syntaxe, je me coule dans la peau d'une jeune fille bien, « posée », comme dit mon père. S'il me voyait donner la réplique à ces deux bourgeoises ! Il ne me reconnaîtrait pas. Je suis bien loin de la délurée qui toisait son monde, l'été dernier, et lâchait des bordées de navrantes grossièretés. Mon numéro de charme opère à cent pour cent. Les deux mémères se jettent parfois des coups d'œil de connivence, très approbateurs, pour échanger leur plaisir à rencontrer de la belle jeunesse, sérieuse et courtoise.

Monte soudain à bord une troupe effervescente d'adolescents britanniques très volubiles et bruyants. Ils s'installent à grand renfort de gestes turbulents, jettent leurs valises n'importe où, s'apostrophent, rient, s'envoient des paquets de bonbons. L'un d'eux s'est assis à côté de moi. Les mamies me considèrent avec commisération, et un peu d'effroi, tandis que mon voisin, grand, sec, dégingandé, me plante dans les yeux l'éclair moqueur de ses iris bleus, et commence à me parler en anglais. Sans m'effaroucher, je réponds comme je peux, puisant dans le vocabulaire, fatalement indigent et trop ampoulé, appris en cours. J'impressionne à la fois mes vis-à-vis, qui pensent que décidément je jouis d'une éducation éclectique, et le nouveau venu, qui s'attendait peut-être à me voir baisser la tête et rougir. Intéressé, il poursuit le dialogue, des copains le rejoignent, font cercle autour de nous, juchés sur les accoudoirs, avachis dans l'allée, on bavarde maintenant à six ou sept, je suis le point de mire du groupe, ils me donnent des bonbons, caquettent des questions, s'amusent à des commentaires qui m'échappent, nasillent entre eux, gaiement, leur agitation me paraît très décontractée, mais pas vraiment désagréable, d'ailleurs un moniteur les accompagne, il est assis un peu plus loin et ne semble pas devoir s'offusquer de leur conduite. Les deux dames se sont tues depuis longtemps, très raides et pincées.

A Saint-Raphaël, mon interlocuteur me signifie que leur troupe s'arrête là, me dit « *Bye-bye* », passe son bras à mon cou, et me roule une pelle extraordinaire d'aisance et de naturel. Un peu cueillie, séduite malgré tout par l'élan cinématographique qui l'a penché sur moi, contente de pouvoir offrir, là encore, du répondant, je m'applique à faire durer notre baiser un laps convenable de secondes. Puis il disparaît, comme il est apparu, joyeux et simple, il me gratifie d'un dernier grand geste du bras, et d'un sourire à taches de rousseur...

Riche périple que celui qui me fit connaître mes deux versions préférées de l'homme : le fiable et le fantaisiste... Le souvenir de mon luron me tient compagnie les derniers kilomètres qui me séparent de Cannes. Je ferme les yeux pour revoir sa frimousse constellée d'éphélides, et aussi parce que je n'ose plus regarder les deux mamies, figées dans un silence consterné.

Au camping, je partage la toile de tente de Marie et d'Etiennette. Leurs parents nous laissent à peu près libres dans la journée, mais exigent que nous nous couchions assez tôt, ce qui nous arrange bien. Cette coureuse d'Etiennette fait mine de s'aliter en même temps que nous, puis ressort clandestinement rejoindre le groupe de jeunes et plus particulièrement son flirt du moment. Il nous reste de belles heures d'intimité pour nous aimer, Marie et moi. Je ne me lasse pas d'embrasser sa peau douce, de promener mes mains sur son corps merveilleux. Elle aussi me caresse, interminablement, et je meurs de plaisir entre ses bras aimants. La petite canadienne qui sent l'humus et le champignon nous est un havre idéal, très sombre, très intime, isolé du reste du monde, et j'ai l'impression que je pourrais y passer ma vie entière, lovée contre Marie, serrée dans son duvet, la nuque offerte à ses doigts intuitifs qui, à force d'arabesques suaves dans mes cheveux, m'amènent à un sommeil animal et béat. Voilà le vrai bonheur. La véritable harmonie. M'endormir avec elle, après une journée de tendresse et savoir que demain sera le même jour de même tendresse. Les vacances semblent ne jamais devoir prendre fin. L'été peint le temps d'une couleur chaude, dorée aux heures de plage, bleu velouté la nuit. Il ne pleut jamais, il fait torride sur la route et frais à l'ombre des arbres du camp, l'huile lourde et moirée de la mer emplit nonchalamment le bassin du vieux port, les bateaux y dansent pour l'éternité, et j'aime Marie, et Marie m'aime, pour l'éternité...

Pourtant, mon séjour se termine. Celui de Marie aussi, car il est convenu que je rentre avec ses parents ; ils écourtent un peu leurs vacances afin de me ramener chez eux, où mon père viendra nous chercher, Marie et moi, pour nous conduire à la montagne ; nous y passerons les deux dernières semaines de l'été. Ma mère s'est résignée à cet arrangement qui ne lui disait rien du tout ; mais politesse oblige, mon père ne voulait pas être de reste, et surtout prétendait s'acquitter le plus vite possible de ce qu'il considérait comme une sorte de dette envers la famille de Marie.

Mes retrouvailles avec lui ont quelque chose de glacé. Il ne s'est pas arrangé en quinze jours, il a vieilli, s'est crispé davantage. Il abrège l'entrevue avec les parents de Marie, nous précipite. Ça ne lui ressemble pas. Devant son mutisme, ses gestes secs (rien que la façon de mettre la valise de Marie dans le coffre, avec la mienne. Aucune violence, mais une sorte de détachement froid, comme s'il effectuait une corvée nécessaire), je me sens coupable. Visiblement, mon départ l'a affecté. Peut-être, la séparation aussi. Ou bien l'obligation qu'il s'est faite d'inviter Marie à son tour... Il finit par desserrer les dents pour la prévenir : « Tu sais, c'est vraiment tout petit, là-haut. Deux pièces exiguës. Il va falloir se serrer. » Il me prévient aussi : « Tu aideras ta mère, parce que... »

Je vois. Il y a dans ce « parce que » l'explication d'une grande partie du malaise. Elle doit bouillir, en nous attendant. Tourner en rond en révisant toutes les bonnes résolutions et les promesses qu'elle va exiger de moi en contrepartie de l'immense sacrifice qu'elle fait de recevoir Marie dans ce *tugurio* (comprendre : ce taudis) *delle Siberie* (prononcer : Sibé rié, c'est de l'italien, et ça signifie « le taudis des Sibéries », appellation qu'elle affectionne pour désigner notre minuscule pied-à-terre dans ce sale pays où il pleut toujours). « Vous vous lèverez tôt. Vous ferez vos lits tout de suite. La toilette le plus vite possible. Vous irez au pain, au lait... »

Oui, oui, tout ce que tu voudras, maman. Je suis prête à n'importe quoi pour éviter l'énervement maternel, l'esclandre car je sais que Marie est accommodante mais n'a pas l'habitude de se voir bousculer. Sa lenteur pour émerger le matin m'angoisse déjà.

En attendant, il n'est que six heures du soir. Après avoir rangé tant bien que mal nos affaires dans le placard lilliputien de l'unique chambre, nous descendons faire un tour. Jean-Yves est là, avec Thierry, le neveu des Parisiens, qui a bien grandi. Marc n'est pas venu cette année. Il a devancé l'appel. Mais les deux garçons sont acoquinés avec trois ou quatre autres jeunes du village, et nous réservent un assez bon accueil. « Enfin, des filles ! Pas trop tôt ! » s'exclame Jean-Yves. Nous bavardons un peu. Je suis contente que Marie rencontre en chair et en os les personnages de mes récits de vacances, contente de lui montrer le village et le décor magnifique de ce coin d'Oisans. Après le repas du soir, mon père s'étonne : « Vous ne redescendez pas ? » C'est vrai qu'il fait bon, et qu'ici j'ai la permission de me balader jusqu'à dix ou onze heures en toute liberté. Seulement, à présent, j'ai Marie... Et ce besoin terrible, lancinant, de sa présence, de son intimité, de ses caresses. Comment allons-nous faire, mon Dieu ? puisque, dans la journée, nous serons censées nous joindre au groupe des ados, et la nuit nous partagerons la chambre de mes parents... C'est une petite chambre mansardée, avec un grand lit pour eux et deux lits superposés pour mon frère et moi. Eric, pour laisser sa place à Marie, va dormir à l'étage en dessous, chez ma grand-mère.

« On est fatiguées, papa. C'est le voyage ! On voudrait se coucher tôt ! » Mes parents n'en croient pas leurs oreilles, cherchent à insister un peu : « Mais vos copains vont vous attendre ! – On ira demain ! » Finalement, dépités, ils nous laissent le champ libre et descendent d'un étage pour la traditionnelle veillée chez ma grand-mère. Ma mère a emporté son tricot, mon père semble grognon. Pourvu qu'il gagne à la belote ! Je déteste sa façon, beaucoup plus insidieuse que celle de ma mère, de faire la gueule. Il a le chic pour me tracasser, même involontairement.

Nous nous couchons, Marie et moi, chacune dans son lit, elle au-dessus, moi en dessous. Dans le noir, nos doigts se cherchent. C'est peu, cette caresse de sa main qui plonge vers moi et s'enroule à la mienne, mais c'est le minimum vital à mon immense appétit d'elle. Tant pis pour Jean-Yves, pour Thierry, pour les autres. Sans ce contact, sans le discours amoureux de ses phalanges tendres autour de mon poignet, sur mon avant-bras, au creux de mon coude, ma soirée serait vide et froide, et mon cœur incapable d'espérer ailleurs une consolation. Je ne me doute pas que mon père est remonté sur le balcon, avec la légèreté sournoise qui le caractérise. Je n'ai entendu aucune marche craquer, le plancher pourtant bavard ne l'a pas dénoncé. Je ne me doute pas qu'il s'arc-boute contre les volets, colle à leurs fentes ses yeux d'espion, et devine dans l'ombre le mariage de nos mains. Je ne me doute pas que son guet silencieux, inlassable, va initier en moi pour longtemps, pour toujours, une nouvelle forme de culpabilité.

9.

Bien sûr, il y a eu un tribunal. A la première occasion de mécontentement, c'est-à-dire dès le lendemain matin, ma mère me coince en tête-à-tête pendant que Marie est aux toilettes, et me crache tout bas, c'est-à-dire que les traits de son visage hargneux expriment à eux seuls l'intensité des reproches qu'elle voudrait hurler : « Tu commences à me faire ch... ! » et finit par cet avertissement : « Et d'abord ton père a quelque chose à te dire. »

Même forme de procès, malgré le changement de procureur. Mon père profite aussi d'une absence momentanée de Marie pour demander : « A quoi vous jouez, avec ta copine ? Vous vous tripotez dans le noir ? » Je suis prête à nier ; ma mère, mauvaise, sans que l'on sache bien à qui elle en veut vraiment, ajoute : « Il a passé une heure à vous surveiller derrière les volets ! » Le Gourou poursuit : « On avait l'air fin, avec ta mère, hier soir... Tout le monde s'étonnait, les garçons étaient déçus que vous ne descendiez pas les rejoindre. »

Je tiens ma défense :

« Les garçons ! Ça t'embête maintenant que je ne les voie plus ? Tu m'as assez empoisonnée avec ça !

Les garçons par-ci, les garçons par-là ! Je t'obéis. Tu devrais être content. Plus de garçons. J'ai une amie, ça me suffit. »

Je sais que je suis à claquer, avec mon sourire ironique, mon regard insolent. Mon père hausse le ton : « Une amie ! Une amie !... Je t'en foutrais d'une amie ! En tout cas, ce soir, pas de petit jeu au lit ! Vous irez rejoindre les autres ! Faudrait pas prendre ton père pour un con ! »

Oh ! que si ! Mon père, ma mère, et la terre entière. Les tontons peloteurs, les grand-mères sorcières, les cousins faux-culs, je vais tous vous prendre pour des cons. Votre monde versatile, hypocrite, illogique me sort par les yeux. Votre monde de sens interdits, plaisir interdit, amour interdit, garçons interdits, impasse, sens giratoire, sens obligatoire, garçons obligatoires. Vos itinéraires sont des chemins tortueux à égarer les petits poucets, adultes inconscients, méchants qui croyez vous débarrasser des problèmes en perdant vos enfants, en les jetant sur des routes absurdes. Je vais tous vous prendre pour des cons. Tous vous duper et me payer vos têtes, vos sales têtes de censeurs infaillibles.

Mon père se rassérène parce que, toute la journée, nous musardons avec la petite troupe des « gosses de notre âge ». « Amusez-vous donc gentiment à des jeux de votre âge, avec des gosses de votre âge ! » a-t-il ordonné. Jean-Yves semble attiré par la douce Marie, et Thierry me fait un numéro de charme assez réussi. Le soir venu, après le repas, nous descendons. Je crie à mon père qui nous regarde partir du balcon : « A tout à l'heure ! »

C'est moi qui ai dû donner le coup d'envoi de cette récréation qui va devenir quotidienne. Tous les jours, à l'heure où le crépuscule installe son bleu profond entre mes belles montagnes que le coucher enflamme, nous partons tous les quatre, Jean-Yves, Thierry, Marie et moi ; nous marchons sur la route déserte, dépassons le village, grimpons un petit sentier qui mène à un champ en surplomb. Nous nous couchons dans l'herbe, deux par deux. Marie a un peu tergiversé, au début. Un peu cherché à résister. Mais Jean-Yves lui a glissé des œillades de pur velours, entre ses cils caressants de fille. Marie m'appelait au secours du regard. Je l'ai prise à part : « Ça n'engage à rien, Marie, à rien du tout. C'est une façon de joindre l'utile à l'agréable. Un alibi, mais un alibi drôle. On ne peut pas rester rien que nous deux sans connaître le monde. Toi, tu ne sais rien des garçons ; avec ton Paul, tu as juste été déçue. Tu ne l'as même pas embrassé... »

Comme c'est facile de convaincre Marie ! Comme c'est facile aussi de lui mentir, de lui dissimuler l'essentiel, ou presque, de ma motivation : j'aime passionnément ce moment où Thierry me prête sa joue hérissée d'un duvet troublant, où il se livre à mes caresses avec une attention, une bonne volonté qui le font haleter. « Connaître le monde ! » J'ai utilisé une formule pompeuse dont Marie aurait pu s'esclaffer. Pourtant... Je ne permets à Thierry aucune investigation, que d'ailleurs il ne songe même pas à réclamer, sous ma jupe ou dans mon corsage. Mais ma main, avide de pouvoir, a trouvé le chemin d'un sceptre étonnant, qu'elle joue à malmener, à dérouter, alternant des tractions presque cruelles et des effleurements aériens. Cela pourrait s'appeler « connaître le monde ». Apprendre à gouverner, la paume refermée sur cet emblème faussement solide, dont la raideur prend fin avec la reddition. Apprendre à différer, à supputer, à organiser le moment de la floraison suprême, quand la tige gorgée, exacerbée entre mes doigts inspirés, explose en ondées chaudes qui me baptisent et me consacrent reine d'un instant.

Après, avec Marie, nous comparons nos expériences, nos impressions. Jean-Yves est un sensuel et un câlin. Il lui caresse les seins longtemps avec des soupirs ravis, sans rien demander d'autre. Marie se laisse faire. Il y a en elle une passivité, une douceur consentante propre à embraser un petit macho, pourtant son compagnon se contente de ce qui l'a toujours fait rêver, selon son propre aveu, chez les filles. Quand il lui a bien cajolé, pressé, peloté, léchouillé, suçouillé la poitrine, elle le sent se crisper tout entier contre elle, il enfouit son visage entre le double vallonnement qu'il adore, et une série de petits spasmes le secoue, comme autant d'éternuements discrets... Ce moment l'attendrit comme m'enorgueillit la mystérieuse alchimie qui mouille ma main dans le slip de Thierry.

Nos deux partenaires aussi ont des conciliabules. Lorsque nous nous relevons, chiffonnés et pleins d'herbe, ils s'éloignent ensemble pour se rajuster. Ils doivent se confier combien ils ont joui... J'en profite pour embrasser Marie, et rire avec elle. Le plaisir des garçons me semble facile et méprisable. Une secousse si rapide, si apparemment bénigne. Moi, la volupté me ferait crier, si je pouvais. Et je n'imagine pas en devoir un jour le fastueux présent à qui que ce soit. Il faudra bien cependant que j'arrive à en parler à Marie, puisque je ne veux pas avoir de secret pour elle. Je sais qu'elle recevra la confidence avec la gravité et l'émotion nécessaires. Mais c'est en moi que je n'ai pas confiance. Trouverai-je les mots pour exprimer l'ineffable ? J'ai peur de ratatiner à des dimensions affreusement mesquines et ordinaires mes merveilleux périples, peur, par indigence de vocabulaire, par honte de l'emphase, de déshonorer le chatoyant mystère de ma joie clandestine. Je ne peux pas déclarer : « Tu sais, Marie, moi aussi je jouis... » C'est trop bête, trop monstrueux de simplicité, de vulgarité. Tant que je ne trouverai pas les termes dignes de mon secret, et la circonstance idéale...

En attendant, nous revenons joyeux tous les quatre. Jean-Yves tient Marie par la main, Thierry et moi on se chatouille. En vue de notre hameau, nous nous composons une attitude plus sérieuse. Il est vingt-deux heures. Mon père est encore dehors, à contempler le ciel. « Alors ? On va se coucher ? »

Il affiche un air pacifique, content du résultat de son sermon, évite d'insister. « Bonne soirée, non ? Ce n'est pas mieux, plus normal, de s'amuser gentiment, tous en bande ? »

Si, papa. C'est beaucoup mieux. Je viens de branler Thierry, il a juté dans ma main, et Marie s'est fait palucher par Jean-Yves, jusqu'à ce qu'il décharge dans son froc. Et tout ça ne m'empêche pas d'aimer Marie, de l'aimer comme tu n'as pas idée, de l'aimer pour toujours, malgré toi et tous ceux de ton espèce, malgré la race des hommes, ces amputés du plaisir, qui crachent quand il faudrait s'envoler. De l'aimer. De l'aimer. De l'aimer.

Marie est rentrée chez elle quelques jours avant moi. Cette fin d'été bénéficie d'une météo immobile, sans caractère ; le ciel reste clair sur des soirées fraîches. On est loin du temps pourri d'il y a déjà deux ans. Moi j'aimais bien la magie de la brume, et l'interminable rideau de la pluie qui nous isolait dans une bulle bruissante comme de la friture. Ma mère râlait. Je courais les chemins, savourant chaque minute de liberté menacée par un caprice maternel qui déciderait de notre départ intempestif. J'avais rencontré Jacques Besse, et son fantôme adorable me donnait rendez-vous aux portes des granges...

Cette année, malgré le beau temps, je me sens vide et triste. Marie a pris une telle place dans ma vie que, sans elle, rien ne vaut le coup d'être vécu. Pourtant, je feins de m'amuser. Une copine d'enfance de mon père est venue rendre visite à sa mère adoptive, avec époux et progéniture. On me la présente en m'expliquant : « Renée était une gosse de l'Assistance publique. Elle a été élevée ici, par la tante Marie. Tu vois, elle n'est pas ingrate, elle s'en souvient, elle revient la voir. » Je me dis que si, moi aussi, j'avais été élevée par une mère aimante, fût-elle adoptive, j'éprouverais de la gratitude. Mais la mienne m'a plus souvent rabaissée qu'élevée. Et puis, à quoi bon lutter contre sa nature ? Quand on est née indifférente... Renée a trois garçons, dont l'aîné de dix-huit ans se destine au beau métier d'instituteur. Il vient d'achever sa dernière année d'Ecole normale.

Il y a longtemps que mon père ambitionne pour moi la même voie. Je l'ai déçu en refusant de passer le concours de l'Ecole normale à la fin de la troisième. Je veux être professeur, pas institutrice. Il a affiché son air avisé : « La petite porte ! Passe par la petite porte ! », mais s'est consolé en pensant que je pourrais toujours tenter le concours un peu plus tard, l'année du bac. En attendant, il semble voir d'un très bon œil les assiduités du normalien à mon égard. Il faut dire que, par rapport à mes compagnons de jeux habituels, Louis se montre beaucoup plus mûr, beaucoup plus « posé ». Etre « posé » constitue une qualité essentielle aux yeux de mon père. A tel point que j'ai parfois regretté de ne pas être une potiche. On m'aurait posée ici ou là, une fois pour toutes. J'y serais restée toute ma vie, tout le monde aurait été content.

L'autre soir, Jean-Yves, à qui j'avais dit une ânerie provocante, me poursuivait, avec une grimace abominable et des doigts crochus qui me faisaient pousser des cris de poule effarée. Le normalien était là, j'ai couru vers lui, autour de lui, en caquetant : « Au secours, protège-moi ! » et en riant comme une folle. Mais j'ai vite cessé de rire parce qu'il a pris son rôle au sérieux, a écarté les bras devant moi, m'a fait un rempart de son corps, si grave et déterminé que Jean-Yves a promptement battu en retraite. Sa solidité m'a troublée, son aisance à jouer les chevaliers. Mon père n'était pas loin. J'ai croisé son regard, étonnamment approbateur. Le normalien me sauverait peut-être de mon enfance échevelée et contradictoire, de mon amitié louche pour Marie. Il m'entraînerait à sa suite sur les bancs glorieux de l'Ecole normale, m'insufflerait la dignité nécessaire aux fonctions qui m'attendaient. Nous nous marierions, nous serions un couple modèle, très posé, de l'Education nationale... Je lisais mon avenir dans l'œil pensif du Gourou, arrondi sans scandale sur le spectacle de mon rédempteur qui me prenait la main pour m'emmener à l'épicerie du village.

Depuis, des sentiments confus, variés, me poussent à la comédie. D'abord le plaisir de flirter, un peu, devant le Censeur, plaisir d'autant plus savoureux qu'il m'a été longtemps interdit ; soudain, les gestes tendres, les œillades complices, le bras d'un garçon autour de ma taille me deviennent non seulement autorisés, mais salutaires, et dans ma jouissance à profiter de la situation, il y a à la fois une ivresse revancharde (tu vois bien, papa, que les garçons, finalement, c'est toi-même qui y reviens !) et un désir de rassurer mon père, et de me rassurer. Je suis une jeune fille normale, à qui s'offre un destin normal, avec un garçon de l'Ecole normale. Je me plais à imaginer que ma vie est là, auprès de ce jeune homme paisible, sans grande personnalité, ni beau ni laid, mais qui a su ouvrir les bras pour me prêter asile. Il ressemble un peu à mon père, dans son sérieux et sa retenue. Je pourrais passer de l'un à l'autre en toute quiétude, ils sont de la même race, ils se sont reconnus, parlent ensemble études, examens, diplômes. Mon père avoue sa vocation sacrifiée, faute de moyens financiers. Son gendre répond par des projets d'avenir, il enseignera ici, fera bâtir là... Avec mes bientôt seize ans, je grandis entre eux, me transforme en fille à marier qui, elle aussi, enseignera, se contentera d'une petite école de campagne, d'une petite bicoque modeste, mais bien à elle, à elle et à son conjoint. Je me laisse bercer par la vision de ce futur convenable, reposant – « Ici repose... » – et je m'imagine casée, posée, reposée, enfin reconnue par mon père comme le digne fruit de ses efforts d'éducation, et la réalisation de ses rêves les plus chers.

Mais les vacances s'achèvent. Nous rentrons à Grenoble où Louis m'écrira quelques fois. Mon père m'apporte ses lettres avec des mines discrètement satisfaites, sans formuler de question. De toute façon, le cachet de la poste l'a déjà renseigné. Les enveloppes sont épaisses, il doit croire que le normalien me consacre de vrais romans. En fait, Louis joint à l'unique feuille de son papier à lettres d'écolier des cartes postales, des dépliants touristiques, le programme d'une soirée estudiantine, un menu... Je réponds de plus en plus négligemment, de plus en plus rarement. Un jour, notre correspondance meurt de sa belle mort, après quelques mois de languide agonie. *Exit* le mythe du gendre parfait, j'étais lasse de jouer à la promise. Mes lettres à Marie, que je cache soigneusement au Gourou, sont autrement plus inspirées, et la passion qui y souffle en arrive à m'effrayer moi-même.

10.

Toute mon année de seconde, je vais mener deux quêtes parallèles, et mêmement indispensables. D'abord aimer Marie, éprouver, repousser les limites de cet amour, jusqu'à la souffrance, jusqu'à l'égarement, jusqu'à l'éblouissement. Ensuite, puisque le feu vert m'en a été officiellement donné, affiner ma connaissance des garçons, par des flirts multiples et ostensibles qui présentent, entre autres avantages, celui de leurrer mes parents, et de leur faire oublier ce qu'ils ont cru deviner de mes relations avec Marie. Je préfère qu'ils me jugent terriblement coureuse, ma liberté d'aimer Marie, je le sais, est au prix de cette pantomime qui, loin de me coûter, comble mon immense et égocentrique besoin de séduire. A chaque regard de garçon sur moi, à chaque étincelle d'intérêt dans leurs yeux, à chaque conquête, je me soigne des mépris de ma mère ; à chaque audace nouvelle, risquée avec celui-ci ou celui-là, j'exorcise les tabous de mon père, je trahis sa longue vigie jalouse et répugnée.

Il y a ainsi Walter, le fils des cafetiers de la rue Marbeuf. Walter a un visage assez charmant, quoique accidenté comme celui d'un boxeur. Ses yeux bleus expriment une grande douceur, son cheveu sur la langue le retient dans une enfance qu'il rêve de déserter. Il compose des chansons graves sur sa guitare, et je l'écoute, assise sur son lit, en m'ennuyant un peu. Mais sa mère me reçoit toujours chaleureusement, ne s'offusque pas que nous restions enfermés des heures dans sa chambre. C'est le premier garçon que j'amène officiellement à la maison. Il a l'air suffisamment posé pour séduire mon père. Ma mère s'amuse de son zézaiement, de son nez bossu, se rassure à compter ses ridicules. Ce n'est pas encore aujourd'hui que sa fille lui ramènera le prince charmant ! Un jour, il passe en direct à Radio Alpes, avec sa guitare. On me fait l'honneur de différer d'un quart d'heure le repas de midi, pour pouvoir l'écouter. L'émotion sans doute le chamboule car je lui trouve une voix plus chevrotante qu'à l'ordinaire. Mon père, prudent, attend la fin de la chanson pour déclarer timidement : « On dirait un peu qu'il bêle, non ? » Et ma mère de hurler de joie. Ses railleries ne m'atteignent pas, il faudrait pour cela que j'aie davantage de tendresse pour Walter. Or je n'en ai même pas assez pour lui signifier en personne notre rupture. Je dépêcherai Marie à cette tâche délicate...

Il y a Michel, le cousin de Christine. Le samedi après-midi, leurs mères font des courses ensemble. Je descends chez Christine avec Eric, je propose un jeu pour les gamins. Nous nous enfermons dans le noir, les volets de la chambre dûment claquemurés, et nous devons nous reconnaître rien qu'avec les mains. Mon petit frère, Daniel et André, les petits frères de Christine, poussent des cris et rient de bon cœur. Moi j'attends toujours dans le même coin, près de la fenêtre. Je finis par sentir contre moi la pression chaude et dure d'un corps plus grand que le mien, et sur mon visage un souffle brûlant. C'est Michel, qui m'accule contre le mur, m'entoure de ses bras possessifs, imprime à mon ventre le drôle de relief de son ventre à lui. Le jeu veut que je ne dise rien, il ne faut pas qu'il m'identifie. Mais il y a longtemps qu'il m'a reconnue, à mes torsions pour lui échapper, à mes seins malgré moi palpitants sous ses paumes curieuses... Des frissons peu à peu me crispent, dressent mes cheveux sur ma tête, mes poils sur mes bras, et je finis par le repousser violemment en geignant... Une fois les volets ouverts, je m'aperçois que Michel est très rouge, presque bordeaux jusqu'aux ourlets de ses oreilles. Il serre des mâchoires de brute et me regarde méchamment. Je raconte ces amusettes à Marie en commentant injustement : « En plus, si tu voyais ce qu'il est moche ! »

Il y a Archibald, le fort en maths, dont je n'ai jamais su le vrai prénom, et qui déchaîne chez ma mère, la première perplexité passée, des torrents d'hilare moquerie. Elle l'affuble, dès qu'il a le dos tourné, de sobriquets variés, le compare à un hibou, avec ses lunettes, à une *béfane* (une sorcière, en italien) avec son nez crochu, et finit par le surnommer « la *Pignate* » (la marmite) parce qu'il a la tête plate.

J'explique à Marie que mon flirt avec Archibald n'a rien de sensuel (je crois qu'on s'est embrassés trois fois), ni d'affectif. Simplement ça me plaît de me payer un intello, et surtout de montrer à ma mère que nous n'avons pas du tout les mêmes valeurs. Il y a peu de temps, en veine de confidence, elle m'a mis sous les yeux la collection des photos de ses anciens fiancés (tous ceux qui l'auraient rendue bien plus heureuse que mon père) : une galerie de Rudolph Valentino pommadés et gominés, à la prunelle noire, aux poses avantageuses. Avec Archibald, je voudrais lui signifier à quel point je trouve ses rêves de midinette banals et insipides. Mais je crois qu'elle se méprend sur le message, et a simplement déduit, du physique ingrat de mon béguin, que j'étais incapable de charmer de beaux jeunes gens, non par manque de goût, mais par manque de moyens... Pourtant...

Pourtant il y a Philippe, le ravissant Indochinois. Celui-là, je ne l'exhibe pas. Je redoute le racisme de mes parents. Et je ne voudrais pas déshonorer sa beauté de prince brun par une des appellations contrôlées dont ma mère a le secret. Philippe possède des cheveux d'un noir absolu, presque bleus, très raides, très fins, très abondants. Ses yeux en amande, dans son visage joliment triangulaire, luisent d'un éclat qui me fascine. Ses mains d'artiste manient délicatement le pinceau, marient les couleurs sur la palette, inventent des bouquets jaunes et rouges aux épaisseurs charnelles... Mon cousin me l'a présenté un jour où j'avais besoin d'un dessinateur pour un devoir d'arts plastiques. Philippe m'a fait le travail, je l'ai remercié d'un baiser, il a demandé à me revoir... Ce dimanche après-midi, mes parents sont partis dans la famille. Ils m'ont laissée à la maison : j'ai plusieurs compositions à réviser. Les longues heures que je passe à mes études me sont un passeport formidable pour la liberté. Mon père est prêt à toutes les concessions pour me voir toujours aussi motivée par mes résultats scolaires, il a désormais intimé l'ordre à ma mère de mettre une sourdine à ses criailleries futiles pour me permettre de me donner à fond, sans distraction, à mon travail.

Mais aujourd'hui, exceptionnellement, je ne plancherai pas. Je me suis organisée et avancée dans la semaine, restant tous les soirs sur mes bouquins jusqu'à minuit. Un premier coup de sonnette résonne dans l'appartement désert. C'est Marie, qui vient réviser avec moi. Je l'embrasse avec tendresse, mais l'avertis : « J'attends Philippe. » Elle soupire gentiment, se résigne à occuper seule mon secrétaire, tandis que je reçois mon flirt dans le salon. Nous sommes sur le canapé, côte à côte, bien sages. Je ne me lasse pas de le regarder, sa fossette, ici, quand il sourit, son petit nez asiatique, le frémissement de ses longs cils noirs. Il est beau de profil aussi, silencieux et pacifique, il attend mes initiatives. Je pose ma joue sur son pull de coton rouge, il sent l'eau de Cologne... Mon Dieu, que faire avec un garçon qu'on trouve aussi beau ? Je n'ai pas de désir particulier, si ce n'est lécher sa joue d'ambre mat, grignoter ses cils, respirer son cou, rien que des trucs qui lui sembleront très cuculs, de la part de l'effrontée qui, la première, l'autre jour, a cherché ses lèvres...

Une inspiration subite me fait croiser les mains à la base de mon pull. Le tricot s'envole en une seconde, le soutien-gorge le suit, dégrafé dans l'instant. Philippe me contemple avec ce sérieux énigmatique qui n'est pas de la froideur, mais ressemble à une sorte de concentration de sportif avant l'effort. C'est la première fois que je montre mes seins à un garçon. Comment va-t-il réagir ? La précipitation n'est pas son genre, une longue minute le cloue ainsi, face à moi, muet, presque interrogatif. J'espère ses mains sur moi, sur le cadeau que je lui fais de ma demi-nudité, j'espère ses caresses, son émerveillement, je sais que la plupart des hommes sont émus par les poitrines féminines, je sais, d'expérience, quelle miraculeuse douceur on éprouve à s'emparer de ces fruits ronds, veloutés, ensemble souples et fermes, à appeler parfois l'outrage, la presque cruauté... Je sais qu'il faut se retenir, une fois découverte leur merveilleuse suavité, de mordre et d'agripper, je sais qu'il faut savoir rester tendre, malgré la tentation de la violence avide, et que la frustration est aussi bonne que la caresse...

Mais mon prince ne bouge toujours pas, garde ses doigts loin de moi, réfléchit encore, et sa prunelle moirée, rivée à mon offrande, finit par me brûler. Soudain, dans un geste lent et résolu jusqu'à la solennité, il ôte à son tour son pull, et c'est moi qui m'émerveille... Moi qui lance mes mains sur lui, sur sa peau brune, élastique, luisante comme une huile, sur le dessin bouleversant de ses épaules rondes, de ses seins de jeune homme, larges, délicatement bombés, agrafés de deux grains de café où s'accroche mon regard ébahi. Je tombe à la renverse sur le canapé, l'entraîne dans ma chute, le voilà sur moi tout à fait, la chaleur de sa peau sublime, qui l'habille comme un vêtement sans défaut, me pénètre et me bouleverse, ses seins sur mes seins dansent, il se caresse à moi, il me caresse à lui, ses mains sont ailleurs, je ne sais où, tout son buste charmant, mobile, ondule et nage une nage souple et langoureuse, mes phalanges dans son dos voyagent avec extase, il est doux, lisse, délicieux, une sculpture d'ivoire tiède, au grain subtil, aux déliés gracieux, aux modelés pulpeux, sa minceur ferme me fond entre les doigts, ses muscles roulent avec une discrète élégance, sa taille d'éphèbe a des sveltesses de liane... Je pourrais rester des heures ainsi, les bras refermés sur le trésor de ce torse idéal, à me laisser flotter dans le bain onctueux du ballet qu'il improvise pour moi, à découvrir en braille les joyaux de son dos parfait.

Au bout d'un long moment cependant, mon jeune seigneur se redresse, et toujours silencieux, toujours solennel, porte à sa ceinture des mains lentes, tandis que son menton levé, ses yeux de moire liquide m'interrogent.

Oh non ! Par pitié ! Qu'il ne se déshabille pas davantage ! Qu'il n'abîme pas, de révélations prématurées, la féerie de ce moment unique, grandiose entre tous, où nos corps se sont parlé, apprivoisés, séduits. Je ne veux rien savoir d'autre de lui, que son buste admirable de dieu juvénile et doux, je ne veux pas connaître le décevant mystère logé dans sa braguette. La géométrie évolutive de Thierry, son éphémère arrogance, ses moiteurs vite ratatinées ne m'ont insufflé aucune curiosité, aucun désir profond, depuis nos séances dans l'herbe je reste persuadée que les garçons portent entre leurs jambes la signature minable de leur piètre condition, mon prince chinois, si beau dans le rayon de soleil de cet après-midi magique, ne résistera pas si je le laisse se dénuder, à la vulgarité, au déshonneur, je ne veux pas qu'il abîme l'adoration que j'ai de son corps somptueux, qu'il étouffe ma convoitise par un don que je n'ai pas réclamé... J'ai envie de lui, une envie totale, envahissante comme une faim, mais cette envie n'habite que mes yeux, ma bouche, mes mains, et ignore mon ventre, et ignore le sien.

Je décline son offre muette par un signe de tête

également muet, un peu triste. Il n'insiste pas. Il doit croire que je veux conserver ma vertu, quand je ne pense qu'à sauver mes rêves... Philippe, tu as été l'un des plus beaux garçons de ma vie, et pour rien au monde je n'aurais voulu voir ou toucher ton sexe. J'avais, à cette époque, l'impression que cette partie du corps de tes semblables était vouée au secret du cachot, ou, au mieux, de l'obscurité. Je ne sais pas si j'aurais pu caresser Thierry autrement qu'à l'intérieur de son pantalon. Moi qui fantasmais sur ma faille écartelée et donnée en pâture à des regards voyeurs, je n'imaginais pas une seconde éprouver quoi que ce fût, sinon de rebutant, au spectacle de la virilité...

C'est la même prévention, la même répulsion qui me dicte un prompt recul d'électrocutée le jour où Dominique – encore un nouveau flirt, physique ordinaire mais grande finesse intellectuelle, et belle aisance d'expression – m'attrape la main, au débotté, et me la colle sur son entrejambe. Le geste a été si vif, si inattendu alors que nous devisions côte à côte assis au bord de mon lit, que je me suis laissé emmener sans avoir le temps de me poser de question. Mais sitôt atteint le but de nos deux mains gigognes, la sienne déterminée, la mienne inconsciente, un véritable bond m'écarte de lui et, sur mon visage éloquent, il doit lire une épouvante qu'il interprète comme la garantie de ma bonne éducation et de mon sérieux ; c'est du moins ce qu'il m'explique. Je ne crois pas une seconde à cette version du « test » qu'il aurait tenté pour juger de mon honnêteté, ni qu'il puisse s'en réjouir. Je pense plutôt que, devant mes façons et mon langage assez libres, il s'est senti autorisé à une manœuvre hardie dont il ne sait plus comment s'excuser. Or ce qui me gêne le plus, dans son commentaire, ce n'est pas le mensonge, l'alibi qui cherche à sauver la face, mais plutôt le non-dit : quand il parle de sérieux et de bonne éducation, c'est inexpérience qu'il faut comprendre. Niaiserie. Effroi d'oie blanche. Ma réaction trop spontanée et l'analyse tacite de mon exégète m'humilient profondément. Je ressens la même blessure que le jour où un petit merdeux m'a lancé : « Il paraît que tu ne sais pas embrasser... »

Ce crétin qui m'embarque le poignet estime, à ma retraite effarouchée, que je ne sais pas. Comment lui dire que je ne suis pas la nigaude qu'il s'imagine ? Comment lui dire que j'ai pétri impérieusement, au caleçon de Thierry, l'objet sans gloire que je semble redouter ? Comment lui dire que je sais tout, que j'ai lu le manuel d'éducation sexuelle de Marc, que le plaisir m'est une contrée chère et familière, et que son truc de garçon m'y apparaît en étranger indésirable, en intrus méprisable et laid ? Comment lui dire : « Je devine où tu voulais m'amener, et ma récalcitrante terreur ne doit rien à l'ignorance, mais au dégoût. Je ne te peloterai pas, je ne te laisserai pas sortir ta queue en plein milieu de ma chambre, au grand jour, je n'ai aucun goût, aucun attrait pour ce bout de chair non parce que je manque d'expérience, mais parce que, au contraire, un long chemin m'a menée de découvertes en préférences... J'ai dépassé le temps où la tige douce de mon cousin émerveillait mes doigts de petite fille. Le temps où le bâton de Gaston étonnait ma prunelle enfantine. Le temps où la bite de l'Arabe secouée comme un drapeau de détresse me fascinait et m'effrayait ensemble. Le temps où, minuscule, au berceau de mes deux ans, je rêvais de castrer mon père et de le ressusciter. Depuis, c'est mon sexe à moi que j'ai rencontré. Le seul vrai sexe de la création. Le tien est une prothèse. Le mien, une caverne au trésor. Et le sésame, dans ma tête, dans mes songes, dans mes fantasmagories, n'a pas du tout la forme que, petit coq vaniteux fier de tes attributs, tu voudrais croire. »

J'ai cessé de voir Dominique. Est demeurée la désagréable impression d'être passée pour une gourde. De la gourde à la gourgandine, il y a un fameux bout de chemin. Mais le départ est le même.

A quelque temps de là, Christine, qui demeure à son insu une de mes initiatrices les plus efficaces, monte me voir, une enveloppe mystérieuse sous le bras. Dans le secret de ma chambre, elle décachette le paquet avec des mines comiques de prêtresse. Je suis tentée de sourire par son cérémonial, mais le contenu de l'enveloppe gèle instantanément ma goguenardise en me coupant le souffle. Il s'agit d'une vingtaine de photos pornographiques, très colorées, très précises, exploitant l'art du gros plan jusqu'au vertige. Tandis que mon cœur se déchaîne dans ma poitrine, Christine, très calme, indifférente, me recommande de planquer soigneusement le dossier jusqu'à ce qu'elle le récupère. Je ne sais trop si elle veut momentanément s'en débarrasser, ou si elle cherche à m'épater. Malgré le danger des indiscrétions du Gourou, je n'hésite pas une seconde à conserver les épreuves, avide de pouvoir les contempler à loisir quand je serai seule. En présence de

Christine, la pudeur me retient de me laisser aller à l'observation scrupuleuse et ébahie de toutes ces scènes époustouflantes, sur lesquelles j'ai glissé un rapide coup d'œil presque blasé. Il ne faut pas que Christine devine à quel point son prêt me bouleverse. Son apparente froideur me dicte une froideur égale, avec toujours la même imbécile frousse de paraître plus naïve que l'autre.

J'attends un moment d'absolue tranquillité pour exhumer l'enveloppe du fond du placard où je l'avais enterrée. Avec une lenteur méticuleuse, j'étale sur mon bureau, les unes à côté des autres, les images incroyables. J'ai l'impression d'être une tireuse de cartes, concentrée, appliquée, attentive au message des figures. Mais quelles drôles de cartes, et quelles drôles de destinées, s'inscrivent sous mes yeux ébaubis ! Tout ce que j'ai lu, appris, deviné, imaginé, n'est rien auprès des révélations brûlantes, extraordinairement réalistes de ces clichés obscènes, pour lesquels ont posé des femmes plus écartelées, plus offertes, plus profondes que jamais mes songes les plus torrides ne l'auraient osé envisager. Car ce sont surtout elles, les femmes, qui captivent mon regard ; le spectacle de leur sexe béant, riche de méandres, de plis, de chemins rouges, de cratères nacrés, m'émeut instantanément, m'amène à une volupté convulsive, désorganisée, plusieurs fois renouvelée, qui me fatigue et m'exaspère. Le pouvoir de ces images sur mon ventre est si radical, si puissant, que mon nerf optique me semble directement relié à mes entrailles, et mon cerveau, ma merveilleuse machine à fantasmes et à projections privées, endormi et inutile derrière le rideau opaque de ma volonté, demeure impuissant à réagir, à seulement participer...

Peu à peu cependant, la stupéfaction s'épuise, le choc s'affadit, et j'inventorie plus lucidement, plus intelligemment les composantes du tableau. Et peu à peu l'homme y trouve sa place : là où je ne voyais qu'accessoires au service du culte féminin, énormes matraques à combler la femme, gourdins colossaux dont l'écarteler, cônes géants, dégoulinants pour sa gourmandise, je finis par considérer ses partenaires, forêt que cachaient les fûts étonnants de leur virilité. Derrière chaque tronc, un homme. Sa grimace douloureuse et concentrée, ses muscles arrondis dans l'effort de la pénétration, ses mains crispées, ses jambes ouvertes, ses fesses élargies. Lui aussi fendu, troué. Lui aussi capable d'écartèlement, d'exhibition, du don inouï et divin de l'indécence. Et armé si démesurément qu'il me semble consulter un traité de tératologie plutôt qu'un catalogue de situations quotidiennes. Ces acteurs sont à coup sûr des exceptions. Leur monstrueuse anatomie m'excite à présent, pour ce qu'elle représente de rêve inaccessible et farouche. Je suis sûre que jamais, dans la vie, je ne rencontrerai la pareille. Jamais un garçon, un homme, ne sera capable avec autant d'époustouflante impudeur de se donner en spectacle à mes regards conquis, jamais je ne m'assiérai, comme cette brune trop maigre qui écarquille ses cuisses de sauterelle, sur un pilier de chair rose, bien droit et cylindrique, dangereusement enflé, jamais je ne ressentirai l'exaltante, la délicieuse terreur d'éclater sous son invasion. Toutes ces visions relèvent du sortilège, du truquage peut-être, et si, de ce héros couché à sa cavalière, le trait d'union existe, ramure épaisse dont la tête à peine s'enfouit aux plis moussus qu'on dilate pour l'accueillir, je reste persuadée qu'il illustre la légende, le souvenir millénaire et mythique d'un monde où l'homme et la femme étaient soudés, siamois, faits de la même chair, et indissociables. Eve n'est pas née de la côte d'Adam. Je le comprends à ces images. Elle a été inventée, créée au bout de cette exorbitante trompe, comme la bulle naissant d'un souffle de sarbacane, et sa raison de vivre et peut-être de mourir est là, ce fabuleux trombone qui l'engendra la tient tremblante et sursitaire, la fait vibrer, la comble et la désespère...

Belle histoire, dont je berce à seize ans déjà la nostalgie. Qui a dit : « La pornographie est un conte de fées pour adultes » ? Je ne sais pas si je suis déjà adulte à l'époque où je scrute inlassablement les documents procurés par Christine. Mais il est vrai que j'y vois de la magie, et que j'y déplore et y savoure du surnaturel. Surnaturelles les dimensions titanesques de ces faunes passionnants, surnaturelle leur aisance à se river à leur partenaire extatique, surnaturels les mimiques, les gestes, les offrandes, les giclures, les bouches mâchurées de crème blanche, les seins écrasés entre les doigts cruels, les fesses séparées par des mains indiscrètes, les trous montrés, élargis, les muqueuses moirées, les poils collés, les jeux à trois, à quatre, les puzzles variables où l'on s'essaie à toutes les solutions, ici, là, dessus, dessous, à cheval et à quatre pattes, surnaturelle cette fête du plaisir étalé, forcé, photographié... La vie, ce n'est pas cela, je le pressens, et j'hésite à m'en rassurer ou à m'en attrister.

Désormais, l'homme me devient érotique. Non pas l'homme de tous les jours, mais celui des photos, celui qui n'existe pas, qui n'existera jamais pour moi ailleurs que dans mes rêves, l'homme glorieux, tapageur dans sa nudité, et brandissant, entre ses cuisses troublantes, la racine magique où arrimer ma joie. Pour lui, je serai capable de numéros scabreux, d'incantations torrides. Encore que les termes me manquent, mais patience, m'adviendra bientôt une nouvelle révélation, autrement plus faramineuse, et lorsque le vocabulaire me sera donné, je quitterai à tout jamais les chemins balisés de l'enfance, de l'*in-fans*, ce domaine condamné au silence, car parler, parler de sexe bien sûr, apprendre, imaginer, utiliser les mots du corps, c'est muer tout à fait.

Je laisse Marie en dehors de mes brûlantes découvertes. Mon amour pour elle est à cent mille lieues de tout cela. J'ai l'impression que parler de sexe avec elle équivaut presque à une profanation. Elle est pourtant, à sa façon littéraire, plus érudite que moi. L'autre jour j'ai évoqué un passage d'un roman qu'elle m'avait recommandé, passage mystérieux à mes yeux : je ne comprenais pas bien si les héros faisaient ou non l'amour, ni quelle position ils avaient adoptée. Marie m'a expliqué le plus tranquillement du monde que oui, bien sûr, ils faisaient l'amour, et que l'homme avait une sorte d'attitude crapaudine, les cuisses repliées de chaque côté de sa partenaire. L'idée de cet accouplement batracien, ridicule, m'a arraché un gémissement de dégoût. Je préférais, tacitement, les mises en scène extravagantes de mes photos clandestines, plus sincères dans leurs exhibitionnismes, plus artistiques dans leurs outrances. Les héros du livre, eux, n'étaient pas des modèles pornographiques. Ils forniquaient ordinairement, et ordinairement, ça signifiait laidement, sans panache. Cette approche d'une réalité quotidienne dépourvue d'emphase, ratatinée à une vilaine superposition de deux grenouilles agitées, me répugnait. Marie a dû croire, à ma grimace, à ma plainte navrée, que j'étais une romantique incorrigible. Si elle savait... Si elle savait à quels spectacles se régalent mes yeux, chaque fois que je ressors l'enveloppe scandaleuse de Christine ! Mais c'est peut-être ça, le romantisme... Regretter que l'humanité entière ne puisse baiser avec autant de tapageuse impudicité... Et puis, j'étais malheureuse aussi parce que Marie, ma Marie si douce et pure, affichait un petit air raisonnable très popote pour aborder des sujets dont elle devrait tout ignorer. Je la préférerais très innocente, très loin des choses de la chair. Je ne sais pas si, un jour, j'aurai le courage ou la simple envie de lui parler de mes envols interdits. Si j'aurai jamais besoin de l'associer à ma quête voluptueuse et, quelque part, héroïque, merveilleuse, parce que solitaire et désespérée. Est-ce que ça aura le même goût, la même puissance, si je réduis l'odyssée à une confidence de gamine avertie : Tu sais que je jouis ? Tu sais comment je jouis ? Tu sais ce que c'est de jouir ?

Non, je ne pourrai pas.

11.

Pourtant j'ai pu... La mémoire me manque – et ce manque me semble significatif – des circonstances qui m'ont amenée à la révélation. Un jour, oui, je crois que c'était un jour, un après-midi, dans sa chambre. Elle avait alors déménagé, son père occupait les fonctions de directeur d'une grande école grenobloise, et, dans le nouvel appartement de fonction, elle avait une chambre pour elle seule, où nous nous enfermions sous le prétexte de pouvoir travailler tranquillement. Un jour donc, ses mains sur moi s'emparèrent, avec ma permission tacite et sans doute aussi ce qu'elle prit pour mes encouragements, du secret et du pouvoir ensemble. Leur investigation n'avait rien cependant d'une conquête aventureuse. Non que Marie se montrât timorée, elle savait désormais pour me plaire faire preuve d'audace et d'initiative, et sa tendresse infinie lui dictait, avec une simplicité que j'enviais passionnément, les mots et les gestes de l'amour... Mais mon corps était encore cette machine absolument assujettie à mes rêves. Sans fantasmes, aucun contact, aucune caresse n'aurait pu me troubler suffisamment pour m'amener au désir de l'envol. Il me souvient même que, rétif, étroitement verrouillé sur le souvenir scabreux des intrusions paternelles par canule interposée, il me semblait définitivement impénétrable. J'étais consciente de posséder un vagin, mais avais renoncé à le localiser trop précisément, contentée et épouvantée à la fois par son spectacle grimaçant, inquiétant, dans le miroir dont ma curiosité m'avait armée. Tolérer à son orée une présence me coûtait déjà beaucoup, mes fragiles muqueuses qui en constituaient le seuil brûlaient au moindre effleurement. Point d'invasion donc, si minime fût-elle, de la part de celle qui, penchée avec un tendre intérêt sur mes gémissements et mes yeux clos, reçut la première le don frelaté de mon plaisir. Sa façon de me bercer, de m'alanguir et de me combler en promenant ses mains sur moi, avait, comme toujours, eu raison de mes retenues, et m'avait conduite au bien-être absolu. J'étais nue dans ses bras, abandonnée à la tiédeur de son étreinte, aveugle au monde, les cils serrés sur un univers où dansaient lentement des couleurs et des formes étonnantes, volutes roses, flammes jaunes, silhouettes incertaines de gitanes cambrées, enroulées comme des fumées bleues... Insidieusement cependant mon kaléidoscope imaginaire s'emballa, la projection privée qui se déroulait sous mes paupières changea de registre, les galbes et les contours qui ondulaient avec nonchalance se précisèrent, perdirent leur flou onirique pour acquérir des profils violents, des teintes sans poésie, un sexe de femme, ouvert comme une grenade et comme elle pourpre et luisant, explosa dans ma tête, puis un sexe d'homme, énorme, verni, d'un violet insolent d'aubergine, puis d'autres encore, obscènes, délicieux, dont l'idée chauffait mon cerveau et mon ventre ensemble... et brutalement le miracle eut lieu, l'inouïe reddition de ma pudeur, je m'ouvris au flanc de Marie, sous son regard étonné, sous ses mains douces, je me laissai emporter en haletant, en me tordant, par le flot de cette joie inattendue qui pour la première fois m'advenait entre des bras aimants.

Marie se montra fière et très attendrie par cette preuve de confiance et, pensait-elle, d'amour. En rentrant chez moi, je n'étais qu'à moitié d'accord avec son analyse. La confiance, oui, mille fois oui, elle me l'inspirait totalement, rien, émanant de ma personne, ne la choquerait jamais, ne la dégoûterait jamais, ne la détournerait de moi, j'en étais certaine. Quant à l'amour... J'hésitais, je tergiversais. Un malaise étrange me serrait le cœur. Il me semblait que je venais de donner à nos relations une dimension que je n'avais pas voulue et qui, quelque part, dénaturait nos liens. Il y avait eu de la sexualité entre nous, plus précisément, plus prosaïquement qu'à l'ordinaire. Et même si Marie avait contenu ses caresses, même si elle avait gardé ses phalanges loin de l'épicentre de mon émoi, je m'étais livrée à elle, béante, indécente, d'une indécence qui me faisait frissonner rétrospectivement. Ma honte n'était pas si délectable que plus tard elle pourrait l'être, en souvenir de telle ou telle audacieuse entreprise, de tel commentaire hardi, osés avec l'un ou l'autre de mes partenaires. Elle n'avait rien d'érotique. Elle était sincère, cuisante et désolée, aggravée par la culpabilité d'avoir trompé Marie, au moment où elle croyait recevoir le présent précieux de mon bonheur, en récompense de sa douceur et de son attention. J'avais joui contre elle, mais non par elle. Des images incontrôlables, violemment graveleuses, avaient déclenché mon désir et, aussitôt, mon assouvissement. J'étais humiliée pour elle de ce processus vulgaire, et humiliée pour moi, pour nous. Notre couple, par ma faute, avait perdu son innocence, son authentique ferveur, et je mettrais longtemps, très longtemps, à admettre ce nouvel aspect de nos rapports. Nos baisers, nos chastes échanges me suffisaient, mieux, me comblaient. Désormais, l'amour serait fatigant, il me fatiguait déjà, je bouillais à essayer de voir clair, à chercher comment récupérer la pureté perdue, à comprendre et à regretter : il était trop tard, une ère neuve avait débuté, il me faudrait assumer jusqu'au bout les conséquences de mon étourderie, car c'était par étourderie que je m'étais laissé surprendre, par faiblesse. Or, moi qui n'envisageais pas de dire à Marie : « Tu sais que je jouis ? », je ne voyais pas comment lui dire à présent : « Oublie que j'ai joui. Recommençons comme avant. »

Ma sainte vierge avait eu l'air trop heureuse, et trop intéressée. Bientôt à mon tour, je devrais lui faire l'offrande de la joie. Et la perspective de ce cadeau me pesait, comme à une pauvresse l'idée de rassembler d'improbables fonds pour un présent au-dessus de ses moyens...

J'aurais pu expliquer tout cela à Marie. Elle aurait compris. Comme beaucoup d'autres choses encore. Elle pouvait tout comprendre. Je lui expliquais déjà que mes aventures masculines n'entamaient en rien l'amour que j'avais d'elle, mais qu'elles étaient nécessaires à ma construction, à mon équilibre, à ma curiosité, que sais-je ?... J'employais de grands mots, décrivais de grands principes, et Marie hochait la tête gravement, et Marie comprenait. Elle comprenait sur tous les tableaux : la version officielle que je lui servais avait l'air de lui sembler plausible, elle approuvait ma logique, même si, parfois, elle s'autorisait le luxe de me confier qu'elle en pâtissait. La version officieuse, plus simple et carrée, plus concise, elle la comprenait aussi, elle l'avait saisie dans sa brutalité, du premier coup. J'étais une gourgandine. Une détestable, adorable, incorrigible gourgandine. Il fallait m'aimer ainsi, ou me quitter. Elle m'aimait. J'avais tendance à en abuser, mais comme je l'aimais d'autant plus qu'elle m'aimait, à chaque occasion que je lui procurais de me prouver, par son pardon, son indulgence, sa patience, qu'elle m'aimait, je l'en aimais davantage. Le raisonnement paraît absurde, pourtant il en était ainsi. Plus je gourgandinais, plus elle souffrait ; plus elle souffrait, plus manifeste était son amour pour moi. Et plus je le lui rendais, conforté de gratitude, attendri de remords. Mes infidélités et mes errances me ramenaient si étroitement, si magnifiquement à elle que, parfois, je me laissais aller à croire que je flirtaillais à droite et à gauche pour aimer Marie toujours plus. Et parfois aussi, une lucidité navrante me poignait, ainsi qu'un douloureux regret. Je n'étais qu'une garce de gourgandine et je ne méritais pas les tendresses de ma madone...

Avec ça, j'avais mauvais caractère. Depuis peu, depuis que j'étais sûre, absolument sûre de l'amour aveugle et définitif qu'elle me vouait. Les attentions maternelles dont j'avais été privée, elle les multipliait et, selon une cruelle logique, je me montrais avec elle, capricieuse et injuste, coléreuse comme une gosse trop gâtée. Je me souviens d'un après-midi où, n'ayant de goût à rien, ni à l'étude ni aux caresses, je finis par lui reprocher violemment l'ennui qui m'oppressait, et par fustiger son manque d'initiative, d'idées, de dynamisme, de fantaisie... Puis je partis de chez elle bien avant l'heure rituelle, en claquant la porte et en courant dans l'escalier pour lui signifier avec quelle urgence elle me faisait fuir, et qu'il ne fallait pas chercher à me rattraper. Une colère sourde me porta sur le chemin, m'obligea à courir jusqu'à mon domicile. Mais sitôt entre les murs de ma chambre, je dus me rendre à l'évidence : c'était contre moi que j'étais en rage, contre cet imbécile, égoïste mal de vivre qui, de plus en plus souvent, me gâchait des moments précieux, m'obligeait à de tyranniques éclats, et réduisait Marie à une impuissance désolée... Là encore, la surenchère s'amorçait d'irrémédiable façon. Je commençais par éprouver un écœurement encore vague, mais trop connu. Un vide à combler. Une faim inquiète et dénuée de réelle envie. Je devenais bougonne, mauvaise comme une bête agacée par les mouches, il m'arrivait de taper du pied, de jeter des objets à terre, de geindre idiotement. Marie, appelée au secours par ces manifestations chagrines, se penchait avec sollicitude sur ma misère, proposait de menues solutions : on va faire un tour ? on range ton placard ? tu veux du thé ? Je trouvais ses remèdes absurdes et insipides, les lui reprochais, m'entêtais dans une maussaderie de plus en plus détestable, que je l'accusais d'aggraver par absence d'originalité et pauvreté d'imagination. Ces incriminations désarmaient Marie. Elle perdait ses moyens, tendait des mains suppliantes, geignait à son tour. Je finissais par la détester de se laisser aussi aisément abattre. Elle devenait seule, par sa faiblesse, responsable de mon tourment. La scène se terminait par un éclat, sanglots désespérés de ma part, ou bien fuite, comme ce fameux après-midi... Les remords, après, m'obsédaient, me rendaient malade. Nous nous revoyions très vite, Marie était souriante et moi très embarrassée.

Le lendemain de cet après-midi-là – nous étions en vacances, je crois, pour quelques jours –, Marie est venue chez moi et, avant que j'aie pu lui exprimer mes regrets pour la scène de la veille, elle m'a tendu une lettre. Je me souviens encore d'une phrase qui, entre toutes, m'a bouleversée : « Méchante ! Je voulais te donner une pomme, et, du coup, j'ai oublié. » A l'heure où j'écris, cette pomme me tire encore des larmes. Symbole de tout ce qui est simple et bon, et qu'on rate, par bêtise, par orgueil, par obstination à désirer l'inaccessible et le confus. Pomme d'amour, pomme de discorde. Fruit juteux qu'on croque en narguant les censeurs. Fruit défendu. Comme cette pomme, dont je m'étais privée, eût été douce, sans doute, à mon mal-être ! Comme elle m'eût dit, mieux que tu ne savais le faire, ma sincère, ma tendre Marie, interdite d'éloquence par mes aigres mépris, à quel point j'avais de la chance de te connaître, et de t'importer ! A la lecture de ta lettre, j'ai pleuré toutes les larmes de mon corps. Un intarissable chagrin, hoquetant, tressautant, qui t'a émue plus que mon injustice et ma hargne précédentes, et tu t'es sentie encore coupable, ma pauvre Marie, coupable et affligée, ébahie d'avoir sur moi tant de pouvoir, alors que, quelques heures auparavant, je te jetais de dédaigneuses critiques. Ebahie de comprendre que tu pouvais, sur mon climat, faire la pluie et le beau temps, et que mes reproches de grisaille, somme toute, s'adressaient à une sorte de déesse dont on attend le soleil dans la tempête. Lourde, écrasante responsabilité.

Tu m'as emmenée prendre l'air dans les rues. Moi pleurant toujours, et toi me tendant des mouchoirs, nous avons marché au hasard. Et ce hasard nous a conduites à une église, où j'ai voulu entrer. Dans le silence et la semi-obscurité, j'ai continué à renifler longtemps. Les remords seuls n'auraient pu justifier un tel désespoir. Face aux statues de la Vierge et des saints, visages rayonnants de bonté sereine, des prières nébuleuses me noyaient l'âme, des souvenirs tristes, des regrets incertains. Et tandis que ta main à mon cou, chaude et lénifiante, tâchait d'endormir ma peine, et se rassurait à ma progressive accalmie, une tragique intuition faisait son chemin en moi et, séchant mes pleurs, m'accablait pourtant d'une morne épouvante : un jour, je te perdrai, par ma faute, je nous chasserai toutes deux du paradis de notre amour, pour une pomme oubliée, non réclamée, non reçue, et ma vie alors, sans toi, serait toujours comme ce jour qui me voyait prostrée à l'église de la repentance, triste et accablée de la conscience d'un affreux gâchis.

Il n'y a pas de coïncidence fortuite dans ma rencontre avec Yves. Les filles de la classe avaient des accointanccs parmi lcs garçons du lycéc Champollion. Elles organisèrent avec eux une grande « boum », un samedi après-midi, dans l'arrière-salle d'un café du centre. Elles nous y convièrent, Marie et moi, non sans une certaine goguenardise ; tandis qu'elles insistaient : « Venez donc, vous connaîtrez des tas de gars tous plus mignons les uns que les autres », elles échangeaient des regards entendus, que j'interprétai à la fois comme une mise à l'épreuve (on va voir si elles sont vraiment gouines) et comme la promesse qu'elles se faisaient tacitement d'une bonne partie de rigolade à la vue de deux marginales offertes en pâture à l'ironie masculine. Car nous étions des marginales. Tant par nos comportements (travail soutenu, résultats régulièrement brillants, isolement quasi total dans notre bulle de complicité) que par nos apparences. Nous ne nous maquillions pas, nous n'arborions aucune des tenues à la mode dont le reste de la classe faisait assaut... Enfin, nous n'avions pas d'histoires de garçons à raconter. Je réservais les miennes à Marie, et personne, dans cette seconde littéraire de petites bourgeoises méprisantes, n'aurait pu se douter que je cultivais le don-juanisme avec une obsession quasi pathologique, ni que je rencontrais mes conquêtes parmi les connaissances de mon cousin, ou, beaucoup plus étonnamment, dans les rues et les allées de mon quartier.

Marie se résigna en bougonnant à honorer l'invitation. Moi, fouettée par le défi moqueur que j'avais lu dans les yeux des autres, je soignai tout spécialement ma mise. J'osai un chignon, et choisis ma robe rouge – la seule élégante de mon placard – jamais portée au lycée, que j'assortis avec une paire de bottes blanches également réservée aux grandes circonstances. L'ensemble, dans le miroir, me plaisait. Je sus, en arrivant à la fête, qu'il était réussi : les filles arrondirent des prunelles dont la sincère surprise oubliait la raillerie. On me déclara même, avec un ébahissement injurieux : « Mais, tu sais que tu es mignonne ? », on s'indigna : « Pourquoi tu ne t'arranges pas mieux d'habitude ? »... Je haussai une épaule découragée d'avance. A quoi bon leur expliquer que cette robe qu'elles admiraient était unique en ma penderie, et que je m'étais longtemps bagarrée pour obtenir mes bottes, dont on m'avait ordonné qu'elles durent le plus possible. Depuis, je vivais dans la hantise de voir grandir mes pieds...

Marie n'était pas encore là. Son père devait l'amener, mais la ponctualité n'était pas le fort de sa famille. En attendant, je risquai un coup d'œil dans la salle sombre, traversée des éclairs spasmodiques de spots psychédéliques. La musique résonnait déjà, mais j'entendis pourtant, à l'arrivée d'un grand type raide comme un piquet, des acclamations réjouies : « Le Révérend ! Voilà le Révérend ! » Je l'observai, obligée d'approuver son surnom. Une tenue noire très stricte, proche de la redingote, ensachait son corps maigre, et son visage sérieux, terriblement froid, émergeait d'un col blanc qui peaufinait son costume de clergyman. Il s'était assis dans un coin de la salle, avec une rigidité solennelle. Ses camarades poursuivaient leurs commentaires, le désignaient aux filles d'un pouce désinvolte, le hélaient : « Tu ne danses pas, Révérend ? » avec une familiarité sarcastique qui me renseigna vite : lui aussi était un marginal, en butte à la gouaille méprisante de sa classe. Lui aussi avait été mis au défi de venir, et l'on se poussait du coude à le voir seul et résolument immobile sur sa chaise, interdit d'exhibition faute de souplesse, congelé dans une timidité qu'il déguisait en dédain. La solidarité me poussa vers lui. J'optai pour la galéjade, me jetai à ses genoux, mains jointes : « Mon père, j'ai besoin de me confesser ! » Son visage demeura impassible, il éleva seulement deux doigts au-dessus de ma tête pour un signe de croix, et déclara : « Je vous écoute, ma fille ! » Nous improvisâmes un numéro si parfait, si équilibré de reparties, si juste de ton que peu à peu un cercle se forma autour de nous, le silence se fit, le disc-jockey ayant été prié d'interrompre sa tâche pour qu'on pût mieux nous entendre. Nous nous donnions la réplique avec le double plaisir de nous compléter intuitivement, et de sidérer nos détracteurs. Lorsque j'eus avoué, avec la componction nécessaire : « Je suis une grande pécheresse » et qu'il eut répondu : « Ma fille, c'est là beaucoup d'orgueil », j'enfilai une série de confessions brûlantes et drôles, puisées dans l'intimité même de mon quotidien, et d'un réalisme qui acheva de troubler notre public. Le Révérend, toujours impavide, s'amusait beaucoup à la scène : « Dois-je comprendre, ma fille, que vous insultez à la pureté ? – Oui, mon père, tous les jours, plusieurs fois ! »

Comme l'aveu m'était facile, transfiguré par la dérision ! Comme soudain, habillé des mots emphatiques de ce garçon, de sa caricaturale liturgie, il prenait des allures légères, drôles, brillantes même ! J'éprouvai immédiatement, et pour longtemps, une chaude tendresse pour celui qui venait de me permettre la verbalisation d'une de mes préoccupations les plus tenaces. Celui qui venait de m'aider, à sa façon ludique et fine, à m'accepter, à dédramatiser mon souci, à le parer de caracolante cocasserie. Il me donna l'absolution pour finir. Puis s'étonna, feignant de découvrir notre auditoire ahuri : « Eh bien ! on ne danse pas ? » Il héla le DJ, réclama un slow. On nous offrit *Only you*. Il n'eut même pas à formuler son invitation : j'étais déjà contre lui... Il m'embrassa longuement, il embrassait bien. De plus en plus époustouflée, la salle autour de nous ne nous quittait pas des yeux, arrondissait une scène pour nos ébats, et nous, aveugles et sourds à sa stupéfaction murmurante, nous flirtâmes avec passion tout l'après-midi. Je vis à peine arriver Marie, qui s'ennuya vite. Une résignation presque amusée lui faisait hausser les sourcils et les épaules quand je passais près d'elle aux bras d'Yves. Je crois qu'elle dansa, un peu, avec un ou deux garçons, sérieuse comme une qui accomplit un devoir nécessaire. Plus tard elle me confia qu'elle ne se sentait pas à sa place du tout dans ce genre d'endroit et me demanda, si je devais y prendre goût, d'y retourner sans elle.

Je me mis à rêver d'une fête où je l'aurais prise dans mes bras, et embrassée comme j'avais embrassé Yves, avec ferveur. Un frisson de lucide angoisse ternit ma vision. De marginales, nous serions devenues des parias.

12.

Yves a beaucoup compté pour moi. Il a été un multiple révélateur, catalyseur de sentiments et de faits encore larvés quand je l'ai rencontré. J'ai flirté longtemps, ostensiblement avec lui, l'encourageant à venir m'attendre aux portes du lycée, à me prendre dans ses bras, à m'embrasser cinématographiquement devant le flot de filles lâché par la sonnerie. J'aimais ça : qu'elles se rendent compte que, malgré mes airs de forte en thème (je fournissais à peu près toute la classe avec le fruit de mes préparations latines), malgré mes accoutrements à la limite parfois de l'invraisemblable, malgré mon amitié particulière pour Marie, j'étais bien banalement amoureuse d'un garçon, bien platement heureuse de ses assiduités. Voyager dans l'ornière commune me rassurait, me comblait d'un confort trompeur qui lénifiait ma hantise d'être montrée du doigt. Devant ma liberté à me laisser embrasser par Yves au nez même des professeurs, on me montrait aussi. Mais il me semblait que ce scandale équilibrait l'autre, et que l'opinion publique, à laquelle j'accordais l'importance que mon éducation avait voulue, me pardonnait l'outrance, du moment qu'elle corrigeait la déviance. J'aimais aussi, et cet engouement m'advenait soudain, passer pour une séductrice. J'avais jusque-là adoré séduire, mais voilà que je désirais violemment qu'on s'en rendît compte. Il s'agissait d'une reconnaissance devenue à mes yeux indispensable ; le don-juanisme devait faire partie de mon personnage, mieux, en constituer la principale caractéristique. Paradoxe bizarre : j'avais peur qu'on ne décriât mon amour sincère pour Marie, et je me moquais éperdument qu'on me considérât comme une coureuse, au contraire, j'avais envie que ce jugement éclipsât tous les autres, qui me pesaient. Je m'affichais gourgandine pour mieux me dissimuler. Personne, à part Marie, ne pouvait se douter de mes angoisses, de mes fragilités, de mes hontes, et des lancinantes douleurs que mon enfance mal guérie prolongeait encore en moi. Abritée derrière ma façade de libertine, déguisée, je me sentais en sécurité.

Autre découverte, ou presque, due à la fréquentation d'Yves, l'ampleur subite, avouée en des plaintes réitérées de plus en plus poignantes, de la jalousie de Marie. Elle avait été parfois dépitée, parfois très agacée par mes cabrioles. Mais jamais si profondément affectée. Or, même par amour pour elle, je ne parvenais pas à rompre avec Yves. Je n'avais pour lui qu'une affection sans passion mais me sentais retenue par une foule de menus intérêts, au-delà du fait déjà évoqué qu'il représentait ma vitrine sociale et mon alibi. J'appréciais son humour pince-sans-rire, sa culture, et cette rigidité de ses traits, qui masquait une hypersensibilité dont j'avais été intuitivement avertie au premier instant. Il avait une voix bien timbrée, beaucoup de vocabulaire, et pouvait avouer des vérités bouleversantes sans en avoir l'air.

Un jour il parla de m'emmener à la piscine. « Oh ! non ! me mis-je à gémir. Je suis très mal à l'aise en maillot de bain. Je me trouve trop grosse. » Nous étions dans la rue, il se tourna vers moi, s'immobilisa, très raide, très sérieux : « J'espère bien que tu viendras, quand tu te seras rendu compte de l'honneur que je te fais : je n'ai jamais rien proposé de tel à aucune fille, je ne me montre jamais en maillot de bain moi-même, je suis beaucoup trop maigre. »

Cette brèche ouverte sur l'âme endolorie de complexes d'un garçon me fit l'effet d'une compresse fraîche sur mes propres meurtrissures. A la faveur de cette sincérité tranquille qu'il m'offrait, je risquai l'aveu qui me brûlait les lèvres, et lui parlai de Marie. Il réagit exactement comme je l'avais pressenti : un intérêt dénué de scandale comme de grivoiserie attacha son regard sur moi. La situation lui parut digne de longues analyses, de questions humanistes, et lui souffla un honorable scrupule. Marie souffrait-elle de mon flirt avec lui ? « Oui, bien sûr », répondis-je. Il hocha la tête, bien embêté, compatissant, sans penser une seconde à fustiger ma cruauté, ma légèreté, évidemment conscient que les choses de la vie étaient bien loin de la simplicité. Je l'ai admiré et chéri pour son attitude grave, qui ne me proposait aucune solution, aucun conseil et se gardait du jugement. Aucune protestation non plus de loyauté indignée du style : « Quittons-nous vite, je ne veux pas être responsable d'un chagrin ! » Je crois qu'il tenait à moi, et que son silence et son acceptation de mes incohérences étaient une façon de me le dire.

Je décidai qu'il méritait deux hommages. D'abord il resterait celui qui, pour la première fois, m'écartelait vraiment, car faire souffrir Marie, soudain, me faisait souffrir aussi, sans que je puisse ni ne veuille rien faire contre. Mon gourgandinage me faisait mal ; seul, de tous les garçons rencontrés jusque-là, Yves valait la peine de cette douleur. Le second hommage serait celui de ma virginité. Je venais de m'y résoudre, puisque je voulais absolument pousser mes connaissances masculines jusqu'à la dernière extrémité. Yves serait mon initiateur, mon envahisseur autorisé. Lui seul, encore une fois, m'apparaissait assez solide pour supporter le choc de mon fatal désenchantement.

La scène eut lieu dans un petit appartement d'un immeuble vétuste situé dans le centre de Grenoble. Exactement rue Montorge, je me souviens encore de ce nom, évoqué par Yves avec une sorte de réticence. Nous arrivions aux beaux jours, il m'agita un trousseau de clefs sous le nez, en m'expliquant qu'il devait passer arroser les plantes de sa grand-mère, et me demanda si je voulais l'accompagner. Comme je m'empressai d'accepter, il eut à cœur de tempérer mon enthousiasme par une grimace gênée : « Je te préviens, c'est rue Montorge – Et alors ? – Tu n'as pas peur d'être vue dans une allée de la rue Montorge avec moi ? – Pourquoi, tu es connu là-bas ? » Mon innocence lui arracha un soupir. « Non, mais enfin, tout le monde sait, à Grenoble, que la rue Montorge est une rue à putes ! » Moi qui habitais un boulevard excentré, qui n'allais en ville que récemment et toujours guidée par Yves, j'imaginais cette rue comme un endroit très exotique et si éloigné de mon cadre de vie qu'il m'était impossible d'y croiser quelqu'un de familier. Quant au regard des inconnus, je trouvai plutôt excitant qu'il se trompât sur mon compte, et vît en moi la séductrice professionnelle que je rêvais de devenir. Yves tergiversa encore un moment, insista : « Tu es bien sûre ? », et finalement m'entraîna dans un dédale de ruelles sombres à odeurs fortes, poubelles et urine mêlées. La montée d'escalier elle-même exhalait des relents violents, qui ne me dégoûtaient pas. Après le soleil de la place Grenette et ses parfums de gaufre, cette rue Montorge possédait le charme vénéneux du sordide, et j'aimais, dans notre ascension sur les marches de bois gémissant, l'idée que j'étais en train de me perdre tout à fait, de perdre ce qu'il me restait d'ingénuité. Je ne redescendrais pas ces marches comme je les avais montées, j'aurais laissé là-haut, où le destin complice m'appelait, le dernier vestige de mon enfance, j'allais me donner à un homme qui ferait de moi une femme, en m'octroyant, sinon le plaisir sur lequel je ne comptais pas, du moins le renseignement.

Yves ouvrit la porte, dit : « Voilà ! » L'appartement était plus clair que le quartier ne le laissait supposer. C'était une pièce unique, très propre, dont il émanait des arômes charmants, compote, café, encaustique. On avait regroupé les plantes à soigner dans l'évier. Yves ouvrit le robinet. Je le regardai sans trop savoir comment m'y prendre. Nos échanges s'étaient toujours bornés aux enlacements, aux baisers. Jamais nos mains ne s'étaient aventurées sur le corps de l'autre, et, hormis la satisfaction de me laisser embrasser et d'embrasser moi-même avec un art désormais maîtrisé, je n'éprouvais au contact d'Yves aucun émoi de type sexuel. Ce qui, à mes yeux, n'avait guère d'importance pour l'événement qui devait suivre.

Tandis qu'il s'absorbait à sa besogne de jardinier, je vins, par jeu, me coller à lui pour me faire des grimaces dans le miroir qui surplombait l'évier. Il m'accorda un intérêt distrait, poursuivit son arrosage. J'enlevai alors ma robe, me retrouvai en combinaison. Un coup d'œil affolé de sa part récompensa mon audace. Puis j'allai me jeter sur le lit, un grand lit aux montants métalliques dont le matelas s'enfonça sous mon assaut. Cette fois, je lus sur le visage de mon compagnon un réel effroi. « Viens ! » lui dis-je en riant, et en lui tendant les bras. Son refus bégayant m'amusa d'abord. J'opérai quelques bonds sur le sommier souple, qui se mit à crier et à grincer. Yves joignait à ses plaintes les siennes, suppliantes. « Arrête ! Arrête ! » Ses yeux mobiles roulaient d'un mur à l'autre de la pièce, évoquaient les voisins et la frousse qu'il avait d'attirer leur attention. « Tu rigoles ? protestai-je. Ils doivent en entendre d'autres ! – Pas de la part de ma grand-mère – Eh bien, pour une fois, ils croiront qu'elle s'envoie en l'air ! » Mon humour ne le fit pas rire du tout. Il avança sur moi, gravement. Je me calmai, me poussai un peu pour l'accueillir. Il posa une fesse prudente sur le bord du lit, me considéra avec reproche. « Tu n'aurais pas dû te déshabiller. – Pourquoi ? – En général, les garçons aiment bien déshabiller les filles. – Ah ? Passe-moi ma robe alors, je la remets, et tu me l'enlèves. » Il eut l'air triste, déclina l'offre d'un signe de tête. « Ecoute, dit-il, ne compte pas sur moi. » J'eus l'impression d'avoir gâché la circonstance par ma désinvolture. Je lui dis que je le regrettais sincèrement, que j'allais devenir très douce, très sage, qu'il n'aurait qu'à me demander ce qu'il voulait, que j'obéirais gentiment. Mes bras à son cou tentèrent de le convaincre, il en refusa l'asile. « C'est vrai, avoua-t-il, que ton comportement est souvent déroutant. Mais, de toute façon, je n'aurais pas cherché à profiter de l'occasion. Pas du tout. J'ai trop peur. Tu me fais peur. »

Nous refîmes le lit que j'avais malmené. Nous avions des gestes d'amants précautionneux du secret, pour retendre la couverture sur laquelle il ne s'était rien passé. En quittant l'appartement cependant, je ne me sentais pas déçue. La promesse que je m'étais faite avait été tenue : je ne partais pas telle que j'étais arrivée, mais éclairée, nantie d'un savoir supplémentaire, plus précieux que l'empreinte d'un sexe viril en moi. Yves, à sa façon modeste et sincère, m'avait, une fois de plus, étonnée, attendrie, il m'avait suggéré des réflexions troublantes qui contrecarraient les principes de mon éducation, les a priori de ma génération, et beaucoup de mes opinions personnelles : tous les garçons n'étaient pas des obsédés sexuels, tous les garçons n'étaient pas des garçons faciles et il fallait sans doute beaucoup de tact aux jeux de gourgandinage pour parvenir à ses fins avec les plus délicats d'entre eux. Peut-être même fallait-il les traiter comme des femmes, en leur faisant longtemps la cour, en ayant l'air d'ignorer ce qu'on attendait d'eux... A découvrir chez mon compagnon des scrupules que mon conditionnement me faisait juger féminins, je m'exaltais en pensant que désormais je devrais, avec mes conquêtes, me comporter plus souvent en homme, c'est-à-dire avec une hypocrite patience. Je remettais un préjugé en question avec une fierté naïve de piètre exploratrice, sans voir que j'en élisais un autre...

J'étais toujours vierge, et résignée à le demeurer encore un certain temps, car Yves restait le seul horizon masculin de mon existence. Cette fidélité me surprend rétrospectivement. Mon avidité de séduction était telle que j'aurais pu cumuler plusieurs flirts, ce que j'ai fait couramment une grande partie de ma vie. Mais je manquais vraisemblablement de temps : je travaillais toujours beaucoup, voyais Yves régulièrement, me consacrais à Marie les jours de congé. Elle persistait à se plaindre de mes rendez-vous galants, et voyait avec justesse, dans le fait qu'Yves était mon unique préoccupation amoureuse à part elle, l'importance qu'il avait pour moi. Il m'intéressait toujours, m'amusait toujours, m'initiant à l'humour de Sacha Guitry, pour lequel il nourrissait un véritable culte, aux joies du baby-foot, et aux délices de la romaine, ce mélange de rhum et de limonade qu'il m'offrait de temps en temps au premier étage d'un café où nous pouvions flirter à l'aise.

Un soir chaud du mois de juin, je sortis avec Eric. On ne m'autorisait la promenade vespérale qu'à l'expresse condition d'emmener mon frère, encore était-il entendu que nos flâneries se limitaient au seul périmètre du quartier. Eric manifesta une inquiétude frissonnante quand je l'avertis que j'avais rendez-vous avec Yves, et qu'il nous attendait tous les deux dans notre café habituel, sur le cours Jean-Jaurès, c'est-à-dire assez loin de chez nous. Lorsque nous rentrâmes, je n'avais aucune idée de l'heure, mais compris qu'il était beaucoup plus tard que d'habitude au visage tragique de mon père qui nous ouvrit la porte avant même que nous n'ayons eu le temps de sonner. « Où étiez-vous ? » demanda-t-il, décomposé. Je tâchai d'éluder. « On se baladait... » Il asséna alors à mon frère une retentissante gifle dont l'injustice révoltante atteignit son but : me punir de façon plus sévère que s'il m'avait claquée personnellement. Ma mère, mon frère et moi demeurâmes ébahis, Eric ouvrait de grands yeux d'où débordaient des larmes de douleur et de surprise. Dans notre silence consterné, le Gourou déclara : « Elle est trop grande pour être giflée. Elle comprendra que son frère a ramassé pour elle. »

Ce haïssable procédé m'inspira une riposte : « Je ne sortirai plus avec lui », à laquelle le Gourou rétorqua : « Tu ne sortiras plus du tout. »

Trois semaines après, Yves m'invitait à une soirée qu'il donnait dans sa maison de campagne. Des copains à lui passèrent me prendre en voiture, mon père n'osa rien dire. Je me sentis si mal à l'aise ce soir-là, si perdue parmi toutes ces connaissances que je ne soupçonnais pas à Yves, si anonyme, si ignorée, car son rôle de maître des lieux lui tenait à cœur et il se multipliait pour offrir à boire, mettre de la musique, plaisanter avec tout le monde, que je me mis à dire et faire à peu près n'importe quoi, excentrique par dépit, et très provocante.

Les filles présentes me considéraient avec une réprobation glacée, les garçons pensaient que j'étais ivre. Yves me signifia que je l'avais beaucoup déçu et beaucoup gêné, qu'il avait essuyé des questions effarées à mon propos. D'un tacite accord, nous ne cherchâmes plus à nous revoir. Je n'eus aucun mal à oublier définitivement celui qui m'avait oubliée de trop longues minutes.

L'année scolaire s'acheva en feu d'artifice : exceptionnellement, mon père se déplaça pour assister à la distribution des prix. Cette fois, en sus d'une quinzaine d'autres récompenses dont le prix du conseil de classe, celui du tableau d'honneur, le premier prix de français, de latin, d'italien, on m'avait attribué le prix d'excellence. On m'appela au micro sur l'estrade de la gloire, et mon nom résonna à tous les échos pendant dix minutes. Je me tenais debout, droite et fière comme un bon soldat au service de la culture, la directrice se leva, m'accola, me chargea d'un tas de livres avec lesquels je revins vers l'assistance qui m'applaudissait. Je me dirigeai vers la chaise voisine de celle de mon père. Je vis qu'il pleurait. Je l'embrassai sur la joue, mue par un élan dont la spontanéité, infiniment rare dans mes rapports avec lui, m'étonne et me bouleverse encore. Il est cruel de se rendre compte de ce qu'aurait pu être le bonheur...

Après cette cérémonie, nous étions invités au mariage d'une cousine. On me présenta mon cavalier, petit et assez laid. Nous désertâmes l'immense tablée pour nous promener dans le parc du restaurant, et flirter. Lorsque nous revînmes à table, ma mère, ironique, me demanda : « Alors ? Promenade sentimentale ? » Mon père souriait. J'avais grandi... J'aurais dû me sentir heureuse, mais un malaise m'accablait. Je crus toute la soirée que j'étais contrariée d'avoir perdu ma barrette dans le parc.

En fait, la perspective de la liberté croissante dont je jouirais, absurdement, m'angoissait...

13.

J'allais sur mes dix-sept ans. Rassuré par mon ardeur à l'étude, fatigué par une artériosclérose inquiétante, usé par les conflits conjugaux, tracassé par la future entrée en sixième d'Eric, pour lequel il se faisait beaucoup de souci, mon père renonça soudainement et presque totalement à toute manifestation d'autorité à mon égard. L'indépendance tant espérée, sourdement redoutée depuis peu, m'advenait, avec son poids d'accablantes responsabilités. On ne m'interdit pas de retourner camper avec Marie. On me fit seulement comprendre que mes rapports avec elle ne dupaient personne, si ce n'était ses parents, et qu'il était bien regrettable qu'ils fussent aveugles, parce que, dûment éclairés, peut-être ne m'auraient-ils pas invitée aussi cordialement. Tout cela évoqué en termes suffisamment vagues et allusifs pour me permettre de sauver la face, de nier aussi confusément qu'on m'accusait. Rien n'était vraiment dit, mon père maugréait : « J'espère me tromper », et ma mère surenchérissait : « Oui, on espère. » Le climat de la maison me devenait insupportable ; mon petit frère allait suivre mes parents dans le Massif central, où mon père, depuis quelques années, faisait une cure d'été pour ses artères. Il me semblait criminel de quitter Eric, de l'abandonner entre leurs disputes, tandis que je partais profiter tout mon saoul de la mer, du soleil, de la tendresse de Marie, de la bonne humeur de sa famille. Je sentais avec angoisse que toujours mon bonheur serait entaché de remords, et qu'il me faudrait une bonne dose de courage pour être heureuse à ce prix.

Dans le train qui m'emportait vers les vacances, une tristesse poisseuse m'assombrissait avec la tentation masochiste de comparer ce second voyage au précédent, exalté de nouveautés... J'étais encore légère alors, légère et insoupçonnée malgré ma grande clameur blessée : « Papa, je l'aime ! » Depuis, j'avais resserré les lèvres, m'étais refermée sur mes secrets, avais toujours refusé d'admettre ma passion honteuse pour Marie, et le grand élan sensuel autant que sentimental qui me portait vers elle. Je défendais pied à pied mon intimité, ayant appris à déjouer tous les vilains tours de l'Inquisiteur par d'aussi vilaines précautions. Je planquais systématiquement tous mes écrits, ma correspondance avec Marie dans des endroits invraisemblables quand ce n'était pas chez Marie elle-même, et me gardais de fouilles intempestives en disposant stratégiquement des cheveux imperceptiblement scellés à la cire de bougie sur chacune de mes cachettes. La nuit, je posais une allumette sur la poignée de ma porte, à l'intérieur de ma chambre. Le jour où l'allumette ne tomba plus, je sus que le Gourou avait cessé de venir rôder autour de mes placards pendant mon sommeil. Cette abdication me tourmenta, signant peut-être sa lassitude, son détachement, me renvoyant à mes choix. Dorénavant, je ne pourrais plus prétendre agir par réaction à la brimade, par provocation des lois sévères de mon enfance. On me laissait la latitude qui m'avait toujours manqué, on respectait les barrières de mon jardin, mais j'avais l'impression d'y cultiver plus de ronces que de roses, et la censure me manquait, comme à une plante qu'on prive soudainement du grillage où accrocher son assaut.

Je viens d'arriver au camping et de retrouver Marie heureuse et souriante, sa douceur simple. Est-il possible que par elle me vienne tant de bonheur et de malheur ensemble ? Qu'avec le tourment elle dispense le remède, avec l'harmonie, l'inquiétude ? Marie, ma crucifixion...

Pour notre première nuit, ses parents nous demandent d'aller dormir dans une tente de dépannage à l'entrée du camp, car ils ont des cousins en visite, qu'ils vont héberger dans notre gîte habituel. Je suis un peu déçue, j'attendais si fort de retrouver la petite canadienne blottie dans l'ombre calme de la caravane parentale. La toile qu'on met à notre disposition est vieille, très humide, et surtout sa position, près du grand portail d'accès au camp, n'a rien de paisible. Beaucoup d'allées et venues, des cris, des rires. Et les phares des voitures qui trouent constamment notre obscurité. Evidemment, Etiennette s'est éclipsée... Mon désir de Marie, ma hâte de nos retrouvailles me penchent vers elle. Finalement, les bruits extérieurs ne nous perturbent pas autant que je le redoutais, au contraire, nous nous sentons, murmurantes tout près de cette agitation, plus insoupçonnées que jamais, plus enivrées du secret de notre étreinte. Et la lumière des phares, rayon intermittent, irrégulier, nous éclaire d'un halo mouvant et poétique, qui rend Marie si belle...

Pour la première fois, j'ose m'aventurer un peu plus avant que le seuil auquel j'ai toujours cantonné mes caresses. Ma main trouve entre ses cuisses un chemin mouillé, creusé pour me recevoir, que j'ai quelquefois parcouru, en tremblant, mais jamais exploré jusqu'à cette limite, cette barrière élastique et ferme que j'éprouve aujourd'hui de deux doigts plus assurés qu'à l'ordinaire. Et soudain, Marie pousse un cri léger, se raidit à peine à mon bras. Ma main épouvantée recule déjà, engluée d'un liquide chaud. Le lendemain matin, à la lumière du jour, une même curiosité nous courbe sur les taches de sang qui fleurissent son duvet. Je suis navrée de ma brutalité, et bredouille des excuses piteuses. Marie, elle, radieuse, me sourit à pleins yeux, à plein visage, et murmure : « Il me semblait bien... », ravie du cadeau qu'elle m'a fait, comme le jour du collier. J'ai progressé depuis ce jour-là, à présent je sais dire merci. Je la serre contre moi avec une fierté attendrie de jeune époux.

Mais je suis un époux volage. A force de fréquenter le groupe de jeunes, pour des raisons évidentes (ses parents ne comprendraient pas que nous les snobions), à force de voir Etiennette se sauver tous les soirs pour des promenades sentimentales au clair de lune, j'ai fini par flirter avec Alain, et par accepter de le rejoindre la nuit. Marie tique, et se plaint doucement, confessant humblement sa jalousie, mais ne me fait jamais de scène, et réserve à mes retours d'escapade une indulgence dangereuse. J'aime toujours m'éloigner d'elle pour revenir. J'aime de plus en plus lui faire mal pour qu'elle me pardonne. J'aime me sentir aimée, protégée au-delà de toutes mes vilenies, que je lui confesse sans retenue. C'est si bon de ne pas tricher, de se montrer comme on est, faible et repentant, et de savoir que rien, jamais, ne pourra amoindrir la tendresse qu'on a su inspirer.

Alain est un garçon étrange, doté d'une forte personnalité, très bohème et fantasque. Il marche pieds nus, joue divinement à tous les sports d'équipe, à l'aise dans son petit corps trapu et musclé. Des cheveux très drus, hirsutes, couronnent son visage fascinant, aux traits presque simiesques à force de caractère. Ses yeux noirs enfoncés sous des arcades saillantes, sa mâchoire proéminente, sa peau très brune lui confèrent le charme inattendu des laids. Nous marchons dans la pinède sombre, main dans la main. Il chante, s'assoit, me tire par le poignet pour m'inviter à en faire autant. Des odeurs d'aiguille de pin, de sève, se lèvent du sol que nous foulons. Il m'embrasse. Il est torse nu, sa peau chaude glisse sous mes doigts, je parcours ses épaules d'homme, ses seins larges et durs, hérissés d'un frisson éloquent. Soudain, sa main emprisonne ma main. « Arrête ! » Je m'étonne sincèrement « Pourquoi ? » C'est tout. Il se relève, m'entraîne à sa suite dans une flânerie nonchalante qui s'achève une heure après par un baiser...

Une autre fois, je vais le rejoindre dans sa tente. Il s'est couché tôt, il est crevé après un tournoi de hand qui a duré l'après-midi. Il s'éveille vaguement à mon entrée, élargit son bras pour m'accueillir contre lui, m'inviter dans son sommeil. Mais je ne veux pas qu'il se rendorme. Je cherche la fermeture Eclair de son duvet, la débusque, la manœuvre... Il est nu là-dedans, et moite. J'aimerais m'aventurer, et je n'ose pas. Une attirance mêlée de peur et de dégoût mouille ma main, la guide, la retient. Mais là encore, je sens le bracelet dur de ses phalanges sur mon poignet. « Arrête ! – Pourquoi ? »...

Je le saurai longtemps après. L'été suivant. C'est lui qui viendra rôder autour de notre tente. Il enverra Etiennette en délégation. « Alain t'attend dans la pinède. Il veut te parler. » Marie grogne, ses bras m'entourent et me supplient. Mais je n'ai aucun désir de m'en aller. « Dis-lui que je dors. »

Etiennette revient trois fois à la charge. Je le connais, le bougre. Il érige l'obstination en discipline. Je promets à Marie que je reviens de suite, le temps de me débarrasser de lui, que j'ai oublié depuis l'année dernière, qui ne m'intéresse plus du tout.

Dans la pinède, il se couche tout de suite ; je le considère avec une surprise méfiante. Il croise ses mains derrière sa tête pour me rassurer. « Regarde les étoiles ! – C'est pour ça que tu m'as obligée à me lever ? – Non, je voulais te dire : l'été passé, j'avais peur. – Peur de quoi ? De moi ? – Oui, je savais ton âge. Je m'en faisais une montagne. J'étais bête. » Il a dénoué ses mains, les a tendues vers moi. Je demeure assise, les bras autour des genoux, sans répondre à son appel. J'approuve : « Très bête », et je me lève. C'est fini, c'est trop tard, il le sent, ne cherche pas à me retenir. Je ne lui sais aucune reconnaissance de ses regrets, de sa franchise. Seule m'exaspère la frousse avouée, avec, aussi, cette insistance à me tirer du lit, tout soudain, comme si la révélation allait m'éblouir instantanément et m'ouvrir les jambes comme un sésame. Je chéris ce souvenir. Trop souvent j'ai manqué d'orgueil, trop souvent j'ai récompensé l'intérêt des hommes, fût-il fluctuant, hésitant, déplacé. La gourgandine est une femme facile. Il suffit de la regarder d'une certaine façon, elle est prête à tout accorder...

Cette fin d'été-ci, je dois retrouver mes parents qui passent une semaine sur la Côte, dans un camp tenu par le comité d'entreprise de mon père. C'est lui qui vient me chercher. La transaction est rapide, comme l'année dernière. Formules de politesse expédiées auprès de la famille de Marie. Moi je n'ose la serrer trop fort dans mes bras. Je sais que je la retrouve pour la rentrée dans huit jours.

Dans la voiture, le Gourou m'annonce qu'il a invité ma grand-mère à se joindre à nous. « Tu comprends, explique-t-il, c'est peut-être la dernière fois qu'elle verra la mer. » Je comprends surtout que sa tendre moitié doit être dans tous ses états. Le coup de la mer à voir une dernière fois dure depuis dix ans. A chaque occasion que mon père a eue de nous emmener quelques jours à La Napoule, il a insisté pour prendre sa mère. Résultat : un mois de scènes préalables à la maison, voyage tendu dans la voiture surchargée, séjour crispé. Au moins, cette année, Eric aura eu plus de place en venant... Ce qui m'embête, c'est que j'ai acheté au marché de Vintimille des pulls pour chacun des membres de ma famille, mais évidemment je n'ai pas pensé à ma grand-mère... En arrivant au bungalow, je sens l'atmosphère lourde. Ma mère vient de défaire les bagages, en enjambant le lit de camp supplémentaire qui prend toute la place... « Bien sûr, la chambre est prévue pour quatre personnes ! » soupire-t-elle. Je fais observer que j'aurais pu rester avec Marie à La Bocca, et leur laisser ma place. La remarque tombe dans un silence glacial. J'ai l'impression qu'ils me font tous la gueule, même Eric. J'ouvre mon sac, en sors les tricots de Vintimille qui m'ont coûté tout l'argent de poche dont je disposais ; celui de ma mère est d'un jaune abricot vif et gai, qui la réconcilie avec l'existence. Elle sourit en se le plaquant sur la poitrine. « Tu as bien fait ! dit-elle. Regarde, brune comme je suis, si ça me va bien ! » Puis elle s'intéresse à celui d'Eric, et me félicite quant au choix de la taille. Mon père, lui, s'aperçoit à peine de mon cadeau, ne me remercie pas, allonge une tête abominablement contrariée quand il comprend que je n'ai rien pour ma grand-mère. Dans son coin, elle aussi semble rouler de sombres pensées. Je profite d'un aparté pour chuchoter à ma mère : « Je ne savais pas qu'elle serait là ! » Son visage s'éclaire d'une approbation joyeuse : « Ça lui fait les pieds ! »

Ce climat détestable me pousse à jouir de ma nouvelle liberté. Je reste sur la plage tandis qu'ils vont au marché. J'y rencontre Peter, éphèbe blond recroquevillé sous son parasol. Je ne parle pas allemand, lui ne connaît que très peu de mots français. Pourtant, quand mes parents arrivent après leurs courses, ils me trouvent allongée contre lui, absorbée dans un échange linguistique des plus éloquents. Et puis ses copains le hèlent, veulent l'emmener manger. Il s'en va à regret, non sans m'avoir donné rendez-vous le soir même devant le caboulot des frites, tout près du camp.

Lorsque je rapproche ma serviette du parasol familial, ma mère arbore un air renseigné très ironique, mon père garde les yeux fixés sur l'horizon, et ma grand-mère crache : « Tu fréquentes les Boches, maintenant ? »

Le rendez-vous du soir s'achève dans la tente de Peter. Pourquoi me suis-je laissé entraîner là, alors que je n'en avais pas envie ? Cette canadienne me rappelle celle de Marie, une nostalgie lancinante avive mes regrets. Autour de nous, des jeunes s'interpellent dans toutes les langues, une tête vient de passer dans l'ouverture de la toile, hilare, et Peter a grogné quelque chose en allemand. Je ne me sens pas à ma place ici. Pas en sécurité. Il y a des bouteilles de bière partout sur le sol, Peter m'en offre une. Je refuse. Lui boit, la tête renversée, sans reprendre son souffle. J'ai très peur soudain, et honte, et mal d'un mal bizarre. Lorsqu'il ramène ses yeux bleus sur moi, dans le faisceau de la torche électrique, je crois y lire un dessein démoniaque et barbare. Ce que j'attendais d'Yves, d'Alain, va m'arriver ce soir, avec ce jeune inconnu qui peut-être appellera ses copains, ils m'obligeront, je ne pourrai pas fuir, pas appeler, je serai à leur merci, incapable de me défendre, retenue de force, ma soirée virera au cauchemar et ce sera bien fait pour moi, bien fait pour la gourgandine écervelée qui se jette dans la gueule du loup, qui trahit Marie, qui abandonne son petit frère, qui accepte des rendez-vous, qui sort avec les Boches...

Peter m'a prise dans ses bras, m'a encouragée à m'étendre. Je ne résiste pas, appréhendant de le contrarier. Sa main à présent remonte sous ma jupe, cherche ma culotte. Alors, inspirée soudainement par l'urgence, j'avance aussi mes mains, rivalise avec lui d'audace, de décision, de fermeté, trouve l'élastique de son slip, le franchis, plonge entre son ventre chaud et le coton doux du sous-vêtement, m'empare de sa queue déjà raide et la branle comme si ma vie en dépendait. Son bras à mon cou se resserre, s'appesantit, il halète doucement contre moi, éperdument consentant, accompagne ma traite de spasmes sanglotés et, très vite, le fruit de mes manœuvres m'inonde la paume, il gicle entre mes doigts, crache son venin, en trois jets tièdes qui l'amollissent aussitôt. Ça y est ! la bête est matée, le danger conjuré. Et tandis que, murmurant d'une heureuse gratitude, il cherche à me retenir, je me lève et m'enfuis à toutes jambes à travers ce camping plein de bruits, de rires, de menaces, où j'ai failli perdre ce que je rêvais jusque-là de brader.

Voilà, mémé, comme on les roule, les Boches !

De retour chez moi après les vacances, je retrouve un petit carnet, où Peter a gribouillé pendant que nous étions allongés côte à côte sur le sable : « Les jours avec Françoise étaient très jolis. » Je revois sa frimousse de blondinet, son sourire à éphélides, son corps fluet, ses chevilles rougies par un coup de soleil, ses yeux d'azur... Une bouffée de tendresse rétrospective me gonfle le cœur. Peter, pourquoi ai-je eu peur de toi ? Tu étais la gentillesse même... Mais je crois comprendre aujourd'hui que le garçon qui m'a effrayée en toi, c'est celui que je n'effrayais pas moi-même. Celui qui me renvoyait une image simple de moi, une image dont je n'avais pas l'habitude. La gourgandine se plaît à des outrances, à des fantaisies, à des caprices qui, sans toujours charmer, étonnent, et parfois effarent. Je ne t'ai pas étonné, pas effaré, Peter. J'étais juste, dans tes bras, une fille sans histoire, qui avait l'air libre et consentante. Ce rôle ingénu, limpide, il me faudrait des années pour l'apprendre et m'y glisser sans retenue...

14.

L'année 68 est une année qui va peser lourd dans la balance à soucis de mon père. Sa santé se dégrade, les crises d'angoisse se multiplient, sans qu'on sache exactement si elles sont d'origine nerveuse ou circulatoire. Le médecin laisse entendre que les deux vont de pair, et que son malade présente des symptômes psychosomatiques de grand anxieux. Ma mère, qui a toujours souffert de son caractère renfermé, pessimiste, lui voue une rancune supplémentaire : il est encore moins drôle qu'avant, et il faut désormais lui faire à manger à part, observer son régime sans graisse ni œufs. La plupart du temps, volontairement ou non, elle oublie de prévoir, oblige mon père à déroger. Les repas dégénèrent systématiquement en scènes, en échanges stéréotypés : « Encore de la friture ! Il ne m'en faut pas ! – Je ne sais plus quoi faire à manger, entre ce que tu n'aimes pas et ce que tu ne supportes pas ! Avant, tu mangeais des œufs ! – Remplace par du jambon. – Avec ce que tu me donnes pour les courses, tu crois que je peux acheter du jambon tous les jours ? »

Quand mon père repart au travail, Eric et moi avons droit au commentaire rituel : « Il nous emmerde ! Qu'il crève ! »

En février, la grande kermesse des jeux Olympiques de Grenoble nous vaut trois semaines de congé scolaire. Ce qui génère chez mon père une inquiétude nouvelle. Il a l'impression que je perds mon temps, que jamais les professeurs ne finiront les programmes, et que le reste de ma vie risque d'être gâché à cause de cette fâcheuse interruption d'études. Soixante jours plus tard, le mois de mai installe ses turbulences jusqu'en notre province reculée. Après avoir suivi d'un œil effaré, à la télé, les envols des pavés et leurs raids inconcevables sur les casques des CRS, il lit tous les jours dans *Le Dauphiné libéré* des articles alarmants sur la grande crise qui menace la France entière. Un jour je rentre du lycée dès neuf heures du matin. « Il n'y a pas cours, c'est la grève ! On ne sait pas jusqu'à quand. » Mon père insiste pour que j'aille quotidiennement me montrer à l'école, essayer de grappiller une heure de cours ici ou là. « Mais, papa, les grilles sont fermées, il y a des banderoles partout, les professeurs ne viennent plus, l'administration nous chasse ! » Il soupire, fronce les sourcils. La situation le tourmente si fort que je consens enfin à réitérer mes investigations aux alentours du lycée. Bien m'en prend. Le grand portail a rouvert, une animation de champ de foire règne dans la gigantesque cour. C'est qu'il s'agit d'organiser des élections. On doit nommer les porte-parole de ces jeunes filles des Eaux-Claires. Des garçons de Champollion et d'Emmanuel-Mounier sont venus installer une vaste sono dans un des gymnases, et les volontaires n'ont plus qu'à préparer leur discours électoral. Assise en tailleur à même le plancher au milieu de quelque trois mille élèves, j'écoute avec agacement les bégaiements sans éloquence des candidates. Elles crachotent dans le micro des phrases boiteuses entrecoupées de heu... exaspérants. Soudain une impulsion fantasque me met debout, me propulse sur l'estrade, me nantit du micro. « Ecoutez toutes ! déclaré-je avec autorité. Vous cherchez une représentante ? Me voici, j'arrive. Je suis la mieux placée pour le rôle, puisque, comme vous, je ne sais rien ou presque de la situation, je ne comprends rien à la politique, je n'ai que de bons sentiments et le désir que tout aille mieux. Je poserai en haut lieu les bonnes questions, naïvement et sans honte... » Mon discours sidère l'assistance et la séduit. Un tonnerre d'applaudissements en salue la fin, et je redescends de l'estrade, modeste et fière à la fois, comme il sied à une déléguée du peuple. Car je suis la déléguée, je le pressens, rien qu'aux sourires, aux regards, aux commentaires, aux encouragements qui m'accompagnent jusqu'au quatrième étage, où le cours de français a vaguement fait semblant de recommencer. Une demi-heure après, on vient m'apprendre que je suis élue à une écrasante majorité. Cette nomination m'embête un peu, car je ne sais plus trop quoi faire, ni ce qu'on attend de moi. Mais elle me venge aussi d'un long dédain, d'un anonymat forcé, ratatiné, cachant sa misère sous l'infecte blouse beigeasse des externes, qui pesait si fort aux petites bourgeoises bien mises, et me sauva la vie tant de fois. Ah ! les filles ! Vous aviez des ensembles impeccables, et des bas toujours bien tirés, et des chaussures à la mode, et des coupes au carré régulièrement entretenues... Mais que vous êtes donc nulles, et pauvres, et mal fagotées de l'âme, pour n'avoir pas osé vous présenter, pas su aligner deux phrases cohérentes et surtout, pour m'avoir choisie, moi, la plus indigne de vous représenter, la plus indifférente à vos préoccupations. Foule idiote, versatile, vite emballée, vite retournée, je vous méprise toutes, et je rejoins les gars de Champollion et de Mounier, plus clairvoyants que vous, outrés par votre vote, et qui s'indignaient : « Elles sont folles ! » Oui, les gars, elles sont folles...

« Tu es folle ! » me dit mon père. Il porte la main à son cœur, à son front vite moite. L'annonce de mon succès le bouleverse, le terrifie. Je me suis fait remarquer, au mauvais sens du terme, cataloguer. C'en est fini de moi, de ma réputation, de la considération des professeurs, je suis marquée du sceau de l'infamie, une révoltée, une bolchevik, j'étais déjà gréviste (le moyen de faire autrement ? Tu as oublié, papa, que tu t'es fait jeter des pierres et traiter de jaune par les piquets devant ton usine ?), me voilà meneuse... On dirait que je fous ma vie en l'air à plaisir... Et puis d'abord, ça consiste en quoi, ta mission ? Hein ? qu'est-ce que tu es censée faire ? Justement, je n'en sais rien. C'est ça qui est drôle !

Il ne voit pas la drôlerie. Il voit seulement, « comme dans une glace », que, cette année, je peux faire une croix sur le prix d'excellence...

Il ne se trompait pas. Une des grandes réformes consécutives à Mai 68 a été l'abolition de la distribution des prix... Avec, il faut tout de même le noter, la permission pour les filles des Eaux-Claires, de porter le pantalon en dehors des dates réglementaires. Moi, le calendrier imposé ne me gênait pas beaucoup, je n'avais pas de pantalon. Mais je ne suis pas peu fière d'avoir contribué, en tant qu'ambassadrice de ces demoiselles, à cette merveilleuse conquête de la liberté.

Je regarde Marie s'habiller chez elle. Elle enfile un ensemble veste et pantalon en velours rose qui lui va à ravir. Ses parents ont acheté le même à Etiennette, en orange. Etiennette est plus ronde, elle ne porte pas le vêtement de la même façon. Son petit cul arrogant, son embryon de ventre la rendent appétissante, un tantinet provocante. Marie, elle, est très élégante, très classe, mince et fine, elle boutonne sa taille avec une aisance que j'envie.

Je l'aime toujours, de plus en plus. Je me suis résignée à l'efficacité de ses caresses, résignée aussi à lui donner du plaisir. Je m'en faisais une épouvante. Les choses sont arrivées simplement, doucement, comme elles arrivent avec Marie. Je supporte ses visites à l'intérieur de moi, presque par pure politesse, par conscience amoureuse. Car mon vrai bonheur ne dépend pas de ces attouchements-là. Mon vagin longtemps réfractaire s'est assoupli, ne me brûle plus, mais ne vibre pas non plus dans la pénétration. Je le soupçonne d'insensibilité. D'ailleurs, moi, je n'ai jamais saigné comme Marie. Je ne sais pas où est passée ma virginité, je ne sais même pas si j'en avais une.

Cet été, j'ai fait une rencontre inouïe. J'ai rencontré Georges Bataille. C'est Philippe, le petit frère de Jean-Yves, qui m'a prêté *Histoire de l'œil*. Philippe a grandi, je ne m'en étais pas rendu compte au fil des étés qui nous rassemblaient à la montagne. Je viens de le comprendre à la teneur du bouquin qu'il m'a mis entre les mains. Je me suis sentie profondément troublée par la prose de Bataille, mais troublée d'abord parce que Philippe avait lu ces pages avant moi. Soudain, il n'était plus le petit blondinet joufflu qui jouait avec Eric. Il devenait un adolescent séduisant, aux grâces androgynes, à l'imaginaire sans doute peuplé de fantasmes, aux expériences excitantes. Le prêt du livre de Bataille – pourquoi me prêter un livre, pourquoi justement celui-là ? – m'a semblé chargé d'un message érotique encore vague, mais prometteur. Quant à ma lecture elle-même, elle m'a fait plus d'effet que les photos de Christine, m'incendiant l'esprit autant que le corps, et m'obligeant à déserter le jardin dans lequel je lisais pour me ruer plusieurs fois au cabinet et m'y accorder le fulgurant plaisir que les phrases de Bataille appelait. J'ai envié de toutes mes forces l'audace et la liberté de l'auteur, dont l'impudeur mettait à la torture (une savoureuse torture) mes propres retenues. Enfin les mots m'étaient donnés, et la façon de s'en servir, avec une brutalité flamboyante, une étincelante crudité. Quand les photos n'avaient allumé que mon œil, et de mon œil à mon ventre, une longue traînée de poudre vite consumée, les mots résonnaient encore en moi longtemps après leur découverte, j'en remâchais inlassablement la verdeur âcre, renouvelais à chaque phrase apprise par cœur le frisson d'heureuse honte, de complice convoitise dont ils me secouaient.

Un jour, j'écrirais de la sorte, j'oserais débonder tout un vocabulaire chatoyant, prohibé, claquemuré au coffre de mes appréhensions et de mes doutes, j'inventerais ce dont l'ignorance m'avait privée, je deviendrais une courtisane littéraire, une séductrice virtuelle, maniant le verbe ainsi qu'un accessoire, ébahissant, brûlant mon lecteur, le malmenant de vergogne et de délices, cultivant l'obscène et l'érigeant en art, faisant l'amour à tous, à personne, à n'importe qui, avec mes mots de gourgandine déchaînée et joyeuse...

En attendant, ce ne sont que des mots très sages que j'écris à Marie, que je lui murmure, le soir, pendant le cérémonial de la rue des Mimis.

La rue des Mimis... C'est un jeu doux et cruel que nous avons, peu à peu, érigé en rituel. Marie a son permis depuis l'automne. Son père lui prête sa voiture sans rechigner. Nous allons parfois au lycée avec, très fières, conscientes de notre chance. Nos camarades de classe arborent des tenues de marque, mais leurs parents ne risquent pas de leur confier leur automobile, sans doute un peu trop belle, un peu trop neuve...

Nous sortons aussi le dimanche après-midi, et quelquefois le soir. J'emmène toujours Eric, malgré ma promesse, et Marie, ses petites sœurs. Nous allons au cinéma, ou simplement faire un tour en ville. Avant de rentrer, Marie gare la voiture dans une rue sombre, derrière l'école de mon quartier, et nous restons là, dans le noir, à nous embrasser. Sur le siège arrière, les cadets s'amusent à dessiner sur la buée des vitres, à se raconter des blagues, à se chatouiller. Nous ne leur avons jamais révélé que nous nous aimions, mais ils l'ont compris très vite, avec cette sorte de divination simple de l'enfance. Leur complicité, leur regard pur, un peu étonné, un peu amusé, sur notre histoire, me sont précieux. On ne peut pas toujours se cacher, et s'aimer sans témoin, c'est, quelque part, ne pas s'aimer. Dans la rue des Mimis, j'invente un protocole qui, parfois, nous attendrit aux larmes : « Marie, tu sais quoi ? On dirait qu'on habite ensemble, qu'on a déjà notre maison. Mais on ne rentrerait pas tout de suite, on viendrait là après chaque sortie pour se souvenir du temps où on attendait si fort d'être libres, toutes les deux... » Marie a son petit sourire ému, à peine sonore, pour accueillir ma suggestion. Elle me serre contre elle, caresse mes cheveux. « Mon bébé... » Je suis triste et heureuse. « Tu me promets, Marie, qu'un jour on vivra ensemble ? », elle plaisante gentiment : « Mais on vit déjà ensemble ! Tu as oublié ? On n'est venues là que pour se souvenir... »

Oui, c'était un jeu cruel, et pourtant salutaire. S'imaginer qu'un jour notre présent serait notre passé, jongler avec le temps, se projeter dans un futur où nous nous reverrions des années en arrière... Les semaines, les mois, s'étiraient et n'en finissaient pas. Le spectre du bac, à l'horizon de cette terminale, m'angoissait par ricochet, puisqu'il angoissait mon père. La session de juin 69 serait très difficile, en réaction à celle de 68, où l'on avait accordé le diplôme assez largement sur simple examen des dossiers. Paradoxalement, j'ai travaillé moins que d'habitude, cette année-là. Je me sentais, par rapport au reste de la classe, des longueurs d'avance. L'énergie économisée, je la consacrais à me bagarrer contre mes scrupules, à me protéger des soupçons paternels, à craindre qu'il ne découvre enfin, officiellement, solennellement, la vraie profonde nature de mes relations avec Marie, et à craindre aussi qu'il ne la découvre jamais. Quelle perspective, alors, d'une vie entière vouée au secret, à la précaution, à la honte...

J'étais tentée par la révélation, m'en approchais par petites touches naïves et maladroites. Je me coupai les cheveux très courts. M'achetai des pantalons, des chemises. Un jour, pour rejoindre Marie, Etiennette et son fiancé du moment, je mis même une cravate. Mon père leva les yeux de son journal, me considéra avec surprise. Ma mère tiqua : « Tu as vu cette allure ? – Oh ! dit-il, résigné, elle a probablement sa philosophie. » A début d'aveu, début de concession. Mais rien n'était encore dit et, par « philosophie » mon père, respectueux de mes études, et surtout de cette matière à laquelle lui-même n'avait jamais eu accès, entendait sans doute parti pris intellectuel, et désir d'affirmation originale. Il déclarait parfois, avec une sorte d'admiration mêlée d'indulgent mépris : « Ces étudiants ! Plus ils sont intelligents, plus ils sont cons ! » Je ne me voyais pas cependant lui avouer : « Papa, j'ignore si c'est intelligent ou con, mais tu avais vu juste, j'aime Marie, je fais l'amour avec elle, et je veux partager sa vie pour le reste de mes jours... » Je découchais quelquefois. Pour aller chez Marie, ou pour une escapade à quatre avec Etiennette et son fiancé. Marie servait d'alibi à sa sœur, quant à moi je racontais une histoire fumeuse de copine qui nous invitait à la campagne. On me priait de laisser une adresse, ou un numéro de téléphone. Je grattais des renseignements bidon sur un bout de papier et, après, je tremblais deux jours.

L'Inquisiteur avait pourtant renoncé à ses enquêtes. Mais savait-on jamais ? S'il me cherchait pour une raison grave ? Je n'aimais pas qu'il me fasse confiance, ça aggravait mes remords. La première fois que je me suis retrouvée entre les murs d'une chambre d'hôtel avec Marie – un petit hôtel vétuste d'un patelin perdu, où nous avions atterri un peu par hasard –, une angoisse mortelle m'a glacée toute la nuit. Je me sentais en infraction, en rupture avec tout ce qui est rassurant, les lois générales du monde, la vérité, la transparence. Le décalage entre ce que j'aurais dû être – une fille posée, s'amusant sagement avec des jeunes de son âge dans une fête vertueuse cautionnée par des adultes bien intentionnés – et ce que j'étais, une menteuse trahissant la confiance de ses parents, s'adonnant à des agissements contre nature avec une pauvre innocente qu'elle avait dévoyée, me terrifiait. Jamais je n'avais senti une culpabilité si pesante, si emphatique. Lorsqu'une voiture passait sur la route, je m'imaginais qu'on venait me chercher, qu'on m'avait trouvée à force de fouilles, que le scandale allait éclater. Puis la voiture s'éloignait, et le constat ingénu qu'elle n'était pas pour moi m'angoissait plutôt qu'il ne me rassurait. J'étais introuvable, insoupçonnable, dans ma cachette incongrue, introuvable au point de me croire perdue, pour tout le monde, pour toujours, perdue à moi-même... Une fille perdue... Marie ne parvenait pas à consoler mes alarmes, ses caresses restèrent stériles, et me devinrent presque insupportables dans le grand tourment que j'éprouvais à ne pas être à ma place. Et une question lancinante, sans réponse, tournait dans ma tête en me désespérant : « Où est-elle, la place d'une fille perdue ? »

Le lendemain, avec le jour, les affres de l'angoisse se conjurèrent d'elles-mêmes. A l'escapade suivante, je fus plus détendue. Je me familiarisais avec la rançon coûteuse des amours interdites : le vagabondage, la clandestinité, le mensonge sans cesse renouvelé, la hantise du flagrant délit. Etiennette me faisait envie, qui elle au moins, un jour, pourrait avouer : « C'est celui-là que j'aime, et je veux l'épouser ! » Moi, j'étais condamnée à l'éternel silence, à l'éternel incognito. Il me faudrait toujours tricher, toujours faire semblant. Il me faudrait cultiver l'ignorance des uns, et encourager l'hypocrisie des autres. Même ceux qui se doutaient, qui savaient, feignaient de ne rien voir, et je devais feindre de ne pas voir qu'ils feignaient de ne rien voir. Un consensus tacite, pernicieux, plus pesant que le scandale. On croyait m'épargner, on m'enfonçait dans l'idée que j'étais une sorte de monstre, malade d'une maladie dont on ne voulait pas parler. Mon cousin Jean-Louis, malgré les flirts que j'avais engagés avec grand nombre de ses copains, grimaçait d'un air discrètement dégoûté quand j'évoquais Marie devant lui. Le fiancé d'Etiennette oscillait entre un mépris rigolard et une gêne muette plus insultante encore. Les filles de la classe arboraient des mines variées, Agnès Ribaud, à qui j'avais déclaré qu'elle était jolie, avait eu un recul effaré, Joëlle ne nous inviterait pas à son mariage, par haine épidermique de nos mœurs... C'est Martine qui nous l'avait expliqué. Martine était une exception dans notre entourage, elle avait, pour notre amour, la même considération étonnée que celle de nos frère et sœurs, mais elle manifestait, en outre, un grand enthousiasme, une vibrante admiration pour notre roman extraordinaire, au premier sens du terme. Elle sauva une grande partie de notre correspondance, par pitié, par piété, incapable de brûler dans son jardin, comme je le lui avais demandé, les centaines de lettres que nous avions échangées, conservées, et dont j'avais décidé de me débarrasser, à la suite d'une crise de doute et de remords plus violente qu'à l'accoutumée.

J'avais réussi à convaincre mon père de nous laisser occuper notre chalet de montagne, pendant quelques jours aux vacances de Pâques. J'étais grande à présent, mûre, responsable, Marie et moi nous organiserions pour réviser le bac ensemble là-haut, nous emmènerions Eric... Ma mère faisait la gueule en imaginant que nous mettrions la maison à sac, mon père pensait à toutes les catastrophes que nous pourrions déclencher par étourderie : inondation, incendie... Il pensait aussi à autre chose, mais n'en parla pas, persuadé finalement, à regret, qu'il fallait me considérer comme une adulte, et ne pas trop me contrarier l'année du bac. Il nous monta un soir, avec nos provisions, nous installa, multiplia les recommandations, et nous dit : « A samedi. » Nous étions mardi, nous avions quatre jours entiers devant nous, quatre jours et quatre nuits à vivre ensemble et seules, ou presque, Eric ne nous gênait pas, au contraire, il était notre enfant, le petit garçon que nous n'aurions probablement jamais... Avant de partir, mon père tourna un peu en rond, jetant des regards désordonnés autour de lui, réitérant les « bon, allez », des interjections de condamné mal résigné, puis il s'éclipsa d'un seul coup, très sombre, sans se retourner. Son départ ressemblait à une fuite, mais j'étais trop exaltée, trop heureuse pour m'y attarder.

Le séjour commença comme un enchantement. Il se mit même à neiger, et nous nous promenâmes, Marie et moi, dans les grands champs blancs, main dans la main, l'âme effervescente de tout notre bonheur : nous allions rentrer dans une cabane chaude et isolée du monde, nous allions préparer le repas, ranger, nettoyer, nous occuper du petit, nous livrer à une toilette de trappeurs dans le seul évier de la cuisine, et nous coucher... Nous ferions l'amour dans le noir, tandis qu'Eric, peut être, ne dormirait pas et écouterait nos souffles précipités... Et demain serait un autre jour enivrant, et après-demain... Cette répétition de ce que serait plus tard notre vie commune nous comblait d'une allégresse sans arrière-pensée. Jusqu'au jeudi matin où mon père fit irruption, à l'improviste, « pour voir si tout allait bien ». Il s'était fait du souci à cause de la neige, il venait jeter un œil à notre bivouac. Nous fûmes surprises en plein sommeil, à dix heures. L'Inquisiteur allongeait une tête purement sinistre, affichait une mine contrariée dont je cherchais la cause. J'avais hâte qu'il s'en aille, peut-être que ça se voyait un peu trop. Quand il fut parti, plus maussade encore que l'avant-veille, je réexaminai les deux pièces, tâchant d'adopter son regard de Gourou pour saisir ce qui avait pu lui déplaire si fort. Mes yeux tombèrent sur nos pantoufles, que nous n'avions pas eu le temps d'enfiler, pressées que nous étions, tandis qu'il tapait à la porte, de nous lever, de brouiller les cartes, de ne pas lui montrer que nous avions partagé le lit conjugal. Nous étions censés occuper tous les trois un lit différent, nous avions même peaufiné la comédie en défaisant hâtivement les couvertures de la couche inoccupée... Mais nos deux paires de pantoufles, éloquemment placées côte à côte sous le grand sommier, trahissaient notre intimité, dénonçaient le mensonge du troisième lit ouvert. Le faux désordre de ce troisième lit en disait long aussi, beaucoup plus long que s'il était resté bordé et ostensiblement inutilisé. Il avouait : « Je veux que tu croies que je ne couche pas avec elle », tandis que le concubinage indécent de nos pantoufles hurlait : « C'est là qu'elles ont dormi, ensemble... »

Ces deux paires de pantoufles accolées, cette bêtise du lit défait tournèrent dans ma tête le reste de nos vacances, et m'empoisonnèrent. Je revis l'air douloureux de mon père, sa mauvaise humeur, sa brusquerie. La confirmation de ce qu'il redoutait venait de lui sauter aux yeux, comme à moi ma maladresse. Et son malaise me bouleversait, m'accablait d'une honte coupable et désespérée.

C'est au retour de ces vacances que je me suis résolue : il fallait, coûte que coûte, que je m'arrache du cœur l'amour de Marie, il fallait toutes deux que nous espacions nos revoirs, que nous distendions nos liens, que, sans nous oublier peut-être, nous oubliions nos projets de vie commune, nos caresses, nos baisers, tout ce qui faisait souffrir mon père et qui, un jour prochain, ferait aussi souffrir ses parents. Je lui parlai avec une sincérité navrée, ne lui cachant pas à quel point la culpabilité, l'obligation de toujours mentir m'opprimaient... Soudain, je ne voulais plus lutter, je n'avais plus de force, plus de cran, la différence de notre histoire était merveilleuse, mais en même temps trop lourde à porter, le mirage rassurant de la banalité me tentait, le besoin de me reposer, de ne plus me torturer... Marie pleurait avec moi en hochant piteusement la tête. Elle accepta de me rendre mes lettres, elle accepta que je confie l'imposant paquet où était écrite toute notre histoire, à Martine...

Quand Martine m'eut avoué qu'elle n'avait pas eu le courage de tout détruire, j'éprouvai une grosse bouffée de regret pour ce qui, déjà, était parti en fumée, je la remerciai, et, avec une fougue triste, me résignai à aimer Marie, envers et contre tout.

Je ne connaissais pas encore la légende de Tristan et Iseut. Quand je l'ai lue, j'ai eu l'impression de l'avoir écrite moi-même. Mais c'était tard, très tard, beaucoup trop tard... Cent fois j'avais, moi aussi, tenté de quitter Marie, de l'oublier, pour épargner le roi Marc, et tous ses sujets envieux, pour échapper aux perfidies de sa cour. Cent fois j'avais souffert de m'éloigner, et souffert de revenir. Ce que je ne savais pas, c'est que, dans la légende, les deux amants maudits meurent de leur héroïsme.

15.

Jusqu'au bac, les choses allèrent cahin-caha. J'étais peu à la maison, entre mes heures de lycée et tous les moments que je passais chez Marie. J'y avais à présent ma place, au même titre que les cinq filles de la famille, retenue souvent à manger, attendue les jours de congé. Mes parents à moi, beaucoup moins hospitaliers, et surtout prévenus contre Marie dont ils comprenaient bien qu'elle n'était pas pour moi qu'une camarade ordinaire, l'admettaient, avec une courtoisie distante quant à mon père, des froideurs ostensibles, parfois des agacements qui allaient jusqu'aux portes claquées, en ce qui concernait ma mère. Pourtant, pour la communion d'Eric, ayant décidé de célébrer l'événement dans la plus stricte intimité, mon père élut Marie pour unique convive. Il nous offrit un repas dans une excellente brasserie de l'avenue Alsace-Lorraine, et j'étais toute troublée, autour de cette belle nappe blanche cérémonieusement dressée, de voir mon amie traitée avec les égards dus à quelqu'un d'important. Je me demandais ce que signifiait exactement sa présence, et quelles étaient les visées de mon père lorsqu'il l'avait invitée : tâcher de rendre, en une seule grande fois, la politesse à celle qui me faisait admettre si souvent à sa table ? Lui conférer, sans le dire, une place d'exception, dans ma vie, dans notre foyer, dans ses principes ? Observer nos comportements, débusquer, détail après détail, les preuves de notre liaison ? Nous étions désormais très prudentes, Marie et moi, en la présence de mes parents. Chez elle, en revanche, nous nous sentions détendues au point de nous enfermer en plein après-midi dans sa chambre, de nous déshabiller, de nous aimer sur son lit alors que l'appartement grouillait autour de nous de son remue-ménage habituel. Une fois, son père vint frapper à notre porte. « Attends, papa ! cria Marie, on ne peut pas lâcher ce qu'on fait, c'est trop délicat. – Qu'est-ce que vous faites ? – On décalque une carte de géographie ! » La trouvaille m'enchanta, sans alerter le brave homme, qui s'éloigna en bougonnant.

Vis-à-vis de cette candeur bon enfant, j'avais aussi des scrupules. Plus encore peut-être que devant les clairvoyances renfrognées de mon père. Lorsque j'en parlais à Marie, « Tu te rends compte, s'il savait ? Qu'est-ce qu'il dirait à ton avis ? », elle haussait des épaules ignorantes, affectait un air un peu embarrassé, un peu perplexe, mais guère épouvanté. Je sentais avec envie à quel point elle était sûre de l'amour qu'on lui portait, un amour simple, solide, tacite et cependant irréfutable.

Mon père prit un congé spécial pour m'accompagner lui-même chaque matin des épreuves, jusqu'au lycée Champollion où elles avaient lieu. A chacun de mes retours, il m'attendait, décomposé, me disait : « Alors ? » d'une voix blanche. Je répondais : « Ça va. » Ma sobriété ne le rassurait pas.

Le dernier jour, Marie et moi, toutes joyeuses de notre liberté, achetâmes des cerises et partîmes nous rouler dans l'herbe à Uriage, à bord de la petite Fiat 500 que ses parents lui avaient achetée. Il faisait bon, ça sentait l'été et les vacances, la station thermale avait autour de nous des airs d'opérette. Je rentrai vers dix-neuf heures, détendue et loin de soupçonner à quel point mon père se morfondait. De son propre aveu, il était prêt à appeler la police, convaincu que mon retard à réintégrer la maison signait ma désespérance ; j'avais sûrement raté les dernières épreuves, j'étais allée me suicider quelque part... J'éclatai d'un rire involontairement méchant. Ma mère me traita d'imbécile et d'andouille, qui ferait mourir ses parents à petit feu. Je répliquai qu'en ce qui la concernait, vu l'importance qu'elle accordait à mes études, je ne pensais pas que l'inquiétude la minât. Elle s'indigna. Comment ! Elle qui s'était sacrifiée, saignée aux quatre veines pour que je réussisse ?... Cette fois, mon rire l'insulta délibérément. Mon père fronça les sourcils, porta la main à sa poitrine. Ça le serrait encore. Ça le serrait de plus en plus souvent, suivant sa propre expression. Nous nous attendions à cette plainte devenue rituelle : « Ça me serre. » Mais il ne dit rien, et l'incident fut clos.

Quelques jours après, il enfonçait la porte de ma chambre à huit heures du matin. Il brandissait un journal chiffonné par l'enthousiasme. « Regarde ! Regarde ce qu'il y a dans *Le Dauphiné* aujourd'hui ! »

J'émergeai lentement du sommeil, un peu inquiète, me demandant si l'une de mes frasques avait pu faire l'objet d'un article.

Devant ma mine ahurie, il cria : « Ton nom ! Ton nom dans la liste des reçus au bac ! Du premier coup ! J'en ai pleuré ! Je ne le trouvais pas, d'abord... J'ai cru... »

Je lui coupai la parole : « Et Marie ? »

Il sourit, heureux sans arrière-pensée : « Marie aussi ! »

Il invita les parents de Marie à boire du champagne. Nous étions fières et contentes. Moi je pensais que cette petite fête aurait pu être nos fiançailles.

Sitôt dissipée l'angoisse du bac, apparut, beaucoup plus vague, beaucoup plus lancinante, celle de l'avenir. J'avais encore refusé de passer le concours de l'Ecole normale, et mon père ne s'en était remis qu'avec une promesse de tenter celui des IPES, à la fin de la première année de lettres. Car je m'inscrirais en fac de lettres, avec Marie. « Et pour faire quoi, mon Dieu ? Tu sais le pourcentage d'échecs qu'il y a chez les étudiants en lettres ? Au moins, avec les IPES... » Il s'était renseigné, traumatisé par la dramatique découverte que le bac n'était plus, comme à son époque, une issue glorieuse, un débouché qui se suffisait à lui-même, mais une simple porte d'entrée, une petite porte, qui pouvait aussi bien mener à un cul-de-sac, après, comble de l'absurdité, des études longues, coûteuses et infructueuses. Quelqu'un lui avait soufflé l'idée des IPES : les lauréats étaient payés dès le mois de septembre qui suivait leur réussite, et ce pendant toute la durée de leurs études, jusqu'au CAPES. J'avais peur qu'il ne se fît beaucoup d'illusions sur mon compte, et l'honnêteté me poussait à protester. « Papa, je me suis aussi renseignée. Tu sais combien se présentent en moyenne ? Six cents ! Tu sais combien ils en prennent ? Entre dix et quinze ! » Il n'en démordait pas. « Tu as tes chances ! Il faut essayer ! Tu te rends compte ? Un salaire pendant trois ans, rien que pour préparer le CAPES. »

Oui, je me rendais compte. Je me rendais compte de son appréhension à devoir entretenir une fille de dix-huit ans, bientôt une femme, dont les besoins iraient croissant, et qui mangerait à la table familiale pendant des années sans rien apporter en échange. Pourtant je me débrouillais déjà pas mal. J'avais, avec Marie, trouvé des cours particuliers à donner en ville. Hormis le gîte et le couvert, mon père ne me fournissait plus rien d'autre, ni vêtements, ni objets personnels, ni argent de poche pour mes loisirs. Il avait laissé entendre qu'il irait jusqu'à payer mon inscription en fac, mais ne pourrait assumer le prix des transports. Je tiquais un peu, en pensant que l'essence de la Fiat de Marie n'était pas donnée. Il répondait : « Si tu avais passé l'EN... » J'avais mis une petite somme de côté, que je voulais placer sur mon livret de Caisse d'épargne. En 1969, on n'était pas encore majeur à dix-huit ans, j'avais besoin qu'il m'accompagne. Lorsqu'il vit le montant de mes économies (quatre cents francs, c'était beaucoup alors), sa réaction me déçut. Je comptais qu'il me félicite pour mon économie et la rentabilité de mes petits jobs. Il s'assombrit au contraire, partagé entre deux sentiments qui me le rendaient tel que je l'avais souvent haï. D'abord le soupçon. Il douta ostensiblement de l'origine de mes billets, m'accusant plus ou moins nettement de les avoir volés. Ensuite, sans le dire, il manifesta le regret de voir mon petit pécule lui échapper. La tentation le tenaillait visiblement de s'approprier ne serait-ce qu'une partie de mon épargne. Il m'avait déjà fait le coup quand j'étais petite. J'avais trouvé trois billets de mille francs (dix francs nouveaux). Il avait exigé que je lui en donne le tiers, et un autre tiers à ma mère. Quant à elle, qui me dépossédait à chaque Noël de tout ce que les oncles et tantes me glissaient pour mes étrennes, en jurant qu'elle gérerait mieux que moi, et qu'elle me gâterait avec, elle était venue me faire une scène terrible en me traitant d'imbécile pour avoir révélé ma trouvaille au « Grigou ». « Ce que tu es con ! On aurait partagé toutes les deux ! »

Pour mes quatre cents francs, il était hors de question que je partage avec qui que ce soit. Mon père le comprit et s'en consola en me suggérant de piocher dedans pour payer ma contribution à l'essence de Marie...

En attendant, j'avais demandé à ma tante si elle pouvait me dégoter un travail d'été dans son usine. Elle s'était entremise pour me faire plaisir, avait obtenu que j'assume un poste au courrier pendant le mois de juillet. J'étais plutôt fière de prouver à mes parents que je savais me débrouiller un peu seule. Le problème, c'est qu'en juillet ils partaient pour le Massif central avec Eric. Ma mère refusa catégoriquement de me laisser occuper l'appartement. On en arriva à ce paradoxe que les parents de Marie, dont la fille ne travaillait pas (ma tante n'était pas allée jusqu'à chercher à la caser elle aussi), nous abandonnèrent de bon cœur leur logis.

L'enthousiasme du bac était retombé. Mon père partit en faisant la gueule. Ma mère aussi mais, chez elle, c'était un état plus naturel. Le mois de juillet fut étrange. Nous vivions, Marie et moi, une vie de couple, dans la maison déserte de sa famille. Elle assumait toutes les tâches d'une femme au foyer, m'emmenait deux fois par jour au travail, revenait me chercher deux fois par jour. Jusqu'à ce que je m'essaye à la conduite de la Fiat, sur une petite route de montagne, un dimanche, et que je l'écrase contre un talus. Nous dûmes alors nous passer de voiture. J'allai à pied à l'usine. C'était loin et il se mit à faire froid. Je m'ennuyais à mourir pendant les longues heures à mon bureau, surveillant à la pendule l'aiguille des minutes qui effectuait de loin en loin un infime bond vers la droite. Ma tante m'invita à manger un samedi à midi. Elle précisa bien : « Rien que toi. » Au cas où j'aurais été vraiment bouchée... J'étais consternée de laisser Marie toute seule, mais je n'osai pas refuser l'invitation. De toute façon, il valait mieux s'y faire tout de suite, notre vie, ce serait toujours cela, il y aurait toujours des gens pour ignorer, bien visiblement, bien cruellement, que nous étions ensemble, et ainsi manifester leur désaccord...

La fin du mois ramena mes parents. Encore plus fermés qu'à leur départ, plus désapprobateurs. L'idée que j'avais gagné un salaire d'un mois entier les tracassait tous les deux. Ils n'eurent pas le cran d'aborder la question, mais ils attendaient que je leur propose une partie de ma paye. Je ne proposai rien du tout, et déclarai que j'allais à mon tour partir en vacances, avec Marie, à La Bocca. La scène qui s'ensuivit me ramena quelques saisons en arrière, avant le bac, quand on ne s'était pas encore décidé à me foutre une paix stratégique. Les allusions se remirent à pleuvoir, les phrases à double entente, les condamnations méprisantes. « Je ne sais pas à quoi vous jouez, toutes les deux. Ou plutôt si. Je sais. Votre petit manège... » Le Gourou arborait son rictus extralucide. « C'est du beau ! Vraiment ! C'est une honte ! crachait sa mégère. Ah ! tu les feras mourir, tes parents ! De honte. De chagrin ! »

Marie était partie chercher sa voiture chez le garagiste. Elle ne revenait plus. Polnareff chantait *Tous les bateaux* à la radio. Il pleuvait. Un pressentiment affreux se mit à me serrer le cœur, me fit éclater en sanglots. Et si Marie avait un accident ? Si elle allait mourir bêtement, quand je l'attendais si fort ? Si nos vacances étaient foutues, nos vies foutues...

« Tu peux pleurer ! ronflait ma mère. Tu es une dénaturée ! »

Je sanglotais toujours, le front contre la vitre. Elle s'agaça. « Arrête ! Arrête ta comédie ! Tu ne m'attendris pas ! » Je me retournai vivement. « J'en ai rien à foutre de t'attendrir. J'ai juste peur qu'elle meure ! »

Elle resta interloquée, incertaine d'avoir bien compris. Puis recommença à me traiter de tous les noms, elle arriva même à l'injure suprême : « Des filles comme vous ! On appelle ça des lesbiennes. Des gouines ! »

Marie arriva enfin, j'attrapai ma valise. Ma mère refusa de m'embrasser. Elle pointait sur moi un index maléfique. « Je te vois partir avec un clou dans le cœur ! Tu entends ! Un clou ! Le clou de mon cercueil ! »...

Au fil du voyage, les paysages que nous aimions consolèrent ma peine. Nous passâmes par Manosque et Draguignan. Les cigales chantaient. La belle Provence, craquante de chaleur, embaumée de lavande, nous coulait dans l'âme une gaieté, une exaltation de bon vin. Je crus qu'il suffisait de cet immense ciel bleu, et de l'espoir de la mer, qui nous attendait là-bas, tout au bout de la route, pour être heureuse.

Mais pendant le séjour, une nuit, je me réveillai en gémissant, toute trempée de larmes, toute secouée d'horreur. Marie me berçait dans ses bras. « Mon bébé. Qu'est-ce qu'il y a ?... » Je hoquetais, sans parvenir à confesser l'abominable rêve. Ma mère, crucifiée, sanglante, mourante, tournait ses regards vers moi et dans un souffle pitoyable disait : « Je meurs ! C'est toi qui as enfoncé mes clous ! » Et je me ruais à ses pieds pour implorer son pardon, pour la supplier de vivre...

Je pleurais longtemps dans les bras de Marie. Le reste de mon été fut jalonné de cauchemars, de crises de cafard imprévisibles et déchirantes.

Le reste de ma vie aussi.

16.

Le monde de la fac n'a rien pour nous d'une découverte fabuleuse. Les amphis à population fluctuante, les profs cabots ou très ternes, les cours touffus, désordonnés, décevants, la foule anonyme et hétéroclite des étudiants... Rien ne nous enchante, rien ne nous retient. L'emploi du temps de la semaine nous laisse une marge inhabituelle, considérable, pour vaquer à toutes nos chères occupations : les leçons particulières de plus en plus nombreuses, les balades en ville – nous passons toujours par la même rue pour arriver au centre et dans une maison bourgeoise, là-haut, sous les toits, nous avons élu notre futur appartement. Les fenêtres mansardées semblent prometteuses d'un intérieur chaleureux, intime. Un jour, nous habiterons là, dans ce quartier calme, à deux pas du cœur de Grenoble, et nous regarderons, du dernier étage, ce cœur battre, en nous aimant. Nous revenons par un autre itinéraire, le cours Jean-Jaurès, animé, lumineux, nous nous arrêtons au San Remo. C'est un de nos havres, nous y buvons du monaco en écoutant Johnny au juke-box ; le patron nous connaît, il nous drague un peu. Sur notre chemin, nous voyons avancer les saisons. L'approche de Noël nous émeut plus encore que les autres années, bientôt nous le fêterons ensemble, chez nous, au pied de notre sapin, c'est écrit dans l'air glacé, dans l'odeur des marrons chauds, dans les vitrines rouges et dorées, dans la neige où nos pas crissent, tandis qu'à travers nos gants, nos mains s'étreignent. « Marie, je t'aime. – Moi aussi, mon beb. – Marie, je n'en peux plus d'attendre. – Bientôt... »

Nous nous rendons au campus avec Mouflette, la petite Fiat bleu marine, remise du bec-de-lièvre que mon inconséquence lui avait occasionné, et vaillante sur les routes boueuses de l'hiver grenoblois. Marie me prend au pied de chez moi, Annie (l'Annie dont j'étais amoureuse en cinquième) nous rejoint et profite du convoi. Profite un peu trop, d'ailleurs. Jamais elle ne participe aux frais des voyages, et cette pingrerie, que pourtant je m'explique par l'extrême modestie des grands-parents qui l'élèvent, me hérisse. Cette pingrerie ou plutôt cette lâcheté, qui consiste à ne rien dire, à faire comme si nous l'invitions de bon cœur, à ne jamais remercier, à ne jamais s'excuser... J'ai eu des mots avec mon père, plusieurs fois, au sujet de l'essence. Lui prétend qu'une carte d'abonnement aux transports en commun serait plus économique, et répugne à m'allouer la moindre somme pour dédommager Marie. Je pense qu'il a trouvé là un moyen commode de me signifier qu'il désapprouve notre histoire, tout en épargnant son porte-monnaie. Je lui en veux, ne sachant décider s'il est plus sensible à la morale ou au fric, le soupçonnant de savourer vulgairement l'aubaine d'avoir mis au monde une gouine. Si un garçon, un futur instituteur par exemple, venait me prendre chaque matin avec son véhicule, le Gourou Grigou refuserait-il de se sentir concerné par le prix du carburant ?

Je sens qu'il m'en veut de ne pas avoir tenté Normale. Que l'avenir lui pèse. Qu'il voudrait bien me voir indépendante. Il ne proteste plus lorsque j'annonce : « Je sors. Je ne mange pas là à midi. Ni ce soir. » Ma mère se frotte ouvertement les mains. Toujours deux repas d'économisés. Lui est plus hypocrite. Il affecte un mutisme discrètement réprobateur, pince les lèvres, se débrouille pour me filer mauvaise conscience alors que chacun de mes pas vers l'autonomie le réjouit secrètement dans la partie la plus sensible de sa personne, à savoir son compte en banque.

Marie et moi, nous avons passé le week-end de Pentecôte à Vaison-la-Romaine, avec une copine et son amoureux, tandis que mes parents partaient, avec la famille de mon père, en Camargue.

Je rapporte, de ce séjour à Vaison, des souvenirs variés, la tristesse d'avoir été, encore, méchante avec Marie, par mal-être, par inaptitude aux bonheurs simples et à la relativisation des petites contrariétés ; je rapporte le refrain entêtant du concerto de Saint-Preux, que semblait orchestrer le vent de Provence, je rapporte un santon à mon frère et, pour la maison, une bougie à la cire d'abeille, que ma mère allume tout de suite. « C'est sinistre, lâche le Roi des Drôles. On dirait qu'on veille un mort. »

Dans la nuit, ma mère vient me réveiller : mon père se sent mal, ça le serre encore, plus fort que d'habitude. Je m'habille à la hâte, l'accompagne dans la rue pour sonner à la porte du docteur. Au matin, elle m'apprend le diagnostic : « Il a parlé d'une grande fragilité capillaire... Il voulait l'hospitaliser. On n'a pas voulu. »

Non, ils n'ont pas voulu. Ma mère a protesté qu'elle saurait bien soigner son mari elle-même, qu'elle le servirait au lit s'il le fallait. Il le faut. Il doit se lever le moins possible. Ils me demandent tous les deux d'aller chercher chez ma tante, à quinze kilomètres de Grenoble, l'urinal qu'elle a gardé depuis la maladie de mon oncle. Je tique : « J'y vais comment ? – Tu te fous de nous ? Tu es toujours par monts et par vaux avec Marie ! – Ah ! elle vous intéresse, maintenant, la voiture de Marie ? Et pour aller là-bas, je pisse dans le réservoir ? » Tête à claques ! Ma mère a tordu le nez – je ne suis plus seulement indifférente, je suis une vraie garce.

Nous allons, avec Marie, chercher l'objet, le rapportons. Ma mère dit : « Ne fais pas de bruit, ton père dort. Sur le coin du buffet, il m'a fait mettre des sous, pour l'essence. »

Je prends l'argent, un peu honteuse. Et puis nous repartons, parce que ce foutu concours que j'ai promis de passer commence demain à huit heures. Nous allons mettre à profit ce dernier après-midi pour réviser, chez Marie.

Quand je rentre, le soleil du mois de mai se couche sur un soir merveilleux. Dans le ciel transparent, les sommets de Belledonne ont une mine resplendissante de sorbet à l'abricot. J'ai l'âme légère. Je remercierai mon père pour l'argent de l'essence, je lui dirai que je me sens prête à affronter le concours, il sera content. Je ne parlerai pas de Marie, pour ne rien gâcher.

Dans l'allée de l'immeuble, je croise M. Touzet qui sort de l'ascenseur. C'est le chef de service de mon père, il vient sans doute de lui rendre visite. Je lui souris, m'apprête à lui tendre la main, mais il bafouille : « Oh, mademoiselle ! », en me bousculant presque, comme s'il ne m'avait pas vue, puis, étrangement, il m'embrasse et s'enfuit... J'arrive perplexe au troisième. La sœur Anna, une religieuse qui habite l'immeuble, est sur le palier. Elle m'embrasse aussi, de toutes ses forces, en m'appelant « mon petit » deux ou trois fois.

J'exécute machinalement les dix pas qui me séparent de la porte de l'appartement. Elle est ouverte. Dans le vestibule s'entassent la voisine, son fils, d'autres personnes encore, il y a un bruit confus, étrange, on me parle et les mots ne me parviennent pas, je ne perçois qu'un énorme vrombissement de mouches, sans rien comprendre. Ce que je comprends seulement, brutalement, indubitablement, c'est que mon père vient de mourir.

Le chagrin m'est tombé dessus de tout son poids, m'a écrasé la poitrine, m'a étouffée. Même en sanglotant à me casser les côtes, je ne pouvais pas respirer, pas me dégager de l'horrible emprise, le monstre noir des regrets enroulait à ma gorge ses lianes affreuses et j'ai cru mourir aussi, suffoquée, incapable de parler, d'aligner d'autres mots que cette apostrophe trébuchante, navrée, qui me revenait du plus loin de l'enfance, qui ressemblait à un appel au secours : « Papa ! oh ! papa ! oh ! papa ! »

Ma mère m'a poussée vers lui, renversé sur l'oreiller et dont le visage n'exprimait plus rien, ni la douleur ni la paix. Rien. Un visage vide. Son âme était partie, sans prévenir, sans un adieu, c'était une fuite, une démission, une façon de renoncer à nous, à moi, de ne plus voir mes sales manies, de ne plus se tourmenter pour la dévoyée que j'étais. Ma mère a ordonné : « Embrasse-le ! » Il était déjà froid. Comme le jour où je ne lui avais pas souhaité la fête des Pères, faute d'avoir un cadeau à lui donner. J'avais essayé de me rattraper le lendemain, je l'avais embrassé. Il ne m'avait pas rendu mon baiser. Ses joues étaient restées inertes et froides. Il était trop blessé. Là aussi, sur ce lit, il était blessé, crispé, raidi dans son refus, dans sa solitude. Rien qu'à la façon dont ma mère avait dit « Embrasse-le », je comprenais que, définitivement, j'étais à ses yeux l'assassine, la fille indigne, qui avait tué son père, cet « embrasse-le » signifiait « fais au moins ça, demande pardon ! »...

Pardon, papa. Pardon ! De toutes mes forces, de tout mon cœur, je t'ai demandé pardon la nuit entière, et les deux ou trois années qui ont suivi. Pardon pour mon ingratitude, mes souvenirs mauvais, pardon d'avoir grandi, de n'être pas restée la petite fille que tu portais sur tes épaules sur les chemins de montagne, pardon pour mes cris imbéciles quand tu changeais les pansements de mes genoux couronnés, pardon pour mes rires insolents quand tu m'avertissais : « J'ai mis une corde dans le coin du balcon, au cas où il y aurait un incendie, tu descendrais par là », pardon pour mon indifférence à voir ta peine, quand tu partais au travail dans les aubes glaciales d'hiver sur ton vieux vélo, pardon de n'avoir pas passé le concours de l'EN, pardon d'avoir réclamé l'argent de l'essence, pardon d'aimer Marie...

L'étrange bivouac de la veillée funèbre s'était organisé. La sœur de mon père s'était couchée avec ma mère dans la chambre d'Eric, Eric était parti chez ma tante maternelle, et moi j'avais demandé si Marie pouvait venir dormir avec moi.

Pendant des heures, j'ai sangloté contre elle, les mots enfin débondés me sont remontés en saccades bourbeuses du fond de l'estomac, du fond du passé... Elle écoutait en me berçant, en pleurant avec moi, elle écoutait la confession inouïe d'une petite fille qui aimait son père, et qui s'en rendait compte trop tard, la grande plainte désolée de son repentir, l'aveu poignant, désespéré, paradoxal : « C'est de ma faute, Marie ! De notre faute. C'est parce que je t'aime ! Parce que tu m'aimes. » L'amère ironie de mon destin m'apparaissait, m'obligeant à geindre dans les bras de celle qui, involontairement, avait tout initié, tout orchestré, ma déchirante découverte de l'amour interdit, mon immense, inconsolable culpabilité. Elle était un bourreau innocent et doux, et cette nuit tragique, où ma triste logorrhée versait à son oreille compatissante le flot de ma souffrance, l'unissait, au-delà de la vie, à sa victime. L'exorcisme était à ce prix, réclamait ce contradictoire cérémonial, dont elle ne s'offusquait pas, et sa main chaude à ma nuque, qui toujours saurait apaiser mes tourments, me dispensait la tendresse et la compréhension tandis que je poursuivais inlassablement mes lamentations : « C'est de notre faute, Marie, c'est à cause de nous... »

Mes pleurs ont coulé sans fin cette nuit-là, crue amère, flux salé qui m'emportait de l'autre côté de l'adolescence, vers mon âge de femme, comme une rivière rouge, sept ans auparavant, m'avait exilée de l'enfance.

Le sang et les larmes... Mes deux voyages, mes périples... Aux rives incertaines du grand fleuve, à ses tourbillons glauques, je lisais pourtant mon avenir, et ses tourments : je haïrais ma mère, j'aimerais Marie, toujours. Jusqu'à la déchirure. Toujours je pleurerais mon père. Et je chercherais auprès d'illusoires conquêtes, dans de dérisoires aventures, l'improbable révélation, l'impossible réconciliation. Le baptême du chagrin faisait de moi une adulte, me grandissait en m'amputant. J'étais à jamais orpheline, plus qu'orpheline, veuve de tous les hommes à la fois, une veuve criminelle, ni punie ni pardonnée.

Je resterais une gourgandine.

Du même auteur

Aux Éditions Albin Michel

La Brûlure de la neige, 1999

Aux Éditions Ramsay

La Femme de papier, 1989
Des camions de tendresse, 1991
En toutes lettres, avec M. Forlani, 1992

Aux Éditions Spengler

La Rencontre, 1993
Nuits d'encre, nouvelles, 1994
Marcel facteur, 1995

Aux Éditions Blanche

Le Gourgandin, 1996
Troubles de femmes, 1996
Passions de femmes, 1997
Blue Movie, avec Patrick Raynal, 1997
Extases anonymes, avec Hervé Amiard, 1997
Plaisirs de femmes, 1998
Désirs de femmes, 1999
2000 ans d'amour, 2000

Aux Éditions Mille et Une Nuits

Loubards magnifiques, 1996

Aux Éditions Vauvenargues

La Peur du noir, 1998

Aux Éditions Le Cercle

Ultime retouche, 1999
Mazarine, 2000

Aux Éditions Paroles d'Aube
UN ZÉRO ABSOLU, 1998

Aux Éditions Calmann-Lévy
LA JOUISSANCE ET L'EXTASE, 2001

Aux Éditions IPM
LE CHÂTEAU DES FEMMES, 2001

Aux Éditions Librio
SORTONS COUVERTS, 1999

Composition réalisée par I.G.S. - Charente Photogravure

Imprimé en France sur Presse Offset par

BRODARD & TAUPIN

GROUPE CPI

La Flèche (Sarthe).
N° d'imprimeur : 21633 – Dépôt légal Éditeur 40779-01/2004
Édition 01
LIBRAIRIE GÉNÉRALE FRANÇAISE - 43, quai de Grenelle - 75015 Paris.
ISBN : 2 - 253 - 06702 - 4

30/3028/5